CIUDADES SUMERGIDAS

PAOLO BACIGALUPI

CIUDADES SUMERGIDAS

minotauro

Ship breaker. Ciudades Sumergidas

Título original: *The drowned cities*

Copyright © 2012, Paolo Bacigalupi

Published in agreement with the author, c/o BAROR INTERNATIONAL, INC.,
Armonk, New York, U. S. A.

Publicación de Editorial Planeta, SA. Diagonal, 662-664, 08034 Barcelona.
Copyright © 2024 Editorial Planeta, SA, sobre la presente edición.
Reservados todos los derechos.

Diseño de cubierta: Cover Kithen
Revisión: Balloon Comunicación
Traducción: © Ariadna Cruz, 2024

ISBN: 978-84-450-1837-8
Depósito legal: B. 11.721-2024
Printed in EU / Impreso en UE

PEFC Certificado

Este libro procede de
bosques gestionados
de forma sostenible

PEFC/14-38-00305   www.pefc.es

Inscríbete en nuestra newsletter en: www.edicionesminotauro.com
Facebook/Instagram: @EdicionesMinotauro
Twitter: @minotaurolibros

Para mi padre

PRIMERA PARTE
GUSANOS DE GUERRA

1

El ruido metálico de las cadenas resonaba en la lobreguez de las celdas.

El hedor a orina de las letrinas y el miasma del sudor y el miedo se entremezclaban con el tufillo dulce de la paja podrida. El agua goteaba y se escurría por las antiguas obras de mármol, ennegreciendo y cubriendo de musgo y algas lo que antaño había sido fino y refinado.

Humedad y calor. El olor distante del mar, un aroma cruel y desolador que recordaba a los prisioneros que nunca volverían a disfrutar de su libertad. De vez en cuando, algún preso, un cristiano de Aguas Profundas o un devoto del Santo de la Herrumbre, rezaba a voz en grito, pero la mayoría se limitaba a esperar en silencio, ahorrando energías.

El traqueteo de las puertas exteriores les indicó que alguien se acercaba. Luego, el golpeteo de muchos pies.

Algunos reclusos levantaron la vista, sorprendidos. El ruido no se correspondía con el estampido de una multitud ni con el griterío de soldados sedientos de sangre. Y, sin embargo, la puerta de la prisión se estaba abriendo. Todo un enigma. Aguardaron en silencio, esperando que aquel enigma no tuviera nada que ver con ellos, esperando poder sobrevivir un día más.

Los guardias acudieron en grupo, apoyándose los unos a los otros para poder armarse de valor, instándose a avanzar conforme se abrían paso a empujones por el estrecho pasillo hasta llegar a la última celda herrumbrosa. Varios de ellos llevaban pistolas. Otro llevaba un bastón eléctrico que chisporroteaba y crepitaba en la oscuridad, una herramienta de adiestrador, aunque no parecía ducho en su manejo.

Todos hedían a terror.

El carcelero echó un vistazo entre los barrotes. No era más que otro calabozo sombrío y sofocante cubierto de paja y moho, pero, en el rincón más alejado, había algo más. Una sombra enorme, agazapada en el suelo.

—Arriba, cara perro —dijo el carcelero—. Te buscan.

La montaña de sombras no reaccionó.

—¡Levántate! —insistió.

La figura siguió sin inmutarse. En la celda vecina se oyó una tos húmeda, un estertor cargado de tuberculosis.

—Está muerto —musitó uno de los guardias—. Por fin. Tiene que estarlo.

—No. Estas cosas nunca mueren. —El carcelero sacó el bastón y lo hizo sonar contra los barrotes de hierro—. Levántate en este instante, o será peor para ti. Te daremos algunas descargas, a ver si te gusta.

La criatura del rincón no daba muestras de escucharlo. Ni señales de vida. Esperaron. Pasaron varios minutos, luego varios más.

Finalmente, otro guardia dijo:

—No respira. Nada de nada.

—Ha estirado la pata —añadió otro—. Al final las panteras hicieron su trabajo.

—Pues sí que ha tardado.

—Perdí cien chinos rojos por su culpa. Cuando el coronel dijo que se enfrentaría a seis panteras de Florida... —El hombre sacudió la cabeza con pesar—. Debería haber sido dinero fácil.

—Nunca has visto cómo pelean estos monstruos en el norte, en la frontera.

—Si lo hubiera hecho, habría apostado por el cara perro.

Todos se quedaron mirando la mole inerte.

—Bueno, ahora es carne de gusanos —declaró el primer guardia—. Al coronel no le alegrará oírlo. Dame las llaves.

—No —carraspeó el carcelero—. No te lo creas. Estos perros son engendros del demonio. Es el comienzo de la purga. San Olmos vaticinó su llegada. No se extinguirán hasta el diluvio final.

—Dame las llaves, anciano.

—No os acerquéis a él.

El guardia lo miró con asco.

—No es ningún demonio. No es más que carne y hueso, como nosotros, por mucho que sea un aumentado. Si lo hieres y le disparas lo suficiente, también muere. No es más inmortal que los niños soldado que luchan para el Ejército de Dios. Avisa a los Recolectores, a ver si están interesados en sus órganos. Podemos venderles la sangre, al menos. Los aumentados tienen la sangre limpia.

Introdujo la llave en la cerradura. La rejilla de acero reforzado chirrió al abrirse; un complejo entramado diseñado especialmente para contener a aquel monstruo. Luego pasó a otro juego de cerraduras que desbloqueaban los barrotes oxidados originales, que habrían sido lo bastante resistentes para un hombre normal y corriente, pero insuficientes para refrenar a aquella temible amalgama de ciencia y guerra.

La puerta rechinó al deslizarse hacia atrás.

El guardia se dirigió a donde estaba el cadáver. Muy a su pesar, sintió que la piel se le erizaba de miedo. Incluso muerta, la criatura infundía un gran terror. El guardia había visto cómo aquellos enormes puños aplastaban el cráneo de un hombre hasta convertirlo en una masa de sangre y fragmentos de hueso. Había visto al monstruo dar un salto de seis metros para hundir los colmillos en la yugular de una pantera.

Yacía muerto hecho un ovillo, pero seguía siendo inmenso. En vida, había sido un gigante que se erguía sobre todos los demás, pero no era su tamaño lo que lo había hecho tan letal. Por sus venas corría la sangre de una docena de depredadores, un cóctel mortífero de ADN: tigres, perros, hienas y... sabrían las Parcas qué más. Una criatura perfecta, creada de principio a fin con el propósito de cazar, combatir y matar.

Aunque caminaba como un hombre, cuando enseñaba los dientes, lo que asomaba eran los colmillos de un tigre;

cuando aguzaba el oído, las que escuchaban eran las orejas de un chacal; y cuando aspiraba aire, la que olfateaba era la nariz de un sabueso. El soldado lo había visto luchar en el *ring* suficientes veces como para saber que preferiría enfrentarse a una docena de hombres armados con machetes que a esta vorágine de matanza.

El guardia se acercó y se lo quedó mirando un buen rato. Ni un respiro. Ningún atisbo de movimiento o indicio de vida. Su rostro perruno, antes fuerte, vital y mortal, ahora no era más que un saco de carne para los Recolectores.

Muerto al fin.

El hombre se arrodilló y pasó la mano por el pelaje corto del monstruo.

—Lástima. Eras una máquina de hacer dinero. Me habría gustado verte luchar contra el loboyote que te teníamos preparado. Habría sido un combate digno de ver.

Un ojo dorado y lleno de malevolencia brilló en la penumbra.

—Una verdadera lástima —gruñó el monstruo.

—¡Sal de ahí! —gritó el carcelero, pero ya era demasiado tarde.

La sombra se convirtió en un borrón de movimiento. El guardia impactó con violencia contra la pared y se desplomó en el suelo como un saco de barro.

—¡Cerrad la puerta!

El monstruo dejó escapar un rugido y los barrotes se cerraron con estrépito. El carcelero intentó volver a cerrar la celda frenéticamente, pero retrocedió de un salto cuando la criatura se arrojó contra la reja, gruñendo y mostrando los colmillos de tigre.

Las barras de hierro se doblaron. Los guardias sacaron las picanas eléctricas que llevaban colgadas del cinturón. Una lluvia de chispas azules cayó sobre la criatura y los barrotes mientras la golpeaban, intentando mantenerla alejada mientras el carcelero se afanaba por cerrar la segunda puerta reforzada. Los hombres, asesinos experimentados todos ellos, empezaron a buscar las pistolas a tientas, aterrorizados por el rugido del monstruo. Cuando la criatura volvió a arremeter contra los barrotes, el hierro oxidado se resquebrajó y se dobló.

—¡No aguantará! ¡Corred!

Pero el carcelero se mantuvo firme mientras volvía a echarle la llave a las cerraduras de la rejilla más resistente.

—¡Ya casi está!

El híbrido arrancó una barra oxidada de la estructura y la enarboló por el hueco. El hierro impactó contra el cráneo del carcelero, que se desplomó en el suelo. Los otros guardias echaron a correr, huyendo a trompicones por el pasillo mientras gritaban pidiendo ayuda.

La criatura arrancó varias barras más de forma metódica. Para entonces, los demás prisioneros no dejaban de vocear, pidiéndole ayuda y clemencia a gritos. El eco de sus alaridos resonó por todo el recinto como un coro de pájaros atrapados.

La primera capa de barrotes cedió por fin, dando acceso al monstruo a la segunda reja. Intentó abrirla. Cerrada. La criatura dejó escapar un gruñido, se agachó y metió un enorme puño entre los barrotes, intentando alcanzar el pie del carcelero. Acercó al hombre a rastras.

Un instante después, la llave estaba en la mano del híbrido y luego en la cerradura. Se abrió con un clic. La puerta se deslizó hacia un lado con un chirrido.

Con la barra de hierro de su prisión en la mano, la criatura llamada Tool atravesó cojeando el bloque de celdas hasta las escaleras y ascendió hacia la luz.

2

Tool recorrió decenas de kilómetros. No solo era algo para lo que estaba hecho, sino que, incluso estando herido, se movía a una velocidad que habría agotado a un ser humano en cuestión de minutos. Vadeó canales llenos de algas y renqueó por campos de alubias y arrozales empapados. Se cruzó con agricultores ataviados con grandes sombreros que, al divisarlo, interrumpían su fatigosa labor y huían despavoridos. Fue en círculos y volvió sobre sus pasos entre edificios destrozados por las bombas, entremezclando su rastro con otros olores. Siempre alejándose de las Ciudades Sumergidas, siempre perseguido por los soldados.

Al principio, había confiado en que sus perseguidores se darían por vencidos. El coronel Glenn Stern y su ejército de patriotas tenían enemigos más que suficientes para mantenerlos ocupados, puesto que las Ciudades Sumergidas estaban atestadas de facciones combatientes que vivían enzarzadas en una lucha perpetua. Un simple aumentado a la fuga no debería meritar la atención del coronel. Pero entonces las panteras le habían dado alcance, prueba de que Stern no estaba dispuesto a dejar escapar a su preciado monstruo de pelea así como así.

Tool siguió avanzando, ignorando el dolor agonizante que se había apoderado de su cuerpo. ¿Qué importaba que se hubiera dislocado el hombro durante su acometida salvaje contra los barrotes? ¿Qué más daba que las panteras le hubieran desgarrado la espalda? ¿O que solo viera por un ojo? Estaba vivo y era libre. Además, había sido adiestrado para ignorar el dolor.

Era una sensación que no le infundía temor alguno. El dolor era, si no un amigo, una familia para él, algo con lo que había convivido desde su nacimiento, aprendiendo a respetarlo, sin dejarse doblegar nunca por él. No era más que un mensaje que le hacía saber qué extremidades podía seguir utilizando para masacrar a sus enemigos, cuánto más podía seguir corriendo o cuáles eran sus posibilidades en la siguiente batalla.

Detrás de él, los sabuesos aullaron al encontrar su rastro.

Tool gruñó irritado, enseñando los dientes de manera inconsciente al oír cómo sus congéneres pedían su sangre.

Los sabuesos eran asesinos perfectos, igual que él. Se entregaban sin miramientos a la lucha, peleando una y otra vez hasta que los hacían pedazos, y morían satisfechos, sabedores de que habían cumplido con su deber para con sus amos. Gracias a su naturaleza perruna, integrada por diseño científico en sus genes, Tool conocía bien sus impulsos cánidos. No se detendrían hasta morir, o hasta que él hubiera muerto.

No los culpaba. En otro tiempo, él también había sido leal y obediente.

Al alcanzar la espesura de la selva, Tool se sumergió en sus sombras y empezó a abrirse paso entre la maraña de lianas. Se movía como un elefante entre la vegetación, embistiendo todo lo que se encontraba a su paso. Sabía que estaba dejando un rastro que hasta el más estúpido de los humanos podría seguir, pero, en aquel momento, era lo único que podía hacer para seguir avanzando.

Bien alimentado y con todas las extremidades funcionales, podría haber forzado a aquel triste grupo de perros y soldados a perseguirlo durante días, volver sobre sus pasos e irlos eliminando uno a uno en la selva, diezmando a sabuesos y humanos por igual hasta convertirlos en una tribu de criaturas temerosas agazapadas en torno a una hoguera solitaria. Ahora, sin embargo, dudaba que pudiera matar a más de unos cuantos. Peor aún, después de su última emboscada, el enemigo se había vuelto más precavido. Ahora eran conscientes de la facilidad con la que podían partírseles los huesos.

Tool se detuvo, resollando, con la lengua fuera de la boca y el pecho agitado. Olfateó el aire húmedo.

Una brisa salobre.

El mar.

En algún lugar al norte había una ensenada. Si lograba llegar al mar, podría escapar de ellos, podría sumergirse en el océano y volverse uno con el mundo marino. Podría nadar. Sería doloroso, pero podía hacerlo.

Se dirigió al norte y al este, empujado por la fuerza de su voluntad. Detrás de él, los perros seguían su rastro.

Casi le entraron ganas de reírse. Eran tan buenos perros que muchos de ellos acabarían muriendo. Tool, en cambio, era un perro muy malo. Sus amos se lo habían dicho muchas veces mientras lo golpeaban, lo adiestraban y modelaban su voluntad para hacerla encajar con la de ellos. Lo habían convertido en un asesino y luego lo habían integrado en la máquina de matar que había sido su manada. Un pelotón de matanza. Durante un tiempo, había sido un perro bueno y obediente.

Pelotón. Manada. Compañía. Batallón. Tool recordó el Estandarte Rojo del general Caroa, ondeando al viento sobre su campamento en el delta de Calcuta cuando la Guardia del Tigre se les echó encima.

Perro malo.

Tool había sido un perro tan malo que seguía con vida. Debería haber muerto en aquellas marismas fangosas de las afueras de Calcuta, donde las aguas del río Ganges se fundían con el calor del océano Índico, donde la sangre y los cadáveres flotaban entre olas saladas tan rojas como la bandera del general Caroa. Debería haber muerto en algún conflicto bélico en costas extranjeras. Debería haber muerto mil veces. Y, sin embargo, siempre había sobrevivido para luchar otro día.

Se detuvo, jadeando y con el pecho agitado, y escrutó la maraña del bosque. Unas mariposas iridiscentes revoloteaban entre los rayos del sol vespertino. Conforme caía la noche, el dosel del bosque se iba ennegreciendo, desdibujando el contorno de las hojas esmeralda. «El trópico negro», lo llamaban algunos, por la oscuridad de sus inviernos. Un entorno húmedo y sofocante en el que las pitones, las panteras y los loboyotes merodeaban a su antojo. Asesinos todos ellos. A Tool le molestaba saberse una presa, más aún cuando seguía debilitándose.

Los guardias llevaban semanas matándolo de hambre y, para mayor escarnio, sus heridas, para las que no había recibido tratamiento alguno, habían empezado a supurar. En aquel momento, su formidable sistema inmunológico era lo único que le permitía mantenerse en pie. Cualquier otra criatura habría sucumbido hacía semanas a la superbacteria que le recorría las venas y rezumaba por sus heridas, pero se le agotaba el tiempo.

En la época en que había sido un buen perro, un perro con dueño, un perro leal, sus amos habrían suturado y tratado heridas como esas. El general Caroa se habría esforzado por cuidar su inversión en batalla y le habría brindado atención traumatológica a fin de que volviera a convertirse en la apoteosis de la masacre cuanto antes. Los buenos perros tenían amos, y los amos mantenían a los perros buenos a su lado.

Tras él, los sabuesos volvieron a aullar. Más cerca esta vez.

Tool siguió avanzando a trompicones, contando los pasos que le faltaban para claudicar, sabedor de que la huida era inútil. Una ofensiva final, entonces. Una última batalla. Al menos podría decir que había luchado. Cuando se encontrara con sus hermanos y hermanas en el otro lado de la muerte, podría decirles que no se había rendido. Puede que hubiese traicionado todo aquello para lo que habían sido engendrados, pero nunca se había doblegado...

De repente, unos pantanos salinos aparecieron ante él. Tool se metió en el agua. Varias serpientes gigantescas se escabulleron entre las ondas; pitones y bocas de algodón que advirtieron su presencia y decidieron que no querían tener nada que ver con una criatura como él. Siguió vadeando hasta que, de pronto, se encontró a una tentadora e inesperada profundidad. Los pantanos eran bastante hondos, de muchos metros de calado. Una grata sorpresa. En un paraje como ese tenía que haber sumideros de agua.

Tool dejó escapar un suspiro y se sumergió en la marisma, sintiendo cómo empezaban a formarse burbujas a su alrededor.

Se hundió un poco más.

Las aberturas de sus fosas nasales se contrajeron para retener el aire en su interior. Una membrana translúcida se extendió por el iris del ojo que le quedaba para proteger su visión mientras se sumía en las profundidades del pantano entre cangrejos y raíces de mangle.

«Que me den caza ahora».

En la superficie, los soldados se aproximaban. Se oían voces de hombres y de otros más jóvenes. Algunos de ellos eran tan pequeños que Tool podría haberlos devorado en un día, pero todos estaban armados y exaltados por la adrenalina de la caza. Gritaban y se llamaban entre sí mientras sus voces se entremezclaban con los ladridos y el estampido de los sabuesos, y todo ello se filtraba a través del agua hasta los atentos oídos de Tool.

Oyó un fuerte chapoteo en los bajíos. Los perros nadaban de un lado a otro, pataleando por encima de él mientras aullaban confundidos, intentando volver a encontrar su rastro. Los veía allí arriba, agitando las patas sin descanso. Podría nadar hacia la superficie e ir tirando de ellos hacia abajo uno por uno...

Tool resistió el impulso de cazar.

—¿Dónde diablos se ha metido?

—¡Shh! ¿Oyes algo?

—¡Haz callar a tus perros, Clay!

Se hizo el silencio. Al menos todo el silencio que eran capaces de guardar los patéticos seres humanos y los perros. Incluso a través del agua, Tool podía oír cómo se esforzaban por respirar con sigilo. Era evidente que seguían intentando darle caza, por infantiles que fueran sus métodos.

—No hay rastro —murmuró uno de ellos al tiempo que se oían unas pisadas entre la hierba—. Avisa al teniente, dile que hemos perdido el rastro.

Tool podía imaginárselos a todos en los límites del pantano mientras contemplaban las aguas negras. Prestando atención a los zumbidos y los arañazos de los insectos y al aullido lejano de alguna pantera salvaje.

Eran cazadores, pero, ahora, a medida que la noche se cernía sobre ellos y que el pantano, caliente y cercano, se teñía de negro, estaban pasando a ser los cazados.

Tool volvió a reprimir el impulso de atacar. Debía seguir pensando como una presa, no como un depredador, y aprovechar los fallos de sus perseguidores. Si ralentizaba su ritmo cardíaco y relajaba su cuerpo para apenas consumir oxígeno, podía permanecer sumergido hasta veinte minutos.

Si no hacía ningún esfuerzo, podría aguantar incluso más tiempo, pero, como mínimo, contaba con esos veinte minutos. Lo sabía a ciencia cierta, igual que sabía que podía correr ocho kilómetros sin descanso por los desfiladeros del Tíbet, o tres días seguidos por las arenas abrasadoras del Sáhara norteafricano.

Empezó a contar despacio.

Los sabuesos chapoteaban y daban vueltas mientras los soldados intentaban decidir qué hacer.

—¿Crees que habrá vuelto sobre sus pasos?

—Puede ser. Es astuto. Que Ocho se lleve un grupo...

—Ocho está hecho polvo.

—¡Van y Soa, entonces! Regresad por el sendero. Desplegaos.

—¿En la oscuridad?

—¿Me estás cuestionando, Gutty?

—¿Dónde diablos está el teniente?

Una mezcla de ondas y burbujas del pantano llegaban a los atentos oídos de Tool, que dejó que se dispersaran y abarcaran el agua. Escuchando.

El aleteo de los diminutos lucios. El golpeteo de los cangrejos. El chapoteo lejano del agua salada al fundirse con las aguas de la orilla, donde las tierras pantanosas y las olas confluían y alcanzaban líneas de marea cada vez más altas.

—Intentará llegar al océano —dijo uno de los soldados—. Deberíamos apostar otro escuadrón en el lado norte.

—No, se esconderá aquí, en los pantanos. Se quedará aquí, donde está relativamente seguro.

—A lo mejor los loboyotes acaban con él.

—No creo. Ya viste lo que les hizo a esas panteras en el *ring*.

—Aquí fuera hay muchos más loboyotes.

En las profundidades, algo oscuro y hambriento se movió.

Tool se sobresaltó, pero enseguida volvió a quedarse inmóvil.

Un monstruo se deslizaba por el agua, inmenso y silencioso, una sombra mortífera. Tool ahogó un gruñido al verlo pasar, esforzándose por mantener el ritmo de su corazón lo más lento posible, luchando por conservar su preciado oxígeno. Por su lado serpentearon varios metros de piel curtida, todo un rey de los reptiles. La criatura era más grande incluso que los dragones de Komodo de mayor tamaño que habitaban el ecuador. Un caimán horrendo y descomunal, con una cola y unas patas que se movían con agilidad y lo impulsaban a través de las aguas oscuras con una gracia depredadora.

Daba vueltas en círculo, atraído por el frenesí de los sabuesos y sus estúpidos chapoteos.

El primer perro se hundió antes de poder aullar; el siguiente, en un abrir y cerrar de ojos. El agua se tiñó de rojo.

Los soldados gritaron y abrieron fuego. Armas automáticas. Escopetas. Proyectiles cargados de miedo con los que acribillaron el agua.

—¡Cogedlo! ¡Cogedlo!

Un impacto pesado. Un dolor agudo floreció en el hombro de Tool. Se estremeció ante semejante mala suerte, pero se mantuvo inmóvil. No era la primera vez que le disparaban, y tampoco era la peor. La bala le había penetrado la carne. Podía sobrevivir a la herida.

—¡No es el cara perro! ¡Es un maldito caimán! —Los hombres descargaron otra ráfaga de disparos furiosos en el agua y les silbaron a los sabuesos para que regresaran—. ¡Venid aquí!

La sangre manaba del hombro de Tool. Apretó el puño contra la herida, tratando de detener el flujo. A estas alturas, había suficiente sangre en el agua como para que la suya no fuera la carnaza que habría sido unos minutos antes, pero olía a enfermedad.

Los soldados permanecieron en la orilla del estanque, abriendo fuego contra todo lo que se movía a la vez que maldecían al caimán. El monstruo describía círculos en el agua, devorando los últimos restos de los sabuesos, impasible ante la impotencia de los hombres de la superficie.

Tool observó a la criatura mientras añadía aquella nueva variable a la ecuación de su supervivencia. No sentía ningún tipo de hermandad con la bestia. Si los reptiles formaban parte de la composición genética de su sangre, debían de encontrarse muy arraigados en las hélices de su ADN. Aquella criatura no era más que un enemigo.

Arriba, las voces de los soldados se apagaron por fin. Habían ido a buscar a su presa a otra parte.

Atrapado y sumido en una oscuridad cada vez más densa, Tool siguió estudiando al caimán. Si se movía, el monstruo se percataría de su presencia, pero sentía que los pulmones empezaban a arderle, pidiéndole oxígeno.

Apretó la mandíbula y esperó con la esperanza de que el caimán decidiera alejarse.

En lugar de eso, el lagarto gigante se hundió hasta el fondo del pantano, saciado.

Tool sopesó sus opciones. Si se daba prisa, podría salir del agua a tiempo, pero tendría que ser muy rápido. Sabía que tenía un margen de doscientas pulsaciones de aire antes de debilitarse demasiado para luchar. La sangre le palpitaba en los oídos, marcando la cuenta atrás de su muerte. Podía ralentizar los latidos de su corazón, pero no detenerlo.

Extendió un brazo y se aferró a una gruesa raíz de mangle, preparándose para impulsarse hacia arriba.

El caimán se revolvió de repente. Tool había estado a punto de patear hacia la superficie, pero ahora, si se soltaba y se quedaba flotando sin más, sería presa fácil. La criatura se abalanzó hacia él, con la insaciable boca dentada abierta. Tool utilizó las raíces para apartarse de su camino. Los dientes chasquearon con fuerza, pero sin éxito.

El reptil dio la vuelta y golpeó al híbrido con la cola, haciendo que se estrellara contra las raíces de mangle. La sangre inundó su campo visual. Cuando el caimán se dispuso a atacar de nuevo, Tool tanteó a su alrededor en busca de un arma. Tiró con fuerza de las raíces del manglar, pero solo logró arrancar un trozo pequeño de madera.

Las fauces del monstruo se abrieron de par en par. Un gran abismo.

Tool se lanzó hacia el reptil con el trozo de raíz astillada apretado en el puño. Con un rugido silencioso, estrelló el puño contra el paladar de la criatura. Las fauces del caimán se cerraron de golpe y aplastaron el hombro del híbrido con los dientes, perforándole la carne. Un dolor fulgurante.

El monstruo se revolvió y se zambulló, arrastrándolo con él. La criatura sabía por instinto que lo único que necesitaba hacer era privar de oxígeno a su víctima. Había nacido para esta lucha y, en sus décadas de vida, ningún oponente lo había superado. Acabaría ahogando a su presa, como lo había hecho con tantas otras bestias incautas, y luego se daría un festín.

Tool forcejeó, intentando obligar al reptil a abrir la boca, pero ni siquiera la tremenda fuerza del híbrido era rival para la mordida del caimán. Los dientes le apretaban el hombro como un cepo. El monstruo se revolvió de nuevo y lo estampó contra el lodo, presionándolo contra el suelo.

El pánico empezó a apoderarse de Tool. Se estaba ahogando. Apenas podía contener el impulso de respirar agua. Volvió a intentar abrir las fauces del lagarto, consciente de que era inútil, pero incapaz de darse por vencido.

«El reptil no es tu enemigo. No es más que una bestia. Eres mejor que él».

Una divagación absurda y un pequeño consuelo a la vez: morir asesinado por una criatura que tenía el cerebro del tamaño de una nuez. Tool enseñó los dientes en un rictus de desdén mientras el caimán lo arrastraba entre más maleza y lodo.

«Esta bestia estúpida no es tu enemigo».

Tool no era un animal salvaje, una criatura que solo podía pensar en términos de lucha o huida. Era mejor que eso. No había sobrevivido tanto tiempo pensando como un animal. El pánico y el sinsentido eran sus únicos enemigos, como siempre. Ni las balas, ni los dientes, ni los machetes, ni las garras. Tampoco las bombas, ni los látigos, ni el alambre de púas.

Mucho menos esta bestia estúpida. Solo el pánico.

Nunca lograría zafarse de las mandíbulas del caimán. Eran un cepo perfecto, una articulación que había evolucionado para cerrarse y no aflojarse nunca. Nadie podía escapar de la mordedura de un caimán, ni siquiera alguien con la fuerza de Tool. Así que no seguiría intentándolo.

En lugar de eso, el híbrido rodeó la cabeza de la bestia con el brazo que le quedaba libre, se abrazó a él como un oso y apretó. La presión obligó al caimán a tensar la mandíbula en torno al brazo y el hombro de Tool. Los dientes se le clavaron más profundamente en la piel. Su sangre volvió a enturbiar el agua.

Tal vez, en los oscuros recovecos de su cerebro diminuto, el caimán se alegrara de haber hincado el diente aún más en la carne de su enemigo. Ahora, sin embargo, el otro brazo de Tool, el que había quedado atrapado en las fauces del monstruo, podía moverse con total libertad. No desde fuera, sino desde dentro.

El híbrido giró el trozo astillado de raíz de mangle y empezó a clavarlo de forma metódica en el paladar del reptil, rasgando la carne, hundiendo la madera cada vez más.

El caimán, presintiendo que algo iba mal y notando cómo se desgarraba por dentro, intentó abrir las fauces, pero Tool, en lugar de soltarlo, sujetó al monstruo con más fuerza.

«No huyas —pensó—. Te tengo donde quería».

La sangre seguía manando del hombro del híbrido, pero la furia de la batalla lo espoleaba. Tenía ventaja. Quizá estuviera quedándose sin aire y sin vida, pero ahora aquel reptil ancestral era suyo. La mordedura del caimán era mortal, pero también tenía una debilidad: carecía de fuerza muscular para abrir la boca con facilidad.

Cuando la raíz de mangle se hizo añicos, Tool continuó el asalto con las garras, ahondando cada vez más en la herida.

El caimán se revolvió enloquecido, intentando liberarse. Sus décadas de matanzas simples no lo habían preparado para enfrentar a una criatura como Tool, un ser más primitivo y aterrador incluso que él mismo. Se retorció y se revolcó por el lodo, sacudiéndolo como un perro sacude a una rata. Tool vio las estrellas, pero se aferró con fuerza y siguió ahondando. Se quedó sin aire. Su puño por fin dio con el hueso.

Con una última acometida, atravesó el cráneo del lagarto con las zarpas y le atravesó el cerebro.

El monstruo empezó a estremecerse y a morir.

¿Comprendía que había estado en desventaja en todo momento? ¿Qué estaba muriendo porque nunca había tenido que evolucionar para hacer frente a una criatura como Tool?

El puño del híbrido hizo papilla el cerebro del lagarto.

La vida del gigantesco reptil se apagó, víctima de un monstruo que nunca debería haber existido, de un ser dotado de una perfección impía para matar, creado en un laboratorio y perfeccionado en mil campos de batalla.

Tool arrancó con las garras lo que quedaba del cerebro de aquel lagarto ancestral y, un instante después, la criatura quedó inerte.

Una oleada de satisfacción primitiva lo invadió en cuanto su oponente se entregó a la muerte. Cuando la oscuridad empezó a nublarle la visión, lo dejó ir.

Había vencido.

Aun estando al borde de la muerte, había vencido.

3

—Ya es suficiente, Mahlia. —El doctor Mahfouz dejó escapar un suspiro y se irguió—. Hemos hecho todo lo que hemos podido. Déjala descansar.

Mahlia se sentó sobre los talones y se limpió la saliva de Tani de los labios, renunciando a seguir respirando por la muchacha, que ya había dejado de respirar por sí misma. La joven yacía inmóvil, con los ojos azules sin vida clavados en las cañas de bambú del techo de la cabaña ocupada.

Todo estaba manchado de sangre: el doctor y Mahlia, Tani, el suelo, el señor Salvatore. Cinco litros, según lo que le había enseñado el médico a Mahlia durante sus estudios; esa era la cantidad de sangre que había de media en un cuerpo humano. Y, por lo que parecía, su paciente la había perdido toda. Roja y brillante. Rica en oxígeno. No azul como en el saco amniótico, sino roja. Roja como un rubí.

Qué desastre.

La vivienda apestaba. Al aceite vegetal requemado de la lámpara, al aroma férreo de la sangre, al olor rancio y sudoroso de la gente desesperada. Hedía a dolor.

Los rayos del sol se filtraban por las grietas de las paredes de bambú de la choza como cuchillas de luz brillante. El doctor Mahfouz les había preguntado a Tani y al señor Salvatore si preferían que la muchacha diera a luz fuera, donde haría más fresco y habría mejor ventilación y luz, pero el señor Salvatore era un hombre tradicional y deseaba que su hija tuviera intimidad, aunque ella hubiera sido de todo menos reservada en lo que respectaba a su vida amorosa. Ahora era como si estuvieran envueltos en el perfume de la muerte.

En un rincón de la cabaña, arropado entre un montón de mantas manchadas, el asesino de Tani descansaba en silencio. Cuando el recién nacido había lactado durante unos segundos, Mahlia se había sorprendido de lo feliz que se había sentido por Tani al comprobar que su bebé diminuto y arrugado estaba sano y que el parto no había sido tan largo como ella había esperado.

Pero entonces Tani había entornado los ojos.

—Mahlia, ven aquí, por favor —le había dicho el médico, en un tono que dejaba entrever que algo iba muy mal, pero que no quería asustar a la paciente.

Al acercarse al médico, que seguía arrodillado entre las piernas de Tani, Mahlia había visto el charco de sangre, cada vez más abundante, y las manos teñidas de rojo del hombre mientras continuaba aplicándole presión en el vientre. Finalmente, había decidido cortar.

El problema era que no tenían ningún fármaco con el que dormir a Tani, para poder abrirla con mayor facilidad; no tenían nada, salvo una última dosis de heroína procedente del mercado negro. Cuando el médico había sacado el bisturí, Tani había empezado a hiperventilar y a preguntarle qué pasaba.

—Necesito que te quedes quieta, cielo —le había dicho él.

Como no podía ser de otra forma, el pánico se apoderó de Tani. El doctor Mahfouz hizo llamar a su padre. El señor Salvatore subió por la escalerilla hasta la vivienda ocupada y empezó a gritar cuando vio la sangre, exigiendo saber qué pasaba y asustando aún más a su hija.

El médico le ordenó que se colocara junto a su cabeza y le sujetara los hombros mientras él se sentaba sobre sus piernas. Luego le pidió a Mahlia que lo ayudara, aun cuando solo tenía el muñón de la mano derecha y su izquierda de la suerte (que no se lo pareció tanto ahora que necesitaba ambas manos para hacer el trabajo).

El hombre se puso a trabajar bajo el destello intermitente de la única lámpara de aceite vegetal y la luz de las velas mientras Mahlia, que no había tenido más remedio que arrimarse él, le indicaba dónde colocar el bisturí. Guiándolo con su voz, lo ayudó a hacer la incisión en bikini en el vientre de Tani. Las mismas incisiones que él le había mostrado en sus libros de medicina y le había enseñado a hacer. Como él ya no veía muy bien, Mahlia le fue pasando los instrumentos tan rápido como pudo con su única mano buena hasta que lograron acceder al vientre de Tani y ver de dónde salía la sangre.

Para entonces, Tani había dejado de forcejear. Y poco después, la joven ya se había ido, con el abdomen abierto en canal como un animal mientras el viejo Salvatore le sostenía los hombros inertes y su sangre continuaba derramándose por la cabaña ocupada.

—Ya es suficiente, Mahlia —dijo el médico. Mahlia se irguió, desistiendo de su empeño por reanimar a la pobre chica muera.

Salvatore los miró con ojos acusadores.

—La habéis matado.

—Nadie la ha matado —aseveró el doctor Mahfouz—. El parto siempre es incierto.

—Ella. Ella la ha matado. —Salvatore señaló a Mahlia—. Nunca debiste dejar que se acercara a mi hija.

Al oír la acusación del hombre, Mahlia ocultó un bisturí ensangrentado en su mano buena, asegurándose de mantener el rostro impasible mientras se volvía hacia él. Si Salvatore intentaba hacerle algo, estaría preparada.

—Mahlia... —La voz del médico encerraba una advertencia. Siempre sabía lo que la joven estaba pensando. Aun así, Mahlia no soltó el bisturí. Era mejor prevenir que curar.

—Los apestados como ella traen mala suerte. Conjuran a las Parcas —siguió diciendo Salvatore—. Deberíamos haberla echado cuando tuvimos la oportunidad.

—Señor Salvatore, por favor —dijo el doctor Mahfouz en un intento por calmar al hombre.

Mahlia dudaba que fuera a conseguirlo. Su hija estaba muerta sobre la mesa, con el vientre abierto, y de pie frente a él estaba ella, el blanco perfecto para las culpas.

—Mala suerte y muerte —espetó—. Fuiste un necio al acogerla, Mahfouz.

—Por favor, Salvatore. Incluso San Olmos apela a la caridad.

—Ella trae la muerte consigo —continuó Salvatore—. Dondequiera que va. No trae más que sangre y muerte.

—Estás exagerando.

—Hizo que las Parcas le echaran mal de ojo a las cabras de Alejandro —argumentó Salvatore.

—Yo no las toqué —replicó Mahlia—. Fueron unos loboyotes, y todo el mundo lo sabe. Yo no las toqué.

—Alejandro vio cómo las mirabas.

—Ahora te estoy mirando a ti —respondió ella—. ¿Significa eso que tú también estás muerto?

—¡Mahlia!

La muchacha dio un respingo al oír la reprimenda del médico.

—Yo no le he hecho nada a tu hija —dijo—. Ni a ninguna cabra. —Miró a aquel padre desconsolado—. Siento mucho lo de tu hija. No se lo deseo a nadie.

Empezó a recoger los instrumentos médicos manchados mientras el doctor Mahfouz seguía intentando calmar a Salvatore. Era algo que se le daba muy bien. Sabía cómo disuadir a la gente. Mahlia nunca había conocido a nadie a quien se le diera tan bien hacer que la gente dejara de discutir, se sentara, hablara y escuchara.

El doctor Mahfouz era afable y tranquilo durante las discusiones, cuando la mayoría de la gente perdía los estribos y se ponía a gritar. Sabía sacar lo mejor de la gente. Si no hubiera sido por él, la habrían echado de Ciudad Banyan hacía mucho tiempo. A lo mejor habrían dejado que Mouse se quedara, aunque él también fuera un gusano de guerra. Pero ¿una marginada como ella? De ninguna manera. No sin la intervención del médico y sus llamamientos a la caridad, la bondad y la compasión.

El buen doctor solía decir que todo el mundo quería ser bueno, pero que en ocasiones necesitaba ayuda para encontrar el camino. Era lo que les había dicho a Mouse y a ella cuando los había acogido por primera vez. Lo había repetido incluso mientras espolvoreaba sulfamidas sobre el muñón ensangrentado de la mano de Mahlia, como si no pudiera ver lo que ocurría delante de sus narices. Las Ciudades Sumergidas volvían a estar ocupadas haciéndose pedazos entre sí, pero él seguía ahí, convencido de que la gente quería ser amable y buena.

Al oírlo, Mahlia y Mouse se habían limitado a mirarse sin decir nada. Si el médico estaba tan loco como para dejar que se quedaran con él, podía decir todos los disparates que quisiera.

El doctor Mahfouz cogió al bebé de Tani y lo puso en los brazos del desconsolado abuelo.

—¿Qué sugieres que haga con esto? —le preguntó Salvatore—. No soy una mujer. ¿Cómo voy a alimentarlo?

—Es «él» —lo corrigió el médico—. Dale un nombre. Elige un nombre para tu nieto. Nosotros te ayudaremos con lo demás. No estás solo, ninguno de nosotros lo está.

—Para ti es fácil decirlo. —Salvatore volvió a desviar la mirada hacia Mahlia—. Si tuviera dos manos, podrías haberla salvado.

—Nada podría haber salvado a Tani. Por mucho que deseemos lo contrario, lo cierto es que a veces no podemos hacer nada para alterar el devenir de las cosas.

—Creía que conocías todo lo relacionado con la medicina de las fuerzas de paz.

—Conocerlo todo y tener las herramientas necesarias son dos cosas diferentes. Esto no es precisamente un hospital. Nos apañamos con lo que tenemos, y nada de eso es culpa de Mahlia. Tani ha sido víctima de muchos males, pero Mahlia no es el principio de esa cadena, ni tampoco el final. Si alguien es responsable de algo, soy yo.

—Habría ayudado que tu enfermera tuviera dos manos —insistió Salvatore.

Mahlia sintió los ojos del hombre clavados en la espalda mientras metía las últimas pinzas y escalpelos en la bolsa del médico. Tendría que hervirlo todo cuando volviera a casa de Mahfouz, pero al menos podría salir de aquí.

Cerró la bolsa a presión, utilizando el muñón de la mano derecha para sostenerla mientras apretaba los cierres con los dedos de la mano izquierda, la de la suerte.

El cuero de la bolsa llevaba grabados los caracteres chinos del hospital de las fuerzas de paz en el que el doctor Mahfouz había completado su formación antes de que se reanudara la guerra: «EXT-A» 华盛顿美中友谊医院. Sabía que «华盛顿» era una palabra de la Edad del Aceleramiento con la que se designaba a las Ciudades Sumergidas y que «中» representaba a «China». También podía distinguir otros caracteres: «amistad» y «cirugía», además del símbolo que correspondía a «patio».

A grandes rasgos, podía traducirse como «hospital de la amistad». Uno de esos lugares que las fuerzas de paz chinas habían habilitado cuando aparecieron por primera vez para intentar detener la guerra. Un lugar con sábanas esterilizadas en agua hervida, buena iluminación, unidades de sangre y suero para transfusiones, además de otras mil cosas a las que se suponía que debía tener acceso un médico de verdad.

En la actualidad, su hospital estaba dondequiera que el doctor Mahfouz colocara su maletín médico. Eso era cuanto quedaba del maravilloso hospital donado por el pueblo chino, además de unos pocos paquetes de rehidratación en los que aún se podían leer las palabras «Con deseos de paz y bienestar del pueblo de Pekín».

Mahlia podía imaginarse a todos aquellos chinos haciendo donaciones a las víctimas de guerra de las Ciudades Sumergidas desde su remoto país. Todos ellos, lo bastante ricos como para poder enviar arroz, ropa o paquetes de rehidratación al otro lado del mundo a bordo de clíperes. Lo bastante ricos como para inmiscuirse donde no debían.

La muchacha evitó mirar a Tani mientras cerraba la bolsa médica. A veces, si había alguna manta a mano, podías extenderla sobre el cadáver para hacer una mortaja, pero habían usado toda la ropa de cama disponible para el recién nacido.

En aquel momento, la joven se preguntó si debería sentir algo al ver el cadáver de Tani. La muerte no era nada nuevo para ella, pero lo de Tani era diferente. Su fallecimiento había sido un golpe de mala suerte. No como la mayoría de las muertes que había presenciado, muertes que se producían porque a algún niño soldado no le gustaba cómo hablabas, quería algo que te pertenecía o le disgustaba la forma de tus ojos.

Mahfouz interrumpió sus cavilaciones:

—Mahlia, ¿por qué no llevas al bebé a casa de Amaya mientras hablo con el señor Salvatore? Ella podrá amamantar al niño.

La muchacha miró a Salvatore sin saber bien qué hacer. A simple vista, no parecía que el hombre estuviera dispuesto a entregarle al bebé.

—No creo que quiera tenerme cerca.

El doctor Mahfouz intentó aconsejar a Salvatore.

—Estás consternado. Deja que Mahlia se lleve al niño. Aunque solo sea un rato. Aún debemos ocuparnos de tu hija. Necesitará tus oraciones para poder seguir adelante. Yo no conozco los ritos de Aguas Profundas.

El hombre seguía mirando a Mahlia con furia, pero parte de su rabia empezaba a disiparse. Tal vez más tarde volviera a tener ganas de pelea, pero en aquel momento no era más que un hombre afligido.

—A ver. —Mahlia se acercó a él y le quitó al bebé de las manos sin mirarlo a los ojos, sin desafiarlo. Cuando tuvo al recién nacido en los brazos, lo arropó. Echó un último vistazo a la joven sin vida y sacó al bebé por la trampilla del suelo.

Abajo había toda una multitud esperando.

La gente retrocedió al ver que Mahlia empezaba a bajar por la escalerilla de bambú, utilizando la mano izquierda para agarrar los peldaños mientras acunaba al niño con el brazo derecho. Minsok y la tía Selima, Reg, Tua y Betty Fan, Delilah y Bobby Cross, y un montón más, todos sorprendidos fisgoneando, con los ojos y los oídos puestos en la cabaña, atentos a la tragedia que tenía lugar arriba.

—Tani ha muerto —anunció la muchacha al llegar al final de la escalerilla—. Si es eso lo que os estáis preguntando.

Todos, salvo la tía Selima, la miraron con ojos acusadores, como si fuera culpa suya. Un murmullo se extendió entre los presentes mientras se llevaban las manos a amuletos de cristal azul con los ojos de las Parcas o besaban rosarios de cuentas verdes y empezaban a hacer movimientos extraños para alejar la mala suerte. Mahlia fingió no darse cuenta. Cogió una de las esquinas de la manta, la colocó sobre el rostro del bebé para protegerlo de la claridad y se abrió paso entre la multitud.

Al salir de debajo de la vivienda, el sol brilló con fuerza sobre ella. Echó a andar por un sendero lleno de maleza en dirección a la casa de Amaya. A ambos lados del camino había edificios desmoronados que se alzaban entre la vegetación como centinelas resquebrajados. Los árboles brotaban de sus coronillas y las enredaderas de kudzu colgaban como cortinas de sus hombros caídos. Los pájaros se agolpaban en las alturas, donde construían nidos de barro, volaban por los ojos vacíos de las ventanas, parloteaban y revoloteaban mientras arrojaban excrementos sobre los incautos.

Más personas se iban asomando entre las fachadas verdes y frondosas al ver a Mahlia pasar, familias que vivían en los pisos superiores de los viejos edificios y utilizaban las plantas bajas para criar gallinas, patos y cabras que dejaban corretear libremente durante el día y que mantenían encerrados por la noche para impedir que los loboyotes y las panteras los atacaran.

En los muros inferiores de los edificios se apreciaban las insignias y los colores de las facciones de diversos caudillos, una amalgama de garabatos pintados que competían entre sí: el Ejército de Dios, la Compañía Tulane, la Milicia de Liberación…, todos ellos testimonio de los ejércitos que habían controlado, gravado y reclutado en Ciudad Banyan a lo largo de los años.

Mahlia no simpatizaba con ninguno de ellos, pero, teniendo en cuenta que la mayoría de los niños soldado la matarían nada más verla, era evidente que el sentimiento era mutuo. No obstante, los lugareños se aferraban a la quimera de que podían apaciguar a los soldados que combatían a su alrededor, por lo que seguían colgando las banderas patrióticas de la facción de turno con la esperanza de que fuera suficiente.

Este año, en las ventanas superiores predominaban los trapos azules en señal de apoyo al Frente Patriótico Unido del coronel Glenn Stern, pero Mahlia sabía que la gente del pueblo también mantenía cerca las estrellas rojas del Ejército de Dios en caso de que recuperara la ventaja y reconquistara el territorio. En algunos edificios aún se veían los distintivos de estrellas y barras de Tulane, todos descascarillados, pintarrajeados y, en su mayoría, tapados, pero eran muy pocos. Hacía años que nadie veía soldados de Tulane. Se rumoreaba que los habían empujado a las zonas pantanosas y que se habían dedicado a pescar y a cazar cangrejos y anguilas porque no tenían munición suficiente para seguir luchando. Eso, o habían emprendido una huida desesperada hacia el norte y en aquellos momentos sus restos eran el sustento del ejército de híbridos corporativos que patrullaba las fronteras septentrionales y prohibía el paso a todo el mundo.

El padre de Mahlia solía escupir cada vez que pronunciaba el nombre de alguno de los ejércitos de los caudillos. Daba igual que fuera el Ejército de Dios, la Milicia de Liberación o el Frente Patriótico Unido. Para él, ninguno de ellos valía nada. Un puñado de *zhi laohu*, «tigres de papel». Les gustaba mucho rugir, pero salían volando como el papel en cuanto soplaban vientos de guerra. Cada vez que las tropas de su padre hacían acto de presencia, huían como ratas o morían como moscas.

Su padre siempre hablaba del antiguo general chino Sun Tzu y de sus estrategias, y de cómo ninguno de aquellos caudillos de papel poseía estrategia alguna.

Laji, solía llamarlos. «Basura». Todos ellos.

Al final, no obstante, los caudillos habían vencido y su padre se había marchado con el resto del ejército de las fuerzas de paz chinas mientras los tigres de papel rugían y proclamaban sus victorias desde los tejados de las Ciudades Sumergidas.

A Mahlia se le empezó a empapar la camiseta de sudor a medida que caminaba. Salir al exterior en mitad del día era una locura. Con la humedad y el calor, hacer cualquier cosa se volvía más desagradable. Debería haber estado agazapada a la sombra y no cruzando la ciudad bañada en sudor, con sangre por todas partes y un bebé en los brazos.

La muchacha pasó por delante de la tienda donde la tía Selima vendía mercancía en el mercado negro: jabón y cigarrillos procedentes de Moss Landing y cuantos trastos encontraba entre las ruinas suburbanas que los rodeaban. Viejos vasos de cristal que no se habían roto durante los enfrentamientos, tubos de caucho para canalizar el agua de riego, alambre oxidado para atar cañas de bambú y construir cercas..., todo tipo de cosas.

Apiladas en un rincón había un par de estufas de chapa fabricadas en China, vestigios de la época en que las fuerzas de paz habían estado por allí intentando hacer amigos. Por lo que ella sabía, cabía la posibilidad de que hubiera sido el propio batallón de su padre el que las hubiera traído hasta aquí para enseñarle a la gente que funcionaban mejor y calentaban más que una hoguera al aire libre. Una más de las muchas labores de pacificación con las que intentaban hacer que los habitantes de las Ciudades Sumergidas, inmersos en una contienda perpetua, dejaran de pelear y se centraran en su propio bienestar. Un ejercicio de «poder blando», como lo llamaba su padre, que consistía en conquistar los corazones y las mentes de la gente, una labor tan esencial como la capacidad de las fuerzas de paz a la hora de aplastar a las unidades de combate de las milicias locales.

Un poco más adelante se encontraba la cabaña de Amaya. Era una estructura pequeña, encajada en el segundo piso de un viejo edificio de ladrillos que se había derrumbado sobre sí mismo. En la planta baja, Amaya y su marido habían apilado los ladrillos caídos para construir un corral resistente para sus cabras.

La muchacha se refugió en la sombra de la planta abierta. La escalerilla que conducía a la morada de Amaya estaba pintada de azul y adornada con pequeños talismanes raídos del FPU que colgaban de los peldaños como banderas de oración en honor a Kali María Piedad, unas escuetas ofrendas con las que intentaban mantener a raya a los niños soldado de Glenn Stern.

La primera vez que Mahlia había visto Ciudad Banyan, no había entendido por qué todo el mundo vivía en los pisos superiores. Su desconcierto había hecho reír a Mouse, que la había tachado de ser una niña rica de ciudad por no haber oído hablar nunca de las panteras y los loboyotes que acechaban durante la noche. La familia de Mouse se había dedicado al cultivo de soja en una granja ubicada en una zona bastante alejada del colapso suburbano de las Ciudades Sumergidas, por lo que sabía muy bien lo que era vivir en mitad de la nada, pero ella había tenido que aprenderlo todo desde cero.

—¿Amaya? —llamó.

La mujer apareció de detrás del corral de las cabras. Llevaba a uno de sus retoños a la espalda, una criatura diminuta con cara de mocoso. Otro de los críos se asomó desde el piso de arriba, un niño de ojos oscuros y piel morena casi tan oscura como la de Mahlia que miraba hacia abajo desde lo alto de la escalerilla con expresión seria.

Al ver a la joven cubierta de sangre y con el bebé en brazos, los ojos de Amaya se abrieron de par en par. Se persignó, encomendándose a las Parcas para que la protegieran de la muchacha, que fingió no darse cuenta.

Mahlia levantó el fardo que llevaba en brazos.

—Es de Tani.

—¿Cómo está? —preguntó Amaya.

—Está muerta. El doctor Mahfouz quiere que cuides de su bebé, que le eches una mano al señor Salvatore, aprovechando que ya estás lactando. Hasta que pueda cuidarlo él solo.

La mujer no hizo ademán de coger el bulto.

—Le dije que esos niños soldado no le traerían nada bueno.

Mahlia seguía con los brazos extendidos, ofreciéndole al bebé.

—El doctor dice que puedes amamantarlo.

—Eso dice, ¿eh?

Amaya era dura como una pared de ladrillos. Mahlia deseó que hubiera sido el médico quien lo trajera. Él la habría convencido con facilidad. Era evidente que la mujer no quería al bebé y, si era honesta consigo, no la culpaba. Ella tampoco quería tener nada que ver con él.

—No le estamos haciendo ningún favor —dijo la mujer finalmente—. Nadie desea otra boca que alimentar.

La muchacha se limitó a esperar. Era algo que se le daba muy bien. Cuando eras un marginado, no servía de nada intentar razonar con la gente, pero, a veces, si te limitabas a esperar sin decir nada, la gente se incomodaba y sentía que tenía que hacer algo.

Amaya no se quejaba de que hubiera más bocas que alimentar, no exactamente. Hablaba de los huérfanos y, más concretamente, de los gusanos de guerra. Huérfanos como Mahlia, que habían aparecido en Ciudad Banyan con la mano derecha amputada, desangrándose e implorando ayuda. Nadie quería tener un gusano de guerra cerca, porque ello los obligaba a posicionarse a favor o en contra del vástago de un miembro de las fuerzas de paz, un despojo abandonado a su suerte en medio de su ciudad. La mayoría de la gente había elegido la segunda opción, pero la elección del doctor Mahfouz había sido diferente.

—No tienes que preocuparte por tener una boca más que alimentar. Salvatore se lo llevará en cuanto empiece a comer solo. Además, el doctor se encargará de enviarte algo más de comida, por las molestias.

—¿Qué ve ese hombre en una enfermera manca? —le preguntó Amaya—. ¿Por eso ha muerto Tani? ¿Porque te falta una mano?

—No fue culpa mía que se quedara embarazada.

—No. Pero tampoco necesitaba a una china inútil y lisiada como enfermera.

Las palabras de la mujer enfurecieron a Mahlia.

—No soy china.

Amaya se limitó a mirarla.

—No lo soy —repitió la muchacha.

—La sangre que tienes en la cara lo demuestra. Una apestada china de los pies a la cabeza. —Le dio la espalda, luego se detuvo y se volvió de nuevo para mirarla—. Lo que no consigo entender es qué problema tuvieron contigo. ¿Por qué las fuerzas de paz no te quisieron? Si a los pacificadores no les importabas lo suficiente para llevarte con ellos cuando regresaron a China, ¿por qué, en nombre de las Parcas, íbamos a quererte nosotros?

La joven luchó por contener la ira que empezaba a bullir en su interior.

—Bueno, este no es chino, y tampoco es un apestado. Es un niño de Ciudad Banyan. ¿Lo quieres? ¿O le digo al doctor Mahfouz que lo has rechazado?

Amaya la miró como si fuera un saco de tripas de cabra, pero al final aceptó al recién nacido.

En cuanto el bebé estuvo en brazos de la mujer, Mahlia se acercó a ella. Se situó lo más cerca que podía situarse de una mujer adulta. Al hacerlo, le sorprendió comprobar que casi tenía su misma altura. Amaya retrocedió hasta la escalerilla de la cabaña, aferrándose al niño al ver que la muchacha se arrimaba a ella.

—Me llamas apestada —dijo la joven—, desecho chino, lo que sea. —La mujer intentaba apartar la mirada, pero Mahlia la tenía acorralada, con los ojos clavados en los de ella—. Puede que mi padre fuera un miembro de las fuerzas de paz, pero mi madre nació y creció en las Ciudades Sumergidas. Si esa es la clase de guerra que quieres librar, adelante. —Levantó el muñón cicatrizado de la mano derecha y se lo puso en la cara a la mujer—. A lo mejor te rajo como el Ejército de Dios me rajó a mí. A ver cómo te las arreglas solo con una izquierda de la suerte. ¿Qué me dices?

Los ojos de Amaya se llenaron de terror. Por un instante, Mahlia tuvo la satisfacción de haberse hecho respetar. «Sí. Ahora sabes quién soy. Antes no era más que otra apestada, pero ahora sabes quién soy».

—¡Mahlia! ¿Qué estás haciendo?

Era el doctor Mahfouz, que se dirigía a toda prisa hacia ellas. La muchacha retrocedió.

—Nada —respondió. El médico la miró con consternación, como si fuera una especie de animal enloquecido.

—¿Qué está pasando aquí, Mahlia?

La joven frunció el ceño.

—Me ha llamado china.

Mahfouz se echó las manos a la cabeza.

—¡Porque eres china! ¡No es nada de lo que avergonzarse!

—¡Me ha amenazado! —interrumpió la mujer—. Ese animal me ha amenazado. —Ahora que sentía que tenía el apoyo del doctor Mahfouz, estaba furiosa. Enfadada por haberse dejado amedrentar por un gusano de guerra apestoso. Mahlia se preparó para la regañina, pero antes de que Amaya pudiera continuar, el médico le apoyó la mano en el hombro y le dijo:

—Vete a casa, Mahlia.

Para su sorpresa, el hombre no le habló con crueldad ni con enfado. Sus palabras solo denotaron cansancio.

—Ve a ver si encuentras a Mouse —le pidió—. Tenemos que reunir algo más de comida para ayudar a Amaya con este nuevo niño.

La muchacha dudó un momento, pero no tenía sentido que se quedara.

—Lo siento —dijo, sin saber bien si se lo decía al médico, a la mujer, a sí misma o a quién—. Lo siento —repitió y se alejó.

Mahfouz siempre le decía que se mantuviera al margen, que no prestara atención a los insultos, y ahí estaba ella, buscando pelea sin necesidad. Casi podía oír la voz del hombre en su cabeza mientras caminaba hacia la cabaña que compartía con él y con su amigo Mouse: «Puede que no sientan aprecio por un huérfano de guerra inofensivo, pero eso no significa que no sientan empatía. Sin embargo, si te ven como alguien violento, te tratarán del mismo modo en que tratan a los loboyotes».

En resumidas cuentas, quería decir que la gente la dejaría en paz mientras pareciera inofensiva, pero la silenciaría en cuanto intentara alzar la voz.

Sun Tzu decía que debías elegir tus batallas y luchar solo cuando sabías cómo alcanzar la victoria. La victoria solo les llegaba a aquellos que sabían cuándo atacar y cuándo retirarse, por lo que Mahlia no pudo evitar pensar que acababa de cometer una estupidez. Había dejado que el enemigo la indujera a exponerse.

Aquel paso en falso habría hecho reír a su padre. Tener un temperamento impulsivo era uno de los mayores defectos de los que podía adolecer un general. Además, quienes se dejaban provocar por los insultos eran rivales fáciles de derrotar. Mahlia había hecho lo que siempre hacía la gente de las Ciudades Sumergidas: había luchado sin pensar.

Su padre la habría considerado un animal por eso.

4

La casa del doctor Mahfouz estaba metida en un edificio de cinco plantas que la guerra había dejado en ruinas. Los muros de hormigón de los niveles inferiores estaban llenos de agujeros de misiles y balas. Los pisos superiores, en cambio, habían desaparecido por completo, prueba fehaciente de que las bombas habían caído por el tejado y habían volado por los aires la parte superior. A pesar de todos los escombros, la estructura del edificio seguía siendo sólida, por lo que el médico había decidido instalarse en el segundo piso, rodeado de las vigas de hierro macizo.

Un hogar.

Cuando el médico acogió a Mahlia y a Mouse por primera vez, la vivienda apenas tenía capacidad para una sola persona. No porque el espacio fuera muy reducido, que lo era, sino porque el interior sombrío estaba tan atestado de libros enmohecidos que el hombre se veía obligado a dormir al aire libre siempre que no llovía, ya que, para él, era más importante mantener a salvo sus libros que a sí mismo.

Sin embargo, con la intrusión de la chica marginada procedente del corazón de las Ciudades Sumergidas y el niño huérfano de la aldea incendiada de Brighton, el buen doctor había tenido que admitir lo inadecuado de su hogar.

Con la ayuda de Mouse y, más adelante, la de Mahlia, cuando el muñón del brazo derecho ya se le había curado, instaló unos tablones ásperos sobre las vigas y amplió el espacio habitable. Utilizaron restos de hojalata oxidada y plástico desbastado que habían recogido para construir un tejado más grande que los resguardara de los chaparrones. Al principio, también usaron plástico para fabricar las paredes. No necesitaban muros para calentarse, ni siquiera durante la estación oscura, pero las panteras que merodeaban por los pantanos a veces saltaban al segundo piso y se paseaban por la estructura, por lo que habían cortado cañas de bambú para erigir las nuevas paredes y las habían reforzado con barro y paja hasta crear un espacio sólido para las personas y para más libros mohosos del médico.

En la planta baja, Mahfouz había instalado la cocina y una pequeña consulta de urgencias. La cocina estaba repleta de sartenes abolladas que colgaban de pequeños trozos de acero corrugado doblado. Una cacerola de gran tamaño, que Mahlia utilizaba para hervir el material quirúrgico, descansaba sobre un hornillo de metal cilíndrico, uno de los muchos que las fuerzas de paz habían repartido entre los pueblos de la periferia de las Ciudades Sumergidas. El mensaje solidario que adornaba el lateral de la estufa rezaba: «Los mejores deseos de paz de parte del pueblo de la isla de Shangái», escrito tanto en inglés como en chino.

A escasa distancia de la vivienda, el doctor Mahfouz había construido un cobertizo para ganado a partir de escombros que había mazonado con tanto esmero que había logrado crear una estructura casi tan recta y escuadrada como debían de ser las edificaciones durante la Edad del Aceleramiento y, más importante aún, lo bastante resistente como para mantener alejados a los loboyotes y a las panteras. Gabby, su cabra, estaba atada junto a la cabaña, rumiando kudzu tranquilamente. Cuando Mahlia se acercó a ella, el animal baló.

—Ya te han ordeñado —le dijo—. Deja de presionarme.

La muchacha echó un vistazo al resto de la casa. Los cubos que utilizaban para lavar ya se habían llenado con el agua que se acumulaba en el sótano del edificio derruido de al lado. A juzgar por las pruebas, Mouse debía de estar cerca.

Mahlia subió por la escalera de troncos de la vivienda y se asomó por la trampilla. El olor a serrín y papel podrido la envolvió; los dos aromas que más asociaba con el médico. Había libros apilados y amontonados por todas partes, abarrotando las toscas estanterías y cubriendo hasta la última pared. El hombre era incapaz de resistirse a una biblioteca. La joven se abrió paso entre las montañas de ejemplares.

—¿Mouse?

Nada.

La primera vez que estuvieron en la cabaña, Mouse y Mahlia habían puesto los ojos en blanco al descubrir la obsesión de aquel hombre con los libros. Conservar libros no tenía ningún sentido, a menos que pretendieras usarlos para provocar un incendio. Los libros no podían salvarte de un disparo. Pero Mahfouz los había defendido a capa y espada, así que si el buen doctor quería mantener aquellos libros apilados de suelo a techo hasta que se les cayeran encima, o les pedía que fueran caminando hasta un lugar que él llamaba Alejandría, Mahlia y Mouse no iban a negarse. El hombre se había jugado el pellejo por ellos, así que era lo menos que podían hacer.

—Nos vamos a Alejandría —les había dicho el médico.

—¿Por qué? —le había preguntado ella.

Mahfouz había levantado la vista del documento que había estado estudiando, un viejo mapa de la Edad del Aceleramiento, de antes de que las Ciudades Sumergidas se hubieran sumergido.

—Porque el Ejército de Dios se dedica a quemar libros y nosotros vamos a salvarlos.

Así que emprendieron el camino hasta Alejandría en un intento por adelantarse a la próxima gran ofensiva del Ejército de Dios. «Es nuestra última oportunidad para salvar el conocimiento del mundo», había dicho Mahfouz.

Por supuesto, llegaron demasiado tarde y, cuando lo hicieron, Alejandría no era más que una montaña de ruinas humeantes. Había cadáveres desperdigados por toda la ciudad: personas que se habían cruzado en el camino de todo un ejército. Personas que habían intentado proteger los libros con sus cuerpos, en vez de protegerse con ellos.

Mahlia recordaba haber contemplado todos aquellos cadáveres y sentir una gran tristeza por todos los insensatos que creían que los libros eran más importantes que sus propias vidas. Cuando los perros de guerra se te echaban encima, no te mantenías firme, huías. Eso decía Sun Tzu. Si tu enemigo era más fuerte que tú, lo evitabas. Un principio que a Mahlia y a Mouse les parecía bastante obvio. Así y todo, aquellas personas se habían mantenido firmes.

Así que los habían acribillado a balazos y despedazado a machetazos. Les habían prendido fuego y los habían quemado con ácido.

Y los libros que intentaban proteger habían ardido de todos modos.

Al ver la biblioteca en llamas, el doctor Mahfouz se había postrado de rodillas mientras las lágrimas le corrían por las mejillas. En aquel momento, Mahlia había temido por él, por ella misma y por Mouse.

Entonces había comprendido que el médico no tenía el menor sentido común. Era igual que las personas que habían intentado proteger la biblioteca. Alguien dispuesto a morir por unos trozos de papel. Y, al darse cuenta de eso, había tenido miedo, porque si el único hombre que se preocupaba por ella y por Mouse estaba así de loco, ni ella ni el chico tenían la menor posibilidad.

Mahlia se sacudió el recuerdo y volvió a llamar:

—¿Mouse? ¿Dónde estás?

—¡Aquí arriba!

La muchacha levantó una plancha de plástico viejo con el logotipo de Patel Global Transit y se subió a una de las vigas que sostenían la estructura de la casa. Mouse estaba tres pisos más arriba, encaramado a un travesaño de hierro con las piernas colgando en el aire.

«Por supuesto».

Mahlia respiró hondo. Se quitó las sandalias y se desplazó por una viga caliente y oxidada intentando no perder el equilibrio. Avanzó despacio, colocando un pie delante del otro, mirando hacia la cocina y la consulta improvisadas, balanceándose al aire libre hasta que llegó a un muro de hormigón resquebrajado y a las barras de acero expuestas que le permitirían escalar con menor dificultar hasta donde se encontraba Mouse.

Empezó a trepar, utilizando el muñón para equilibrarse, la mano izquierda para agarrarse y los dedos de los pies, morenos y desnudos, para sujetarse a medida que ascendía.

Un piso, dos pisos...

Mouse podía trepar por las vigas verticales sin problema, como un mono ágil de piernas delgadas, brazos fibrosos y manos perfectas. Mahlia, en cambio, no tenía más remedio que tomar el camino más largo.

Tres pisos...

El mundo se abrió ante sus ojos.

Cinco pisos más arriba, la selva se extendía en todas las direcciones, interrumpida únicamente por las ruinas de ciudades devastadas por la guerra que sobresalían por encima de los árboles. Los antiguos pasos elevados de hormigón de las autopistas se arqueaban sobre la jungla como serpientes marinas gigantes con la espalda peluda y tupida, repleta de enredaderas de kudzu largas y enmarañadas.

Al oeste, los edificios destruidos y los campos asolados de Ciudad Banyan descansaban pulcramente bañados por el sol. Algunos de los muros sobresalían de los terrenos como aletas de tiburones. Los estanques rectangulares de color verdoso que salpicaban los campos en líneas regulares marcaban los lugares donde antaño se habían erigido los antiguos barrios y dibujaban los contornos de los sótanos, ahora inundados de agua de lluvia y repletos de peces. Resplandecían como espejos sembrados de nenúfares bajo el sol abrasador, convertidos en las tumbas abiertas y anegadas de los viejos suburbios.

Hacia el norte se extendía una selva impenetrable. Si caminabas lo suficiente, más allá de donde rondaban los caudillos y las manadas de loboyotes y panteras, acababas llegando a la frontera. Allí, un ejército de híbridos montaba guardia para impedir que los gusanos de guerra de las Ciudades Sumergidas, los niños soldado y los señores de la guerra llevaran la contienda más al norte. Para evitar que infectaran lugares como Manhattan Orleans o Seascape Boston con su enfermedad.

Hacia el sur y el este, la selva daba paso a las marismas y, un poco más allá, a las Ciudades Sumergidas propiamente dichas. A lo lejos, en la distancia brumosa, se apreciaba el resplandor del mar.

Mahlia se irguió sobre las ruinas destrozadas, entornando los ojos bajo la luz cegadora. El hierro ardía bajo sus pies y el sol azotaba su piel morena. Aquel habría sido un buen momento para agazaparse a la sombra y evitar quemaduras, pero allí estaba Mouse, pálido y pecoso, oteando la jungla como un ratoncillo pequeño y delgado. Un chico de cabello pelirrojo y piel tostada, con los ojos azul grisáceo y la mirada nerviosa que parecían compartir todos los gusanos de guerra. No decía nada, solo contemplaba la selva en silencio. Tal vez mirara hacia donde había estado la granja de su familia, a un lugar donde había sido feliz antes de que los niños soldado llegaran y arrasaran con todo.

Mouse decía que su nombre completo era Malati Saint Olmos, como si al bautizarlo su madre hubiera intentado quedar bien con el Santo de la Herrumbre y los cristianos de Aguas Profundas al mismo tiempo, apelando a unos y otros para llamar a la buena suerte. Pero Mahlia siempre lo había conocido como Mouse. El chico la miró cuando se dejó caer a su lado.

—Madre mía, estás llena de sangre —dijo.

—Tani ha muerto.

—Ah, ¿sí? —preguntó él, interesado.

—Se ha desangrado —respondió ella—. Como si la hubieran apuñalado. El bebé la desgarró por dentro.

—Recuérdame que nunca me quede embarazado —bromeó él.

Mahlia resopló.

—Y que lo digas, gusano. Y que lo digas.

El muchacho la observó con detenimiento.

—¿Por qué estás tan decaída? —inquirió—. Esa chica ni siquiera te caía bien. Siempre te echaba en cara que eras una marginada.

La joven hizo una mueca.

—Amaya y el viejo Salvatore me han culpado. Han dicho que atraigo la mala suerte y que he hecho que las Parcas le echaran mal de ojo, como con las cabras de Alejandro.

—¿Las cabras de Alejandro? —se rio Mouse—. Las Parcas no tuvieron nada que ver con eso. En todo caso, fue un cúmulo de circunstancias: un claro ejemplo de que cosechas lo que siembras, el olor a loboyote y el hecho de que Alejandro se lo tenía merecido.

«Cosechas lo que siembras». La frase casi la hizo sonreír.

El olor había sido producto de la disección de un loboyote en la que Mahlia había asistido al doctor Mahfouz. El médico sentía gran curiosidad por la fisiología de los híbridos y quería saber más sobre aquella fascinante criatura que ningún libro de biología de la Edad Acelerada parecía mencionar.

Mahfouz sostenía que el loboyote era el resultado de un proceso evolutivo llamado a ocupar los vacíos creados por un mundo dañado y recalentado, una criatura con el tamaño y la cooperatividad de un lobo y la inteligencia y la adaptabilidad de un coyote. Los loboyotes habían llegado procedentes de la negrura invernal de Canadá y no habían dejado de extenderse desde entonces.

Ahora estaban por todas partes. Como las pulgas, pero con colmillos.

Cuando Mahlia y Mahfouz habían extraído el saco que contenía las glándulas odoríferas de la hembra, el hombre le había advertido que debían embotellarlo enseguida, guardarlo a buen recaudo y lavarse a conciencia después. Aquella advertencia había sido todo lo que la muchacha había necesitado para saber que tenía algo poderoso entre las manos.

Había urdido un plan con la ayuda de Mouse y, poco después, el rebaño de Alejandro (que la hostigaba continuamente por ser una apestada y solía decirle que lo único para lo que valía era para trabajar como prostituta) había muerto masacrado.

—Además —continuó Mouse—, ¿cómo íbamos a saber que los loboyotes se las arreglarían para abrir la puerta?

Mahlia se rio.

—Aquello no fue normal.

Y no lo era. Por eso los loboyotes daban tanto miedo. Eran mucho más inteligentes de lo que a uno le gustaría creer. A la mañana siguiente, cuando la muchacha había visto los cordones de tripas esparcidos y los últimos trozos de piel de las cabras, se había quedado tan pasmada como los demás. Su única intención había sido darle un susto a aquel granjero idiota y lo había conseguido sobradamente.

Cosechas lo que siembras, elevado a la máxima potencia.

—Bah —exclamó el chico con una mueca—. Se lo tenía merecido por decirte lo de que solo vales para trabajar como prostituta y que eres una apestada china. Ahora apenas te mira. Le has metido el miedo en el cuerpo.

—Ya, supongo —respondió ella mientras rascaba el óxido de la viga y arrancaba una escama del tamaño de su dedo meñique—. Pero ahora, con lo que le ha pasado a Tani, lo que va cuchicheando por ahí sobre mí cobra peso. Fue lo primero que dijo Salvatore cuando Tani acababa de morir.

Mouse resopló.

—Le echarían la culpa a un marginado solo por el hecho de respirar. Podrías ser tan valiosa como el oro y aun así te culparían.

—Ya. Tal vez.

—¿Tal vez? —El chico la miró con incredulidad—. Seguro que sí. Les molesta que te hayas defendido. Mahfouz puede hablar de paz y reconciliación todo lo que quiera, pero si no les plantas cara, nadie te respeta.

Mahlia sabía que tenía razón. Alejandro no la habría dejado en paz si ella no lo hubiera asustado. De hecho, durante un tiempo, había podido caminar con la cabeza bien alta y sin miedo, todo gracias a aquella artimaña con la esencia de loboyote. Pero, al mismo tiempo, había levantado una nube de desconfianza a su alrededor que había empujado al doctor Mahfouz a no dejarla acceder a sus medicinas sin supervisión. Estaba cosechando lo que ella misma había sembrado.

—Ya, tienes razón —dijo con una mueca—. No importa lo que haga. A fin de cuentas, sigo siendo una marginada. O me odian por ser débil o me odian por mantenerme firme. Es una pelea que no puedo ganar.

—Entonces, ¿qué es lo que te reconcome?

—Salvatore dijo algo más —confesó la muchacha mientras levantaba el muñón de la mano derecha y le enseñaba el pliegue de piel morena arrugada y manchada—. Dijo que Tani seguiría viva si el médico tuviera más manos para asistirla.

—¿Eso dijo? ¿Y crees que tiene razón?

—Probablemente. —Mahlia escupió al vacío y observó cómo su saliva daba vueltas en el aire mientras caía al suelo—. El doctor Mahfouz y yo trabajamos bien juntos, pero un muñón no es una mano.

—Si vas a quejarte de lo que tienes, siempre puedes volver y pedirle al Ejército de Dios que te corten la izquierda de la suerte. Seguro que no les importa acabar el trabajo.

—Sabes a lo que me refiero. No me quejo de que me salvaras. Pero sigo sin poder hacer nada delicado.

—Se te da mejor que a mí. Y eso que yo tengo los diez dedos.

—Sí, bueno, pero podrías hacer todo ese trabajo médico si te lo propusieras. Solo tienes que prestar atención y leer lo que el médico te pida que leas.

—Puede que a ti no te parezca difícil, pero yo me pongo nervioso solo con ver todas esas letras. —Se encogió de hombros—. Si pudiera leer aquí arriba, al aire libre, pues a lo mejor. Pero no me gusta estar metido en la cabaña, con la linterna y todo ese rollo. No me gusta estar encerrado, ¿sabes?

—Te entiendo —admitió ella.

A veces Mahlia sentía lo mismo. Una sensación de angustia en el pecho que la hacía pensar que las Parcas le estaban tendiendo una trampa y se preparaban para matarla. Una inquietud que le impedía concentrarse en un libro y hasta quedarse quieta. «El tic del gusano», lo llamaban algunos. Si habías vivido gran parte de la guerra, lo tenías; en mayor o menor medida, pero todo el mundo lo tenía.

Los únicos momentos en los que Mouse parecía en paz era cuando estaba pescando o cazando en la selva. El resto del tiempo se sentía inquieto y nervioso y era incapaz de estarse quieto o de prestar atención. A veces Mahlia se preguntaba cómo sería si hubiera podido crecer en la granja de sus padres, si la patrulla de un caudillo nunca hubiera matado a su familia. Tal vez entonces habría crecido siendo una persona tranquila y sosegada. Tal vez podría haber pasado todo el día leyendo un libro, o haber sido capaz de dormir en el interior de una casa sin miedo a que los niños soldado se acercaran a hurtadillas en la oscuridad y lo sorprendieran.

—Oye —Mouse le dio una palmadita—, ¿a dónde te has ido?

La muchacha se sobresaltó. Ni siquiera se había dado cuenta de que su mente se había ido a otra parte. El chico la miraba con preocupación.

—No desconectes así —dijo—. Me hace pensar que estás a punto de largarte.

—No tienes que cuidarme.

—Si no te cuidara, no seguirías viva. Ya habrías muerto de hambre o descuartizada. Necesitas que mami Mouse cuide de ti, marginada.

—Si no fuera por mí, alguna patrulla te habría capturado hace años.

Mouse resopló.

—¿Porque eres una estratega, como Sun Tzu?

—Si fuera una estratega, habría averiguado cómo salir de aquí. Habría aceptado que todo se estaba desmoronando y me habría largado cuando aún quedaban barcos por zarpar.

—Entonces, ¿por qué no lo hiciste?

—Mi madre no paraba de decir que también debía haber barcos para nosotros. Para los dependientes. No dejaba de repetirlo. Decía que tenía que haber barcos suficientes para todos. —Mahlia hizo una mueca—. En cualquier caso, fue una tonta al creerlo. Ella tampoco era ninguna estratega. Y ahora no hay forma de salir de aquí.

—¿Alguna vez has pensado en ir al norte e intentar cruzar la frontera a escondidas?

La muchacha lo miró de reojo.

—¿Con los loboyotes, las panteras, los caudillos y todos los híbridos que tienen ahí arriba para defender el frente?

Estaríamos muertos antes de acercarnos siquiera a Jersey Orleans. Estamos atrapados aquí, es un hecho. Como un montón de cangrejos hirviendo en una olla a presión.

—Hablas igual que Mahfouz.

—«Cangrejos en una olla, empujándonos unos a otros mientras nos cocemos vivos».

Mouse soltó una carcajada.

—Pero tienes que decirlo como él. Como si estuvieras muy decepcionada.

—Hablando de decepción..., deberías haberle visto la cara cuando amenacé a Amaya. —Agitó el muñón con irritación—. Como si siendo amable y cortés fuera a lograr que me vieran como un regalo del Dios de la Chatarra —resopló.

El chico volvió a reírse.

—¿Vas a quedarte ahí sentada compadeciéndote a ti misma o vas a decirme algo que no sepa?

—¿Acaso hay algo que decir? ¿Algún pez ha saltado de un sótano y me lo he perdido? —se burló Mahlia—. ¿Qué hay de nuevo, gusano? ¿Por qué no me cuentas tú algo que yo no sepa?

Mouse la miró con una sonrisita socarrona y luego hizo un gesto con la cabeza en dirección a las Ciudades Sumergidas.

—Están luchando de nuevo.

La joven se echó a reír.

—Eso es como decir que las ciudades se están sumergiendo.

—¡Es en serio! Han empezado a disparar algo diferente. Algo diferente. Pensé que a lo mejor lo reconocías. Es un arma grande y vieja.

—No oigo nada.

—Bueno, quizá deberías prestar atención, ¿no crees? Ten un poco de paciencia. Han estado disparándolo toda la mañana. No tardará en oírse.

La muchacha dirigió su atención hacia el horizonte y escudriñó los restos de las Ciudades Sumergidas que asomaban entre la espesura de la selva. Chapiteles de hierro que apuñalaban el cielo en la distancia. En algunas de ellas ardían almenaras. Una densa nube de humo pardusco se cernía sobre el centro de la ciudad. Mahlia aguzó el oído.

Oyó un ra-ta-ta de disparos lejanos, pero nada interesante. Un par de AK-47. Tal vez un rifle de caza pesado. Ruidos de fondo, esto era todo. Soldados avanzados que se abrían paso por la selva o algún ejercicio de tiro al blanco. Nada...

El sonido de la explosión se propagó por todas partes. La viga de hierro a la que se habían encaramado Mahlia y Mouse se estremeció con la fuerza de la onda expansiva.

—¡Joder, gusano! —La muchacha lo miró boquiabierta—. Eso sí que es un arma.

—¡Te lo dije! —exclamó el chico con una sonrisa—. Al principio pensé que estaban dinamitando algo, ¿sabes? Pero no han parado. Han seguido abriendo fuego. Debe de ser algún tipo de proyectil antiguo del ejército o algo así.

Como para subrayar sus palabras, se produjo una nueva explosión, esta vez acompañada de una llamarada y una nube ascendente, ambas visibles en la lejanía. Demasiado humo y ruido para estar tan lejos. El lugar al que miraban debía de estar a unos veinticuatro kilómetros, tal vez más, pero ahí estaba.

—Es una 999 —concluyó Mahlia.

—¿Qué es eso?

—Un arma grande y vieja. Artillería pesada. Las fuerzas de paz solían utilizarlas. Dejaban caer proyectiles sobre todos los caudillos. Usaban una especie de ojo espía para fijar los objetivos y luego descargaban uno de sus proyectiles gigantescos sobre el Ejército de Dios, el FPU, la Milicia de Liberación o sobre quien fuera. Cuando se marcharon, los miembros de las fuerzas de paz las inutilizaron todas para que los señores de la guerra no pudieran utilizarlas, pero es una 999, sin duda.

—¿Crees que China habrá vuelto a enviar efectivos de las fuerzas de paz? —le preguntó Mouse—, ¿que se hayan propuesto acabar con los caudillos de una vez por todas?

La simple idea hizo que a Mahlia se le encogiera el pecho. Era algo con lo que soñaba, una fantasía secreta en la que se refugiaba a veces cuando se iba a la cama, consciente de que era un disparate, pero incapaz de desecharla, deseosa de que, de algún modo, todo cobrara sentido.

Soñaba que su padre regresaba de China. Que volvía con todos sus soldados. Que la alzaba en sus brazos fuertes y le decía que nunca había querido marcharse, que no había querido zarpar y dejarlas a ella y a su madre solas en los canales de las Ciudades Sumergidas mientras el Ejército de Dios, el FPU y la Milicia de Liberación aplastaban sin piedad a todo el que hubiera tenido algo que ver con las fuerzas de paz.

Una fantasía estúpida elucubrada por la mente estúpida de un gusano de guerra. Mahlia se odiaba por permitirse soñar con eso. Sin embargo, a veces, se hacía un ovillo, se llevaba el muñón de la mano derecha al pecho y fingía que nada de aquello había pasado. Que su padre seguía allí con ella, que seguía teniendo dos manos y que todo se arreglaría.

—¿Crees que vienen? —insistió Mouse—. ¿Eh?

—Qué va. —Mahlia se obligó a soltar una carcajada—. Los caudillos deben de haber arreglado una de las armas. O comprado una. Puede incluso que hayan saqueado alguna en las rutas marítimas del Atlántico. —Se encogió de hombros—. Los chinos no van a volver.

La 999 volvió a dispararse. Un estruendo cargado de nostalgia. El sonido de una guerra en la que su padre había llevado las de ganar.

999.

Su viejo solía decir que era un número de la suerte. Recordaba verlo sentado en casa de noche, bebiendo *Kong Fu Jia Jiu* que le habían enviado desde Pekín mientras miraba por la ventana y contemplaba las llamaradas naranjas y amarillas de la batalla como si de un espectáculo de fuegos artificiales se tratara. Siempre prestando especial atención al sonido de las armas.

—*Jiu jiu jiu* —decía—. 999.

Mahlia se acordaba de esa arma en particular porque su padre estaba convencido de que las fuerzas de paz lograrían hacer retroceder a los caudillos con sus 999 de la suerte y, tal vez entonces, podrían enseñarles a aquellos salvajes de las Ciudades Sumergidas a ser civilizados. De un modo u otro, los caudillos de papel aprenderían que los disparos y el odio no solucionaban nada. Con el tiempo, los señores de la guerra accederían a sentarse a negociar y, juntos, hallarían la forma de llevarse bien, sin balas.

Su padre acostumbraba a sentarse junto a la ventana con una copa de licor claro mientras el coro de disparos retumbaba entre los canales y se dedicaba a identificarlos. «Calibre 45, 30-06, AK-47, calibre 22, QBZ-95, M-60, AA-19, AK-74, calibre 50, 999». Mahlia conocía las múltiples voces de la guerra gracias al canturreo de su progenitor.

Más adelante, cuando esas mismas armas se volvieron contra ella y tuvo que salir del infierno a rastras, las conoció aún mejor: el traqueteo de los fusiles AK y el bramido de las escopetas de calibre 12 que desgarraban la hierba y acribillaban el agua de los pantanos a su alrededor.

Recordaba haber susurrado sus nombres en voz baja, esforzándose por no cometer una estupidez y empezar a saltar en campo abierto como un conejo asustado mientras las balas zumbaban a su alrededor, intentando pensar como Sun Tzu y no cometer un error fatal. Lo que fuera, con tal de no dejarse llevar por el pánico como el resto de civiles estúpidos que morían acribillados ante sus ojos.

Otra explosión resonó en la distancia. Otra 999, sin duda. Un arma y un número de buena fortuna.

Para alguien, al menos.

La joven se miró la mano y se sorprendió al ver que aún la tenía manchada de sangre. Le hizo recordar al bebé y la muerte de Tani. Y también la razón por la que había ido a buscar a Mouse en primer lugar.

—Mahfouz quiere que vayamos a buscar comida y la llevemos a casa de Amaya. Que la ayudemos a alimentarse, ya que va a hacerse cargo del bebé de Tani.

—Ese hombre es demasiado amable —dijo él.

Mahlia le dio un codazo.

—Bueno, si está dispuesto a acoger a gusanos de guerra vagos como tú, probablemente tengas razón.

—¡Oye! —Mouse tuvo que agarrarse para no caerse de la viga—. ¿Intentas matarme?

—Que las Parcas me libren. Si te la pegas contra el suelo, me tocará a mí hacer todo el trabajo.

—¡Y ambos sabemos que no tienes manos suficientes para eso!

Antes de que Mahlia pudiera pegarle, y haciendo alarde de la agilidad de un primate, el chico se apeó de un salto y se quedó colgando de la viga. Cruzó a pulso por el vacío hasta una viga vertical.

Mahlia sintió una ligera punzada de envidia al ver la soltura con la que se movía. Se obligó a no mirarlo con demasiado anhelo. Había cosas en las que era mejor no pensar. Lo único que conseguías era frustrarte y enfadarte.

El chico se deslizó por la viga hasta el nivel inferior.

—¿Por qué nos molestamos en ir a buscar la cena si sabemos que el buen doctor va a regalarla? —le preguntó a la joven mientras esta volvía sobre sus pasos y emprendía el camino de vuelta a tierra firme.

—Yo qué sé. Supongo que Mahfouz cree que lo de «cosechas lo que siembras» también vale para lo bueno. Equilibrar la balanza y esas cosas.

Mouse se rio.

—Equilibrar la balanza... Todo eso son historias del Dios de la Chatarra.

—Mahfouz no es ningún Dios.

—No deja de ser una falacia. Si hubiera equilibrio, todos los niños soldado estarían muertos y nosotros estaríamos asentados en medio de las Ciudades Sumergidas, exportando mármol, acero y cobre y ganando chinos rojos por cada kilo. Si el Dios de la Chatarra o sus balanzas existieran, tú y yo seríamos ricos y ellos estarían muertos. Y lo mismo es aplicable a los sacerdotes de Aguas Profundas. Mienten más que hablan. La balanza no existe.

—¿Y los chinos? ¿A qué le rinden culto, a los budas?

La muchacha se encogió de hombros. Su padre parecía rendirles culto sobre todo a las armas y al licor, aunque siempre se había asegurado de que en casa hubiera una imagen del Dios de la Cocina.

—Mi madre creía en el Dios de la Chatarra —dijo ella—. Por todas esas antigüedades que vendía. Hacía ofrendas todo el tiempo para encontrar reliquias de valor que luego pudiera venderles a los extranjeros. —Siguió los pasos de Mouse, utilizando la izquierda de la suerte para agarrarse y el muñón para ayudarse a mantener el equilibrio—. No te preocupes por la comida. Nos guardaremos la cena antes de darle el resto a Mahfouz.

—Y tanto que nos la vamos a guardar. No voy a pasarme el día cazando para luego acabar muerto de hambre porque al buen doctor le ha dado un arrebato de generosidad.

—Es lo que acabo de decir —recalcó Mahlia—. No tienes de qué preocuparte. No nos vamos a morir de hambre por Amaya. Ahora, ¿vas a ayudarme a cazar o no?

—Sí. Vale. —Se dejó caer al suelo y miró hacia arriba—. Pero límpiate primero. Pareces un gusano de guerra, toda manchada de sangre.

La muchacha bajó arrastrándose por una montaña de escombros hasta el suelo, donde la esperaba Mouse.

—Es que soy un gusano de guerra.

—Como no te deshagas de ese olor, lo que vas a ser es la cena de los loboyotes.

La joven estiró el brazo y le limpió un poco de suciedad de la cara.

—Eres un ratoncito quisquilloso, ¿eh?

—Solo cuando hace falta —escupió el chico.

5

Lejos de la cabaña del doctor Mahfouz, la selva era espesa. Los senderos discurrían entre banianos, enredaderas de kudzu, pinos y palmeras. El médico decía que era un paisaje en transición, un lugar que solía ser de una manera y ahora se estaba transformando en algo diferente.

Para Mahlia y para Mouse, la selva era más o menos igual que siempre: un hervidero de calor, enredaderas, serpientes y mosquitos; pero el hombre aseguraba que, en el pasado, en los pantanos no había ni panteras ni loboyotes, ni siquiera pitones. Tampoco caimanes. Nada de eso. Todos esos animales eran unos recién llegados, criaturas de climas cálidos que habían migrado al norte aprovechando los nuevos inviernos templados.

Ella, sin embargo, no habría calificado los inviernos de «templados» precisamente. Solía pasar bastante frío durante la estación oscura, pero Mahfouz decía que, no hacía mucho, era habitual que el agua estancada se congelara y que el hielo cayera desde el aire, un fenómeno que la muchacha habría considerado imposible de no ser porque había visto fotografías en algunos de los libros mohosos del médico que demostraban la veracidad de sus palabras.

Hielo.

Mahlia había probado el hielo en un par de ocasiones. Su padre la había llevado a un club de oficiales de las fuerzas de paz donde había generadores solares que producían energía suficiente para poder permitirse ciertos lujos. A cambio de que prometiera hablar chino como una persona civilizada y no perder nunca la educación, su progenitor la había dejado comer helado mientras él saboreaba una copa de güisqui frío, con cubitos de hielo brillantes que flotaban en el líquido ámbar.

Desde entonces, el tintineo y la gelidez del hielo eran algo que la joven siempre asociaba con China. Un lujo digno de un cuento de hadas en un país de cuento de hadas. Según su padre, en China tomaban hielo en las bebidas, viajaban en bicicletas eléctricas y tenían ciudades con torres de trescientos metros de altura, todo porque eran civilizados. El pueblo chino no guerreaba entre sí. Planificaba y construía. Cuando subió el nivel del mar, construyeron enormes diques para proteger sus costas y permitieron que sus ciudades principales flotaran sobre las olas, como hicieran en su día con la Isla de Shanghái.

«Tú eres *wenhua*», solía decirle. China tenía cultura. Era un país civilizado. Los chinos sabían cómo *hezuo*, cómo cooperar, trabajar unidos.

No como en las Ciudades Sumergidas. Sus habitantes eran como animales. No planificaban nada. Luchaban continuamente entre sí y se culpaban los unos a los otros por ser pobres y débiles, en lugar de mantenerse firmes. De hecho, eran menos que animales, porque tenían uso de razón, pero no lo ponían en práctica.

—Cuesta creer que este país haya sido una potencia mundial alguna vez —había dicho su padre en más de una ocasión mientras contemplaba el lugar al que lo habían destinado.

Para Mahlia, la diferencia saltaba a la vista cada vez que navegaba por los canales de las Ciudades Sumergidas. Todos los habitantes de aquel lugar eran pobres y andrajosos, mientras que los miembros de las fuerzas de paz eran todos altos y sanos. Las imágenes de la isla de Shanghái impresas en los billetes chinos mostraban una disparidad similar: la isla de Shanghái como tal, esbelta y reluciente, rodeada del océano azul, en contraposición a las Ciudades Sumergidas, donde el agua fangosa y salobre inundaba todas las calles y erosionaba los cimientos de los edificios.

En aquella época, a la joven le había alegrado ser china, al menos hasta el día en que su padre le había quitado un caballito de madera de juguete y ella le había mordido. El hombre le había dado una bofetada y le había reprochado lo mucho que se parecía a la gente de las Ciudades Sumergidas.

—Ni un ápice de respeto —le había dicho—. De las Ciudades Sumergidas hasta la médula, igual que tu madre. Animales.

Su madre había discutido con él por aquello, pero él se había limitado a reiterar sus palabras y a llamarlas animales. En aquel momento de realización, la joven había sentido miedo. Su padre odiaba las Ciudades Sumergidas más que a nada y acababa de descubrir que, a sus ojos, ella era igual que la gente contra la que luchaba cada día.

Entonces se había escondido bajo la cama y se había mordido por ser tan estúpida. «*Mei wenhua*», había dicho. «Inculta». Se mordió una y otra vez, obligándose a aprender la lección. Sin embargo, cuando le había enseñado la mano llena de sangre a su padre, como muestra de que se había castigado como era debido, el hombre la había mirado con mayor desaprobación.

Ahora, mientras recorría los pantanos acompañada de Mouse, Mahlia se preguntó qué pensaría su progenitor de ella. ¿Una chica con una sola mano? ¿Un gusano de guerra cubierto de lodo que robaba huevos de los nidos de los pájaros para sobrevivir? ¿Qué pensaría de ella ahora? Sabía muy bien la respuesta. Puede que fuera mitad china, pero era de las Ciudades Sumergidas de los pies a la cabeza. Una más de los animales que él siempre había considerado ingobernables. La muchacha esbozó una sonrisa amarga. Por ella, podía irse a freír espárragos. Había huido con el rabo entre las piernas porque, según él, era demasiado civilizado para las Ciudades Sumergidas. Se había jactado llamando «tigres de papel» a los caudillos locales, pero, a la larga, había demostrado ser él quien estaba hecho de papel. Si bien era cierto que los miembros de las fuerzas de paz chinas, con sus fusiles y sus armaduras ceñidas, siempre tuvieron un aspecto temible, al final fueron ellos a quienes se acabó llevando el viento.

Si Mahlia hubiera sido tan civilizada como los pacificadores chinos, habría muerto una decena de veces mientras huía de las Ciudades Sumergidas. Tal y como estaban las cosas, la única razón por la que seguía viva era porque había tenido suerte, porque las Parcas habían decidido poner en su camino a un gusano de guerra chiflado y pelirrojo que había irrumpido en su vida en el momento oportuno y había creado una distracción que la había salvado.

—Oye, Mouse.

—¿Huh? —Era su turno con el machete: apartaba las nuevas enredaderas que habían invadido el sendero sin prestar demasiada atención.

—¿Por qué me salvaste? —le preguntó ella—. Cuando el Ejército de Dios... —vaciló al recordar su mano amputada tirada en el suelo, cubierta de barro y sangre. Tragó saliva—. Cuando los niños soldado... me cortaron..., ¿por qué hiciste ruido?

El chico interrumpió su tarea, se irguió y se volvió hacia atrás con el ceño fruncido.

—¿Qué quieres decir?

—No tenías por qué. Lo más seguro habría sido mantenerte alejado.

—Una estupidez por mi parte, supongo —respondió. Se secó el sudor que le corría por el cuello y el rostro llenos de pecas y se volvió hacia las enredaderas—. No recordaba que en este sendero hubiera tanta maleza —comentó.

—Dame. Yo sigo —ofreció la muchacha. Cogió el machete y empezó a dar tajos. Las cepas de las enredaderas se hendieron bajo la hoja afilada. Cuando huyó de las Ciudades Sumergidas y se refugió en la selva por primera vez, era una persona endeble. Pero ahora blandía el machete con la fuerza de una experta. Una chica de ciudad aprendiendo a vivir en el campo.

—¿Y bien? —insistió—. ¿Por qué lo hiciste?

Mouse hizo una mueca.

—Yo qué sé. A lo mejor fue un arranque de locura. Todavía tengo pesadillas con ese día: estoy corriendo por la selva, pero los niños soldado tienen mejor puntería y me acribillan a balazos. —Hizo una pausa—. Creo que no era yo mismo. Cuando me levanté, era como si fuera otra persona. Simplemente lo hice.

—Pero ¿por qué? No era más que una apestada. Las fuerzas de paz ya se habían ido. Nadie iba a recompensarte por ello.

—No fue por nada de eso —dijo el chico.

Otra respuesta que no era una respuesta.

Mahlia se abrió paso entre las últimas enredaderas y el sendero se despejó ante sus pies. Se detuvo de manera instintiva y echó un vistazo a su alrededor en busca de alguna señal de peligro.

A veces los caminos eran traicioneros. La hija de la tía Selima se había volado las piernas en uno de ellos. Había seguido un sendero poco transitado y había acabado en un campo de minas que databa de los albores de la guerra en las Ciudades Sumergidas. La explosión había sido tan fuerte que la gente del pueblo la había oído, pero para cuando Mahlia y el doctor Mahfouz lograron sortear las minas y llegar a donde se encontraba, la niña ya se había desangrado.

Mouse echó un vistazo por encima del hombro de la muchacha y escudriñó la vereda.

—¿Lo ves bien?

La tierra estaba compactada. Muchas personas, cerdos y loboyotes habían pasado por allí antes.

—Sí. Parece seguro.

La joven le tendió el machete y se limpió el sudor de la cara mientras el chico pelirrojo empuñaba de nuevo el arma y retomaba la tarea.

—¿Entonces? —insistió Mahlia.

—Entonces, ¿qué?

Estaba siendo obtuso adrede.

—Entonces, fue un arranque de locura —dijo ella—. Simplemente te levantaste y empezaste a tirarle piedras a un pelotón de niños soldado armados. No tiene ningún sentido. Podrías haberte escabullido, ¿pero optaste por tirarles piedras?

Mouse se rio.

—Sí. Tienes razón. Fue una locura.

—¿Por qué, entonces?

El chico golpeó distraídamente una maraña de kudzu al pasar, pero su expresión era seria.

—No lo sé. ¿Qué más te da? Fue justo después de que quemaran nuestra granja. Los mataron a todos. A mi madre, a mi padre, a Simon... A Shane lo reclutaron. Eso lo vi. A Simon le dispararon porque era demasiado pequeño, pero a Shane se lo llevaron. —Apartó otra maraña de kudzu—. A lo mejor esperaba que me dispararan y que todo acabara de una vez. Estaba harto de esconderme y de rebuscar por ahí. Creo que quería que me pegaran un tiro.

Se encogió de hombros y continuó:

—Y al final no dieron en el blanco. Con todas las balas que me dispararon y que no me dieran ni una vez... Fue como si las Parcas se hubieran interpuesto entre ellos y yo. Y luego resultó que tú también habías escapado. Bueno, te estabas desangrando, así que por lo menos había algo que hacer. Tú tenías hambre y yo sabía cómo conseguir comida. Eso me dio algo en lo que pensar, aparte de..., ya sabes. —Volvió a encogerse de hombros—. A lo mejor fuiste tú quien me salvó a mí, ¿no crees?

—Sí, claro —bromeó Mahlia—. Me debes una, y de las gordas. —Decidió dejar correr el asunto porque sabía que Mouse no soltaría prenda, pero, conforme avanzaban por el sendero, seguía sin estar satisfecha.

Ella había sobrevivido a las Ciudades Sumergidas porque no se parecía en nada a él. Cuando las balas empezaron a volar y los señores de la guerra comenzaron a convertir en ejemplos a los simpatizantes de las fuerzas de paz, Mahlia había mantenido la cabeza agachada en lugar de dar la cara como Mouse. Ella había mirado primero por sí misma. Y, gracias a eso, había sobrevivido.

El resto de apestados como ella estaban muertos y enterrados. Los niños que acudían a las escuelas de las fuerzas de paz, todos esos críos de ojos almendrados... Amy Ma, Louis Hsu, Ping Li y todos los demás... Todos habían sido demasiado civilizados para saber qué hacer cuando el martillo del enemigo les cayó encima. Entonces, Mahlia había sobrevivido porque no se parecía en nada a Mouse. Y luego había vuelto a sobrevivir porque Mouse no se parecía en nada a ella.

Estaba bastante segura de que el doctor Mahfouz habría dicho que Mouse hizo bien en dar la cara por ella y que ella había hecho mal en agachar la cabeza, pero tenía la certeza de que, si hubiera sido como Mouse, su cabeza habría terminado clavada en una estaca.

No tenía ni pies ni cabeza. No había ninguna balanza que equilibrar. Ni ninguna recompensa, a menos que fuera en el más allá, como predicaban los cristianos de Aguas Profundas.

Unos pasos más adelante, Mouse levantó una mano en señal de advertencia.

La muchacha se detuvo de inmediato y se agachó.

—¿Qué hay? —susurró.

—Ni idea.

Delante de ellos, los pantanos desembocaban en un claro que daba paso a otra zona pantanosa con aguas cubiertas de espadañas y nenúfares. Mahlia aguzó el oído, tratando de discernir qué había despertado la preocupación del chico. El zumbido de los insectos. Nada raro. Mouse señaló algo con el dedo. La joven estiró el cuello, intentando ver qué...

Ahí.

En medio del pantano, entre las espadañas, había algo flotando. No se movía.

Esperaron un rato más.

—Despejado —declaró el chico.

Avanzaron al unísono y luego se separaron para escanear el resto de la selva y el pantano, pero sin apartar los ojos de la masa de pelo y piel curtida que flotaba en el agua.

La tierra que rodeaba el estanque estaba removida, la orilla fangosa revuelta y la hierba pisoteada. Había manchas de sangre en el suelo, ennegrecidas por el paso del tiempo.

—¿Loboyotes? —musitó Mouse con los ojos puestos en las marcas.

Mahlia sacudió la cabeza.

—Demasiado pequeñas, ¿no?

—Sí —dijo poniéndose de cuclillas—. Pero son caninas, no felinas. Eso seguro. Aquí se ven los surcos donde hundieron las uñas.

Aspiró entre los dientes, pensativo. Se incorporó y describió un círculo por el terreno embarrado.

—Ajá —asintió—. Huellas de perro, sin duda. —Levantó la vista—. Perros de guerra. Cazadores, con toda seguridad.

—¿Cómo diablos lo sabes?

Le hizo señas para que se acercara. En el suelo frente a él había una huella diferente, de otra clase de depredador. La impresión de una bota. Una bota pesada y de suela gruesa, de buena calidad.

El grosor de las suelas incidía en el ruido que hacías al pisar, pero también te permitía correr sobre cualquier superficie. Pasar por encima de los cristales rotos y los alambres oxidados que plagaban las Ciudades Sumergidas, por ejemplo.

—Soldados —concluyó el chico—. Con botas así, tienen que serlo.

—Entonces, ¿soldados ricos y sus perros? —Sintió un escalofrío de miedo. Soldados. Aquí en la selva. Cerca del pueblo—. ¿Crees que sean del FPU?

—No sabría decirte. Pero usan botas de las buenas. Si son tan ricos, lo más probable es que también estén armados. No creo que se trate de un puñado de fanáticos con ácido y machetes.

—Pero aquí no hay nada. No hay restos de valor. Ni ningún enemigo.

—Tal vez estén reclutando gente.

Si el chico estaba en lo cierto, tenían que huir. Ellos y todos los habitantes del pueblo. Si los niños soldado te querían, simplemente te llevaban con ellos y, hasta ahora, Mahlia nunca había sabido de nadie que hubiese vuelto después de que lo hubieran reclutado.

—Entonces, ¿qué crees que es esa cosa de ahí? —le preguntó Mouse.

La joven siguió su mirada hacia la enorme masa alienígena que flotaba en medio del pantano.

—Ni idea. Parece un caimán.

—No puede ser, tiene pelo.

Mahlia no quería seguir allí. La selva le ponía los pelos de punta.

—Tenemos que volver con el médico y contarle lo de los soldados. Avisar a la gente de que hay militares cerca.

—En un minuto.

—Mouse... —empezó a decir ella, pero el muy necio ya se había metido en el agua—. ¡Mouse! —susurró—. ¡Vuelve aquí!

El chico la ignoró y siguió vadeando, abriéndose paso entre las espadañas. Pinchó la masa flotante con el machete. Un enjambre de moscas salió volando entre zumbidos de la cosa muerta: una mata de pelo enmarañado y mugre, coágulos de sangre ennegrecida, piel coriácea y dura.

A la luz del día, era posible ver los cangrejos y los escarabajos que se alimentaban de las heridas irregulares y purulentas. Mahlia vio cómo algo parecido a un ciempiés emergía de uno de los cortes y caía al agua antes de alejarse serpenteando por el agua como una boca de algodón.

Mouse se apoyó en la masa inerte con la espada.

—Caray —gruñó—. Es grande.

Enorme, más bien. Metros y metros de carne, pelaje y piel áspera y acorazada que se mecían con pesadez. Su tamaño era tal que apenas se movía, ni siquiera cuando Mouse se inclinó hacia aquella masa. Un agua verduzca, mohosa y espumosa ondeaba a su alrededor. Montones de nenúfares diminutos se balanceaban arriba y abajo mientras los zapateros huían despavoridos.

—He aquí nuestra cena —anunció el chico.

—No seas asqueroso.

—No está en mal estado. Y hay suficiente incluso para ahumarlo. Es mejor que ir por ahí buscando cangrejos e intentando cazar lagartijas y conejos. Hay carne de sobra para darles a Amaya y a su nuevo bebé.

—El médico no va a querer comerse eso.

—Que no coma cerdo no significa que no vaya a comerse esto. —El muchacho escupió en el agua, irritado—. Además, no tenemos por qué decirle lo que es.

—Es que no sabemos lo que es.

—Bueno, pues se lo damos de comer. Podemos decirle que es carne de cabra o algo así. O inventarnos alguna palabreja en latín, de esas que tanto le gustan. «Deadus pondus», ¿qué te parece? Con lo que le gustan las palabras pomposas, seguro que Mahfouz se lo traga.

Mahlia se echó a reír.

—Si lo intentas siquiera, sabrá que estás tramando algo.

—Venga ya, Mahlia. Si no lo troceamos nosotros, lo harán los loboyotes.

Había algo en aquella criatura muerta que la inquietaba. Escudriñó las charcas pantanosas y la selva que las rodeaba. No había más que árboles, hojas verdosas y enredaderas de kudzu por todas partes. Estanques de bastante profundidad cubiertos de musgo. Y luego, en medio de todo eso, aquella cosa sangrienta y supurante.

El chico la miraba con una sonrisita en los labios.

«Que le den», pensó. No podía dejarse llevar por la paranoia eternamente. Se metió en el agua, sintiéndose estúpida por sentir aquel miedo irracional. Las aguas cálidas del pantano le rodearon los muslos, calientes como la sangre.

—Te comes cualquier cosa —dijo.

—Por eso sigo vivo.

Los mosquitos zumbaban a su alrededor mientras se abría paso entre las espadañas y las algas limosas. Agarraron la masa flotante entre los dos. Otra nube de moscas salió volando del cuerpo inerte en un vórtice asfixiante.

Mouse miró a Mahlia a los ojos.

—A la de tres, ¿de acuerdo?

—Sí. Estoy lista.

—Uno. Dos. ¡Tres!

Tiraron con todas sus fuerzas, gruñendo por el esfuerzo. La masa se movió a duras penas.

—¡Vamos!

La muchacha plantó los pies en el fondo y tiró, pero empezó a deslizarse por el barro mientras arrastraba la masa flotante a trompicones.

De repente, el cadáver se hizo pedazos.

Mahlia y Mouse perdieron el equilibrio y cayeron de espaldas al agua. La muchacha salió a la superficie resoplando, esperando encontrarse en un mar de vísceras y sangre. En vez de eso, una mitad de la cosa muerta se había dado la vuelta para revelar un rostro espantoso y lleno de cicatrices.

—¡Kali María Madre de Dios! —La joven dejó escapar un grito de sorpresa y se echó hacia atrás.

—¡Maldita sea! —espetó el chico—. ¡Debería haberlo visto antes! Debería haberlo sabido.

No era una bestia, eran dos. Un par de monstruos entrelazados. Un caimán gigantesco y otra criatura, algo que Mahlia no había visto desde el cese del alto el fuego y la posterior desbandada de los miembros de las fuerzas de paz, que habían emprendido la huida hacia los muelles en cuanto las Ciudades Sumergidas volvieron a la guerra.

Un híbrido. Una criatura bélica que solo las multinacionales más ricas, las fuerzas de paz chinas y los ejércitos del norte podían permitirse cultivar y emplear.

—¡Un cara perro! —El chico casi gritaba de emoción—. ¡Debe de haber sido una batalla épica! —Se acercó para verlo mejor—. Deben de haberse matado entre ellos. El cara de perro mató al caimán y el caimán al cara de perro.

Sacudió la cabeza con fascinación mientras pasaba una mano por el costado del monstruo.

—Mira las marcas de los dientes. El caimán prácticamente le arrancó el hombro. Ha debido de ser un combate épico.

—Mouse...

—¿Qué? —Dejó de inspeccionar las heridas de guerra de la criatura y levantó la vista para mirarla—. No va a morderme. Nos llevaremos el caimán. La carne está rica. Hasta al viejo Mahfouz le gusta.

Mouse tenía razón. Las dos bestias estaban muertas. Estaba siendo irracional.

Superada la conmoción inicial que le había provocado ver la cara del híbrido, la joven pudo permitirse analizar su reacción. Le había parecido demasiado humano, eso era todo. Un segundo antes no era más que una bestia; al siguiente, era una persona.

—¿Vienes? —le preguntó el chico. La miraba como si fuera un gusanillo de guerra que veía un cadáver por primera vez.

—No le has visto la cara —dijo ella a modo de explicación.

Ahora volvía a estar sumergida, pero la imagen había sido aterradora; bestia y humano unidos en una mezcla impía. Se le erizó la piel al recordar su aspecto.

—Si tienes miedo...

—Vete a freír espárragos, Mouse. Los muertos no me dan miedo.

Pese a sus palabras, la muchacha evitó acercarse al híbrido y fue directamente hasta donde estaba el caimán, ignorando la sonrisa burlona del chico. Agarraron al enorme reptil y empezaron a arrastrarlo hacia la orilla entre los dos.

Hicieron una breve pausa para descansar. Mouse apoyó los codos en el cadáver flotante y se secó el sudor de los ojos.

—Debió de ser una lucha épica —repitió—. En las Ciudades Sumergidas se celebran combates en cuadriláteros. Hacen luchar a los desertores y a los soldados capturados de otros caudillos. Panteras. Loboyotes. Cualquier cosa que pueda pelear. Apuesto lo que quieras a que este viejo monstruo se habría dado un buen festín en el *ring*.

—Claro que sí, Mouse. Troceemos al lagarto y larguémonos de aquí.

—La gente pagaría chinos rojos por ver una pelea como esa. A los niños soldado les habría encantado. Una batalla a muerte. Un combate épico.

—Los niños soldado no hacen más que estupideces.

Empezaron a tirar del caimán una vez más, pero apenas se movía. Mahlia apoyó el peso del cuerpo contra el cadáver, molesta. A Mouse le gustaba provocarla para que hiciera el trabajo y luego él se ponía a remolonear. Típico.

—¡Ponte las pilas, Mouse! Deja de hacer el vago. —Echó la vista hacia atrás—. ¡Oye! ¿Qué estás haciendo?

El chico ni siquiera la estaba ayudando. Había sacado el cuchillo y vadeaba hacia donde flotaba el híbrido.

—Tengo una idea —dijo.

—¡Venga ya, Mouse! No quiero verme aquí con un montón de carne cruda cuando oscurezca. La última vez que nos pasó algo así, terminamos durmiendo en los árboles con una jauría de loboyotes acechando abajo. Tenemos que irnos.

—Podemos vender los dientes —sugirió Mouse—. Dientes de la suerte, de un cara de perro real. ¿Cuántos niños soldado has visto que tengan dientes de un cara de perro de verdad? Seguro que los comprarían. Me juego lo que quieras a que puedo encontrar a más de un niño soldado dispuesto a pagarme por ellos un fajo de chinos rojos. Sería un golpe de buena suerte, ¿no crees? Mejor que un ojo de las Parcas o uno de esos collares que el Ejército de Dios cree que hacen rebotar las balas. Si los llevamos a Moss Landing la próxima vez que Mahfouz vaya a comprar medicinas, podemos vendérselos en un plis plas a los soldados que estén de permiso.

—¿Te has vuelto loco? Los soldados te los quitarán sin más. Como mucho, te pagarán con una bala. O te reclutarán, por listo.

—Le pagaré a una prostituta para que sea ella quien haga el trato con ellos. Ni siquiera me verán. No te preocupes.

Se acercó al monstruo flotante y se apoyó contra el cuerpo inerte hasta que el rostro de la criatura emergió a la superficie. Le abrió la boca y empuñó el cuchillo.

—Joder, tiene un montón de dientes.

El ojo del monstruo se abrió de golpe.

6

—¡Mouse! —gritó Mahlia, pero ya era demasiado tarde. El monstruo salió del agua como una exhalación. La muchacha observó atónita cómo el chico salía despedido por los aires y se estrellaba contra la orilla con un ruido sordo y húmedo.

«Por las Parcas, qué rápido es».

La joven se dio la vuelta, dispuesta a salir corriendo, pero el híbrido se abalanzó sobre ella. Salvó la distancia que los separaba en un abrir y cerrar de ojos y la atrapó antes de que hubiera podido dar siquiera un paso. Sintió un fuerte golpe en la cabeza y el mundo empezó a girar a su alrededor. De pronto, comprendió que estaba volando. El híbrido la había lanzado por el aire, como un perro a una rata.

Las aguas del pantano resplandecían varios metros más abajo. Vio de reojo al híbrido, con los dientes al descubierto, esperando a que bajara. Un vórtice de agua se precipitó hacia arriba.

—Uf...

Chocó de bruces contra el agua y el pantano la engulló. Aturdida, la muchacha intentó nadar hacia la superficie. El cara de perro venía a por ella. «No hay tiempo, no hay tiempo, no hay tiempo». Emergió entre jadeos. El monstruo estaba a cuatro metros de distancia de ella.

Mahlia se abrió paso a trompicones entre la maleza, tratando de huir, pero era como atravesar un montón de melaza. La bestia dio un salto y cayó con estrépito a su lado. La inercia del movimiento creó una ola que la derribó. Intentó incorporarse mientras tosía y arqueaba. La bestia se cernió sobre ella. La sorprendió ver que ya había cogido a Mouse: tenía un enorme puño enredado en la maraña rojiza de su pelo.

Con un simple manotazo, el monstruo la atrapó a ella también. Cuando intentó gritar, el híbrido la hundió en el pantano. Empezó a forcejear, pero era como tener una montaña encima.

«Voy a morir ahogada», pensó.

El híbrido la levantó de un tirón que hizo que le castañetearan los dientes. El aire y la luz del sol. El destello fugaz de las hojas de los árboles. Intentó respirar hondo, pero la criatura volvió a sumergirla en el agua. Una mezcla de limo y agua fangosa caliente se le metió por la garganta y por la nariz momentos antes de que su rostro chocara contra el barro.

Mahlia se revolvió, intentando zafarse del puño del cara de perro. Era como luchar contra un muro de cemento. Nada de lo que hacía parecía afectar al monstruo.

Sin venir a cuento, la muchacha recordó una ocasión en la que había visto cómo un pelotón de niños soldado ahogaba a un cachorro. Se habían turnado para sujetarlo mientras el animal luchaba y se agitaba. De vez en cuando, dejaban que saliera a la superficie a respirar para poder reírse de él y luego volvían a hundirlo. En aquel momento, cayó en la cuenta de que no era más que un juguete. Una mera diversión para aquel monstruo.

El híbrido volvió a sacarla del agua. Mahlia tomó aire sin dejar de toser y dar arcadas. Mouse seguía bajo el agua. Sus manos asomaban desde las profundidades y se agitaban como juncos desesperados.

El enorme cráneo de pitbull de la criatura se alzaba sobre ellos. Estaba lleno de cicatrices y tenía la carne desgarrada. Animal y humano a la vez, fundidos en una bestia infernal. Tenía un ojo cubierto de tejido cicatrizal grisáceo, pero el otro estaba abierto de par en par, rabioso y amarillento, tan grande como un huevo. El monstruo gruñó, dejando entrever varias hileras de dientes afilados. Un fuerte olor a sangre y carroña la envolvió.

—No soy ningún trozo de carne —refunfuñó—. Vosotros lo sois.

Mahlia se hizo pis encima. La orina empezó a correrle por las piernas. No sintió vergüenza. De hecho, no sintió nada, salvo terror. Había dejado de ser una persona. Ahora solo era una presa. Era como si el monstruo la hubiera abierto en canal y le hubiera sacado las entrañas. No era nada. Aunque el corazón le siguiera latiendo desbocado, ya estaba muerta. Presa de otros animales más grandes y fuertes, como todos los civiles a los que había visto morir acribillados mientras huía de las Ciudades Sumergidas. Mouse seguía revolviéndose bajo el agua, pero él también estaba muerto. La única diferencia era que él todavía no lo sabía.

«Haz algo», pensó.

Era una broma pesada. No eran rival para aquella criatura. Si los soldados adultos, armados con pistolas y machetes, caían como moscas ante los híbridos, ¿qué podían hacer ellos?

El monstruo la miró con malevolencia. El hedor de su aliento asesino la abrumó. La muchacha cerró los ojos, esperando a que la hiciera pedazos.

«Vamos. Hazlo».

Pero no ocurrió nada. Un instante después, oyó cómo Mouse salía a la superficie, jadeando. Luego sintió cómo empezaba a hundirse en el pantano. Abrió los ojos.

El monstruo la miraba con...

¿Miedo?

La criatura cayó sobre una rodilla y se hundió un poco más. Las aguas del pantano se elevaron a su alrededor. Mahlia intentó zafarse de nuevo, pero el puño de la bestia seguía aferrándose a ella como una prensa. El híbrido intentó incorporarse. Dio un paso vacilante hacia la orilla, arrastrándolos a ambos consigo, y luego se desplomó. Los tres chocaron de bruces contra el barro. El monstruo dejó escapar un resoplido sordo.

Mouse tosía sin parar, luchando por recobrar el aliento mientras intentaba liberarse de las garras del monstruo. La criatura enseñó los dientes y gruñó, emitiendo un sonido parecido al que hacen las rocas al aplastar los huesos.

—Deja de moverte, chico.

Mouse se quedó inmóvil.

El monstruo respiraba con dificultad y de manera entrecortada. Mahlia se percató de que estaban rodeados de sangre. Una marea roja que se extendía por la superficie del agua. Toda procedente del híbrido.

La bestia volvió a desplomarse sobre la orilla fangosa, con medio cuerpo dentro del agua y la otra mitad fuera mientras el pecho le subía y le bajaba como un fuelle, jadeando en busca de aire. Su ojo perruno y amarillento empezó a cerrarse lentamente al tiempo que una membrana nictitante se extendía sobre el iris. El párpado bajó por completo.

—Se está muriendo —susurró el chico.

El ojo de la criatura volvió a abrirse de par en par. Mouse dejó escapar un grito ahogado cuando el monstruo lo sujetó con más fuerza.

—Yo no muero. Vosotros sois los que morís. Yo no... —Dejó escapar otro suspiro agónico y volvió a respirar hondo, haciendo acopio de energía—. Yo. No. Muero.

Pero Mouse tenía razón. Ahora que podía respirar, Mahlia pudo darse cuenta de que las heridas del monstruo eran extensas: marcas de dientes, cortes, piel desgarrada y purulenta... Además de la sangre que caía a borbotones de la grotesca herida que el gran caimán le había hecho en el hombro. Y esas eran solo las lesiones que saltaban a la vista.

Los puños del monstruo volvían a perder fuerza. Mahlia esperó... Cuando vio su oportunidad, dio un fuerte tirón y se soltó. El híbrido intentó atraparla de nuevo, pero ahora sus movimientos eran más lentos. La muchacha se apartó hasta quedar fuera de su alcance.

El híbrido se dejó caer hacia atrás, pero su único ojo seguía ardiendo con una ferocidad depredadora.

—Bueno —gruñó.

Tiró del chico, lo inmovilizó entre sus brazos y lo estrechó contra él. Mahlia se preguntó si podría arreglárselas para encontrar el machete y apuñalar a aquella bestia de algún modo. Matarla antes de que le rompiera el cuello a Mouse.

¿Dónde estaría el bendito machete? Perdido en alguna parte del pantano, seguro. Pero aún tenía su cuchillo.

Si lo apuñalaba en el ojo, tal vez...

Como si hubiera adivinado los pensamientos asesinos de la joven, el monstruo dijo:

—Tu amigo es mío. —Flexionó los músculos y empezó a sumergir a Mouse en el agua.

—¿Mahlia? —El chico forcejeaba, pero no era rival para el híbrido, que siguió tirando de él hacia abajo hasta que el agua le llegó a la barbilla.

La joven se lanzó hacia delante y se detuvo justo fuera del alcance del híbrido.

—¡No le hagas daño!

—Entonces no me provoques —le advirtió antes de dejar que Mouse volviera a salir a la superficie.

Mahlia caminó de un lado a otro de la orilla, aún con la esperanza de avistar el machete.

—Suéltalo.

El híbrido sonrió, dejando al descubierto los dientes afilados que Mouse había querido arrancarle.

—Acércate un poco, chica.

—Suéltalo —dijo ella, esforzándose por que su voz sonara razonable.

—No.

La muchacha vaciló un momento.

—Puedo ayudarte.

—No. —La criatura negó con la cabeza—. Como dice tu amiguito, me estoy muriendo.

—¿Y si te conseguimos medicinas?

—No hay medicinas.

—Conozco a un médico. En el pueblo. Él podría curarte. Mouse y yo podemos ir a buscarlo. Yo también tengo conocimientos médicos.

—Ah. —El monstruo la observó con detenimiento—. Conoces a un médico al que vas a traer hasta aquí, él le administrará al híbrido las medicinas y los cuidados necesarios para salvarle la vida, y todo saldrá bien.

Mahlia asintió con avidez.

—Un bonito cuento de hadas de boca de una niña bonita.

La muchacha tuvo que refrenar su reacción ante semejante burla.

—¡Digo la verdad! Si no me crees, pregúntale a Mouse.

El híbrido dejó escapar un bufido divertido y fatigado a partes iguales.

—¿Este médico vuestro malgasta medicamentos en monstruos cuando ya hay humanos que mendigan para poder recibir tratamiento médico? Cuando la guerra y la peste ya asolan la tierra y los de vuestra especie languidecen esperando una ayuda que nunca llega, ¿pensáis que va a desperdiciar sus preciadas medicinas en un «cara de perro»?

—Él no es así —argumentó la joven—. Él me escucha. Mouse y yo podemos hacer que venga. Y cuando lo haga, te ayudará. Si nos dejas ir, le traeremos para que pueda ayudarte.

—No.

—¿Por qué no?

—Porque no negocio con embusteros.

—¡No estoy mintiendo! —La frustración hizo que se le saltaran las lágrimas—. Lo conocemos bien. De hecho, vivimos con él. Él puede ayudarte. Y yo también.

El monstruo se limitó a mirarla. En ese momento, Mahlia se dio cuenta de que tenía la mirada clavada donde debería haber estado su mano derecha. Pudo ver el desprecio en el ojo del híbrido, como diciendo: «¿Por qué no me cuentas alguna más de tus estúpidas mentiras, niña lisiada?».

Tenía que haber algún modo de salvar a Mouse. ¿De verdad podía hacer que Mahfouz la ayudara? ¿Podía convencerlo? Era un hombre amable que cuidaba de todo el mundo. Pero esta criatura era un híbrido.

—Puedo robar la medicina —le aseguró la joven—. Puedo cogerla y traértela.

—Ah, ¿sí?

Mahlia sintió una oleada de esperanza ante el interés del monstruo.

—Mouse y yo. Podemos conseguirte medicinas. Ni siquiera necesitas al médico.

—Sí —convino el chico—. Yo creo una distracción, Mahlia coge los medicamentos y tú quedas como nuevo —añadió mientras asentía enérgicamente.

—Los dos —murmuró el híbrido—. Uno para distraer y otra para robar.

Ambos asintieron con avidez.

El monstruo bufó con aire de regodeo y volvió a sumergir al chico en el agua.

—¡Mouse! —gritó ella lanzándose hacia delante.

El híbrido aprovechó la oportunidad e intentó agarrarla por el tobillo. La joven trastabilló, pero logró escabullirse mientras observaba con angustia cómo el híbrido ahogaba a su amigo. El agua fangosa empezó a agitarse con violencia.

—¡Suéltalo!

Para su sorpresa, el híbrido dejó que Mouse volviera a emerger. El chico salió a la superficie dando arcadas y tosiendo, con el agua cayéndole por el rostro pecoso. La bestia lo sacudió una única vez con el enorme puño.

—Te ofrezco un trato, niña. Ve a buscar las medicinas y tráemelas. Si me parecen suficientes, dejaré vivir a tu amigo.

—Pero...

El híbrido se le adelantó:

—Si traes el medicamento equivocado o si vuelves acompañada de soldados, te oiré llegar y, en cuanto lo haga, le partiré el cuello al chico. Y si no regresas, le llenaré los pulmones de agua y barro. ¿Entendido?

—Me llevará tiempo —protestó Mahlia—. No puedo hacerlas aparecer como por arte de magia.

—No voy a negociar contigo. Mi corazón es tu cronómetro. Trae las medicinas antes de que se detenga y salva la vida de tu amigo. Fracasa, y su cadáver será todo lo que encontrarás a tu regreso.

La muchacha hizo ademán de replicar, pero la mirada gélida del híbrido logró que las palabras se le congelaran en la garganta.

—Corre, chica. Corre y rézales a las Parcas para volver a tiempo.

7

La selva no dejaba de ensañarse con Mahlia, haciéndola tropezar con sus enredaderas y arañándole la piel con sus hojas irregulares. Empezaba a caer la noche. En la espesura de los árboles, la luz se desvanecía a pasos agigantados y las sombras se cernían cada vez más sobre ella. La joven se tropezó y cayó de bruces. Volvió a ponerse en pie, ignorando los raspones de las rodillas y los dolorosos arañazos que se había hecho en la palma de la mano.

Los senderos selváticos serpenteaban y se entrecruzaban en una confusa maraña de rastros de ciervos, batidas de loboyotes y correrías de jabalíes. Y la oscuridad solo empeoraba las cosas. ¿Cuánto tiempo tenía? ¿Cuánto faltaba para que el híbrido se desangrara?

Mahlia llegó a una bifurcación en el sendero. Se agachó y escudriñó el suelo en busca de alguna huella que le indicara el camino. ¿Por dónde se habían abierto paso a machetazos?

Por las Parcas. Mouse era quien disfrutaba rastreando cosas, no ella. Tomó el sendero que se desviaba a la izquierda y empezó a recorrerlo a toda velocidad mientras les rezaba a las Parcas, al Santo de la Herrumbre y a Kali María Piedad para no toparse con ningún campo de minas.

Llegó a aguas abiertas. Trastabilló y cayó de bruces.

—¡Maldita sea!

Salió a trompicones del agua, chorreando, enfadada y asustada. Volvió sobre sus pasos para intentar llegar a la última bifurcación. Era muy consciente de que debía controlar el miedo, mantener los ojos bien abiertos y actuar con inteligencia en medio de la jungla, pero incluso mientras intentaba convencerse de que no estaba a punto de tener un ataque de pánico, sentía cómo el terror se iba apoderando de ella.

Los horrores de los pantanos la acechaban, salvajes y hambrientos. Las enredaderas de kudzu se transformaron en pitones enroscadas que se dejaban caer desde lo alto. Los loboyotes se paseaban de árbol en árbol, espiándola. La selva tenía dientes y, de repente, se había vuelto un entorno extraño y feroz.

Sorteó varios troncos podridos de un salto y casi vuelve a perder el equilibrio. ¿Había pasado por allí antes? No recordaba haber visto árboles caídos durante el camino de ida.

¿Dónde estaba?

Nunca conseguiría llegar al pueblo y regresar a donde se encontraba Mouse antes de que hubiera oscurecido por completo. Tendría que volver ayudándose de la luz de una linterna. ¿Sería capaz de encontrar el camino de vuelta? Como habían vagado sin rumbo fijo mientras buscaban comida, Mahlia había prestado menos atención de la debida, sin plantearse siquiera la posibilidad de tener que regresar en la oscuridad...

De pronto, la selva dio paso a unas tierras de labranza.

La muchacha sollozó aliviada. Había emergido en la parte más alejada del pueblo, en el lado opuesto al que había previsto, en los campos donde todo el mundo sembraba cultivos porque el terreno era más abierto, pero al menos no estaba perdida. Bordeó el cuadrado líquido y oscuro de un estanque que se había formado en un sótano y atravesó los campos a toda velocidad, sorteando los restos de viejos muros desmoronados que sobresalían de la tierra.

Un poco más adelante, el pueblo la llamaba con unas lámparas de aceite que empezaban a encenderse y lo envolvían en un resplandor amarillo que era familiar, suave y reconfortante a la vez. Mahlia aminoró la marcha y se llevó la mano al costado, intentando recuperar el aliento. Nunca se había alegrado tanto de ver Ciudad Banyan. A sus habitantes. El sonido crepitante del humo de las estufas. El olor de las especias. Las llamas de las velas que titilaban junto a pequeños reflectores metálicos y lo iluminaban todo mientras pasaba corriendo a su lado.

La casa del médico empezaba a perfilarse en la oscuridad delante de ella.

«Por favor, que esté en casa. Tiene que estar en casa. Que no se haya ido a hacer ninguna visita. Está en casa».

Una sombra humana apareció detrás de un muro en ruinas y le impidió el paso.

—¿A dónde vas tan deprisa, niña?

Mahlia se detuvo en seco. Varias sombras más se materializaron ante ella como fantasmas malévolos que surgían de las tinieblas.

Niños soldado. Un escuadrón entero.

La joven dio media vuelta y se dispuso a volver al pueblo, pero un perro salió de las sombras gruñendo. La muchacha retrocedió de un salto y miró a su alrededor en busca de una nueva vía de escape. El perro seguía gruñendo, acechándola, empujándola de vuelta a sus captores.

Más soldados emergieron de la penumbra empuñando unas armas que emitían un brillo mortecino. Llevaban bandoleras de balas cruzadas sobre los torsos desnudos y cubiertos de cicatrices. Unas feas marcas con tres segmentos entrecruzados les señalaban los rostros. Soldados del FPU, sin duda. Leales seguidores del coronel Glenn Stern. Algunos de ellos llevaban pañuelos azules anudados en la cabeza, como si las marcas no fueran suficiente. Los chicos se acercaron a ella. Varios pares de ojos inyectados en sangre por el efecto de las anfetaminas y el cristal la estudiaron con el apetito voraz de una serpiente. Mahlia escudriñó la oscuridad en busca de algún lugar al que huir, pero había soldados por todas partes. Una emboscada perfecta.

Uno de ellos fue hasta ella y la agarró. Le torció el brazo y se lo sujetó detrás de la espalda. Notó cómo el chico buscaba a tientas la mano que le faltaba. Soltó una carcajada.

—¡Tenemos una tullida! —dijo entre risas.

Le palpó el muñón con los dedos.

—¡Así no hay quién la espose! —Los demás empezaron a reírse. Mahlia intentó zafarse, pero el soldado la zarandeó.

—¿Fui yo quien te la cortó? —le preguntó mirándole el muñón—. ¿Cómo se me pasó cortarte la otra?

Estando tan cerca, su marca de lealtad era claramente visible: seis cicatrices pálidas y rugosas sobre la piel morena. Tres de izquierda a derecha y tres de arriba abajo. Seguidores del FPU hasta la médula. Tres pinchos brillantes le atravesaban el labio inferior, uno al lado del otro. Mahlia no estaba segura de si eran un elemento decorativo o algún otro distintivo oficial que el coronel les imponía a sus reclutas.

—¿Fui yo? —volvió a preguntarle. Antes de que pudiera contestarle, el chico se irguió, sorprendido—. ¡Fijaos en sus ojos! —gritó—. ¡Hemos encontrado una traidora! Una bonita pacificadora. —La muchacha intentó huir de nuevo, pero el soldado tiró de ella hacia atrás y la estrechó con fuerza, retorciéndole el brazo de tal forma que a punto estuvo de dislocárselo.

»No tan rápido —le susurró al oído. Su voz se había vuelto gélida, cargada de amenaza. Antes, la había visto como un simple juguete; ahora, sin embargo, era menos incluso que eso—. Tengo planes para ti, apestada.

«Apestada». Sus palabras se extendieron entre los demás soldados como una corriente eléctrica. «Pacificadora. Apestada». Mahlia sabía cómo acabaría aquello. Primero habría gritos, luego sangre y, al final, sin tenía suerte, llegaría la muerte.

Buscó a tientas su cuchillo, pero, con la mano sana sujeta a la espalda, era inútil. El soldado, que pareció adivinar sus intenciones, sacó el cuchillo de la joven y se lo colocó en el cuello.

—¿Qué te propones, traidora?

La muchacha sintió náuseas. Una parte de su mente ya se preparaba para lo que estaba a punto de ocurrir. Sería igual que cuando el Ejército de Dios la capturó. Distinto ejército, misma historia. En el fondo, todos eran iguales.

—¿Qué trae a una cría de las fuerzas de paz por aquí? —le preguntó—. ¿Acaso la gente del pueblo te protege? —Mahlia guardó silencio. Intentó zafarse de nuevo, pero el soldado era más grande y más fuerte que ella—. ¿Por qué no contestas? ¿Eh? ¿Te ha comido la lengua el gato? ¿O es que eres terca como una mula? —Hizo una pausa—. Parece que la apestada se cree demasiado digna para hablar con nosotros. —La hoja del cuchillo le acarició la mejilla y le tocó los labios—. A ver, vamos a cortarte esa lengua.

Se revolvió impulsada por el pánico y esta vez casi logró soltarse.

—¡Sujetadla!

Varias manos la agarraron, le inmovilizaron los brazos y le sujetaron la cabeza para compelerla a mirar directamente al soldado que se cernía sobre ella. Unos dedos sucios la obligaron a abrir la boca. Mahlia intentó morderlos.

—¡Vaya, vaya! —gritó el soldado con regocijo—. ¡La apestada tiene agallas! —Pese a sus palabras, no cejó en su empeño. Le apretó las mejillas hasta que separó los labios y le metió la hoja en la boca. La muchacha notó el sabor del acero contra los dientes—. No sabía que hubiera traidores escondidos por esta zona —admitió el soldado—. Pensé que os habíamos purgado a todos.

—Déjala en paz, Soa.

Al oír la voz, el chico miró hacia atrás.

—Solo estoy obteniendo respuestas, teniente.

Una nueva sombra emergió de la oscuridad. Una figura de facciones angulosas y mejillas hundidas. Alta y esquelética. Pálida como la muerte. Con una cicatriz rosada e irregular que le hendía la nariz. Un hombre de ojos grises y pupilas dilatadas.

—¿Qué respuestas has obtenido?

—No ha soltado prenda.

—Entonces no tenemos respuestas, ¿no es así, soldado?

—Todavía no he empezado a cortar.

—¿Y has pensado que lo mejor era empezar por la lengua?

—Por algún sitio habrá que empezar.

Hubo una pausa. Por un instante, la muchacha pensó que se produciría un altercado entre ellos, pero entonces el teniente soltó una carcajada. Luego, al ver que se reía, Soa sonrió, y Mahlia no supo discernir si todo era una broma, si iban a empezar a cortarla, si se trataba de un juego o si no era más que el principio de un tira y afloja que, de una forma u otra, acabaría con su sangre derramada por el suelo.

El teniente le iluminó los ojos con una diminuta linterna led con manivela. Una luz brillante y molesta que la obligó a entornar los ojos. Bajó un poco el foco de luz y se inclinó hacia ella para estudiarla con sus ojos grises inyectados en sangre. Por su aspecto, Mahlia supuso que debía de tener veintitantos años. Un hombre experimentado que doblaba en edad a algunos de sus soldados. Un perro viejo que jugaba a ser Dios.

—¡La madre que me trajo! —exclamó.

Soa estaba asintiendo.

—Es una apestada, ¿verdad?

Mahlia se obligó a hablar.

—No soy china. Soy de las Ciudades Sumergidas.

El teniente le apretujó las mejillas con los dedos y le giró la cabeza de lado a lado mientras sus tropas la mantenían inmovilizada.

—Mitad —dijo—. Eres mitad y mitad, seguro. También tienes la edad adecuada. Seguro que algún pacificador dejó preñada a tu madre y luego te dejó atrás. —Ladeó la cabeza—. Los traidores como tú no me servís de nada. —Desvió los ojos hacia el pueblo—. Tampoco los pueblos que acogen a traidores. Alguien necesita que le den una lección.

—¡Dejadla en paz!

Al oír la voz, a Mahlia casi le flaquearon las piernas del alivio. El doctor Mahfouz avanzaba entre los niños soldado, con su familiar barba entrecana y sus gafas rotas atadas con trozos de fibras de kudzu que él mismo había trenzado. Comparado con algunos de los soldados, era bajito y delgado. Un hombre de piel morena y ojos amables que se abría paso entre los soldados con una determinación inquebrantable, ignorando el peligro que corría. Era como si no se percatara de que estaba rodeado de chicos armados, cubiertos de cicatrices y con sed de violencia.

Ellos, sin embargo, sí se percataron de su presencia. Uno de ellos lo agarró por el brazo.

—No tan rápido, doctorcito. Los traidores no son asunto tuyo. Ocúpate de tus asuntos de médico.

Mahfouz ni siquiera se inmutó. Se volvió hacia el teniente y, expresándose con absoluta autoridad, dijo:

—Teniente Sayle, esa chica es mi ayudante, no es ninguna traidora. Si quieres que tu soldado viva, voy a necesitar su ayuda. Ahora dejadla en paz. Aquí nos centramos en la sanación y en mantener la paz. Si quieres que hagamos nuestro mejor esfuerzo, harás lo mismo. En mi casa, esas son las reglas. Aquí no toleramos el derramamiento de sangre.

Los ojos grises del teniente pasaron del doctor Mahfouz a Mahlia.

—¿Es eso cierto? —le preguntó—. ¿Tienes conocimientos médicos? ¿Tienes algún truco de medicina china bajo la manga? ¿Algún apaño que te enseñaran los pacificadores?

Mahlia abrió la boca para hablar, pero no supo qué responderle. Dijera lo que dijera, no haría más que incitarlo. Decidió cerrar el pico y esperar a ver qué pasaba, consciente de que no tenía ni voz ni voto en el asunto. Todo dependía del tal Sayle y de la decisión que hubiera tomado. Viviría o moriría, no había más. Lo que pudiera decirle a aquel teniente del FPU no iba a cambiar las cosas.

El hombre sonrió con suficiencia y la invitó a pasar con una reverencia burlona.

—Así que eres una doctorcita, ¿eh? De acuerdo. Arranca a mi sargento de las garras de las Parcas y ya veremos.

La joven dejó escapar un suspiro que no sabía que había estado conteniendo. Se zafó de las manos de los soldados y fue caminando hacia Mahfouz. Cuando pasó junto al teniente, el hombre la acercó a él de un tirón.

—Si mi sargento muere —dijo—, dejaré que Soa empiece a cortar. Empezará por esa mano que te sobra, luego seguirá con los pies y así hasta que no seas más que un gusano moribundo. ¿Entendido?

Mahlia se limitó a mirar al frente, esperando a que la dejara ir, procurando no decir nada. El hombre la zarandeó.

—¿Me has entendido, apestada?

La muchacha mantuvo la vista al frente, pero asintió una única vez.

—Te he entendido.

—Bien. —La soltó y se volvió hacia el resto de sus tropas—. ¿Qué estáis mirando? —gritó—. ¡Volved al perímetro! Gómez, arriba. Pinky, tú también. Alil, Paulie, Snipe, Boots..., patrullad la zona. Van, Santos, Roo, Gutty, Yep, Timmons, Stork y Reggie, explorad la ciudad. Comprobad si hay más apestados. Quizá hayamos encontrado un nido de ratas chinas.

Las tropas lo saludaron y se dispersaron envueltas en el traqueteo de las armas y las balas, el golpeteo de las botas al pisar la hierba, el tintineo de las botellas de ácido y el destello de los machetes al desenfundarlos. El doctor Mahfouz pasó un brazo por encima de los hombros de Mahlia y la atrajo hacia sí en medio de toda la actividad.

—Voy a necesitar tus ojos y tu mano —señaló al frente—. No es imposible, pero tenemos trabajo por delante.

Cuando llegaron a la consulta al aire libre, Mahlia dejó escapar un grito ahogado. Había sangre por todo el suelo de hormigón agrietado de la planta baja del edificio.

Visto lo visto, no era de extrañar que los niños soldado estuvieran tan locos. Frente a ella había cuatro cuerpos de los que manaba un río de sangre. Dos de ellos tenían pinta de estar muertos ya; otro tenía una pierna desgarrada y, aunque le habían hecho un torniquete y seguía con vida, estaba tan pálido que no parecía que fuera a durar mucho más.

Solo quedaba un chico joven. Tenía el pecho cubierto de trapos empapados de color carmesí, pero estaba consciente.

Había sido un combate duro, sin duda. Pero ninguna de sus heridas parecía ser producto de alguna explosión o disparo. Uno de los muertos estaba casi partido por la mitad. El otro tenía el cuello roto y desgarrado.

Los ojos del chico que estaba consciente siguieron los movimientos de la muchacha mientras se arrodillaba a su lado. Apartó los trapos ensangrentados, intuyendo lo que estaba a punto de ver. La sola idea hizo que sintiera miedo.

Cuatro cortes paralelos, enormes y profundos, le atravesaban el pecho. Le habían rasgado la ropa y hendido la piel morena. Los huesos blanquecinos de la cavidad torácica asomaban entre el mar de rojo. La joven apoyó la mano contra la carne desgarrada, midiendo sin querer el tamaño de la garra que le había asestado semejante golpe.

Mahlia sintió náuseas. Todo tenía sentido.

Ahora entendía qué hacían allí aquellos soldados. Sabía muy bien qué estaban buscando, igual que sabía que, si lo encontraban, Mouse era hombre muerto.

8

—Nuestros amigos dicen que se han encontrado con un jabalí —comentó el doctor Mahfouz.

Era una mentira ridícula. Ningún jabalí podía infligir semejantes heridas. Solo un monstruo podía hacer algo así. Solo un híbrido. Y Mouse estaba atrapado con aquella criatura. Si no lo liberaba a tiempo, iba a morir, y si no se libraba de aquellos soldados y se las arreglaba para conseguir algunas de las medicinas del buen doctor...

—¡Mahlia!

La muchacha, que se había quedado hipnotizada mirando las heridas del soldado, se sobresaltó al oír su nombre. Mahfouz le repitió lo que había dicho:

—Estoy hirviendo los instrumentos. Ve a lavarte, voy a necesitarte para limpiar y suturar las heridas.

La joven fue corriendo a donde el médico había puesto a hervir el agua. Una sensación de entumecimiento la invadía. Los soldados estaban por todas partes. Los miraba con disimulo, estudiándolos mientras se lavaba.

Eran un montón de harapientos. El mismo prototipo de soldado del que su padre solía burlarse, milicianos con equipos destartalados, desdentados y con quemaduras de ácido en la cara; pero empuñaban pistolas repletas de balas y cuchillos afilados, y estaban por todas partes: recorriendo el perímetro, saqueando la vivienda del médico, patrullando... Había encendido varias hogueras y ahora unos transportaban unas viejas jarras de plástico que habían llenado de agua en la piscina del

93

sótano de al lado mientras otros apilaban todo lo que habían saqueado, desde arroz hasta pollos muertos, en el cemento sucio. Parecía que estaban registrando todo el pueblo.

Un muchacho alto, de piel oscura y ojos penetrantes lideraba un pelotón de tres chicos encargado de recoger leña y encender una fogata. Tenía el bíceps lleno de cicatrices que denotaban el número de muertes que había infligido, nueve enemigos en total, marcados del mismo modo en que el médico marcaba los medicamentos de su inventario.

Mahlia empezó a contar las cicatrices de los otros soldados, pero desistió enseguida. Eran demasiadas. Entre todos, debían de superar las doscientas. Incluso los más jóvenes, los críos a los que solo se les permitía llevar ácido clorhídrico y machetes, tenían cicatrices. Y los más mayores, como el teniente y el soldado herido con las costillas visibles, acumulaban más de una docena.

—¿Qué hacemos con esto? —gritó uno de los soldados. Mahlia levantó la vista al oír cómo arrastraba las palabras. Un corte de machete le había hendido la mandíbula, dejándole una cicatriz en la cara que le llegaba hasta el ojo. Sin embargo, lo que llamó la atención de la joven fue su botín: una cabra que conducía a donde se encontraban los demás.

La muchacha se sobresaltó al darse cuenta de que se trataba de Gabby, la cabra del doctor Mahfouz.

—No podéis... —empezó a decir antes de obligarse a cerrar el pico.

El teniente Sayle llevaba un rato reunido con sus sargentos, pero justo en ese momento levantó la vista, como una mantis pálida y cadavérica que centraba su atención en la que sería su presa.

—Parece que será la cena.

Volvió a trazar cuadrantes en un mapa mohoso, indiferente a lo que acababa de ordenar o a quién podía afectar.

El chico pasó una cuerda alrededor de las patas de Gabby, se las ató y la empujó con brusquedad. Fue empujón casual, casi desganado. La cabra cayó al suelo con un ruido sordo y un graznido de sorpresa, tan indefensa como un saco de arroz caído al suelo.

El teniente Sayle había retomado la conversación con sus sargentos. Sus palabras se mezclaban con el bullicio de las actividades de sus demás soldados.

—... arrastrarlo hacia la costa y hacer una batida hacia el sur. —Detalles de la cacería—. A-6, avanzar por esta cordillera, que sigue estando por encima de la línea de marea. Este tramo del río podría brindarle protección.

La joven observó con impotencia cómo el chico se arrodillaba junto a Gabby, levantaba el machete y le daba un tajo en el cuello. La cabra baló una vez, presa del pánico, antes de que la hoja se hundiera por completo y la hiciera enmudecer. El chico empezó a serrar y la sangre comenzó a salir a borbotones. Mahlia tuvo que apartar la mirada.

Nadie más pareció darse cuenta, o inmutarse. Era algo que acostumbraban a hacer. Robar el ganado de otras personas. Las vidas de otras personas. Observó a los soldados con odio. Eran diferentes en muchos aspectos, blancos y negros, amarillos y marrones, delgados, altos, pequeños..., pero eran todos iguales. Daba igual que llevaran collares hechos con falanges, pulseras realizadas con dientes de leche o tatuajes en el pecho para protegerse de las balas. Al final, todos estaban desfigurados por las cicatrices de guerra y tenían los ojos apagados y sin vida.

La muchacha terminó de lavarse las manos con el agua hervida y se las enjuagó con alcohol, haciendo todo lo posible por ignorar el desmembramiento de Gabby.

«Es lo que hacen —se recordó a sí misma—. No luches contra lo que no puedes luchar». Tenía que pensar como Sun Tzu. Urdir su propio plan para conseguir los medicamentos que necesitaba y escaparse para poder regresar junto a Mouse.

Mahlia se concentró en Sayle y en lo que planeaba.

—B-6, Sección A-B, Potomac... —Ninguno de aquellos nombres significaba nada para ella. Lo único que le quedaba claro era que había un montón de soldados ahí fuera, que querían encontrar al híbrido a cualquier precio y que la vida de Mouse no valía nada. Si los soldados daban con él antes de que hubiera podido regresar, el monstruo creería que lo había traicionado y mataría a Mouse. Y encima ahora estaba atrapada aquí, curando a alguien que no dudaría un segundo en cortarle la otra mano.

Terminó de lavarse, cogió los fórceps, los escalpelos y las agujas que habían estado hirviendo en la maltrecha olla y se abrió paso a través del círculo de soldados expectantes hasta llegar a la última víctima viva, deseando encontrar la manera de contarle al médico lo que sucedía con Mouse.

—Apartaos —les ordenó mientras pasaba entre ellos. Los soldados se movieron un poco, pero no se apartaron.

El médico levantó la vista.

—Vuestro camarada necesita aire limpio y que vuestra suciedad esté lo más lejos posible de sus heridas. Si no le hacéis caso a la chica, vuestro amigo no sobrevivirá.

—Si él muere, tú mueres —musitó uno de ellos.

Mahlia no estaba segura de si había sido Soa o uno de los otros, pero el chico herido reaccionó a aquel desafío.

—Ya lo habéis oído —gruñó—. Apartaos. Dejad que los médicos hagan su trabajo.

La joven se arrodilló a su lado y empezó a limpiarle la herida, separando los trozos de tela de la carne desgarrada a la vez que comprobaba si las costillas rotas podían haberle dañado algún órgano interno.

El chico no se inmutó mientras lo exploraba. Lo único que evidenciaba su dolor era que, a veces, cuando la muchacha hurgaba un poco más en la herida, aguantaba la respiración. Se limitaba a mirar al frente con cara de desdén. Mahlia escurrió la sangre del trapo y volvió a limpiarle las heridas.

Qué tonta había sido. Claro que alguien había intentado cazar al monstruo. Por eso había huellas de botas y de patas por todas partes. La criatura no había aparecido de la nada. Había huido de las Ciudades Sumergidas y los soldados lo habían seguido. En retrospectiva, ahora todo tenía sentido.

—No parece que esto lo haya hecho un jabalí —comentó ella.

La mirada del soldado herido se centró en ella por primera vez. Tenía los ojos verdes con motas doradas que destilaban violencia. Un rostro esculpido y endurecido por la guerra.

—Si digo que ha sido jabalí, ha sido un jabalí.

Mahlia bajó la mirada. No merecía la pena pelearse por ello. Los chicos como aquel habían visto demasiada sangre durante sus vidas como para afligirse por derramar un poco más. Contrariarlos era una estupidez.

—¿Hay algún problema, sargento Ocho?

Aunque el hombre habló con suavidad, su voz hizo que a la joven se le erizara la piel. El teniente los observaba. Con su piel pálida, su pelo descolorido y sus ojos grises y vacíos. Cuando lo había visto por primera vez, le había parecido un cadáver por lo pálido que estaba, luego un insecto, por lo largas y alargadas que eran su figura y sus extremidades. Pero ahora, de repente, Mahlia supo perfectamente lo que era: un loboyote. Un loboyote de pura sangre. Un depredador. Una criatura letal e inteligente.

Los ojos gris claro de Sayle se posaron en ella.

—¿Algo de lo que deba estar enterado?

Ocho miró a Mahlia con desdén.

—Nada, teniente.

—Si es así, házmelo saber.

—No. La apestada conoce su lugar.

El teniente Sayle volvió a centrarse en los mapas mohosos y siguió dándoles instrucciones a los demás niños soldado. Mahlia dejó escapar un suspiro y regresó al trabajo, deseando poder acabar rápido.

Mientras arrancaba hojas y otros restos de las heridas, no pudo evitar pensar en los medicamentos que tenía justo encima, en la vivienda del médico. Los soldados no los habían encontrado... todavía. Mahfouz los tenía escondidos, envueltos en cuero engrasado y metidos dentro de libros huecos. Unos pocos libros entre muchos otros. Pero estaban allí. Los antibióticos con los que podría comprarle la libertad de Mouse al híbrido moribundo. Si podía arreglárselas para llegar a ellos, claro.

El médico se unió a ella con una aguja e hilo para suturas. Apenas podía ver, ni siquiera con las gafas improvisadas. Tuvo que acercarse para poder examinar las lesiones.

—Los daños no son tan graves como podrían haber sido —declaró—. Las costillas cumplieron su cometido.

Mahlia señaló una de las heridas.

—Esta es la única que no deja de sangrar.

—Ya veo —dijo Mahfouz entrecerrando los ojos—. Tiene una laceración en un paquete neurovascular. Vamos a cauterizar el corte primero —continuó— y luego suturamos las heridas.

—¿Puedes ver algo, anciano? —preguntó el paciente de repente.

Mahlia lo miró, intentando recordar su nombre. «Ocho. Y es sargento».

—Yo sí —intervino ella—. Y soy yo quien va a suturarte.

—¡Sangre y óxido! —exclamó él—. ¿La manca es quien me va a coser?

—Cuidado con lo que dices —le advirtió ella—, o te coseré las tripas.

Mahfouz contuvo la respiración, pero el chico se limitó a sonreír.

—Así que la apestada tiene colmillos.

—Colmillos no, pero sí una aguja.

La joven apoyó la punta de metal en la piel del chico y la empujó con los dedos de la mano izquierda. La mano del médico agarró la aguja por el otro lado y enhebró el hilo de sutura antes de devolvérsela. Entre los dos casi hacían un médico completo. Volvieron a pasar el hilo por la carne.

—Aquí no tenemos sulfamidas —dijo Mahfouz—. Así que tendrás que hacer todo lo posible por mantener la herida limpia y seca.

Ocho volvía a tener la mirada perdida.

—Ya. Lo sé.

Echando un vistazo a su cuerpo, parecía que sí lo sabía. Tenía la piel oscura rasgada y llena de tejido cicatrizal en docenas de sitios. Le faltaba parte de una oreja y tenía una cicatriz rugosa en la mejilla, como si lo hubieran apuñalado o quemado. Un pequeño agujero circular que ya había sanado.

El chico se dio cuenta de a dónde miraba Mahlia.

—El Ejército de Dios —dijo a modo de explicación—. Un francotirador. —Abrió la boca para mostrarle el otro lado de la herida. La lengua rosada también estaba desgarrada.

»Entró y salió como si nada. Me dio en un lado de la lengua y salió por la boca. No me rozó ni un diente —afirmó mientras se los enseñaba—. Ni uno. Las Parcas me protegieron.

Mahlia levantó el muñón.

—A mí también.

—Yo me consideraría afortunado.

—Sigo teniendo la izquierda.

—¿Eres zurda?

—Ahora sí.

No iba a decirle cuánto tiempo le había llevado entrenar los músculos de la mano izquierda para hacer un trabajo que siempre había dado por sentado con la derecha. Aun así, había ocasiones en las que una parte de su mente le jugaba una mala pasada y, de pronto, era como si se viera reflejada en un espejo y mirara en la dirección equivocada mientras intentaba usar la mano izquierda para hacer lo que el fantasma de su derecha ya no podía.

—Se te da bastante bien —admitió él.

—Lo bastante para esto.

—No se puede pedir más —declaró.

La muchacha levantó la vista, sorprendida. Su tono fue suave, casi de disculpa, o de lástima.

«¿Puedo tratar contigo? —se preguntó—. ¿Aún te queda algo de humanidad?».

El doctor Mahfouz no paraba de repetir que había humanidad en todo el mundo. Por lo que ella había experimentado a lo largo de su vida, aquello siempre le había parecido una falacia. Sin embargo, ahora, mientras observaba al tal sargento Ocho, se preguntó si habría un ápice de bondad en aquel chico cubierto de cicatrices, algo que pudiera explotar.

Continuó suturando.

—¿Por qué te llaman Ocho?

Gruñó cuando la aguja le atravesó la piel.

—Porque me cargué a ocho enemigos. Los acuchillé a todos. Iban armados, pero los degollé a todos. —Se llevó la mano a la quemadura con la marca del FPU que tenía en la mejilla. La marca del coronel Glenn Stern—. Obtuve mis galones gracias a eso. Fue legendario.

Los niños soldado congregados a su alrededor asintieron.

—El legendario Ocho —repitieron—. Legendario.

—¿Cómo lo lograste? —preguntó ella.

—No es asunto tuyo, apestada.

Y, así sin más, su bondad desapareció. La poca afabilidad que había demostrado se había esfumado. Su voz se volvió cruel y dura como el hormigón.

—Cierra el pico y termina de coser.

—Yo...

—Como no te calles, freiré tu lengua en aceite. La cocinaré y me la comeré.

Frío como un témpano, así de rápido. Un asesino más con un rastro de huellas sangrientas a sus espaldas y un río de sangre ante sus ojos.

Mahlia agachó la cabeza y se concentró en el trabajo, sin más esperanza que la de pasar desapercibida.

El médico y la joven por fin dieron la tarea por acabada.

—Ya está —dijo Mahfouz.

—Te recuperarás —afirmó ella. Tenía el cuello y el brazo acalambrados del esfuerzo. No era nada práctico tener que repartirse el trabajo de aquella manera, pero era la única manera.

Ocho examinó la herida cerrada.

—La sutura está muy bien hecha —comentó—. Mirad, chicos. Ya me han cosido —exclamó.

«Sí. Ya te hemos cosido. Ahora lárgate para que pueda coger los medicamentos y largarme yo también», pensó Mahlia.

Si lograba que los niños soldado se fueran de allí, aún podría arreglárselas para encontrar el camino de vuelta por los pantanos y llegar hasta Mouse. Incluso en la oscuridad, sabía bien dónde la esperaba. Le pediría al médico que la acompañara, harían el intercambio y Mouse no moriría.

El teniente se aproximó.

—¿Cómo estás, sargento?

—Como nuevo —respondió Ocho mientras se incorporaba. Aunque bajo la piel oscura se notaba que estaba pálido, se puso de pie—. Listo para ponerme en marcha.

Su superior sacudió la cabeza con brusquedad.

—Siéntate, soldado. No vamos a ninguna parte. Estableceremos patrones de búsqueda desde aquí. ¿Por qué malvivir en los pantanos cuando podemos vivir en este pueblecito tan próspero? —Puso una mano en el hombro de Mahfouz—. Bueno, ¿dónde tienes los antibióticos?

A Mahlia le dio un vuelco el corazón. «No. Son míos. De Mouse».

—No tenemos —aseveró el médico—. Pero no hay de qué preocuparse. Es una herida limpia. Muy limpia, de hecho. No debería haber complicaciones. Todos los instrumentos estaban bien esterilizados. Además, usamos agua esterilizada y alcohol para limpiarla mientras la suturábamos.

El teniente acercó a Mahfouz de un tirón.

—¿Crees que soy un gusano de guerra estúpido? El animal tiene las garras sucias y la suciedad requiere medicinas.

La muchacha se aclaró la garganta.

—Pensé que habíais dicho que había sido un jabalí.

El teniente la agarró, rápido como una víbora. La hizo girar y le rodeó la garganta con el brazo para privarla de oxígeno. El médico empezó a gritar, pero los otros soldados lo sujetaron y lo obligaron a retroceder.

—Nos has salido tiquismiquis, ¿eh? —dijo el hombre—. ¿Qué te parece si te llevo con nosotros y te nombro enfermera personal de Ocho? Si mi sargento vive, a lo mejor hasta te envío de vuelta con esa mano izquierda pegada al resto del cuerpo. —Mahlia sentía el aliento caliente de Sayle en la mejilla—. ¿Te gusta la idea? Aunque también podría cortártela y colgártela del cuello. Así la tendrías siempre cerca.

No podía respirar. El hombre la había privado por completo de aire. De repente, se irguió y los pies de la joven se despegaron del suelo.

—O puede que me quede aquí de pie para sentir cómo pataleas. Me gusta cuando una chica guapa patalea.

A Mahlia se le empezó a nublar la visión. Oyó las súplicas del doctor Mahfouz en la distancia.

—Por favor. Tenemos muy pocas, para emergencias de verdad. Es muy difícil adquirirlo.

—¿Mi soldado no es una emergencia?

—Eso no es lo que...

—Ve a buscar las medicinas. Tu ayudante se está quedando sin aire.

Con una expresión de derrota en la cara, Mahfouz trepó por la escalerilla y entró en la vivienda. El teniente Sayle no dejó caer a Mahlia al suelo hasta que el buen doctor regresó con las pastillas en la mano.

La muchacha se alejó dando tumbos, resollando, con la mano en la garganta. El aire le quemaba como el fuego al entrar y salir de su cuerpo.

Los soldados la sujetaron de nuevo y la empujaron hacia donde el sargento Ocho seguía tumbado. La joven cayó de rodillas junto al chico herido.

A sus espaldas, oyó al teniente decir:

—Atrincheraos, muchachos. Asegurad el perímetro. Estaremos aquí un buen rato.

«No...».

9

La infección asolaba el cuerpo de Tool como un ejército invasor. El delirio le nublaba la vista. La oscuridad se había apoderado de los pantanos. El canto de los grillos y el zumbido agudo de los mosquitos llenaban la noche.

El híbrido entreabrió el ojo sano y observó al chico pelirrojo. La luz de la luna delineaba su forma delgada mientras desenterraba una piedra afilada del tamaño de un huevo.

Tool casi sonrió. Todos los niños humanos eran iguales. Un saco de costillas y cavidades unidos por una finísima capa de carne. Espantapájaros que pedían a gritos que los despedazaran y desperdigaran sus restos en el viento, como muñecos hechos de hierba.

No importaba en qué continente luchara, siempre era lo mismo. Este brincaba de aquí para allá como un saltamontes paliducho y pecoso, revisando cada roca con la esperanza de encontrar una con la que aplastarle la cabeza al híbrido, pero, en el fondo, era igual que todos los demás.

—Sé lo que planeas, chico.

Mouse levantó la vista y miró a Tool con unos ojos verdes que brillaban como esquirlas de cristal. Luego siguió palpando las rocas de la orilla, probándolas, estirándose tanto como le permitía el brazo alargado del híbrido.

—Entonces, ¿por qué no me detienes? —le preguntó el muchacho.

—No comas ansias.

—Mahlia va a volver.

Tool resopló.

—Tu hermana se fue hace horas. Y ahora tú estás buscando un arma. Creo que ambos hemos dejado de hacernos ilusiones con que tu hermana regrese.

—No es mi hermana.

—Los dos sois humanos. Por lo tanto, es tu hermana.

—¿Eso quiere decir que tú eres un perro?

El híbrido gruñó ante la provocación. Intentó incorporarse, pero era demasiado agotador. El barro que se había embadurnado en las heridas para detener la hemorragia se resquebrajó en cuanto se movió. Le sorprendió ver que ya se había secado. El tiempo estaba pasando mucho más rápido de lo que pensaba.

Se recostó, respirando con dificultad. Mejor ahorrar energía.

Era una tontería pensar que quedaba algo por lo que conservar su energía, pero formaba parte de su naturaleza. Lo habían diseñado demasiado bien. Incluso ahora, estando deshecho y acabado, rodeado de humanos hostiles, luchaba por su supervivencia. La naturaleza siempre luchaba por seguir adelante, incluso cuando la esperanza desaparecía.

El chico volvió a poner a prueba el agarre de Tool.

—No me provoques, chico.

—Podrías dejarme ir. Podría ir a buscarte las medicinas.

El híbrido casi se rio al oír la propuesta.

—Creo que una traición es más que suficiente.

Mouse lo miró con resentimiento.

—¿Y tú qué sabes? No eres más que un cara perro.

—También tigre, hiena y hombre. —Lo miró fijamente—. ¿Cuál de esas criaturas crees que es la que rompe sus promesas, chico?

—Me llamo Mouse. Ya te lo he dicho.

—Da igual cómo te llames. Para mí sois todos iguales.

—Vas a matarme, ¿verdad?

Tool hizo una mueca, contrariado por el hecho de que aquel crío humano se atreviera a insistir en que era él quien, de algún modo, se equivocaba.

—No me culpes por la traición de tu hermana.

—No es ella quien va a matarme.

Aquella conversación no era más que una distracción. El chico había vuelto a extender el brazo y a rebuscar el barro en busca de un arma, tal vez con la esperanza de encontrar el machete que había perdido. Él también luchaba por sobrevivir.

—Mato porque es parte de mi naturaleza —concedió el híbrido—. Como es parte de la tuya.

—Yo mato para comer.

—Yo también me como lo que mato —dijo enseñando los dientes.

Los ojos del chico se abrieron como platos al oírlo. Si no hubiera estado tan extenuado y atormentado por el dolor, se habría reído.

10

Varias polillas aleteaban mientras se ahogaban en los charcos pegajosos de sangre derramada. Mahlia pasó un trapo sucio por el estropicio, lo empapó y lo escurrió en un cubo de hierro oxidado que tenía al lado. Cuando volvió a agacharse para seguir fregando, miró de reojo a los soldados, intentando ubicarlos, y luego regresó al trabajo.

Soa, esta vez. Observándola desde un lado de la hoguera. La miraba con suspicacia, acechándola con el interés depredador de un loboyote.

A Mahlia no le gustaba sentirse observada, aunque, cuando no era él, era otro el que la espiaba. Slim, Gutty, Ocho o alguno de los otros chicos de facciones duras. Era como si usaran alguna forma de comunicación tácita para ir pasándose el relevo.

Era imposible que pudiera escapar con tantos ojos encima. Fregó otro charco de sangre y luchó contra el impulso de gritar. Mouse estaba ahí fuera, en los pantanos, a merced del cara de perro, y ella estaba aquí, atrapada como un conejo en una trampa.

¿Qué haría Mouse si estuviera en su situación? ¿Estaría tan loco como para intentar escapar? Pero primero tenía que conseguir las medicinas y necesitaba escabullirse sin levantar sospechas. Si huía, ¿qué le pasaría a Mahfouz?

No podía salir corriendo sin más, ni siquiera si dejaban de vigilarla tan de cerca. Era una trampa imposible, sin una solución aceptable. Empezó a fregar de nuevo, descargando toda su frustración en el trabajo.

Oyó el sonido de unas botas acercándose. Se le erizó la piel, pero evitó levantar la vista. Las botas se detuvieron justo delante de ella, sobre la sangre, obstaculizando su trabajo. Soa. Estaba segura.

Se armó de valor y alzó la vista.

El chico se inclinó hacia ella con una sonrisa socarrona.

—¿Te molesta limpiar nuestra sangre? ¿Te crees demasiado digna o qué?

Mahlia negó con la cabeza.

—¿Estás segura? Porque te he visto haciendo una mueca. —Soa se arrodilló, pasó los dedos por la sangre y los puso delante de la cara de la muchacha—. ¿Te crees demasiado buena para limpiar la sangre de unos patriotas?

Extendió la mano y le pasó los dedos lentamente por la mejilla, manchándola.

—¿Te crees mejor que nosotros? —preguntó—. ¿Crees que somos animales? Eso es lo que solíais decir los pacificadores de nosotros, ¿no? ¿Que éramos unos animales, unos perros? —Volvió a mojarse los dedos de sangre y le acarició la frente con las yemas húmedas.

Mahlia tuvo que hacer un esfuerzo por no estremecerse al sentir el contacto de Soa. Eso era lo que él quería. Quería que ella reaccionara con asco, que actuara como si estuviera por encima de ellos. Y, si lo hacía, estaba segura de que la mataría. La mataría por despecho.

Soa era un ser desalmado. Una vil serpiente que buscaba una excusa para morder.

—No quiero pelear —dijo ella—. Si quieres que limpie, yo limpio, pero no quiero pelear.

—«No quiero pelear» —se burló Soa—. Más palabrería pacifista. —Volvió a mojarse los dedos en la sangre y le marcó la otra mejilla antes de darle un empujón que fue casi una bofetada—. ¿Te sabes algún lema de rendición? ¿Uno de esos dichos que tanto les gustaban a los pacificadores? ¿«Ojo por ojo y el mundo acabará ciego» o alguna mierda de esas?

Detrás de Mahlia, alguien se rio por lo bajo. Otros se limitaron a observarlos. Todos esperaban a ver qué haría Soa a continuación.

—¿Y bien? —le preguntó el chico—. ¿Conoces algún lema de rendición? Estoy esperando.

La muchacha se aclaró la garganta. Sabía a qué se refería. Cuando era pequeña, había lemas por todas partes, pintados en los muros de la ciudad. Las fuerzas de paz pagaban a los habitantes locales para que los pintaran. Intentaban comprar el beneplácito de la gente y hacerla reflexionar sobre lo que la había llevado a la situación en la que se encontraba, pero las imágenes y los mensajes siempre acababan pintarrajeados con las banderas de guerra de las milicias y los caudillos. Con el tiempo, los pacificadores se dieron por vencidos.

Mahlia volvió a aclararse la garganta, intentando pensar en alguno que no hiciera estallar a Soa.

—¿Desarmar para sembrar?

—¿Es una pregunta?

La joven sacudió la cabeza.

—Desarmar para sembrar —repitió. Y esta vez fue una afirmación.

Soa sonrió con los ojos desorbitados.

—Ah, sí. Me acuerdo de ese. Era uno de los buenos. Los soldados de las fuerzas de paz te daban arroz, maíz y soja si entregabas un arma. Les intercambié una vieja pistola de calibre 22 por un saco de arroz que, en teoría, debía sembrar. El percutor estaba todo oxidado, pero los muy idiotas me pagaron igual.

—Yo entregué una de calibre 45, y ni siquiera tenía balas —comentó otro.

—¿Qué más decían? —le preguntó Soa al grupo—. Parece que nuestra chica tiene problemas de memoria.

—¿Poned la otra mejilla? —sugirió alguien.

—¡Convertid vuestras espadas en rejas de arado!

—¡Solo los animales se destrozan entre sí!

A estos los siguió una letanía en la que las buenas intenciones de las fuerzas de paz se convirtieron en una gran broma que no tardó en desatar las carcajadas de todos los soldados presentes mientras recitaban un lema tras otro. Repitieron todas las consignas que las fuerzas de paz habían empleado para intentar sofocar la violencia que imperaba en las Ciudades Sumergidas.

Cuando por fin recuperaron la compostura, Soa clavó los ojos en los de Mahlia.

—Vosotros los pacificadores nos tomasteis por estúpidos. Pensasteis que nos dejaríamos gobernar por un montón de forasteros. Que permitiríamos que nos convirtierais en esclavos. Pero siempre supimos lo que os proponíais. Nosotros no nos rendimos, luchamos por nuestra nación. —Soa metió la mano en el charco de sangre y se la apretó con fuerza contra la cara, embadurnándola por completo—. Cuando sangremos —dijo—, agradécenoslo.

Mahlia intentó con todas sus fuerzas no estremecerse, pero era imposible. Soa no se detuvo, sino que siguió restregándole la mano ensangrentada por la cara.

—¿Te gusta, chica? ¿Eh? ¿Te gusta? ¿Sigues pensando que eres demasiado buena para limpiar nuestra sangre, pacificadora? ¿Demasiado digna?

—Ya es suficiente, soldado.

Para sorpresa de Mahlia, Soa se apartó enseguida. Parpadeó para intentar quitarse la sangre de los ojos.

Desde su lecho de enfermo, el sargento Ocho le hizo una seña a Soa para que se fuera.

—No dejes que el gusano de guerra te altere, soldado.

—No estoy alterado, solo le estoy dando una lección.

Aunque había un deje divertido en su voz, el tono del sargento fue autoritario cuando dijo:

—Creo que la ha entendido.

Cuando parecía que Soa estaba a punto de protestar, miró a Mahlia con cara de asco.

—Bueno, ahora sí la ha entendido.

—Así es, soldado. La ha entendido. —Ocho le hizo un gesto con la mano para que saliera—. Ahora ve y pregúntale a Gutty cuándo va a terminar de cocinar esa cabra. Huele bien.

Una vez más, para sorpresa de Mahlia, el chico obedeció. Con un último tirón de pelo, la soltó y se encaminó hacia la hoguera.

Ocho lo vio alejarse y luego le hizo un gesto con la cabeza a la muchacha.

—Ve a asearte y luego limpia a nuestros muertos. Hay que darles la extremaunción. —La miró con gesto serio—. Y procura que lo que piensas no se te note en la cara. Soa se muere por que le des una excusa para rajarte. No voy a salvarte el culo dos veces.

Mahlia se quedó mirando al sargento, intentando descifrar quién era. No era humano, pero tampoco estaba loco. No estaba sediento de sangre, al menos no como Soa o el teniente, pero eso no lo convertía en alguien agradable.

Llenó otro cubo de agua y se aseó lo mejor que pudo antes de ocuparse de los chicos muertos. Limpió los cuerpos sin vida y les colocó la ropa rasgada y ensangrentada. Acomodó la cabeza de uno de los chicos para que el cuello roto no estuviera tan torcido. No tendría más de diez años. Debía de ser uno de esos infelices que utilizaban como carne de cañón, críos que reclutaban a la fuerza y a los que enviaban al frente para atraer el fuego enemigo. Un señuelo para balas. Ni siquiera era un recluta propiamente dicho. Solo tenía las tres primeras barras horizontales de la marca de Glenn Stern en la mejilla.

—Los semis, los que solo tienen media marca, mueren más rápido —dijo Ocho.

La muchacha miró de reojo a donde yacía el soldado.

—No como tú.

Los ojos moteados de dorado la estudiaron sin pestañear.

—Si quieres mantenerte con vida, tienes que aprender rápido. Las Ciudades Sumergidas se comen a los idiotas para desayunar. —Se enderezó y se sentó en la cama con una mueca de dolor—. Espero que lo tengas presente. Hacía más de un año que no veía a un apestado. La última vez que vi a una chica como tú, el teniente llevaba su cabeza clavada en un palo.

—¿Es eso lo que piensas hacerme cuando te haya curado? ¿Clavarme la cabeza en un palo?

Ocho se encogió de hombros.

—Pregúntale al teniente.

—¿Siempre haces lo que te dice el teniente?

—Así es como funciona. Yo hago lo que ordena el teniente y mis chicos hacen lo que yo ordeno. —Señaló con la cabeza al chico muerto que Mahlia estaba limpiando—. Todos, hasta los semis.

—A él se ve que le ha ido de maravilla.

—Tarde o temprano, a todos acaban usándonos como señuelo. Dudo que haya mucha diferencia. Si te las ingenias para llegar a los dieciséis, eres una maldita leyenda. —Hizo una pausa. Luego añadió—: Si el teniente decide matarte, me aseguraré de que sea rápido. —Giró la cabeza en dirección a la hoguera, donde Soa trinchaba la carne de la cabra para asarla—. No dejaré que Soa se te acerque.

—¿Así es como haces amigos? ¿Prometiendo no torturarlos antes de matarlos?

En el rostro lleno de cicatrices de Ocho se dibujó una sonrisa.

—Joder. Para ser una apestada, eres bastante plasta.

—No soy una apestada. Soy de las Ciudades Sumergidas.

—Eso no significa que no seas una plasta —se rio él.

Casi parecía humano. Como si no tuviera una docena de cicatrices en el bíceps que enumeraban las muertes que había infligido. Podría haber sido cualquiera.

Se oyó un fuerte golpe procedente de la fogata. El ruido hizo que Mahlia se sobresaltara. La joven se giró y vio una olla tirada en el suelo y arroz esparcido sobre el cemento. Uno de los soldados, un chico flacucho con las orejas cortadas, se soplaba la mano. Soa le gritaba:

—Joder, Van. ¿No ves que la olla está caliente? —Hizo ademán de darle una colleja al crío.

Van esquivó el golpe y se llevó la mano al cuchillo.

—Si vuelves a tocarme, te rajo.

—¿Por qué no lo intentas, gusano?

—¡Callaos los dos!

Era la voz autoritaria de Ocho, que había logrado sentarse mucho más erguido de lo que Mahlia lo habría creído capaz.

—¡Van! Recoge ese arroz. Sírvenos lo de arriba a nosotros y tú te comes lo que haya tocado el suelo. Soa, sal de ahí y ve a buscar agua fresca. No toleraré peleas en la unidad. No somos el Ejército de Dios. —Hizo un gesto con la mano para despedirlo—. Vamos. Haz lo que te digo.

—¿Algún problema, sargento? —La voz del teniente Sayle llegó de la vivienda de arriba, donde se había acomodado. Una voz cargada de amenaza. Todo el mundo pareció quedarse helado—. ¿Algo que deba saber?

—No, señor —respondió Ocho—. Un pequeño lío en la cocina, nada más; ¿verdad, chicos?

—Sí, señor —respondieron todos al unísono. Van había empezado a recoger el arroz y a servirlo en hojas de palma para repartirlo entre los soldados. Los chicos se fueron acercando para coger una porción de arroz y un poco de carne y luego regresaron a sus puestos. Solo cuando todos los demás estuvieron servidos, Van se agachó y se sirvió lo que quedaba de arroz.

Mahlia observó con atención cómo lo limpiaban todo, tratando de entender qué había de extraño en todo aquello. Algo no estaba bien. Siguió dándole vueltas hasta que lo comprendió: tenían miedo.

Todos tenían la mirada clavada en la negrura de la selva, pero de vez en cuando dirigían miradas furtivas a sus muertos con ojos llenos de miedo. Una criatura había despedazado a cuatro de los suyos en cuestión de segundos. A pesar de sus bravuconadas y sus amenazas violentas, estos soldados no eran más que unos cachorritos en comparación con la criatura a la que intentaban dar caza en la jungla, y lo sabían perfectamente.

La muchacha deseó con fervor que hubiera algún modo de echarles al híbrido encima. Volvió a sus tareas de limpieza mientras se imaginaba al monstruo haciéndolos pedazos, deseando que los dientes de la jungla los hicieran trizas.

Dientes. La joven se detuvo en seco. Volvió a estudiar a los chicos. La jungla tenía dientes y eso los asustaba. Mahlia esbozó una sonrisa.

«Os daré dientes».

Se irguió y escurrió el trapo.

—¿A dónde vas? —le preguntó Ocho—. No has terminado.

—Necesitas mejores medicinas. Tengo algo para ti.

—Creía que ya me habíais dado todo lo que teníais.

—A lo mejor si me tratas con decencia en vez de tratarme como a un animal, tú también recibirás mejor tratamiento.

—Hablas como los pacificadores —dijo el chico con una media sonrisa. Luego le hizo un gesto para que se fuera.

Al subir a la vivienda, Mahlia encontró al teniente sentado frente a la tosca mesa del doctor Mahfouz. Estaba estudiando uno de los viejos libros del médico, que permanecía tranquilamente sentado mientras respondía con voz firme a las preguntas que el hombre le hacía sobre la selva.

El teniente levantó la vista cuando la vio aparecer por la escotilla.

—¿Qué quieres, chica?

—Tengo que cambiarle las vendas al sargento. Además, he recordado dónde puede haber otros medicamentos —dijo.

—¿Otros medicamentos? —preguntó el teniente—. ¿Nos estás ocultando algo, doctor?

Las palabras de Mahlia habían tomado a Mahfouz por sorpresa, aunque lo disimuló bastante bien.

—Mahlia es quien se ocupa de los medicamentos. —Se llevó la mano a las gafas—. Por mis problemas de vista —continuó. Le hizo un gesto con la cabeza a la muchacha—. Ve a buscarlas.

La joven miró a Sayle.

—¿Voy a buscarlas o no?

El hombre le indicó que siguiera adelante.

—No dejes que te detenga.

Mahlia fue hasta un rincón sombrío y se agachó. Empezó a sacar libros medio enmohecidos de uno de los estantes inferiores. Odiaba tener que revelar el escondite de Mahfouz, pero sospechaba que los soldados acabarían por encontrarlo o, peor aún, acabarían sonsacándoles la información al médico o a ella a punta de navaja.

Detrás de la primera fila de libros había más libros escondidos. Los sacó y empezó a abrirlos, dejando al descubierto la reserva de medicamentos del buen doctor. Extrajo varios blísteres de pastillas del interior de los volúmenes huecos mientras el teniente la observaba.

—Y decías que teníais muy pocas —dijo el hombre.

El médico dejó escapar un leve suspiro.

—Es todo lo que vamos a tener. Son muy difíciles de conseguir y tenemos poco con lo que comerciar. A los hombres que venden pastillas en el mercado negro no les interesa lo poco que tenemos para ofrecer.

La muchacha ignoró el interés voraz de Sayle mientras rebuscaba entre las pastillas. No podía leer buena parte del texto de las etiquetas, porque era más complicado que el chino que había aprendido de niña, pero las fuerzas de paz habían diseñado los diagramas de instrucciones de manera que fueran comprensibles para la población analfabeta de las Ciudades Sumergidas, así que, por lo general, podías deducir cuántas había que tomar y para qué servían.

Deseó poder llevarse hasta la última pastilla, pero iba a ser imposible cargar con todo. Siguió rebuscando entre los blísteres y demás medicamentos del mercado negro. Había medicinas viejas que habían ido acumulando y otras de adquisición más reciente que el médico les había comprado a los contrabandistas de Moss Landing asumiendo grandes riesgos y costes.

Cogió un puñado. Tendría que bastar. Hecho esto, abrió otro libro y cogió lo que buscaba. Una botella de cristal verde brillante llena de un líquido turbio sellado con un corcho.

Esencia de loboyote.

Era como tener una granada en la mano. Después de su primer experimento «fallido» con la esencia y las cabras de Alejandro, el doctor Mahfouz le había advertido de manera explícita que, a partir de aquel momento, siempre debía preguntarle antes de utilizar cualquiera de las medicinas. Aunque nunca la había acusado directamente, había escondido el frasco y, con ello, el mensaje había quedado bastante claro.

La joven sostuvo la botella en alto para mostrársela al médico.

—Voy a usar esto, ¿vale?

«¿Entiendes lo que digo? —quiso decir—. ¿Vas a estar preparado?».

Mahfouz la miró con estupor.

Por un segundo, Mahlia temió que la detuviera, pero lo cierto es que estaba atado de pies y manos. Si le confesaba al teniente lo que había en la botella, era imposible saber qué clase de castigo les impondrían.

—¿Estás segura, Mahlia? Es bastante fuerte.

—El teniente quiere que cuidemos de su sargento.

—Es un medicamento complejo.

—Es todo lo que tenemos.

El teniente Sayle se limitaba a mirarlos a ambos, sin comprender que la muchacha y el médico mantenían dos conversaciones en sus narices.

—¿Qué es? —preguntó.

—Medicina para tu soldado —respondió ella. Clavó los ojos en Mahfouz, retándolo a que la delatara.

—A ver, enséñamelo.

Mahlia se acercó al teniente con el corazón desbocado. Le mostró la botella de cristal verde. El hombre la sostuvo a contraluz.

—¿Qué hay dentro?

—Un antibacteriano. Este lo hacemos nosotros, porque otras cosas son difíciles de conseguir —le explicó ella. Pero Sayle había dejado de prestarle atención. Había posado los ojos en los otros paquetes de medicamentos que tenía en la mano.

—¿Y esos?

—Querías lo mejor de lo mejor, ¿no? Son de las fuerzas de paz. Medicamentos de primera calidad. Solo llevan un año caducados.

El teniente se los arrancó de las manos. Empezó a darles vueltas entre las manos, estudiando los caracteres extranjeros, y luego se los devolvió con una sonrisa.

—Muy buenos.

—Sí —convino ella—. Lo mejor que tenemos.

11

El sargento Ocho estaba sentado sin moverse, mirando el vaivén de las llamas mientras intentaba no pensar en el dolor que sentía en las costillas. Al regresar, la chica doctora le había dado algo para mitigar el dolor y lo había dejado un poco aturdido. No era tan bueno como los opiáceos que podías conseguir en las Ciudades Sumergidas, pero ayudaba un poco.

Los turnos de guardia habían cambiado y todos sus chicos habían comido. Los estudiaba desde su lecho de enfermo, sopesando si realmente estaban listos para el combate.

Algunos de ellos seguían inquietos y con los nervios a flor de piel tras su último encuentro con el híbrido, pero muchos ya empezaban a relajarse. Soa estaba igual de loco que siempre. Van no dejaba de contar chistes, lo que significaba que todavía estaba asustado. Gutty estaba durmiendo plácidamente, como siempre. Unos pocos habían empezado a pasarse una botella. Si hubieran estado más cerca de las líneas de combate, podría haberlos amonestado, pero no podía pretender que estuvieran preparados para el combate todo el tiempo. Además, estaban lejos del núcleo de las Ciudades Sumergidas.

Observó cómo se pasaban la botella mientras los escuchaba intercambiar insultos y bromas murmuradas. El híbrido les había hecho mucho daño, sin duda, pero Ocho no podía evitar pensar que sus encuentros previos también los habían hecho más fuertes. Si llegara a producirse otro enfrentamiento, estarían preparados. Esta vez sabían a qué atenerse.

Se tumbó, intentando acomodarse, consciente de que el dolor que sentía en las costillas no lo dejaría dormir. Deseó poder tomarse otra de esas pastillas rosas que le había dado la chica, pero no iba a dejar que pensaran que estaba dispuesto a suplicar para no aguantar un poco de dolor.

Las llamas casi se habían extinguido. La botella de licor seguía pasando de mano en mano. ¿O era una nueva? Van les había birlado varias a los habitantes del pueblo. Se le daba bien encontrar alijos secretos.

Soa se quejaba otra vez.

—¿Qué es esa peste? —preguntó—. ¿Slim se ha tirado un pedo o qué?

Ocho olfateó. Soa tenía razón. Había un extraño hedor a sangre y almizcle en el aire. Era nauseabundo. Ocho olfateó de nuevo, perplejo. El olor parecía emanar de los cuerpos sin vida que yacían a su lado.

¿Tendría el híbrido algo que ver con aquello? Nunca había oído que hubiera un olor asociado a los híbridos. Solo que eran rápidos, fuertes y difíciles de matar. Fuera lo que fuera aquel olor, era repugnante.

El chico apartó los ojos de sus soldados fallecidos, disgustado por las pérdidas. Jones, Bugball y Allende. Muertos y apestosos.

De todas las formas en las que Ocho habría esperado morir algún día, la posibilidad de morir despedazado por un cara de perro nunca le había pasado por la cabeza. ¿De un disparo en la cabeza? Seguro. ¿Tirado en un canal con las manos amputadas hasta desangrarse? Tal vez. ¿Volado en pedazos por alguna de las minas terrestres que databan de la época en que la Compañía Tulane había ocupado todo su territorio? Sin duda. Hacía tiempo que había aceptado todas esas opciones.

Pero, en lugar de eso, había recibido un zarpazo increíblemente rápido y sangriento de un híbrido y había salido despedido hasta chocar contra un árbol. Visto lo visto, no le extrañaba que los ricachones propietarios de embarcaciones que transportaban chatarra siempre contaran con híbridos entre sus tripulantes. Eran criaturas letales.

Ocho se pasó una mano distraída por las vendas y los puntos. Fue una suerte que se encontraran con el médico y la apestada. Entre los dos habían hecho un mejor trabajo que cualquiera de los carniceros de las Ciudades Sumergidas. Allí, los supuestos médicos apenas sabían hacer un torniquete.

Se toqueteó las suturas. Una hilera de puntos ordenados y perfectamente uniformes que tiraban de la carne desgarrada para unirla de nuevo. Sus ojos se posaron en la chica doctora, que en aquel momento se afanaba en lavar varios cacharros bajo la atenta supervisión de Stork. Había sido ella. El médico sabía qué hacer, pero había sido ella quien lo había hecho. Les vendría bien tener a alguien con esas habilidades en el pelotón, incluso si ese alguien era una apestada.

La observó mientras se movía por la zona haciendo sus tareas. Pese a que le faltaba una mano, se desenvolvía bastante bien. Tampoco era desagradable a la vista: pómulos fuertes, piel morena... y aquellos ojos de pacificadora. Por lo que a él respectaba, podrían haberle quemado la cara con ácido y habría seguido estando interesado en ella. No eran muchas las personas capaces de coser la piel tan bien como una tela cosida a máquina.

Ocho hizo una nota mental para recomendársela al teniente. A lo mejor podían iniciarla. Aunque tendría que mantener a Soa alejado de ella. Tenía una fijación enfermiza con los pacificadores, así que mantenerlo alejado de la chica sería una tarea a tiempo completo.

Incluso ahora, estaba haciéndole señas a la muchacha.

—Ven aquí, apestada. Lústrame las botas —dijo con una sonrisa mientras las levantaba—. Sácales brillo, venga. Bésame las botas.

Ocho observó la escena, pero no interfirió. Sentía curiosidad por ver cuánto desafiaría su autoridad. Era terco como una mula, un indisciplinado.

La apestada dejó de lavar los cacharros y se irguió.

—¿Quieres que te limpie las botas? —le preguntó.

Ocho frunció el ceño al oír el tono de su voz e intentó concentrarse en sus palabras entre los cantos de sirena de los analgésicos. Había algo raro en el comportamiento de la chica, algo que hizo que se le erizara la piel. Por si eso fuera poco, el olor nauseabundo era cada vez más fuerte. Estaba por todas partes. Ya no provenía solo de sus soldados muertos.

¿Qué demonios era?

La chica se estaba acercando a Soa.

—¿Quieres que te las limpie ahora mismo? —le preguntó—. ¿Es eso lo que quieres?

Su lenguaje corporal no era el adecuado, algo no encajaba. Iba hacia él con la cabeza demasiado alta, demasiado directa.

Se incorporó, luchando contra el dolor de las costillas. La muchacha había perdido el miedo. Antes, la sola presencia de Soa la aterrorizaba, pero ya no. Debería haberse comportado como un gusanillo de guerra asustado, debería haber estado temblando y suplicando, pero, en vez de eso, avanzaba hacia Soa a grandes zancadas con una sonrisa en los labios.

«Sangre y óxido —pensó Ocho—. ¿Qué te propones?».

Una vez había visto cómo una joven prostituta perseguía a un soldado con un cuchillo, y esta chica tenía la misma expresión que ella mientras caminaba hacia Soa.

Pero lo único que tenía en la mano era la botella de antibióticos que había llevado consigo toda la noche. No llevaba cuchillo ni nada peligroso. Sin embargo, daba la impresión de que quería enfrentarse a Soa.

Pero, entonces, ¿dónde estaba el arma?

—Soa... —empezó a decir Ocho.

Al oír su voz, la apestada lo miró de reojo. Algo le cruzó el rostro, una emoción que la hizo vacilar. Indecisión.

«¿Culpa? ¿Miedo?».

Era extraño. Como si se sintiera mal, como si se estuviera disculpando con él por algo. Un instante después, su expresión se endureció y se lanzó a por Soa a toda velocidad.

El chico no fue capaz de ver más allá. Lo único que veía era una apestada mutilada, así que cayó de lleno en su trampa, aun cuando Ocho empezó a gritar para avisarlo.

La muchacha agitó el brazo. Un arco de líquido reluciente roció a Soa de los pies a la cabeza. El soldado dio un respingo.

—¿Qué coño...?

Por un momento, Ocho pensó que le había tirado ácido, que se las había apañado para conseguir ácido clorhídrico y que había querido abrasarle la cara a Soa por haberla incordiado. Pero el chico no se puso a gritar ni a restregarse los ojos. En vez de eso, se quedó de pie sin moverse, goteando y con cara de asco.

—¿Qué es esta porquería?

Una oleada de pestilencia procedente del soldado envolvió a Ocho.

Así que era de ahí de donde provenía el olor.

Soa seguía mirando a la chica con cara de incredulidad.

—¡Esto apesta! —gritó. Dio un paso hacia ella, fulminándola con la mirada—. Ven aquí, gusano. ¡Límpiame!

La joven no dejaba de negar con la cabeza mientras retrocedía. El chico dio otro paso hacia ella.

—He dicho...

Un alarido rasgó la noche. Un grito desgarrador procedente del lado más alejado del perímetro. Se oyó el eco de varios disparos aislados, seguidos de un tiroteo. Hubo más gritos, acompañados de un gruñido que hizo que a Ocho se le helara la sangre.

«El híbrido», pensó. Venía a por ellos. Los disparos y los gritos se interrumpieron de repente. Kilo y Riggs eran quienes patrullaban esa zona, pero ahora no se oía nada.

Ocho intentó levantarse, pero con las prisas acabó por los suelos. Estaba más drogado de lo que pensaba. La cabeza le daba vueltas por el efecto de los analgésicos. Les hizo un gesto a sus tropas.

—¡Salid ahí fuera! —gritó haciéndoles señas—. ¡Pelotón Can, id a ayudarlos! No abandonéis a vuestros hermanos ahí fuera, ¡ayudadlos!

Hubo más gritos y una nueva ráfaga de disparos, esta vez desde el norte.

«Por las Parcas —pensó el sargento—. Ha vuelto. Ha venido a rematarnos».

Tanteó a su alrededor en busca de su rifle, sintiéndose vulnerable y solo de repente. ¿Dónde demonios estaba? ¿Dónde estaba el maldito rifle?

Soa estaba desenfundando su arma mientras le gritaba a la chica. Estaba cabreado, pero al menos no estaba herido.

—¡Soa! ¡Sal ahí fuera! —le ordenó Ocho. Pero el chico no le hizo caso. O puede que no lo hubiera oído. En cualquier caso, lo único que parecía preocuparle en aquel momento era vengarse de la apestada. La chica estaba retrocediendo, alejándose de Soa, pero lo curioso era que no parecía estar asustada. Aun cuando todos a su alrededor gritaban y se apresuraban a empuñar las armas mientras se oían gritos y disparos por todo el perímetro, la joven no parecía extrañada en lo más mínimo.

No tenía miedo.

El pelotón de Alil salió corriendo hacia el fragor de la batalla.

—¡Abrid fuego! —gritó. Otra andanada de disparos rasgó la noche en una lluvia de fogonazos.

Ocho consiguió ponerse en pie pese al dolor abrasador que sentía en las costillas y la sensación de mareo que se había apoderado de todo su cuerpo. ¿Dónde diablos estaba su rifle? Captó un leve movimiento por el rabillo del ojo. Una sombra más allá del perímetro, más rápida que el vaivén de las llamas de la hoguera.

—¡Ya vie...!

Una vorágine de pelo gris y colmillos afilados surgió de la oscuridad. Soa trastabilló y cayó al suelo mientras una bestia le desgarraba la espalda. Otra pasó como una exhalación, abriéndose paso por el centro del edificio.

«¿Loboyotes?».

La sangre empezó a salir a borbotones del cuerpo de Soa a medida que los monstruos se abalanzaban sobre él. Gritaba y se retorcía, intentando quitarse a las bestias de encima.

¿Por qué estaban atacando los loboyotes a todo un pelotón de soldados?

La chica sorteó a Soa y se perdió en la oscuridad mientras más y más loboyotes emergían para atacar al soldado.

«¿Por qué no la atacaban a ella?».

Era más pequeña. Los loboyotes deberían haber ido a por ella. Ella era la presa fácil. Y aquellas bestias siempre iban tras la presa fácil. No tenía ningún sentido. Todo aquello era como una extraña pesadilla narcótica.

—¡Quitádmelos de encima! —gritaba Soa—. ¡Quitádmelos!

Reyes tenía la escopeta en alto, intentando apuntar a alguno de los loboyotes, pero se movían como un torbellino y, si no daba justo en el blanco, los perdigones también alcanzarían a Soa.

—¡Dispárales! —aulló Soa—. ¡Dispara! ¡Dispara ya!

Parecía un animal. Cuando Reyes apuntó de nuevo, varios loboyotes más se agolparon en torno a Soa. Ahora los tenía a tiro. El chico abrió fuego. La cabeza de una de las bestias retrocedió con violencia al recibir el impacto, rociándolo todo de sangre. Los gruñidos de los loboyotes se oían por todas partes mientras arrasaban el campamento, arrastrando los cadáveres de los soldados muertos hacia la oscuridad y dando caza a los soldados vivos que trataban de reagruparse.

El teniente bajó por la escalerilla, pidiéndoles a gritos que acudieran al punto de reunión. El médico bajó tras él. Más allá de donde alumbraba el fuego, la jungla era un hervidero de sombras depredadoras.

Alguien disparó una ráfaga automática.

—¡Ahorrad munición, gusanos! —gritó el teniente.

La situación estaba fuera de control. Cada vez había más soldados gritando atrapados bajo una montaña de loboyotes. Ocho alcanzó a ver cómo el médico se escabullía entre las sombras.

—¡Estamos perdiendo al médico! —advirtió.

Pero no quedaba nadie libre para ir tras él. Ocho empezó a cojear detrás del hombre intentando ignorar el dolor desgarrador que sentía en las costillas. Se desplomó de rodillas. Mientras luchaba por ponerse en pie, volvió a divisar a la chica. Estaba agazapada al borde de la oscuridad, observándolo.

¿Por qué seguía allí? ¿Acaso estaba alucinando?

Volvió a echar un vistazo a su alrededor en busca del fusil. Por fin lo vio, apoyado en la pared junto al cadáver de

Jones. Cuando se disponía a arrastrarse hasta allí, un lobo-yote saltó sobre el cuerpo sin vida del soldado y le impidió el paso. Ocho se quedó inmóvil. De repente, apareció otro loboyote. Las dos bestias enseñaron los colmillos y empeza-ron a gruñirle.

¿Qué se suponía que debía hacer? ¿Mirarlos a los ojos? ¿Apartar la vista? ¿Retroceder? ¿No retroceder? No lo recordaba.

Todas sus preguntas se evaporaron cuando los dos anima-les agarraron las piernas de Jones con los dientes y arrastra-ron el cuerpo inerte hacia la oscuridad.

«¿Por qué no han ido a por mí? Estaba aquí, delante de ellos». Entonces, todas las piezas del rompecabezas encaja-ron. «Porque no me roció con el líquido ese como hizo con la mitad del pelotón. Ella ha planeado todo esto».

Soa seguía gritando.

—¡Quitádmelos! ¡Quitádmelos de encima! —gritaba. Pero tenía tres loboyotes encima y todos tenían las manos ocu-padas. Unos segundos después, el chico se revolcó y rodó directo al fuego. Y, en ese momento, sus gritos dejaron de ser palabras inteligibles. Los loboyotes se apartaron de él de un salto, con las formas caninas envueltas en llamas, aullando y enloquecidos.

Soa se puso en pie a trompicones, convertido en una an-torcha humana.

—¡Tiradlo al suelo! —gritó Ocho—. ¡Hacedlo rodar!

Pero Soa ya no oía nada. Se tambaleó de un lado a otro hasta que tropezó y chocó contra la escalerilla, que empezó a arder enseguida. El fuego se propagó hasta la vivienda, avi-vado por el plástico y el papel, y, en un abrir y cerrar de ojos, medio edificio estaba en llamas.

Ocho renunció a la idea de recuperar su rifle y empezó a arrastrarse hacia el lado opuesto para intentar alejarse de las llamas. Sentía como si le estuvieran clavando cuchillos en el pecho y notaba una gran pesadez en los brazos y las piernas.

De repente, la apestada estaba a su lado, agarrándo-lo y ayudándolo a levantarse. Ocho se la quedó mirando, pasmado.

—Pero ¿qué...?

Le cogió el brazo y se lo echó por encima del hombro.

—No me he pasado todas esas horas cosiéndote para quedarme viendo cómo te matan. ¿Puedes apoyarte en mí?

Ocho sintió que algo se desgarraba cuando tiró de él para apartarlo del fuego.

—Nos has tendido una trampa.

La chica no respondió, sino que se limitó a arrastrarlo hacia la oscuridad. Detrás de ellos, las llamas se elevaban cada vez más. El calor era abrasador. Ocho deseó tener una pistola, o un cuchillo con el que rajarla, cualquier cosa, pero sentía un dolor atroz, estaba demasiado débil y la muchacha ni siquiera aflojaba el paso para dejarle recuperar el aliento.

—Te voy a matar —jadeó mientras intentaba agarrarla por la garganta.

—Para ya, te estoy salvando el culo. —Le dio un golpecito en los puntos con el muñón de la mano. El chico dejó escapar un grito ahogado y se dobló. Se sentía como un bebé debilucho.

—¿Por qué haces esto?

—Porque soy una estúpida. —Llegaron a un árbol. La muchacha lo empujó contra el tronco—. Si trepas, estarás a salvo.

Ocho quiso dar media vuelta, regresar con sus soldados, pero la chica se resistió y empezó a levantarlo.

—No puedes ayudarlos —gruñó mientras lo encaramaba un poco más al árbol—. Solo lo estoy haciendo porque casi te comportas como un ser humano. Cosechas lo que siembras, soldado. Ahora sube.

—¡No puedo!

—O trepas o eres carnada para los loboyotes. —Lo impulsó hacia arriba—. ¡Sube, gusano!

El fuego había engullido el resto del edificio. Todo se estaba incendiando. La munición empezó a estallar. Ra-ta-ta. Su rifle en llamas, probablemente. Sintió cómo se le desgarraban los puntos cuando ella lo empujó hacia arriba. Casi se desmayó a causa del dolor, pero subió.

Cuando por fin logró llegar a la horquilla del árbol, estaba jadeando y sollozando. Las llamas lo envolvían todo a su alrededor, pero él estaba arriba. Arriba y a salvo. Vivo.

Miró hacia abajo en busca de la chica, esperando encontrarla subiendo tras él, pensando que así tendría la oportunidad de rajarla por haberles hecho eso, pero había desaparecido. La selva se la había tragado. Se había esfumado como un fantasma, igual que los loboyotes a los que había invocado.

Ocho dejó escapar un suspiro y apoyó la mejilla contra la corteza áspera mientras el edificio ardía en llamas. Sentía el dolor agudo y el escozor de los puntos desgarrados a lo largo de las costillas. Le pesaba todo el cuerpo. Tal vez los medicamentos de la chica doctora eran mejores de lo que pensaba.

El destello de más disparos iluminó la noche: los niños soldado haciendo lo que mejor sabían hacer. Los loboyotes seguían aullando, pero ahora los pelotones sabían a qué se enfrentaban y habían empezado la limpia. Iban a pagarles con la misma moneda, pero al estilo del FPU. Multiplicado por diez.

Ocho se dio cuenta de que la sangre le corría por el costado. Se palpó las costillas con dedos torpes. Era una lástima. Le habrían dejado una bonita cicatriz. Ese era el problema con ese tipo de suturas. Eran muy bonitas, pero cuando la vida real se cebaba con ellas, siempre cedían a la presión.

Las llamas que envolvían el edificio ardían cada vez más alto y con más violencia. Otro montón de munición voló por los aires. En su estupor, casi le pareció bonito. Escudriñó la oscuridad, preguntándose a dónde habría ido la chica.

«Será mejor que corras al fin del mundo, porque si te encontramos, esa mano izquierda de la suerte no será lo único que el teniente te ampute».

Las tropas abrieron fuego a máxima potencia. Se oyeron los aullidos moribundos de varios loboyotes más.

Ocho volvió a apoyar la mejilla en la corteza y se permitió disfrutar de la comodidad que le proporcionaba. No estaba seguro de si se debía a los analgésicos o a la pérdida de sangre, pero se sentía desfallecer. Casi sonrió cuando el oscuro pozo de la inconsciencia lo engulló.

La chica les había dado una lección. Les había dado una paliza y ni siquiera la habían visto venir. Al menos eso podía respetarlo. Se le cerraron los ojos.

«Será mejor que corras. Huye lejos y no vuelvas jamás. La próxima vez no habrá loboyote que te salve».

12

Los seres humanos siempre hacían alarde de una fortaleza que no poseían. Y, tal vez, de una manera frágil y humana, eran fuertes. En los lugares como las Ciudades Sumergidas, los niños eran fuertes, porque los débiles morían pronto. Daba igual si salían de los canales de las Ciudades Sumergidas o de los arrozales de Calcuta, todos los niños eran iguales. Perdidos y huidizos, o salvajes y peleones. Estaban por todas partes. Como los ratones.

Tirados en las esquinas de edificios bombardeados o tumbados boca abajo en el lodo de los canales de riego. Inertes mientras las mocas entraban y salían de sus narices, bocas y ojos. Un ratón por aquí, un ratón por allá. Y aplastarlos nunca traía consigo la más mínima sensación de victoria.

Tool soñaba con ratones que corrían de aquí para allá mientras el sol se desplazaba por el cielo. Recapacita, Mahlia. No quieres seguir este camino. Recapacita, Mahlia. No quieres seguir este camino.

«Me estoy muriendo».

Cuando era joven, sus adiestradores le habían dicho que, si él y su manada luchaban bien y con honor, montarían en el carruaje de guerra del sol. Al morir, llegaría a campos de carne y miel, se reuniría con su manada y cazarían tigres con las manos.

Cazarían juntos.

«Pronto».

Recordaba las picanas eléctricas que solían utilizar los adiestradores. Recordaba cómo llovían las chispas cuando le golpeaban la nariz, cómo se cernían sobre él y lo hacían encogerse cuando lo atizaban, cómo todos sus hermanos y hermanas se orinaban y se pisoteaban para intentar escapar de ellos.

Adiestradores. Hombres y mujeres fuertes con sus bastones punitivos. Lo mejor de lo mejor, profesionales recién salidos de los campos de entrenamiento de Soluciones Militares GenSec, S. L. GenSec sabía cómo inculcar obediencia. Lecciones de carne cruda y pura electricidad. Lluvias de chispas.

«¡Perro malo!».

Recordaba cómo temblaba y suplicaba que le dejaran cumplir órdenes. Que le dejaran luchar y matar. Y atacar cuando se lo pidieran.

Que le dejaran obedecer.

Entonces había llegado su general. El hombre amable y honorable que los había rescatado de las garras de GenSec. El general que sacó a su manada de aquel infierno. Escaparon juntos del infierno, contemplaron el carruaje de guerra del sol y volvieron a nacer. Desesperados por agradecérselo de algún modo, le juraron lealtad eterna al general Caroa.

Habiéndolo rescatado del mismísimo infierno, Tool estaba destinado a servirlo toda la vida, o el tiempo que durase. Lucharía por él, pero también conocería la satisfacción y la seguridad de pertenecer a algo más grande que él. Pertenecía al ejército y a la manada.

«Perro bueno».

El sol se estaba poniendo.

Tool reparó en el chico que estaba agazapado como un buitre a su lado, observándolo con el interés de un carroñero.

Había visto cómo muchos de los miembros de su manada morían devorados por buitres. Despedazados por perros magros y destripados por cuervos. Habían surcado los mares rumbo a costas lejanas y habían muerto. Cuando lucharon contra la Guardia del Tigre en India, los buitres pasaron horas sobrevolando el cielo brumoso y azul antes incluso de que el ejército desembarcara, anticipándose a la matanza. Sabedores de que las marismas abiertas situadas en la desembocadura del río Hugli siempre proporcionaban alimento.

Pero aquellas circunstancias no habían detenido al general Caroa.

Tool y su manada se lanzaron a la carga por orden del general y murieron masacrados.

Y ahora, agazapado a su lado, aguardaba otro buitre.

No, un buitre no...; «un niño».

El ratoncito.

Tool se quedó mirando a la criatura pelirroja y delgaducha, preguntándose por qué no intentaba escabullirse. Lo tenía agarrado por la cola porque... Rebuscó en su memoria. Todo estaba borroso. El ratoncito era un prisionero y los prisioneros siempre tenían su utilidad. A veces, el general les pedía que capturaran a las tropas enemigas con vida. A veces los quería enteros, no hechos pedazos...

Era incapaz de recordar por qué retenía al chico, pero decidió que le daba igual. Se estaba muriendo. Tener un acompañante que velara por la muerte de uno no era nada malo. Él mismo había sido testigo de cómo muchos de sus hermanos y hermanas dejaban atrás el dolor y alcanzaban la paz. Los había acompañado y escuchado sus relatos. Era bueno enfrentar la muerte junto a alguien que recordara tu paso.

El chico intentó zafarse, pero Tool aún tenía fuerzas suficientes para impedirlo.

—No —gruñó—. Te quedas conmigo.

—¿Por qué no me dejas ir?

—¿*Dejarte* ir? ¿Es una súplica? —El híbrido no pudo evitar soltar un gruñido cargado de indignación—. ¿Crees que la Primera Garra de Lagos tuvo clemencia cuando nos enfrentamos en combate individual? ¿Crees que le supliqué cuando me puso la espada al cuello? ¿Crees que me *dejó* ir? —Soltó un resoplido—. ¿Crees que mi general se ofreció a dejarme libre por voluntad propia? ¿Crees que Caroa alguna vez *dejó* ir a alguien? —Miró fijamente al muchacho. Le costaba no sentir desprecio por semejante debilidad—. Nunca supliques clemencia. Acepta que has fracasado. Suplicar es para los perros... y para los humanos.

—¿Es eso lo que estás haciendo? ¿Aceptar que has fracasado?

—¿Crees que he fracasado? —dijo enseñando los dientes—. En todos mis años de guerras, nunca me han derrotado. He quemado ciudades y destruido ejércitos, y el cielo ha llorado lágrimas de fuego por mis acciones y las de mi manada. Si crees que muero derrotado, no sabes nada.

Se echó hacia atrás, agotado por la conversación. Nunca se había sentido tan débil.

«La muerte no es una derrota —se dijo a sí mismo—. Todos morimos. Todos y cada uno de nosotros. Rip, Blade, Fear y todos los demás. Todos morimos. ¿Y qué si eres el último? Te diseñaron para ser destruido».

Y, aun así, hubo una parte de él que se rebeló ante la idea. Él era el único que se había ganado su libertad. El único que había sobrevivido. El perro malo que se había vuelto contra su amo. Tool casi sonrió, preguntándose qué pensaría Caroa de él al verlo allí tirado en el barro, desangrándose. Reprimió un bufido. A Caroa le habría dado igual. A los generales siempre les daba igual. Enviaban a sus manadas al matadero y se cubrían de gloria.

Tool levantó la vista y se quedó mirando al sol, pensando en las ciudades que había quemado y en los corazones que había devorado, rememorando las veces que él y su manada habían recorrido calles asediadas por el fuego enemigo, con las espadas y las ametralladoras en ristre. Recordó también a los refugiados, huyendo despavoridos, corriendo frente a él como un río desbordado, dando tumbos y chocando entre sí en su desesperación por escapar. Su manada y él se habían reído del pavor de aquella gente y, tras la caída de Calcuta, habían rugido triunfantes desde los tejados.

Habían hecho cosas imposibles. Se habían lanzado desde grandes globos y dirigibles y habían descendido como flechas desde más de nueve mil metros de altura para aterrizar tras las líneas enemigas y asegurar la costa de Níger. Había masacrado hasta al último de los hombres hiena de Lagos y se había comido el corazón de la Primera Garra.

Cuando los clíperes del general Caroa llegaron surcando el mar sobre sus hidroalas para desplegar sus tropas en las arenas de la playa, Tool había estado allí para recibirlas, de pie con el agua hasta las rodillas, riéndose en la espuma sangrienta. Dondequiera que iba, vencía, y el general los había recompensado a él y a su manada por ello.

Había hecho cosas imposibles, sobrevivido a circunstancias imposibles. Y, sin embargo, allí estaba, como todos sus hermanos y hermanas antes que él, muriendo en el fango mientras las moscas revoloteaban alrededor de sus heridas, sin interés o energías suficientes para espantarlas. Al parecer, tomara el camino que tomara un aumentado, siempre conducía a esto.

«Nunca me han derrotado». Y, a continuación, otro pensamiento, más cínico esta vez: «Pero ¿qué he ganado?».

Había luchado en mil campos de batalla, enarbolando el estandarte de Caroa, pero ¿qué había ganado con ello?

—Por favor.

Desvió la mirada hacia el chico. El aturdimiento que le producía la fiebre apenas le permitía abrir el ojo.

—Me haces daño.

Su ojo recorrió la longitud de su brazo hasta el puño. Lo que vio lo desconcertó.

Tenía al ratoncito agarrado por la cola.

—Déjame ir —susurró el chico—. Todavía puedo conseguirte la medicina.

«Medicina. Ah, sí». Era eso. El ratoncillo no significaba nada. Medicina. Por eso lo retenía. Pero ya era demasiado tarde para medicinas. La chica había tardado demasiado. Solo quedaba el pago final. Una última promesa que cumplir.

Tool giró lentamente la cabeza, con el cuerpo rígido por la infección y los músculos del cuello apelmazados como el caramelo. Las moscas salieron volando de su cuerpo en una nube cuando sumergió la cara en el agua turbia. Bebió un poco y luego volvió a tumbarse, jadeando, sintiendo la lengua reseca en la boca. El calor sofocante de la selva era como una enorme mano que lo oprimía.

—Tu hermana te ha abandonado —graznó.

—Vendrá —insistió el chico—. Solo espera un poco más.

Tool casi se rio. Se preguntó cómo podían los humanos seguir confiando los unos en los otros. Eran una especie voluble. Siempre decían una cosa y luego hacían otra. Por eso habían creado a los de su especie. Los aumentados siempre cumplían sus promesas.

—Ya es hora —dijo. Empezó a arrastrar al chico desde la orilla hasta el pantano. Luego le agarró la cabeza con la mano gigantesca.

—¡Solo un poco más!

—No. La chica te ha abandonado a tu suerte. Los de tu especie siempre han sido un montón de basura. Dispuestos a huir cuando deberían plantarse. Dispuestos a matarse entre sí por simples migajas. Los de tu especie... —sintió una punzada de dolor que hizo que se le cortara la respiración— son peores que las hienas. Más ruines que el óxido.

—¡Vendrá! —insistió el chico una vez más, aunque su voz empezaba a rozar la histeria.

—¿Cuánto tardará en llegar a donde se encuentra el médico y volver? —le preguntó el híbrido—. ¿Medio día? ¿Dos? —Tiró del chico para acercarlo a él.

—¿Por qué no me dejas ir? —Había empezado a forcejear. Era la fuerza de un mosquito contra la de un ogro—. ¿Qué más te da? Tú ya estás muerto. No es culpa mía, yo no te hice nada.

Haciendo caso omiso de lo que le decía, Tool empezó a hundir al chico en el pantano. Sentía que las fuerzas lo abandonaban, que se escurrían como el agua de una presa rota, pero, aun así, eran más que suficientes para eso. Para vengarse de la chica. Hacerla pagar por su traición. Hacerle saber que cuando uno traiciona al Quinto Regimiento, el Quinto Regimiento arrasa con todo. Podía oír al general y a los adiestradores, susurrándole al oído, instándolo a hacerlo.

El chico empezó a agitarse y a llorar. Era como un pequeño saco de huesos y cicatrices, pecas y pelo rojo. Otro humano que crecería para convertirse en un monstruo.

—Por favor —susurró—, déjame ir.

Otra vez pidiendo clemencia. Los humanos siempre suplicaban clemencia. Siempre tan dispuestos a hacerles lo peor a los demás y al final siempre acababan pidiendo clemencia.

—Por favor.

Patético.

13

—¿Mouse?

Mahlia se adentró en el pantano. Le había llevado toda la noche y parte del día encontrar el camino de vuelta. Primero había tenido que reunirse con el médico sin que las numerosas patrullas de soldados que el teniente Sayle había enviado en su busca la detectaran, y luego había tenido que regresar a aquel lugar aislado de árboles cubiertos de musgo y lagunas de agua verde y estancada.

Los mosquitos le zumbaban en los oídos, pero, aparte de eso, nada más se movía. Nada en absoluto.

—¿Mouse?

—¿Lo ves? —le preguntó Mahfouz.

¿Era este el lugar? Estaba casi segura de que sí, pero era difícil...

Ahí estaba. El caimán.

—¡Es aquí! —Salió corriendo hacia el reptil muerto.

—¡Espera! —gritó el médico, pero la muchacha se lanzó hacia delante, sin hacerle el menor caso.

—¡Mouse!

Se detuvo en seco y escudriñó el pantano. Había tardado demasiado. Demasiado tiempo en escapar y demasiado tiempo en encontrar el camino de vuelta. Tuvo que luchar contra las lágrimas.

—¿Mouse?

Había tardado demasiado en burlar las patrullas del teniente después de que se acuartelaran en la selva e intentaban darles caza al médico y a ella con la sola intención de vengarse. Y ahora no había nada.

¿Dónde estaba el híbrido? Al menos debería haber estado allí.

—Mahlia...

Se giró al oír la voz vacilante de Mahfouz y siguió la dirección de su mirada.

Un pequeño bulto flotaba en el agua con los brazos extendidos y una mata de pelo rojizo que ondeaba en el agua. Flotaba en silencio, inmóvil en el estanque esmeralda.

—Parcas, por favor. Kali María Piedad. Por favor.

«¡No!».

La joven chapoteó hasta el cuerpo de Mouse y tiró de él hacia arriba, angustiada y desesperada. Había formas de devolver a la vida a los ahogados y a los muertos. Aún podía salvarlo. Mahfouz era muy buen médico, él sabría cómo.

Pero, por mucho que su mente se empeñara en contarle historias, sabía que no eran más que plegarias absurdas, deseos que nunca obtendrían respuesta.

En cuanto la cabeza de Mouse salió a la superficie, le escupió un montón de barro en la cara.

Mahlia dejó escapar un chillido y retrocedió de un salto, intentando comprender cómo era posible que un muerto escupiera mientras recordaba todas las historias que su madre solía contarle sobre muertos de guerra que resucitaban. La sola idea hizo que se le erizara la piel. De pronto, se dio cuenta de que el chico se estaba riendo. No fue hasta que se puso en pie cuando comprendió que no estaba muerto.

El muy infeliz se estaba riendo.

La muchacha se abalanzó sobre él y lo agarró. Tenía la piel caliente, rebosante de vida y de oxígeno, y seguía riéndose. Mahlia empezó a sollozar aliviada y luego le dio un puñetazo.

—¡Ay!

—¡Gusano asqueroso! ¡Te voy a matar! —Lo hundió en el agua—. ¿Te estabas quedando conmigo?

El chico no dejaba de reírse mientras intentaba quitársela de encima. Las lágrimas nublaban la vista de Mahlia, que se reía y lloraba a moco tendido, odiándolo y queriéndolo a la vez. De repente, todo el horror que había reprimido empezó a salir a raudales.

—¡Gusano idiota! —Lo abrazó—. No vuelvas a hacerme algo así. No puedo perderte. No puedo perderte. —En cuanto lo dijo, supo que era verdad. Había perdido a demasiados seres queridos. No soportaría perder a nadie más. Le habían arrebatado hasta el último vestigio de su antigua vida. En lugar de todo eso, ahora solo estaba Mouse.

Para ella, él era intocable. Las Parcas lo protegían. Los niños soldado no lo veían, las balas no le daban, la comida lo encontraba... Mouse era un superviviente. Tenía que sobrevivir. Y, en aquel momento, a Mahlia le aterró darse cuenta de que haría cualquier cosa por asegurarse de que así fuera.

—Madre mía, Mahlia —dijo el chico—. Creo que me echarías mucho de menos si estirara la pata —añadió. Siguió riéndose mientras intentaba quitársela de encima. Empezó a aporrearla con todas sus fuerzas.

»¡Has tardado un montón! —gritó mientras seguía golpeándola. Luego empezó a llorar y a sollozar—. Un montón.

14

Les llevó un buen rato calmar a Mouse y conseguir que les contara lo que había pasado. El híbrido se encontraba en un hueco no muy lejos de allí, acurrucado entre raíces de baniano, como una especie de trol muerto salido de un cuento de hadas.

Mouse se puso de cuclillas junto a la orilla del pantano y contempló el cadáver de la criatura. Se apartó el pelo rojizo de la cara pecosa.

—Me dejó ir —confesó—. No sé por qué.

—A lo mejor murió antes de lo que pensaba —sugirió ella.

—No. Me dejó ir. Luego se arrastró hasta ahí y se acurrucó. Podría haberme matado sin problema. Aún le quedaban fuerzas más que suficientes para hundirme y asegurarse de que nunca volviera a salir a la superficie —aseveró encogiéndose de hombros—. Pero no lo hizo.

El médico vadeaba alrededor de la bestia, mirándola fijamente. Incluso muerta, era imponente. Aunque era algo que ya sabía, no fue hasta que vio a Mahfouz junto a la criatura cuando Mahlia fue consciente de lo gigantesca que era en realidad. Pensó en los tres soldados muertos y en el sargento herido que había atendido en la casa del doctor Mahfouz, y no pudo evitar preguntarse qué habría podido hacerles aquel monstruo estando sano y entero.

Mahfouz vadeó hacia ellos mientras se movía con torpeza por el fango.

—No está muerto —anunció con tono sombrío.

—¿Qué?

Pese a que se encontraba a varios metros de distancia del enorme cuerpo, Mahlia se sorprendió dando un paso atrás.

—El híbrido aún respira. Estas criaturas no mueren con facilidad.

Los ojos de Mouse se abrieron de par en par.

—Salgamos de aquí.

—Sí, creo que será lo mejor. —El médico salió del pantano y se escurrió el agua salobre de los pantalones empapados—. Seguro que los soldados nos están buscando. Cuando den con este lugar, me gustaría estar en una zona más alejada de las marismas.

Mouse ni siquiera esperó a que el médico terminara de hablar. Ya había empezado a abrirse paso hacia la selva, sorteando raíces y vadeando verdines esponjosos mientras se adentraba cada vez más en los cenagales. Pronto no sería más que una sombra entre los árboles recubiertos de musgo y los muros cubiertos de enredaderas de los edificios caídos. Luego, no tardaría en desaparecer por completo. Se le daba muy bien.

Mahfouz le dio una palmadita en el hombro a Mahlia.

—Vamos. Deberíamos ponernos en camino.

—¿Hacia dónde?

El médico se encogió de hombros mientras caminaban.

—Nos internaremos en la selva. Hay edificios por todas partes. Encontraremos un lugar en el que quedarnos hasta que los soldados se hayan ido. Acabarán dándose por vencidos y, cuando lo hagan, podremos regresar.

«¿Regresar?». La muchacha se detuvo en seco y miró atrás, hacia Ciudad Banyan. «¿Regresar?». Lo único que quería era alejarse de allí.

—Y luego, ¿qué haremos? —le preguntó.

—Luego reconstruiremos.

Algo en el rostro de Mahlia debió de delatarla, porque el médico esbozó una sonrisa.

—No es tan terrible como suena.

—Pero sabes que los soldados volverán. Si no son los del FPU, serán los del Ejército de Dios, y si no son ellos, serán otros. Y entonces tendremos que huir de nuevo.

—Esta guerra no durará para siempre.

La joven no pudo evitar quedársele mirando.

—¿Estás hablando en serio? —Al ver la expresión del hombre, se dio cuenta de que sí. Creía de verdad que las cosas iban a mejorar, como si viviera en una especie de sueño. Como si fuera incapaz de ver lo que sucedía a su alrededor.

Mahfouz era como había sido su madre. Siempre empeñada en que se podía razonar con los soldados, en que era posible sobornarlos con el arte y las antigüedades que recolectaba y en que estarían a salvo, aunque las fuerzas de paz se hubieran marchado y los caudillos hubieran empezado a tomar el control una vez más.

Cuando las tropas invadieron la ciudad, la había abrazado y le había asegurado que su padre regresaría a por ellas. Cuando no lo hizo, insistió en que podían sobornar a alguien para que les permitieran subir a bordo de uno de los barcos de recuperación, aunque ya no quedaba ninguno en el puerto.

La realidad giraba a su alrededor, pero ella era incapaz de verla. Simplemente, seguía fingiendo.

—¡Vamos, gusano!

Mouse estaba encaramado en la rama baja de un árbol, con la vista echada hacia atrás, camuflado entre las sombras de los imponentes árboles y las lianas enmarañadas.

—Tenemos que irnos, Mahlia.

Mahfouz estaba de pie, esperando, con esa actitud expectante que suelen adoptar los adultos cuando creen que tienen el control. Mouse le hizo señas para que moviera el culo, pero la muchacha no se movió.

Huyendo.

Siempre estaba huyendo. Como un conejo perseguido por un loboyote. Siempre buscando alguna madriguera en la que refugiarse y, cada vez que lo hacía, los niños soldado volvían a encontrarla y la obligaban a salir corriendo de nuevo. Mahfouz se equivocaba. No había ningún lugar donde esconderse, y ella nunca estaría a salvo mientras permaneciera cerca de las Ciudades Sumergidas.

Se volvió para mirar al híbrido moribundo. Entre las sombras de las raíces de los banianos, la criatura no era más que un bulto negro que se confundía entre otras sombras más densas. Carnaza para loboyotes. Un esqueleto más que alguien encontraría algún día y le haría preguntarse cuál había sido su historia.

Mouse trotó de vuelta y empezó a tirar del brazo de la joven.

—Vamos, Mahlia. Esos soldados no van a dormir después de lo que les hiciste.

La muchacha no se movió.

—¿El híbrido te dejó ir?

—Sí, ¿y? Venga, vamos. No tenemos mucho tiempo. —Volvió a mirar al monstruo inerte—. No voy a arrancarle los dientes, si es eso lo que estás pensando. Ni de broma. No lo tocaría ni aunque estuviera muerto al cien por ciento.

—Bueno, tampoco ibas a poder venderlos —dijo ella—. Era una idea estúpida.

El doctor Mahfouz también le tocó el hombro.

—Si nos adentramos lo suficiente en las marismas, los soldados no nos seguirán. Sus perros no podrán rastrearnos y estaremos a salvo. Esperaremos a que se vayan, como hacemos siempre. Pero tenemos que irnos.

«¿A salvo?».

La sola idea hizo que le dieran ganas de reír. Huir no la ponía a salvo. Nunca lo había hecho y ahora se daba cuenta de que nunca lo haría. Había sido igual de estúpida que su padre por creer que la resistencia nunca vencería a las fuerzas de paz; que su madre, por creer que un soldado de un país extranjero la quería de verdad, que estaba interesado en ella y no en todas las antigüedades valiosas que poseía; y que el doctor Mahfouz, por pensar que aún había bondad en el mundo.

—Le prometí al híbrido que le traería medicinas —dijo ella.

—Solo lo hiciste porque iba a matarme —respondió el chico—. Pero ya no. Vámonos ya.

Sin embargo, la joven había empezado a darle vueltas a una nueva idea, algo que hacía que sintiera un ápice de esperanza. Un plan que podría serle de mucha mayor utilidad que estar huyendo y escondiéndose constantemente.

—Dije que lo ayudaría. Hicimos un trato.

—¡Aquello no fue un trato de verdad!

—No te ahogó, ¿no?

—¿Y qué?

—¿Podemos curarlo? —le preguntó a Mahfouz—. ¿Podemos ayudarlo de alguna forma?

—¿Al híbrido? —El médico parecía sorprendido—. No te precipites, Mahlia. Esa criatura es peligrosa. Ya que estás, ¿por qué no metes un loboyote en casa?

—Ya lo he hecho —respondió ella—. Una manada entera. —Se volvió y comenzó a adentrarse en las aguas del pantano en dirección al monstruo.

Las raíces enmarañadas del gran baniano que colgaban a su alrededor le acariciaron el rostro con suavidad cuando las apartó y se introdujo en la guarida que el híbrido había elegido para morir.

—¡Esto no es como suturar a un perro callejero! —gritó el médico—. ¡No sabes lo que estás haciendo!

«¿Y tú sí?», pensó.

De no haber sido por ella, seguirían atrapados en casa del médico, esperando a que Soa les rajara la garganta. Mahfouz era muy inteligente en todo lo referente a la medicina, pero era un necio en lo que concernía a las Ciudades Sumergidas. Era incapaz de ver la verdad que tenía delante de sus narices.

Mahlia no necesitaba a alguien que predicara la paz, necesitaba algo que hiciera la guerra.

Se acercó a gigantesca criatura. Extendió el brazo con vacilación y presiono la palma contra la carne. Un montón de moscas salieron volando y zumbaron a su alrededor antes de posarse de nuevo. La piel del monstruo le quemaba bajo la mano. Pelo grueso y disperso, músculos rígidos y sangre ardiente.

El calor que desprendía el cuerpo de la criatura era asombroso. La fiebre se había apoderado de él y lo quemaba por dentro. La mano de Mahlia subía y bajaba al compás que marcaban los pulmones de la bestia. Era un ritmo superficial, un movimiento débil, pero latente, aun cuando el fuego abrasador de la muerte bullía en su interior.

La muchacha sacó las pastillas que había robado de casa del médico y las estudió con el ceño fruncido.

«¿Cuáles?».

¿CiroMax? ¿ZhiGan? ¿Eyurithrosan? Caracteres chinos que desconocía, marcas que no había utilizado para una criatura que no comprendía.

Miró al médico para que la orientara, pero el hombre negó con la cabeza.

—Esos son los últimos medicamentos que tenemos. Ahora que la casa se ha quemado, no disponemos de nada más. Vamos, Mahlia. Los soldados no pasarán por alto este sitio mucho más tiempo. Y cuando nos encuentren, nos harán pagar por todo lo que les hiciste. Ya no podemos negociar con ellos. Les dará igual que sepamos algo de medicina.

—Podéis iros si queréis —respondió ella—. Solo enséñame cómo administrarle las medicinas.

—¡No es solo cuestión de pastillas! Hay que operarlo —aseveró el hombre—. No tiene casi ninguna posibilidad de sobrevivir.

—Pero son fuertes, ¿verdad? A los híbridos los crean para ser fuertes y duros, ¿no es así?

—Los crean para matar.

«Exacto».

Mahfouz pareció leerle la mente.

—Esto no es un cuento de hadas en el que la bella doma a la bestia, Mahlia. Aunque lo salves, no hará tu voluntad. Los híbridos tienen un solo amo. Sería como intentar domar a una pantera salvaje. No es más que un asesino.

—A Mouse no lo mató.

El doctor Mahfouz se echó las manos a la cabeza.

—¡Y mañana tal vez lo desmiembre! No sabes cómo funciona su mente y tampoco puedes controlarlo. Esa criatura no es más que una encarnación de la guerra. Si traficas con ella, traerás la guerra a tu hogar y atraerás la violencia sobre tu persona.

—¿Violencia? —Mahlia levantó el muñón de la mano—. ¿Cómo esta? —Clavó los ojos en el médico—. ¿Te has parado a pensar que si tuviéramos armas y a un monstruo como este de nuestro lado esos soldaditos se lo pensarían dos veces antes de venir a por nosotros? ¿Te has parado a pensar que, teniendo de nuestro lado a una criatura como esta, podríamos escapar de aquí para siempre?

Mahfouz volvía a negar con la cabeza.

—Esa criatura fue la que atrajo a los soldados hacia nosotros en primer lugar. Si buscas su compañía, nos bañarás a todos en sangre. Por favor, Mahlia, ya hemos perdido nuestro hogar por su culpa. ¿Es así como quieres perder tu vida?

¿Era eso lo que estaba haciendo?

El médico intentó aprovechar su incertidumbre.

—La violencia engendra violencia, Mahlia.

La muchacha se quedó mirando al monstruo herido: las numerosas marcas de dientes, la sangre, el hedor de sus heridas putrefactas, el olor a carroña de su aliento... ¿Estaba loca? Tal vez el híbrido fuera igual que un loboyote. Una criatura viciosa, aunque la criaras desde cachorro.

Pero ¿y si era algo más? No había matado a Mouse, aun cuando podría haberlo hecho. Cualquier niño soldado lo habría liquidado en un momento, pero el híbrido lo había dejado ir. Eso tenía que contar para algo.

Mahlia apretó la oreja contra la criatura y escuchó el débil latido de su corazón. Le llevó casi un minuto oírlo. Enorme y denso. Muy pesado. Aquel corazón debía de ser tan grande como su cabeza. Gigante... y sumamente peligroso.

Pensó en Soa, en cómo se había cernido sobre ella y la había mirado con aquellos ojos de loboyote. Pensó en el teniente y en su actitud despreocupada mientras la privaba de aire porque Mahfouz no se había movido lo bastante rápido para su gusto. Un nido de víboras contra las que no había podido hacer nada.

El corazón del híbrido volvió a latir.

Gigantesco.

Empezó a inspeccionar las heridas. «¿Cómo serás estando sano? ¿Cuánta fuerza tendrás?».

El médico pareció comprender por fin que la joven no le estaba prestando atención. Vadeó hacia ella, abriéndose paso entre las raíces colgantes de baniano.

145

—Recapacita, Mahlia. Este no es el camino que quieres seguir. Estás consternada por todo lo ocurrido. —Subió a la orilla—. Tienes que pensar con claridad.

Hubo algo en la actitud del médico que la alertó. Mahfouz se estaba acercando demasiado rápido, o puede que hubiera algo de depredador en él. La muchacha no habría sabido decir qué fue lo que la puso sobre aviso, pero sacó el cuchillo justo cuando el médico se lanzó a por los medicamentos.

La joven dio un tajo en el aire. El hombre se apartó de un salto y dejó escapar un grito ahogado. Mahlia dio un paso atrás y se apoyó contra el cuerpo del híbrido moribundo. Apretó los medicamentos contra el pecho con el muñón de la mano derecha mientras mantenía el cuchillo en alto entre ella y el médico.

—Retrocede, o te juro que te rajo.

Los ojos del hombre se abrieron de par en par al ver la hoja reluciente. Una expresión de horror le torció el rostro.

—Mahlia...

Se sintió enferma, como una basura, como un gusano. Casi pudo oír a su padre mofándose de ella («de las Ciudades Sumergidas hasta la médula»), pero no dio marcha atrás.

—No —le advirtió.

Mouse la miraba atónito.

—Joder, Mahlia, y yo que pensaba que el loco era yo.

La muchacha quiso decir que lo sentía, quiso disculparse y arreglar las cosas, pero ahora el cuchillo se interponía entre ellos. El médico la miraba como si fuera una de los niños soldado, un monstruo carente de moral.

Se estremeció al darse cuenta de que, aunque bajara el cuchillo y se disculpara, ya no había vuelta atrás. Ahora ella y el doctor Mahfouz se encontraban en bandos distintos. Al sacar el cuchillo lo había cambiado todo.

El médico desistió.

—Bueno —dijo con voz tranquila—, está bien. No nos precipitemos.

Se sentó despacio, con las manos abiertas y actitud defensiva. De repente parecía mayor. Viejo, casado, roto y agotado. Mahlia sintió náuseas. Así era como le pagaba al hombre que la había salvado. Mahfouz la había defendido cuando nadie más había movido un dedo por ella, por la pacificadora apestada. Aunque estaba al borde de las lágrimas, la voz no se le quebró al hablar:

—Será mejor que me digas cómo administrarlas correctamente. Voy a dárselas tanto si me ayudas como si no.

—Esas medicinas no te pertenecen, Mahlia. Hay gente a la que le harán falta. Personas buenas e inocentes. Aún puedes hacer lo correcto, por ellas —le imploró el médico—. No tienes que hacer esto.

La joven agitó las pastillas en sus elegantes blísteres.

—¿Cuántas tengo que darle?

La voz de Mahfouz se endureció.

—Si haces eso, dejarás de ser mi responsabilidad. He cuidado de ti lo mejor que he podido, pero esto es demasiado.

De repente, sintió como si hubiese saltado por la ventana de una de las torres de las Ciudades Sumergidas y estuviera cayendo en picado hacia los canales. Iba en caída libre. Sin nada que pudiera salvarla. A punto de recibir un golpe mortal.

Una parte de ella quiso poder retractarse de todo, disculparse por lo del cuchillo, por lo de las medicinas y por todo lo demás. Conforme pasaban los segundos, sentía cómo el vínculo de confianza en el que se había apoyado durante tanto tiempo empezaba a deshacerse.

«¿Estás dispuesta a asumir el riesgo o no?».

Apartó los ojos del híbrido para mirar al médico. ¿Se estaba equivocando? ¿Estaba siendo estúpida? Por las Parcas, era imposible saberlo.

Pero entonces, cuando volvió a reparar en la expresión decepcionada del hombre, comprendió que no importaba. Ya había elegido, en cuanto había levantado el cuchillo. El viejo Mahfouz nunca le había hecho daño ni a una mosca y ella había blandido el cuchillo contra él. El daño ya estaba hecho. No había vuelta atrás. Su padre siempre había tenido razón: era de las Ciudades Sumergidas hasta la médula. Toda la confianza que alguna vez había existido entre ella y el médico se había roto en mil pedazos.

—¿Cuántas pastillas?

El doctor Mahfouz apartó la mirada.

—Cuatro. Para empezar. Necesitarás cuatro. Con lo que pesa esa cosa, harán falta cuatro de las azules y blancas.

Mahlia rebuscó entre los medicamentos y empezó a sacar las pastillas del blíster. Iba a tener que molerlas y mezclarlas con agua para que aquella cosa pudiera tragárselas estando inconsciente. Se preguntó si aún estaría a tiempo o si no valdría para nada.

—¿Cuatro, dices?

El hombre asintió sin poder ocultar su decepción.

—Y cuatro más cada día hasta que se acaben. Todas.

«¿Vas a asumir el riesgo? —se preguntó—. ¿Vas a asumirlo de verdad?».

Sí. Iba a asumirlo con todas sus consecuencias. Le gustara o no.

15

Ocho se apoyó en una pared ennegrecida debajo de la vivienda del médico y se palpó con cuidado las heridas que él mismo había vuelto a coserse. El híbrido le había desgarrado las costillas de mala manera, pero se estaba recuperando. Las nuevas suturas eran toscas y dispares, pero aguantarían. Era imposible que se desgarraran. Aunque le dolían bastante, no era nada comparado con la abrasión que tenía en la espalda.

Veinte azotes con una vara, por haber metido la pata. Sayle se había paseado delante de las tropas gritando: «¡Aquí nadie falla, nunca! ¡No hay excusas! ¡Me importa una mierda si estáis colocados, borrachos, si os han volado las piernas o si os creéis el mismísimo coronel! ¡Os seguís comportando como soldados!». Luego había arremetido contra Ocho.

Van se acercó y se puso en cuclillas a su lado.

—¿Qué tal los puntos, sargento?

—Mejor que la espalda.

Van esbozó una leve sonrisa. Era un gusanillo de guerra delgaducho al que le faltaban las orejas y los dos incisivos. A juzgar por lo que recordaba del tiroteo con los loboyotes, Van se había mantenido firme. Lo bastante como para ganarse la marca completa. Ocho decidió que lo nombraría soldado raso y le daría la oportunidad de demostrar su valía.

—Encajaste bien los golpes —admitió Van.

—He recibido palizas peores.

—Todo el mundo sabe que no fue culpa tuya. Cuando te encontramos, ni siquiera podías hablar.

149

Ocho soltó un resoplido.

—No le des más vueltas, gusano. El teniente tenía razón. La disciplina lo es todo. Si no tenemos disciplina, no tenemos nada. Da igual quién seas. Nadie tiene carta blanca.

—Ya, bueno, pero estabas tan colocado que se te caía la baba. —Titubeó un momento antes de añadir—: El teniente te espera arriba.

—¿Te ha dicho para qué?

Van evitó mirarlo a los ojos.

—No.

Ocho levantó la vista y se quedó mirando el edificio quemado. Sayle había ordenado construir una plataforma de observación en el último piso. Aunque el hormigón y el hierro estaban chamuscados y llenos de hollín y la vivienda del viejo médico había quedado totalmente calcinada, Sayle había insistido en establecerse allí.

Tras el ataque de los loboyotes, el primer instinto de Ocho había sido largarse de aquel maldito edificio, pero Sayle lo había mirado con frialdad y le había dicho que, si dejaban entrever que tenían miedo, todos los civiles del pueblo intentarían tomarles el pelo como lo había hecho la apestada.

Que Ocho hubiera sido amable con la apestada no significaba que fueran a comportarse de la misma manera con todo el mundo.

Como muestras de ello, habían reunido a un montón de gente del pueblo y los habían puesto a trabajar. Los muy infelices se habían lanzado manos a la obra en cuanto vieron que los soldados tenían a sus hijos a punta de pistola.

Ahora Sayle se pasaba todo el tiempo sentado con las piernas cruzadas en lo alto de la torre, con la mirada puesta en la jungla, esperando los informes de los equipos de avanzada que peinaban la selva trocito a trocito, intentando encontrar alguna pista sobre el paradero del híbrido, el médico y la apestada que los había masacrado.

—¿Necesitas ayuda para subir? —le preguntó Van.

—No. —Era una prueba. Al teniente le encantaba ponerlos a prueba, asegurarse de que las tropas le eran leales, de que siempre le serían fieles. Ocho no podía permitirse el lujo de quejarse por tener que subir por una escalerilla, por mucho que le doliera. Dejó escapar un gruñido al ponerse de pie—. Yo puedo solo.

Subió despacio por las distintas escalerillas que conducían hasta el pináculo del edificio y, con cada paso que daba, sentía cómo le tiraban los puntos y le ardía la espalda. Aunque esperaba no estar haciéndose más daño, lo cierto era que no importaba. Solo sobreviviría si era capaz de demostrarle al teniente que seguía siendo un soldado leal y que estaba dispuesto a hacer cualquier cosa por él. Especialmente después de los azotes.

Cuando por fin llegó a la cima, estaba empapado de sudor y respiraba con dificultad.

Sayle levantó la vista de sus mapas. Ocho se obligó a ponerse firme. El hombre lo estudió desde su asiento.

—¿Cómo tienes las heridas, sargento?

—Bien, señor —respondió mirando al frente.

—¿Y la espalda?

—Me duele, señor.

—Fui indulgente contigo.

—Sí, señor. Gracias, señor.

—¿Recuerdas cómo nos conocimos, sargento?

Ocho tragó saliva, obligándose a reprimir los recuerdos.

—Usted me salvó.

—Así es. Vi algo especial en ti y te salvé. Podría haber elegido a cualquiera, pero decidí salvarte a ti. Te di el regalo de la vida. —Los ojos fríos del hombre se entrecerraron—. Y a cambio tú me das... esto —dijo con cara de disgusto. Hizo una pausa—. El coronel Stern nunca toleraría un fracaso así. Te clavaría la cabeza en una estaca. Si yo fuera Stern, ahora serías una lección de lealtad para los demás.

—Sí, señor.

Las 999 del Ejército de Dios retumbaron en la distancia.

—Te nombré mi segundo porque nunca me has fallado —continuó diciendo el hombre—. Eres un buen soldado. Todos sabemos que estabas herido y que esa apestada te drogó. Esa es la única razón por la que sigues aquí. Pero no vuelvas a decepcionarme, sargento. No habrá segundas oportunidades, ni siquiera para ti.

—No, señor.

—Bien —le hizo un gesto para que se acercara—. Ahora ven aquí. Es hora de trazar un plan y tomar decisiones.

Ocho dudó un momento, intentando discernir si de verdad lo había dejado irse de rositas, pero Sayle lo miró con impaciencia.

—No tengo todo el día, soldado. Tenemos mucho trabajo por delante.

El chico se acercó y se agachó.

—He oído que el coronel Stern nos quiere de vuelta en el frente.

—Has oído bien. El enemigo ha conseguido poner en apuros al coronel con su nueva artillería pesada.

—¿Cuándo marchamos?

Las pupilas de Sayle parecían alfileres. Esbozó una pequeña sonrisa.

—No vamos a volver.

—¿Señor?

—No vamos a volver. Vamos a quedarnos aquí —declaró mientras contemplaba la selva—. El doctorcito y la chica no han regresado. No pienso irme hasta verlos de nuevo.

—Han huido. No volverán mientras nosotros sigamos aquí. Puede que ni siquiera regresen. La selva se hará cargo de ellos.

—Entonces tendremos que darles una razón para volver.

—¿Piensa ejecutarlos?

Sayle negó con la cabeza.

—No, quiero saber por qué huyeron con todos los suministros médicos. La mayoría de estos civiles se llevan comida, o un arma, pero ellos se llevaron los medicamentos.

—Los medicamentos son valiosos. Él es médico, y la chica es prácticamente una doctora descalza, incluso con ese muñón. Si yo fuera ellos, también me habría llevado medicinas.

El teniente asintió despacio, pero luego dijo:

—¿Te diste cuenta de que la chica venía corriendo? Estaba sin aliento y parecía asustada.

—Todo el mundo se asusta cuando se encuentra con nosotros.

—Pero ella ya estaba corriendo antes de vernos. La tomamos por sorpresa.

De repente, lo comprendió.

—¿Cree que huía de algo?

El hombre asintió.

—Tuvo que haber sido algo grande, ¿no crees? ¿Para asustar a un gusano de guerra como ella? ¿A una apestada que ha visto tanta sangre y experimentado tanto dolor? —Contempló la vegetación de abajo—. Creo que ahí fuera vio algo aterrador.

—¿Piensa que el cara de perro se las apañó para hincarle el diente de alguna manera? —El chico no pudo ocultar sus dudas—. Parece bastante inverosímil.

—¿Cuánto hace que nos conocemos, sargento?

—Años. Toda una vida.

—¿Alguna vez te he llevado por el mal camino? ¿Te he hecho perder el tiempo con alguna operación que no valiera la pena? ¿Qué no llevara la contienda al enemigo y beneficiara a nuestra causa?

—No, señor.

—Creo que vale la pena indagar un poco más en este pueblecito.

—Pero el coronel quiere que volvamos. No será indulgente con nosotros si no acudimos a su llamada. —Sayle no dijo nada—. ¿De verdad piensa que ese perro sigue vivo? —insistió.

—Si no lo está, quiero ver su cadáver.

—¿Qué más da? Al coronel no le importa.

—Sí que le importa. Ese monstruo sobrevivió meses en las fosas.

—Sí, un hito épico. Pero si no volvemos al frente, somos hombres muertos. Stern nos ejecutará a todos.

—Stern ejecuta a los soldados que fracasan. Una cosa es holgazanear aquí cuando el combate se libra en otra parte, pero este caso es diferente y, como tal, requiere que pensemos de manera diferente. —Sacudió la cabeza—. Además, el coronel siempre premia los resultados. El FPU no podrá contener al Ejército de Dios ahora que tienen esas 999. Esos meapilas firmarán más acuerdos armamentísticos y más contratos de explotación y, cuando lo hagan, la situación se volverá en nuestra contra. Perderemos acceso a las armas y a las municiones y nos veremos obligados a retirarnos. Las 999 han cambiado las reglas del juego. Dentro de un año, podríamos estar tan perdidos como esos desgraciados de la Compañía Tulane.

—¿Qué tiene que ver eso con el cara de perro?

—¿Qué sabes de los aumentados? De los híbridos. ¿Qué sabes de ellos?

Ocho se frotó las costillas al recordar cómo se había abalanzado sobre él.

—Todo lo que necesito saber es que no quiero volver a enfrentarme a uno.

Sus palabras hicieron reír a Sayle.

—¿Alguna vez te has preguntado por qué los híbridos no han conquistado el mundo? Son mejores que nosotros. Más rápidos. Más fuertes. Muchos de ellos son incluso más inteligentes. Unos estrategas perfectos. Creados por y para la guerra desde el primer día.

—O sea, que son gusanos de guerra —bromeó Ocho.

Sayle sonrió.

—Hay similitudes. Las pruebas de fuego nos curten a todos. A lo que voy es a que ese híbrido debería estar muerto.

—Nunca pensé que vencería a las panteras.

—No —sacudió la cabeza con impaciencia—, no me refiero a eso. Cuando están encerrados y los obligan a luchar solo por su supervivencia, casi todos los híbridos se dejan morir. Mueren porque añoran a sus amos. Es una salvaguardia genética. Para evitar que los conviertan. Para que no puedan rebelarse contra sus amos acaudalados. Para que no puedan enarbolar un estandarte propio.

»La peor pesadilla de cualquier general sería un ejército de aumentados rebeldes. Son más rápidos, más fuertes y más inteligentes que el humano promedio. ¿Si además fueran independientes? —Negó con la cabeza—. Sería desastroso. Por eso, cuando los separan de sus manadas o pierden a sus amos, mueren.

Ocho se quedó pensando un momento, desconcertado.

—Pero ese no murió.

—Exacto, soldado. Ese no murió. Esperó su momento. Sobrevivió durante meses y luego escapó. Y nos destrozó a nosotros y a los nuestros en el proceso. Está totalmente solo, pero sigue con vida y huyendo.

—¿Y qué piensa hacer con él? Como lo encontremos, nos rajará el cuello. La última vez casi lo consigue.

Sayle se encogió de hombros.

—Digamos que podría sernos de utilidad.

—Si todavía está vivo.

—Sigue ahí fuera —afirmó mientras contemplaba la selva—. Sigue ahí fuera y esa apestada sabe dónde está. Si encontramos a la chica, encontraremos al híbrido. —Miró a Ocho—: Tengo trabajo para ti, sargento. Es hora de que te redimas.

16

El pinchazo de una aguja. Una sorpresa.

Un dolor leve.

Lo cual significaba que el dolor fuerte estaba remitiendo.

Tool permaneció inmóvil mientras la aguja se introducía en el tejido muscular. Prestó atención mientras el líquido se extendía e irradiaba calor en los músculos. Una inyección intramuscular. Un mililitro..., tres..., cinco..., diez..., veinte. Una cantidad considerable. Un antibiótico, a juzgar por cómo lo absorbía su cuerpo, en vez de rechazarlo como hacía con las toxinas.

La aguja se retrajo.

—Eso es. Ahora comprueba las vendas

La voz de un hombre. Un adulto. Algo inusual en las Ciudades Sumergidas, donde la guerra devoraba a los jóvenes mucho antes de que alcanzaran la madurez. Un médico, por cómo se expresaba. Dos rarezas. Tool no recordaba la última vez que se había encontrado con un médico que hubiera recibido una educación formal.

—¿Están lo bastante limpias?

La voz de una chica y, con ella, el aroma a sangre y fertilidad. Posadolescente, humana, mujer.

La voz del hombre respondió, irritada.

—Por eso las hervimos.

Unas manos le palparon el pecho con delicadeza. Retiraron unas vendas apestosas con un rasgón húmedo. Olor a infección y a hierro. Sangre y pestilencia.

Otra vez la voz apagada del hombre. Instructiva hasta decir basta, pero cargada de desaprobación. Repulsión, casi.

—Eso es. Arranca los gusanos. Hay que evitar que se conviertan en moscas.

Tool los dejó trabajar, limitándose a escuchar. No se oían más exhalaciones, forcejeos ni pisadas cerca. Solo estaban ellos dos. Y se encontraban lo bastante cerca como para partirlos en dos. Se relajó; tenía la ventaja táctica. Aquel par de humanos frágiles y estúpidos no tenían ni idea de que los estaba acechando. La situación jugaba a su favor.

—Si se está curando, ¿por qué no se despierta? —preguntó la chica.

—Puede que nunca despierte, Mahlia. Sé que esperabas poder usar a este monstruo para tus fines, pero es una fantasía. En vista de las heridas que ha sufrido, es un milagro que las medicinas hayan funcionado. Los daños son muy extensos.

Daños. Y agravios. El repertorio de insultos que había recibido era casi infinito. Pero su cuerpo estaba sanando y pronto volvería a ser él mismo. Pronto cazaría como siempre había debido hacerlo.

Las manos le recolocaron una venda alrededor de las costillas y luego pasaron al vendaje del hombro desgarrado. Unos dedos palparon con delicadeza la zona donde el caimán habían hundido los dientes.

—Está cerrada —dijo la chica, sorprendida.

El hombre se acercó. Un suave aroma a tabaco emanaba de su aliento.

—No debes pensar en un híbrido como un humano. Es un demonio concebido para la guerra. Su sangre está llena de agentes hipercoagulantes y sus células han sido diseñadas para replicarse con la misma rapidez con la que crece el kudzu.

»Si cortas a una criatura como esta con un cuchillo, la herida se cierra sola en cuestión de minutos. Las lesiones más profundas solo tardan unos días en curarse: carne desgarrada hasta el hueso, ligamentos destrozados, huesos rotos... Para una criatura como esta, no son más que molestias pasajeras. —El hombre se retiró—. Todas las maravillas de nuestro conocimiento médico y las usamos para crear monstruos...

Tool casi pudo oír al hombre negando con la cabeza.

—¿Por qué te importa tanto? —le preguntó la joven.

—Porque soy un viejo necio que sueña con que algún día nuestro saber científico se vuelque en la curación, en lugar de la guerra. En salvarte la mano, por ejemplo, y no en crear asesinos más resilientes. Imagínatelo. Imagina a todas las personas de las Ciudades Sumergidas con pies y manos, personas sin nada que temer de los soldados y sus machetes. Eso sí sería un verdadero avance médico. Pero, en vez de eso, nos dedicamos a crear monstruos y a perpetuar la guerra.

La chica guardó silencio. A juzgar por su respiración, Tool no pudo determinar si estaba avergonzada, conforme o meditabunda. Pasados unos segundos, preguntó:

—¿Va a despertar o no?

—Está vivo y se está curando —espetó el hombre—. Despertará, o no. Deberías conformarte con que se cure más rápido que cualquier ser humano sobre la faz de la tierra.

«Más rápido de lo que crees».

En efecto, mientras el hombre y la chica conversaban, Tool recuperaba cada vez más facultades y el mundo se abría a su alrededor como una flor que empieza a desplegar sus pétalos: olfato, tacto, gusto y oído. El mundo comenzó a ilustrarse en su mente.

El aroma salino y las ondulaciones del agua. Los susurros del océano al meter sus dedos salobres en las marismas. Los zapateros que se deslizaban sobre lagunas pantanosas de aspecto vidrioso. El sol acariciándole la piel. El chasquido de las enredaderas de kudzu. Las hojas de abedul agitándose con el viento. El canto de los pájaros: cuervos, urracas, arrendajos y cacatúas. A lo lejos, el ladrido suave de un loboyote y el chillido de un cerdo.

Cada vez procesaba más información. A veinte metros de distancia, una pitón de no más de dos metros de longitud, una cría prácticamente, serpenteaba entre los juncos. Por encima, las garras de una ardilla arañaban el tronco de un árbol, un baniano, a juzgar por la fragancia y el rumor de las cortinas de follaje y las raíces que lo rodeaban.

En la mente de Tool se erigió todo un teatro operativo. Por los huecos entre las hojas movedizas intuyó los senderos que atravesaban la jungla. Por el chapoteo del agua descubrió las formas de los charcos estancados. Gracias al olor residual de los loboyotes y los ciervos, podía adivinar a dónde conducían los claros entre las enredaderas de kudzu. Cuáles eran las rutas de entrada y salida. Las vías de ataque enemigas más probables en caso de verse asediado. Las mejores líneas de escape si se veía obligado a retirarse. Un mapa de batalla, elaborado por completo en su cabeza.

Podría luchar a ciegas, de ser preciso.

Una suave brisa agitó los zarcillos colgantes del baniano y, con ella, llegó un tufillo a humo de leña. Tool arrugó la nariz. Carne cocinándose. Serpiente. Rata. Cabra. Entonces debía de haber más de una hoguera. Esa información traía consigo la certeza de que debía de haber un pueblo no muy lejos de allí, un lugar en el que vivían muchas familias.

El hombre y la chica levantaron otra de las vendas. La carne putrefacta de Tool despedía un olor muy fuerte. Aquel hedor lo instaba a lamerse las heridas y a cubrirlas con las enzimas curativas presentes en su saliva. Lo urgía a buscar a sus compañeros de manada y a dejar que le limpiaran a lengüetazos las heridas sangrientas que le cubrían el cuerpo.

Un crujido de hojas. Alguien acercándose por el bosque.

Prestó atención a aquella aproximación, recabando información para discernir si se trataba de un amigo o un enemigo. El golpeteo sordo de unas sandalias, movimientos sigilosos. Otro habitante de la selva, de menor tamaño que la chica. Cerca. Más cerca. Al acecho. No percibía ningún olor a metal, a pólvora, a lubricante para armas o a ácido. Entonces no estaba al acecho, solo estaba siendo precavido.

—Hay soldados por todas partes —dijo el recién llegado mientras se acercaba y se agachaba—. He cubierto los senderos con un montón de zarzas y enredaderas de kudzu, así que ahora mismo no parece que haya ningún camino que conduzca hasta aquí, pero, en algún momento, los soldados empezarán a peinar esta zona y, cuando lo hagan, seremos un blanco fácil. ¿Sabéis cuánto tiempo más tendremos que quedarnos aquí?

Un chico. Había algo en su tono de voz y en su olor que le resultaba familiar. Intentó hacer memoria, pero los sueños febriles y las pesadillas enturbiaban sus recuerdos. ¿Qué era lo que recordaba de ese chico? ¿De aquel olor?

—¿Cuántos soldados? —preguntó la voz de la chica.

—¿Cuarenta? ¿Cincuenta? ¿Más? —El chico hizo una pausa—. Un «pelotón», según ellos, pero en el suyo hay más soldados de los que suele haber en los pelotones del Ejército de Dios.

La muchacha resopló.

—Sí. Mi viejo solía decir que aquí no tenían ni pajolera idea de cómo debía organizarse un ejército. ¿Has podido ver al teniente?

—Sí. Y los niños soldado a los que les echaste los loboyotes están cabreados. Cuando llegué, tenían a Tua contra la pared y no dejaban de hacerle preguntas. Hasta la tía Selima se me echó encima y empezó a preguntarme a dónde habías ido y qué sabía. Por un momento, pensé que iba a entregarme.

—Era de esperar.

—Ya basta, Mahlia —intervino el médico—. Tus acciones perjudican a otros. Ahora mismo, hay gente inocente que está pagando el precio de tu imprudencia. Fuiste tú quien decidió agitar ese avispero y ahora todo el mundo está sufriendo las consecuencias, menos tú.

—¿Para salvarte, quieres decir? —respondió ella con tono desafiante.

Aunque el hombre no respondió, Tool podía oler la tensión entre ambos. El chico intercedió.

—Le dije a la gente que no os había visto ni a ti ni al doctor Mahfouz. Dije que debías de haberte largado porque eres una apestada y no sientes ninguna lealtad, pero, así y todo, casi no me dejan en paz. Causaste un gran revuelto con el numerito de los loboyotes. —Una pausa—. Los soldados también están buscando al cara perro. No se atreven a decirlo abiertamente, pero han estado preguntándole a la gente si han visto indicios de alguna masacre fuera de lo común en la selva. Cerdos, panteras, loboyotes... Apuesto a que les interesaría mucho saber que he encontrado el cadáver de un caimán gigante por aquí.

«Claro».

Empezaba a recordarlo todo. Conocía el olor de aquel chico y también el de la chica. Poco a poco, las piezas iban encajando en su mente. La chica apestada, el chico llamado Mouse y el médico con las medicinas.

Después de todo, los críos no le habían mentido. Era verdad que tenían medicinas y que conocían a un médico capacitado. Ahora, la peste a lagarto podrido que llegaba de los alrededores también tenía sentido. Otra pieza que encajaba en su lugar. El último oponente de Tool. El enorme reptil, ahora inerte y abotargado, debía de llevar seis días muerto, a juzgar por el hedor y el zumbido frenético de las moscas que lo rodeaban. Estaba muerto, y él seguía vivo.

Era asombroso.

—¿Entonces? ¿Cuánto más tendremos que quedarnos por aquí? —preguntó Mouse.

Se produjo una pausa cargada de incertidumbre.

—A mí no me mires, Mahlia —dijo el hombre—. Fuiste tú quien eligió este camino. No mires a los demás esperando que te salven de tu imprudencia.

—Puede que un par de días más —respondió Mahlia finalmente.

El chico dejó escapar un silbido.

—No sé si podremos mantenernos ocultos tanto tiempo.

—Solo necesitamos un poco más de tiempo —insistió ella—. Debería despertar pronto.

El médico intervino, exasperado.

—No puedes tener la certeza de que vaya a despertarse, Mahlia. Por lo menos ten la decencia de hablarle con honestidad.

—Creía que no querías compartir lo que pensabas.

—Sé realista. Incluso los monstruos como este mueren. Son poderosos, pero no inmortales. Incluso si la carne cicatriza, cabe la posibilidad de que la fiebre le consumiera la mente. Ignoras todas las heridas que ha sufrido y es deshonesto involucrar a Mouse en tus planes. Tal vez sea hora de que sigas otro camino, uno que no implique fantasías de guerra y matanzas.

—No —insistió Mahlia—. Ya tengo un plan. Si de verdad vamos a huir, tenemos que salir de aquí. Llegar hasta Seascape Boston.

—Hablas con demasiada seguridad de cosas que no comprendes —replicó el médico—. Incluso si el híbrido recupera sus capacidades de combate, tendréis que recorrer cientos de kilómetros infestados de caudillos y sus ejércitos. ¿Y después de eso? Todavía tendríais que cruzar la frontera. Nadie en Manhattan Orleans o en Seascape Boston desea que esta guerra se extienda hacia el norte. Protegen sus fronteras con mucho más que un híbrido. Si crees que el FPU y el Ejército de Dios son peligrosos, entonces no tienes ni idea de lo que puede hacer un ejército de verdad, bien equipado.

—Entonces, ¿qué se supone que debemos hacer? ¿Seguir corriendo como pollos mientras los niños soldado intentan cortarnos la cabeza? ¿Rezarles a las Parcas y a Dios mientras acaban uno a uno con nosotros? —La voz de la chica sonaba enfadada—. Si hay algo que puede sacarnos de aquí, es un híbrido. No sé tú, pero pienso largarme de aquí en cuanto se recupere. Estoy harta de huir y de esconderme. Este monstruo es mi billete para salir de aquí.

Tool ahogó un gruñido al comprender por fin en qué terreno se movía. Estaba al tanto de su entorno por el olor, el tacto y el oído, y ahora también estaba al tanto del panorama humano.

La chica quería encadenarlo a ella, convertirlo en su fiel perro de pelea.

«¿Pretendes hacer lo que el general Caroa no pudo? ¿Pretendes ser mi dueña?».

17

El híbrido emitió un gruñido casi imperceptible.

—Yo no soy tu perro.

Mahlia se volvió, sobresaltada. El monstruo había empezado a incorporarse. Se puso en pie lentamente; una sombra imponente que se cernía sobre ella en el espacio que quedaba bajo el baniano. El médico retrocedía a toda prisa, escudando a Mouse mientras se alejaba.

El monstruo gruñó.

—No me premias con carne cruda, no me rascas detrás de las orejas y ¡no eres mi dueña!

El olor a carroña y muerte la envolvió. Mahlia miró boquiabierta al híbrido, luchando contra el impulso de salir corriendo. Solo por instinto, sabía que, si huía, la bestia se abalanzaría sobre ella y la devoraría.

«Parcas, ¿en qué estaba pensando?».

Había olvidado lo monstruoso que era. Dominaba por completo su entorno. Su único ojo bueno la estudiaba desde lo que quedaba de su rostro bestial; el ojo amarillo de un perro, enorme y malévolo. Retrajo los labios, dejando entrever varias hileras de dientes afilados.

Mahlia tragó saliva. «No huyas. No te conviertas en su presa. Por las Parcas, qué estúpida he sido».

Una cosa era pensar que podías hacer un trato con un monstruo cuando yacía quieto y moribundo, y otra muy distinta era enfrentarte a él, con sus músculos, sus dientes y su hambre primitiva.

—¿Mahlia? —susurró una voz a sus espaldas. Era Mouse.

La muchacha intentó responder, pero había perdido la voz. Volvió a intentarlo.

—Estoy bien —graznó.

—No —gruñó el híbrido—. No eres nada.

Por un segundo, pensó que la bestia iba a hacerla pedazos, pero luego se irguió y se apartó de ella, dispuesto a ignorarla por completo.

Mahlia dejó escapar un suspiro que no sabía que había estado conteniendo. El monstruo empezó a caminar hacia el agua arrastrando los pies; agarrotado al principio, más rápido después, pese a la cojera. La joven no pudo evitar sentir una pizca de admiración al ver a la criatura herida, ahora casi totalmente curada. Nada debería haber sido capaz de sobrevivir a tanto maltrato y, sin embargo, el híbrido seguía resistiendo.

Llegó al borde del agua y se agachó. Acercó el rostro al lodo salobre.

—Es agua salada —le gritó, pero el híbrido bebió de todos modos.

En cierto modo, había esperado que lamiera el agua como un perro, pero se la bebió como un ser humano cualquiera. Cuando terminó, la miró con una sonrisita de superioridad.

—Mi especie tolera las impurezas mejor que la vuestra —dijo—. Somos mejores que vosotros, en todos los sentidos.

Cuando empezó a erguirse, se desplomó sobre las rodillas. Su ojo se abrió de par en par, sorprendido. Dejó escapar un gruñido y se obligó a estirar las piernas. Volvió a ponerse en pie con vacilación. Era enorme, pero seguía estando débil.

Hubo algo en aquel instante de vulnerabilidad que agradó a Mahlia. El híbrido no era imparable. Era muy fuerte, pero también tenía sus debilidades.

El monstruo se acercó cojeando al borde del pantano.

—¿Qué...? —empezó a preguntar Mouse, pero Mahlia ya había adivinado lo que se proponía. El cadáver hinchado y desgarrado del caimán seguía estando en el agua. El híbrido vadeó lentamente entre los juncos hasta llegar a él y lo agarró. Luego arrastró el cuerpo hasta la orilla mientras refunfuñaba y gruñía a causa del esfuerzo.

Rasgó el vientre del caimán con un rugido débil, se zambulló en las entrañas del reptil y empezó a alimentarse, ajeno al miasma de carroña que emanaba del cuerpo.

El híbrido los miró y enseñó los dientes.

—Mi presa —gruñó. Luego hundió un brazo en las entrañas del caimán y le sacó el corazón—. Mía —recalcó. Mordió el músculo rojizo y se lo tragó.

—Joder, qué guarrada —exclamó Mouse.

El estómago de Mahlia se revolvió en señal de conformidad. Contemplar cómo una criatura tan parecida a un ser humano se alimentaba como una bestia era algo antinatural y, como tal, despertó en ella un temor nauseabundo.

¿Qué era aquella cosa que tanto había insistido en salvar?

El híbrido siguió alimentándose, desgarrando y engullendo. Pero había algo más en la forma en que se había agachado sobre su presa, en el aire triunfal con que devoraba el corazón de su enemigo...

—Es un ritual —murmuró Mahfouz.

El monstruo levantó la vista con el hocico lleno de sangre y vísceras. Clavó el ojo amarillo en él.

—Nos nutrimos de la victoria, doctor. De la sangre vital de los corazones latentes de nuestros rivales. Cada enemigo nos fortalece. Cuantos más tenemos, más nos nutrimos y más fuertes nos volvemos.

—Por eso nunca dejáis de luchar —susurró Mahlia.

La bestia sonrió, dejando entrever los dientes afilados y un humor sanguinario.

—La conquista se retroalimenta. —Engulló lo que quedaba del corazón del caimán—. Damos la bienvenida a nuestros enemigos del mismo modo en que damos la bienvenida a la vida.

El híbrido parecía estar a punto de añadir algo más, pero, en lugar de eso, se quedó inmóvil. Aguzó el oído y empezó a olfatear el aire mientras dilataba los orificios nasales. Movió las orejas a los lados y luego las echó hacia atrás hasta dejarlas casi pegadas al enorme cráneo de pitbull.

—Me llamo Tool —dijo finalmente—. Parece que vuestros enemigos también han encontrado algo con lo que alimentarse.

18

—¿Qué enemigos? —preguntó Mahlia.

—Huele mucho a humo. Madera. Plásticos. —Volvió a dilatar las fosas nasales—. Carne. Un pueblo agoniza.

—¿Están quemando Banyan? —inquirió el médico.

Tool guardó silencio mientras agitaba las orejas, escuchando cosas que escapaban a los sentidos de Mahlia.

—La gente está huyendo...

El eco de varios disparos resonó en la selva, algo que resultaba audible hasta para ella a pesar de la distancia. El cielo se llenó de cuervos y urracas que huían despavoridos. Varias bandadas de gorriones se elevaron y arremolinaron en el aire. Más disparos. Mahlia intercambió una mirada preocupada con Mouse y Mahfouz.

El híbrido seguía escuchando y olfateando el viento.

—Parece que nuestros enemigos comunes se han cansado de sus fracasos.

—¿Y por eso se ensañan con el pueblo?

El médico había empezado a recoger el instrumental médico y a meterlo en una bolsa.

—Tenemos que ayudar a la gente. ¡Rápido! Nos necesitan.

Mientras recogía los escasos suministros que quedaban y se los entregaba al médico, Mahlia notó que le temblaba la mano. No pudo evitar recordar otros pueblos por los que habían pasado los soldados, reclutando a cuantos podían antes de arrasar con todo. Recordaba cómo se había abierto paso entre las casas calcinadas de pueblos en los que no

169

quedaban más que perros flacos y loboyotes que acechaban en las sombras.

—¿Doctor? —preguntó—. ¿No deberíamos huir?

Tool soltó una carcajada, un sonido grave y seco.

—La chica demuestra sabiduría. Es mejor huir y vivir que adentrarse en un tornado.

El médico clavó los ojos en la muchacha, que se encogió ante su mirada de desaprobación.

—Tú has provocado esto —declaró—. La violencia fomenta más violencia. Te lo he dicho una, otra y otra vez, pero nunca haces caso. Hiciste que una jauría de loboyotes atacara a los soldados y ahora los soldados queman Ciudad Banyan. Ojo por ojo y diente por diente hasta que muera todo el mundo.

El humo empezaba a extenderse entre ellos, arrastrando consigo los aromas acres de un mundo en llamas que incluso Mahlia podía oler.

—¿Por qué te enfadas conmigo? ¡No soy yo quien está quemando el pueblo!

El doctor Mahfouz cerró la bolsa y miró a la chica.

—¿Vienes o no?

—¿Al pueblo? —Se quedó mirando al hombre—. ¿Estás de broma? No tenemos armas. Nos matarán.

—No volvemos para luchar. Volvemos para ayudar a tantas personas como nos sea posible.

—No voy a ir a ninguna parte.

—¿Tienes idea de lo mucho que he luchado por ti, Mahlia? ¿De cuántas veces he tenido que convencer a nuestros vecinos de que no te echaran a patadas? Siempre te he defendido. Te he mantenido a salvo.

El híbrido gruñó a su lado.

—Se acerca gente. Debéis huir o enfrentaros a la muerte. Decidíos ya, antes de que el destino decida por vosotros.

Mahlia se volvió hacia el híbrido.

—¿Vendrías con nosotros? —le preguntó—. ¿Nos ayudarías a asistir a la gente?

Tool se echó a reír.

—Esta no es mi guerra.

Mahfouz fulminó a la criatura con la mirada.

—Fuiste tú quien trajo a los soldados hasta aquí, ¿y no aceptas ninguna responsabilidad?

Tool sonrió con frialdad, dejando entrever los dientes.

—No fui yo quien inició esta guerra en la que los de tu especie se destrozan los unos a los otros, como tampoco elegí ser parte de ella. No tengo ningún cargo de conciencia. —Olfateó el aire e hizo un gesto hacia los pantanos—. Si queréis que os ayude a escapar de vuestros enemigos, os ofrezco mi ayuda de buena gana, en agradecimiento por las medicinas. —Se irguió por completo, cerniéndose sobre ellos—. Pero no provocaré un enfrentamiento que no es posible ganar. Y tampoco me sacrificaré en nombre de ningún humano.

El sonido de unos pasos interrumpió la conversación.

Todos se tensaron, menos Tool. Mahlia esperaba que los soldados irrumpieran en el pantano con los rifles en ristre, pero no eran soldados, sino una chica...

Amaya.

Se detuvo en seco y se los quedó mirando. Abrió los ojos de par en par, estupefacta.

—Tú —susurró al ver a Mahlia. Fue entonces cuando vio al híbrido por primera vez.

—Amaya —dijo el doctor Mahfouz—. ¿Qué sucede? ¿Qué está pasando? ¿Dónde están tus hijos? ¿Dónde está el nieto de Salvatore?

—¡Tú! —gritó—. ¡Es a ti a quien quieren! —Entrecerró los ojos—. Todo esto es culpa tuya, apestada. ¡Te buscan a ti! Te acogimos y nos pagaste echándonos a los soldados encima.

—Amaya... —empezó a decir el médico.

Pero Amaya ya se había dado la vuelta y había echado a correr por donde había venido.

—Va a decírselo —aseveró la muchacha—. Va a entregarnos a los soldados.

Salió corriendo tras la mujer. Si lograba detener a Amaya antes de que llegara al pueblo, antes de que se corriera la voz entre los demás vecinos, podría...

Una mano la agarró con fuerza de la camiseta y tiró de ella hacia atrás. La fuerza de la sacudida hizo que perdiera el equilibrio y aterrizara en el barro. El doctor Mahfouz estaba de pie junto a ella.

—No —declaró el hombre.

Mahlia se puso en pie a trompicones.

—¡Está yendo a buscar a los soldados! Si nos delata, estamos todos muertos. En cuanto encuentren nuestro rastro y sepan en qué dirección estamos, no habrá forma de librarnos de ellos. —Hizo ademán de salir corriendo hacia el sendero, pero el médico la agarró de nuevo.

—Eso no justifica lo que quiera que pensaras hacerle a Amaya —gruñó Mahfouz.

Mahlia luchó por zafarse, pero el hombre hizo alarde de una fuerza sorprendente.

—¡Va a hacer que nos maten! —Se llevó la mano al cuchillo. ¿Dónde estaba?

El médico debió de advertir el movimiento, porque le sujetó la mano enseguida.

—¡Tu solución siempre es la misma! ¿Es eso lo que eres? —la regañó—. ¿Como esos soldados de ahí fuera? ¿Siempre matando?

La joven miró a su alrededor con desesperación mientras seguía intentando liberarse. Entonces vio a Mouse.

—¡Detenla! —le pidió—. No dejes que Amaya regrese al pueblo. —Mouse miró al médico y luego a Mahlia, indeciso. La muchacha lo fulminó con la mirada—. A menos que la detengas, nos delatará.

—No vayas tras ella, Mouse —gruñó Mahfouz—. Haz lo correcto.

El chico echó un vistazo al sendero por el que se había ido Amaya y volvió a mirar a la joven. Sacudió la cabeza.

—Es más grande que yo. No creo que pueda alcanzarla antes de que llegue al pueblo.

Mahlia se revolvió y forcejeó hasta que finalmente se tiró al suelo, arrastrando al médico consigo. En cuanto sintió que la mano del hombre se distendía, aprovechó la oportunidad para soltarse. Se puso de pie y le lanzó una mirada asesina a Mouse.

—¡Granjero cagón!

El chico agachó la cabeza, pero no salió corriendo tras Amaya. Mahfouz se incorporó despacio, jadeando. Tool se limitaba a observarlos a todos con curiosidad, casi con diversión.

Mahlia miró en dirección al pueblo. El humo era cada vez más denso. Los soldados debían de estar quemándolo todo. No solo la aldea, sino los cultivos. Tierra calcinada. El humo se cernía cada vez más sobre ellos. La muchacha maldijo por lo bajo. Habría deseado tener más tiempo de prepararse para viajar al norte, pero con Amaya a punto de delatarlos, había llegado la hora de huir. Estuviera o no preparada, era hora de huir.

Se volvió hacia Tool.

—¿Puedes viajar?

Vio a Mahfouz por el rabillo del ojo. Pareció decepcionarse al comprobar que no estaba interesada en la opción suicida. Pero eso era problema suyo.

El ojo amarillo de Tool la escudriñó.

—No hay elección. Viajamos o luchamos. Y si luchamos, morimos.

Eso prácticamente lo resumía todo. Pero, entonces, ¿a qué estaba esperando?

No tenían comida suficiente. No tenían herramientas, ni machetes, ni nada.

—Vale —dijo—. Está bien. Quiso gritar de frustración por lo rápido que se había venido abajo su plan. Su padre solía decir que los planes de ataque tendían a desmoronarse, que era algo previsible. Un general debía saber adaptarse, porque eso era lo que diferenciaba a los buenos soldados de los malos. Por tanto, ella también debía adaptarse.

—Tenemos que hacerles perder el rastro —apuntó—. Nos meteremos en el pantano. Viajaremos por el agua. —Señaló al chico—. Mouse puede indicarnos el camino. Conoce bien los pantanos. Aún podemos perderlos.

El híbrido inclinó la cabeza en señal de conformidad. Fue cojeando hasta un árbol y agarró una de las ramas. La arrancó con un fuerte crujido y lo sujetó a modo de bastón.

—Madre mía —musitó Mouse—. ¿Eso es lo que puedes hacer estando débil?

La criatura enseñó los dientes y se apoyó en la muleta improvisada.

—Vamos, chico. Muéstranos ese camino secreto.

Todos se metieron en el agua y empezaron a vadear. Unos segundos después Mahlia se percató de que Mahfouz no estaba con ellos.

La muchacha se volvió.

—¿Doc?

El hombre la miraba con tristeza.

—No lo dirás en serio —añadió—. ¿Piensas que vas a quedarte aquí? ¿Esperar a que Amaya te eche a los soldados encima? —Le hizo un gesto para que la siguiera—. Ahora mismo, te odian tanto como me odian a mí.

El médico se limitó a mirarla. La hizo sentir incómoda.

—Durante un tiempo, pensé que era posible salvarte —confesó—. Hacer el bien. Detener... —Sacudió la cabeza—. Cambiar el carácter enfermizo de este lugar. —La miró de nuevo—. Te enseñé a curar, no a luchar. Y, sin embargo, recurres a la violencia una y otra vez.

—¿Crees que hice mal al echarles a los loboyotes encima? —estalló ella—. ¿Preferirías estar allí con ellos? A ti también te iban a matar, ¿sabes?... Se lo merecían. Fueron ellos quienes empezaron.

—Pero tú no hiciste nada para ponerle fin.

La muchacha lo fulminó con la mirada.

—Si hubiera tenido un par de pistolas, lo habría hecho.

Tool se rio por lo bajo. Le dio una palmada en el hombro a la joven en señal de aprobación.

—La guerra se retroalimenta bien, ¿no crees, doctor?

Mahfouz miró al híbrido con asco.

—Nunca debí permitir que te curara.

—Entonces es una suerte que no dependa de la buena voluntad de un pacifista. —Se le veían los colmillos, afilados como cuchillos.

El médico hizo ademán de replicar, pero Tool lo interrumpió.

—Guárdate los reproches para la chica. Si me preocupara tener la aprobación de los humanos, hace mucho que estaría muerto. —Se dio la vuelta y empezó a adentrarse en el pantano—. El tiempo corre. Personalmente, no pienso quedarme aquí esperando a que esa traidora regrese con un pelotón de soldados armados.

—¿Doctor Mahfouz? —dijo Mouse.

El hombre negó con la cabeza.

—No voy a dejar a esta gente en manos de los soldados. Puedes venir conmigo o irte con el híbrido, pero esta gente necesita nuestra ayuda.

El humo, una densa neblina gris con olor a quemado, soplaba cada vez más fuerte.

A Mahlia se le llenaron los ojos de lágrimas. Miró al médico y deseó que no estuviera tan loco como estaba, consciente de que no podía hacer nada para convencerlo.

—Vamos, Mouse. Es hora de irse. —Se volvió y echó a andar. Oyó que el chico decía algo detrás de ella y empezaba a chapotear por el agua hasta alcanzarla.

—¿Estás segura de esto, Mahlia?

—No podemos hacer nada por ellos.

—Nos acogieron.

La muchacha lo miró.

—Primero tenemos que cuidar de nosotros mismos. Si no, estamos muertos.

—Ya. Pero yo te salvé.

—Y ahora yo te salvo a ti, ¿vale? No vamos a volver.

El chico se sosegó. No tardaron en alcanzar al híbrido.

—¿El médico ha decidido no acompañaros? —preguntó Tool.

Mahlia negó con la cabeza.

—Es un necio.

—Lucha por una causa —respondió el híbrido—. Eso lo hace peligroso.

—Yo también lucho por una causa —replicó ella—: evitar que me vuelen la cabeza de un disparo.

—Una buena causa, sin duda.

La joven no supo discernir si Tool se estaba mofando de ella o no. Siguieron avanzando por el pantano.

De repente, dijo:

—Parece que tu hermano Mouse también ha encontrado una causa por la que luchar.

—¿Qué quieres decir con eso?

—Mira y lo verás.

Mahlia echó la vista atrás. Mouse no estaba, había desaparecido entre la espesa cortina de humo.

19

Mahlia y Mouse, Mouse y Mahlia.

Ella había sido siempre la que mejor se las había apañado para evitar que los mataran; él había sido siempre el que mejor se las había apañado para mantenerlos con vida. Ella los había preservado alejados de las balas, utilizando todo lo que su viejo le había enseñado sobre Sun Tzu y los caudillos.

Mouse había sido quien sabía cómo buscar huevos de hormiga debajo de una roca, cómo coger cangrejos o cómo atrapar una rana. No tenían nada en común, no realmente, pero siempre habían sido una unidad. Una unidad pequeña y cohesionada. Y habían sobrevivido porque habían estado unidos.

Cuando la gente corría despavorida por los prados huyendo de la Milicia de Liberación, ella agarraba a Mouse y lo obligaba a mantenerse agachado mientras las balas les pasaban volando por encima de la cabeza, y las madres, los padres, los niños y las abuelas se desplomaban entre la maleza.

Cuando el enemigo tenía todas las armas, no huías; te hacías el tonto y luego te hacías el muerto, te tumbabas, acercabas la cara al cuerpo de alguna mujer que se estuviera desangrando y os embadurnabais a los dos con su sangre. Y después te quedabas tirado en el suelo como un muerto más hasta que te pasaban por encima.

Te quedabas inerte como una piedra con la sangre martilleándote los oídos y te esforzabas por mantener los ojos abiertos, tratando de mirar al sol como un muerto de verdad mientras los niños soldado pasaban de largo y mataban a machetazos a la gente a la que solo habían herido.

Ella había hecho todo eso. Le había salvado el culo cuando él aún no sabía cómo pasar desapercibido.

Y luego, cuando el Ejército de Dios la atrapó sin que lo viera venir, cuando ya le habían cortado una mano y se disponían a hacer lo mismo con la otra mientras se reían sin parar, Mouse se las había ingeniado para colarse en el campamento y había empezado a tirar piedras (de todas las locuras que se le podrían haber ocurrido, había optado por combatir las balas con piedras). Entonces, mientras los soldados se apresuraban a coger sus armas, Mahlia había salido corriendo en la dirección opuesta, con el muñón chorreando sangre, pero viva y coleando. Viva, y no cortada en pedazos colgando de un árbol, como acostumbraba a hacer el Ejército de Dios con los infieles.

Poco después se habían topado con el médico. Le había cosido el muñón y todo se había asentado. Salvo Mouse, que había resultado ser un idealista.

La joven escudriñó el humo cada vez más espeso.

—¡Mouse!

No se veía nada más allá de una decena de metros. ¿Dónde estaba?

—Mierda. —Dio media vuelta y volvió sobre sus pasos a través del pantano.

—Si lo sigues, morirás —declaró el híbrido.

En ese momento, se percató de que el monstruo la había estado observando con atención.

—¿Sabías que se había ido? —interpeló.

—Supuse que se proponía algo —respondió él mientras agitaba las orejas—. Acaba de desviarse definitivamente del camino.

—Entonces, ¿sabes dónde está? —le preguntó—. ¿Puedes seguirle la pista?

Tool aguzó el oído.

—A doscientos o trescientos metros, más o menos. Se mueve bastante rápido.

La muchacha se volvió y gritó de nuevo:

—¡Mouse!

No hubo respuesta. Mahlia hizo una mueca.

—Se le da muy bien moverse por los pantanos. Tenemos que detenerlo antes de que haga alguna estupidez.

—Ya la ha hecho —afirmó Tool—. Y morirá por ello. Y tú también morirás si lo sigues. Varias patrullas marchan en nuestra dirección ahora mismo. Como un desfile de hormigas.

—Pero tú eres más rápido —argumentó ella—. Puedes ir tras él.

—Me recuerdas al general Caroa, pero en miniatura. Siempre exigiéndoles más a sus tropas. ¿Crees que no me cuesta caminar? Y no hablemos de correr. —Levantó el bastón improvisado—. ¿Crees que llevo esto por gusto?

Mahlia maldijo a Mouse por lo bajo. Se suponía que iban a mantenerse cerca de aquel viejo monstruo de guerra y dejar que los guiara lejos de las Ciudades Sumergidas para siempre. No para quedarse a vivir en los pantanos, sino para llegar al final del camino. Al norte. A lugares como Seascape Boston y Pekín, a lugares que no habían sucumbido a la guerra. Con el híbrido a su lado, era posible. Él sería capaz de detectar las patrullas y guiarlos a través de las distintas líneas de batalla. ¿Y ahora Mouse había decidido dar media vuelta y regresar al pueblo?

Miró al híbrido.

—Sabes dónde están los soldados, ¿verdad? ¿Sabes dónde están las patrullas?

Tool asintió lentamente.

—Sí.

—Entonces ayúdame a llegar hasta Mouse.

El híbrido resopló.

—No ansío tanto morir como para meterme entre líneas enemigas sin armas ni apoyo.

—Te salvé.

—Y te estoy agradecido por ello.

—Entonces, ¿por qué no me ayudas?

—¿Por qué debería tirar mi vida por la borda cuando acabo de recuperarla?

Mahlia quiso gritarle aquel monstruo necio.

—¡Porque fui yo quien te salvó! Sin mí, ya estarías muerto. Mahfouz y Mouse habrían dejado que te desangraras hasta morir. Tuve que darte todas las medicinas que tenía el médico para que volvieras a levantarte y caminar.

—Y crees que estoy en deuda contigo.

—¡Lo estás! Me debes mucho, y lo sabes.

Tool se agachó lentamente hasta colocarse a la altura de la joven.

—Puede que sí que esté en deuda contigo. Puede incluso que mi honor me exija devolverte el favor de alguna manera.

»Pero escúchame bien: si vienes conmigo ahora, tienes la oportunidad de sobrevivir y dejar atrás este lugar. Te llevaré conmigo y te ayudaré a escapar. —Se irguió—. O puedes volver e intentar salvar a tu amigo de su propia estupidez.

—Puedes rastrearlo, ¿verdad?

Los labios del híbrido se retrajeron, dejando al descubierto los dientes afilados.

—¿Sigues pensando que soy tu perro?

—¡No! —Por las Parcas, era imposible tratar con él. Hasta los niños soldado tenían más sentido común. El híbrido parecía una persona, pero, de un momento para otro, se volvía glacial y parecía estar a punto de abalanzarse sobre ella y hacerla pedazos—.¿Me ayudas, por favor?

—Si lo hago, ¿darás por saldada nuestra deuda?

—Ayúdame a traer de vuelta a Mouse.

—¿Qué es para ti?

—Es mi amigo.

—Es fácil encontrar amigos.

—No como él.

—¿Estás dispuesta a morir para salvarlo?

—Por las Parcas. —Apartó la mirada, sintiéndose perdida—. Si él se muere, estoy muerta de todos modos. No tengo nada más que perder.

El híbrido la miró con aquel rostro enorme y lleno de cicatrices. No se movió.

—Da igual. —Dio media vuelta y volvió a adentrarse en el pantano—. Haz lo que quieras. Tengo que traerlo de vuelta. Si él se muere, yo me muero. Es lo que hay.

—Tu manada —musitó el híbrido—. Él es tu manada.

Por la forma en que lo dijo, Mahlia tuvo la impresión de que significaba algo más que cuando alguien hablaba de un grupo de perros o loboyotes que corrían juntos. Era algo total y absoluto.

—Sí —convino ella—. Es mi manada.

20

El humo se espesaba cada vez más a su alrededor. Mahlia cortó una tira de tela de su camiseta, la sumergió en el pantano y se la ató alrededor de la nariz y la boca mientras hacía todo lo posible por no toser.

Al híbrido no parecía afectarle en absoluto. Aunque a ella le lloraban los ojos por culpa del humo y tenía que luchar contra los ataques de tos y los estornudos que le provocaba, él se movía entre los árboles, los charcos y las enredaderas de kudzu como un espectro. De vez en cuando levantaba una mano y, cada vez que lo hacía, ella se quedaba inmóvil mientras él olfateaba el aire.

En tres ocasiones le hizo señas para que se apartara del sendero y se metiera entre la maraña de lianas de la selva. Cada una de esas veces, se quedaron tumbados en el suelo embarrado, escuchando cómo las serpientes se deslizaban entre la maleza, y, entonces, cuando Mahlia empezaba a sentirse molesta por haberse escondido para nada, oía pasos y personas acercándose.

Dos de las tres veces resultó ser gente del pueblo. Estuvo tentada de gritarles, pero, al acordarse de Amaya, llegó a la conclusión de que los lugareños eran tan enemigos suyos como los soldados.

Permanecieron ocultos entre el humo y las lianas mientras observaban cómo las siluetas de los refugiados emergían de la negrura entre sollozos y rodeándose el cuerpo con los brazos. El viejo Salvatore, sin el recién nacido. Emmy

Song. Alejandro, que tantos problemas le había ocasionado, pasó a toda prisa con dos niños pequeños que Mahlia no reconoció y dudó que fueran suyos. Más personas. Ancianos, jóvenes y niños. Muy parecidos a otros refugiados que había visto en el pasado.

La gente del pueblo siempre había aborrecido a los gusanos de guerra y, al final, habían acabado convertidos en aquello que tanto odiaban. Desplazados y obligados a escapar con la esperanza de encontrar algo de consuelo o algún lugar seguro al que ir. Y, a pesar de toda la antipatía que Mahlia sentía por ellos, en aquel momento se había sorprendido deseándoles suerte y un camino fácil bajo la mirada protectora de las Parcas.

Huyeron con arroz, sacos de patatas y todo cuanto podían cargar, pero era tan poco que resultaba desolador. Mientras los observaba aparecer y desaparecer entre la niebla, no pudo evitar preguntarse qué les depararía el futuro.

¿Tendrían alguna vez la oportunidad de establecerse de nuevo o acabarían todos como ella, marginados, sin rumbo fijo y sin la menor esperanza de volver encontrar refugio? ¿Los acogería otro pueblo o los echaría a patadas?

Entonces Tool le daba un golpecito en el hombro, salían de su escondite y volvían a adentrarse en el humo cada vez más denso.

La tercera vez que Tool le indicó que abandonara el sendero, no le pidió que se escondiera. En lugar de eso, se detuvo en seco sin dejar de olfatear, dio media vuelta y la condujo de vuelta por donde habían venido. Quiso preguntarle qué hacía, pero decidió seguir su ejemplo y guardar silencio absoluto.

Desde que habían puesto rumbo hacia la aldea, el híbrido no había usado la voz. Ni siquiera en aquel momento, mientras la alejaba del sendero y la guiaba entre la maraña de enredaderas de kudzu hasta otro camino que Mahlia nunca habría adivinado que existía.

—¿Por qué? —susurró.

Tool le indicó que guardara silencio. Hizo un gesto con las manos, como si sujetara un rifle, y luego levantó los dedos, señalándole el camino por el que habían venido. Después hizo ademán de ponerse de cuclillas y volvió a levantar seis dedos mientras la miraba de manera significativa.

Seis niños soldado. Agazapados en el sendero esperando para tenderles una emboscada. Sin Tool, ella habría caído en la trampa sin remedio.

Descendieron por el sendero oculto. Mahlia estaba cada vez más ansiosa. El silencio era aterrador.

De repente, el híbrido la agarró y tiró de ella hacia abajo mientras le tapaba la boca con la mano. La muchacha intentó zafarse de él, pero entonces sonaron varios disparos. Oyó los chillidos y los llantos de la gente, las risas y los gritos de los soldados y luego más disparos. Y, mientras todo esto ocurría, Tool permaneció tumbado a su lado, tapándole la boca con la mano para evitar que gritara y revelara su posición.

Estaban a menos de quince metros de distancia. Así de cerca. Oyó que alguien gemía y sollozaba entre el humo. Luego oyó pasos. Se produjo un forcejeo rápido y alguien gritó. Un segundo después, los sollozos cesaron.

—Civiles imbéciles —dijo alguien. Otro se rio. Los soldados. Los tenían justo al lado. A no más de un par de metros de distancia. Poco a poco, sus voces se fueron alejando. Otra persona dejó escapar un grito de dolor.

Tool le hizo una señal. Se incorporaron y empezaron a moverse a hurtadillas, abriéndose paso entre el humo mientras Mahlia rezaba para no toser y delatarse. Siguieron avanzando hasta dejar atrás la emboscada. El híbrido no dejaba de hacerle señas para que caminara más rápido, y casi tuvo que correr para poder seguir el ritmo del monstruo renqueante.

Se movía tan deprisa que casi los pisó antes de darse cuenta de lo que estaba pasando: había cadáveres por todas partes. Docenas y docenas de muertos. Mahlia se detuvo de golpe y a punto estuvo de dejar escapar un grito. Estaba rodeada por una alfombra de cuerpos inertes. Exhaló, dejando escapar un suspiro tembloroso. Luego volvió a inhalar, luchando por mantener la calma.

«Solo son muertos. Has visto muchos antes. Sigue avanzando».

Empezó a sortear los cadáveres, procurando no pisarlos, no mirar las caras, ni la sangre ni lo masacrados que estaban. Procurando no ver a Bobby Cross donde yacía inerte.

Pero, por mucho que intentara ignorar aquella alfombra mortal, una parte de su subconsciente no podía evitar fijarse en las heridas e intentar sanarlas. Toda su formación médica le remordía la conciencia, instándola a arreglar algo que no tenía arreglo. Podía oír al doctor Mahfouz diciéndole con voz serena que primero debía estabilizar al paciente, asegurarse de que la respiración y la circulación no se hubieran visto comprometidas. Primero debía encargarse de eso. Después, cerrar las heridas que sangraban. Y luego proseguir con las férulas, las suturas y...

¿De verdad había sido ella quien les había traído esta desgracia? ¿Era todo culpa suya? ¿Era todo esto una venganza del ejército por lo de los loboyotes?

De repente, le dieron arcadas y empezó a vomitarlo todo. Mahfouz tenía razón. Todo lo que había hecho había empeorado las cosas. Una cosa había provocado otra que, a su vez, había provocado otra hasta que un pueblo entero había muerto...

Tool le tapó la boca con la mano.

—¡Silencio! —gruñó. Aunque empezó a forcejear, no la soltó. En vez de eso, le apretó la cara contra el cuerpo para ahogar sus gritos. Luego, cuando los gritos dieron paso a los sollozos, los sofocó también con su imponente figura.

—Bloquéalo —le susurró el híbrido—. Después podrás sentir lo que quieras. Pero no ahora. Ahora eres un soldado. Ahora tienes que cumplir tu deber para con tu manada. Si te vienes abajo, tu amigo Mouse morirá y tú morirás con él. Siente después. No ahora.

Mahlia se secó los ojos llorosos y se limpió la nariz llena de mocos, asintió y siguieron adelante.

El humo disminuyó. Cuando llegaron al borde de los campos de cultivo calcinados, las llamas seguían haciendo estragos en los alrededores. Los cuervos escarbaban entre los restos quemados del lugar. Al otro lado de los campos, divisó a los soldados. El teniente Sayle y su jauría, todos juntos, de pie alrededor de un grupo de gente postrada de rodillas. Y, en el centro del grupo, al abrigo de las armas...

—Parcas.

21

Ocho se limpió el hollín de la cara. Todos sus chicos estaban hechos un desastre. La quema se había prolongado más de lo que el teniente habría deseado. Algunos de los cultivos estaban húmedos, así que obligar a los aldeanos a arrancar de cuajo la comida y prenderle fuego a todo usando combustible para cocinar y la madera que sus soldados les habían hecho recoger había llevado más tiempo del previsto. Pero, si Sayle quería tierra calcinada, Ocho iba a darle tierra calcinada.

De entrada, los habitantes del pueblo habían opuesto un poco de resistencia. Algunos habían intentado huir a los pantanos, tal y como había anticipado el teniente. Ocho había oído disparos y gritos mientras uno de los pelotones de artillería los acribillaba con armas pesadas. Después de eso, el número de desertores se había reducido considerablemente. Había ordenado a uno de los pelotones de ácido que reuniera a los rezagados mientras él cojeaba detrás de ellos.

Las tablillas que le inmovilizaban las costillas le hacían daño, pero no iba a dejar que nadie se diera cuenta de lo mal que se sentía. No estaba dispuesto a mostrar ni un ápice de debilidad, no hoy. El teniente le había dado una segunda oportunidad. Para cuando dieran por concluida la operación, quería volver a estar congraciado con Sayle. Ahora no se encontraba bajo los efectos de los analgésicos, estaba listo para combatir. Y, al final del día, todo el mundo lo sabría: Sayle, los soldados y los civiles. Todos.

Apretó los dientes y siguió adelante. Ordenó a las patrullas de semis que subieran a los edificios abandonados para intentar encontrar a los últimos habitantes que seguían escondidos entre las ruinas. Luego empezó a organizar a los demás para que pusieran a trabajar a la gente del pueblo y los forzaran a quemar su propia ciudad. Justo cuando asignaba un nuevo pelotón, el médico apareció en el pueblo.

Al principio, Ocho no podía creer lo que estaba viendo. Mientras la mitad de los vecinos se confabulaban para escapar y se escabullían entre las redes de seguridad del teniente o se internaban en la selva a la menor oportunidad, allí estaba el buen doctor, emergiendo de la espesura con su bolsa médica.

—¡No jodas! —exclamó Van al ver al hombre—. El teniente tenía razón. Volvemos a tener médico. Un auténtico humanitario.

Ocho escupió al suelo mientras lo observaba. El médico era un necio. Aunque ya lo sospechaba, por la forma en que se había enfrentado al teniente Sayle durante la primera noche que habían pasado en Ciudad Banyan. Y ahora, ahí estaba: caminando a zancadas por el campo ennegrecido como si fuera el mismísimo Santo de la Herrumbre que acudía a salvar a todo el mundo.

Desde la jungla llegó el eco de un montón de disparos. Ra-ta-ta-ta-ta.

El hombre se giró y cayó al suelo.

—¡Mierda! —maldijo Ocho mientras agitaba la mano—. Haz que Hoopie deje de dispararle a todo, ¿quieres?

Uno de los chicos acató la orden del sargento y echó a correr por el terreno holliniento e irregular. Ocho se abrió paso entre los campos de cultivo, avanzando lentamente hacia donde se encontraba el médico. El hombre estaba tirado en el suelo, tumbado boca abajo sobre el barro y el hollín mientras intentaba incorporarse. Cuando Ocho llegó a su lado, gemía de dolor.

—Tranquilo, doc. —Al arrodillarse junto al hombre, vio sangre. Sayle iba a cabrearse.

Otra bala les pasó por encima.

—¡Sangre y óxido! Haced que Hoopie deje de disparar, ¡o voy a meterle el rifle por el culo!

—Yo me encargo, sargento.

Van salió corriendo. Un segundo después, los disparos cesaron y Hoopie emergió del bosque. Tenía la piel abrasada y llena de cicatrices tras el desastre con la chica apestada y los loboyotes. Se acercó y se detuvo junto al médico.

Ocho lo miró con el ceño fruncido.

—El teniente quería a este con vida.

Hoopie bajó la vista hacia el hombre.

—No tiene buena cara.

—¡Porque acabas de dispararle! —Les hizo un gesto a Pook y Stork—. Llevadlo de vuelta a la base de mando.

Al volverse, detectó movimiento entre los árboles.

—¡Maldita sea, Hoopie! ¿Tienes tu zona controlada o no?

Era un civil, un chico que acechaba desde la selva.

—Ve a buscar a ese civil. Averigua si sabe algo del híbrido. —Agarró a Hoopie cuando se disponía a hacer lo que le había pedido—. Si lo traes de vuelta como al médico, te volaré la tapa de los sesos, soldado.

Aunque los ojos inyectados en sangre de Hoopie lo miraron con animosidad, lo saludó y se puso en marcha. Ocho se preguntó si en los ejércitos del norte, con todos esos peces gordos de las grandes corporaciones a la cabeza, tendrían tantos problemas para mantener a raya a las tropas. Hoopie necesitaría un correctivo por haber agredido al médico. Quizá lo degradara a semi de nuevo. Así al menos podría darle su rifle a alguien que supiera a quién tenía que disparar.

Volvió a clavar los ojos en el médico. El viejo jadeaba y sangraba por la boca. Tenía la barba entrecana manchada de sangre y los ojos se le empezaban a poner vidriosos.

Pook y Stork agarraron al médico por los hombros y se aprestaron a arrastrarlo, pero Ocho les hizo un gesto para que se retiraran.

—No os molestéis. Se está muriendo. —Dejó escapar un suspiro mientras miraba al hombre.

—¿En qué estabas pensando, anciano?

Tal vez hubiera alguien a quien quería salvar. Pero esa ayudante suya no había estado por la zona. Quizá fuera otra persona. Ocho escudriñó el pueblo. No tenía sentido.

El hombre resolló de nuevo y escupió más sangre por la boca. Parecía que había recibido un par de disparos en el pecho. Si estaba en lo cierto, resultaba sorprendente que aún respirara, aunque la sangre y el espumarajo que le cubrían los labios indujeron a Ocho a pensar que el hombre no duraría mucho.

Se acuclilló junto al moribundo.

—Eh —le dijo—. ¿Te acuerdas de mí? —El hombre levantó la mano y Ocho la tomó entre las suyas—. Sí, me dejaste como nuevo. —Desvió la mirada hacia la camisa manchada de sangre del hombre—. Te pido disculpas por esto. Ninguno de estos guerreros tiene disciplina. La mitad del tiempo ni siquiera saben a dónde tienen que apuntar el arma.

El médico no lo miraba. Ocho no estaba seguro de si el hombre lo estaba oyendo o si ya estaba pasando a mejor vida. Era una forma estúpida de morir. Abatido sin más por el pelotón de Hoopie. Se suponía que debían encargarse de llevar a la gente de vuelta al pueblo y asignarla a cuadrillas de trabajo, pero esto había sido una burda ejecución. Hoopie estaba cabreado por cómo la chica lo había quemado y seguramente se había desquitado con el médico.

La disciplina brillaba por su ausencia.

La respiración del hombre se ralentizó hasta detenerse. Al notar que la mano se quedaba inerte, Ocho la dejó caer.

—Lo siento, anciano —se disculpó mientras se erguía—. Sacad a ese infeliz de entre los árboles y aseguraos de que Hoopie no se lo cargue antes de que haya podido hacerle algunas preguntas.

Regresó por los campos embarrados y dejó atrás al médico muerto, aún molesto con Hoopie.

Sayle siempre hablaba de lo disciplinada que era la unidad, pero, en el fondo, parecían tener la misma templanza que los loboyotes.

Mahlia espiaba desde los árboles. Había un grupo de soldados de pie en los campos ennegrecidos. Cuando uno de ellos se enderezó, lo reconoció de inmediato.

Ocho. El sargento al que había salvado. Al verlo, la mano se le cerró en un puño. Un momento después, descubrió lo que él y sus soldados habían estado observando y, al hacerlo, se quedó sin aliento.

El doctor Mahfouz. Reconoció los pantalones verdes y la sucia camisa amarilla y azul que llevaba. Una combinación ridícula si lo que te proponías era huir y esconderte, pero al hombre siempre le habían gustado las cosas brillantes. Y ahora estaba tirado en el barro. Tonto. ¡Qué tonto!

Los soldados trotaban en su dirección. Tool tiró de ella y la obligó a internarse más en la selva. Por un segundo, pensó que la habían detectado, pero entonces los soldados se metieron entre los árboles a unos cien metros de distancia de su posición. Se oyeron disparos, seguidos de algunos gritos. Un momento después, volvieron a emerger con algún infeliz que...

«Mouse».

Mahlia se lanzó hacia delante, pero Tool la retuvo. Acercó la cabeza a la suya y le dijo:

—No puedes sobrevivir a un enfrentamiento así.

La muchacha observó consternada cómo arrastraban a Mouse por los campos de cultivo. Más allá, los edificios ardían como antorchas monumentales mientras la ciudad se consumía. Un tejado se derrumbó envuelto en llamas, arrancando un coro de vítores de los niños soldado.

En algún lugar lejano, Mahlia podía oír los gritos de una niña, pero en aquel momento solo tenía ojos para Mouse. El chico pelirrojo y delgaducho que parecía incluso más pequeño entre el grupo de soldados mayores. La joven intentó sacudirse la mano de Tool del hombro.

—Van a cortarle las manos —susurró—. Es así como lo hacen.

El híbrido la sujetó con más fuerza.

—No puedes salvarlo.

—¡Él me salvó a mí! Se lo debo.

—Y yo te estoy salvando a ti —replicó él—. Te lo debo.

—Tiene que haber una manera.

—¿Por qué? ¿Porque lo deseas? ¿Porque les hiciste una ofrenda a las Parcas o al Dios de la Chatarra? ¿Porque te arrepentiste ante los cristianos y bebiste sus aguas profundas? —Negó con la cabeza—. Te detectarán en cuanto pongas un pie en los sembradíos. A nuestra izquierda y a nuestra derecha hay unidades de artillería que continúan peinando la zona de árboles y mantienen los campos vigilados. Eso de ahí —dijo señalando el terreno abierto— no es más que un campo de exterminio.

La muchacha lo fulminó con la mirada.

—¿No te importa nadie?

El híbrido soltó un gruñido. Para sorpresa de Mahlia, la dejó ir.

—¿Quieres demostrar tu amor por el chico? Adelante. Demuéstralo. —Le dio un fuerte empujón—. Embiste. Ataca. Saca tu cuchillito y ataca. Demuestra tu amor y valentía.

La joven le lanzó una mirada asesina a Tool, odiándolo.

—No soy un híbrido —dijo.

—Y yo no soy tu perro —replicó él.

Mahlia desvió la mirada hacia el pueblo. Los soldados estaban de pie junto a Mouse. Uno de ellos...

«Sayle».

Tenía una pistola en la mano. Mahlia observó cómo el hombre acechaba al chico y se acercaba. Entrecerró los ojos para intentar ver mejor, aunque no quisiera ver nada, aterrada, pero incapaz de apartar la mirada. Sayle le metió la pistola en la boca a Mouse.

Las orejas de Tool se movieron en la dirección en la que soplaba el viento.

—Quiere saber dónde estamos —aseveró—. Lo están amenazando. No tardarán mucho en averiguarlo y, cuando lo hagan, vendrán a por nosotros.

La mano del híbrido cayó sobre el hombro de Mahlia, pesada y firme, aun cuando su voz profunda adoptaba un tono suave.

—Ven —dijo—. Es mejor no ver estas cosas.

La joven le apartó la mano sin dejar de mirar. Incapaz de alejarse. Oyó que Tool dejaba escapar un gruñido de frustración. Le sorprendió que no la agarrara a la fuerza y la arrastrara sin más. En lugar de eso, se limitó a esperar.

—Van a matarlo —afirmó. La sola idea hizo que sintiera náuseas.

Cuando había necesitado ayuda, Mouse había estado ahí para ella. Había tenido que defenderla tirando piedras. Había hecho lo más valiente, y lo más estúpido, y la había salvado. Y, ahora, aquí estaba ella, agazapada entre enredaderas de kudzu, totalmente paralizada, aterrorizada y acobardada.

—Van a matarlo —susurró de nuevo.

—Forma parte de su naturaleza —contestó Tool—. Vamos. Esto solo empeorará tus pesadillas.

22

Sayle metió la pistola en la boca del prisionero.

—Estás muerto, infeliz.

El chico intentó hablar, pero el arma de 9 mm no le permitía articular ninguna palabra. El renacuajo paliducho era todo llantos y súplicas.

Ocho se mantuvo al margen, contemplando la selva mientras aguardaba el balazo.

El crío no dejaba de lloriquear y suplicar, pero Ocho intentó hacer oídos sordos. Hacía tiempo que había aprendido que, si tratabas a los gusanos como personas, acababas hecho polvo. Te descorazonaban y te hacían débil cuando necesitabas ser fuerte. El niño siguió lloriqueando hasta orinarse en los pantalones.

«Hazlo de una vez», pensó Ocho.

Pero Sayle disfrutaba viendo a los gusanos sufrir.

Era otra de las cosas que no le gustaban del teniente. El tipo estaba chalado. Era uno de los muchos desgraciados que habían crecido y descubierto que donde mejor vivían era en medio de la guerra. Sayle disfrutaba del sufrimiento ajeno.

Continuó interrogando al prisionero, haciéndole creer que aún tenía una oportunidad. Como usar carne para atraer a un perro y luego escondérsela una y otra vez, obligando al pobre animal a levantarse y saltar sobre las patas traseras con la lengua colgando por fuera.

Sayle ofrecía libertad. Convencía a la gente de que delatara a sus parientes y revelara dónde escondían las reservas de comida. Se le daban bastante bien esos juegos. Sin embargo, a Ocho lo ponían enfermo, tanto que intentaba mantenerse al margen cuando podía, aunque no siempre lo conseguía. Si el teniente te veía como un eslabón débil, pasaban cosas malas. Así que, a veces, no tenías más remedio que quedarte de brazos cruzados mientras algún gusano de guerra suplicaba.

—¡La apestada huyó! Se fue. Ella y el híbrido. Se marcharon. Ella tenía pensado irse. Escapar hacia el norte.

A Ocho le pareció que lo que decía tenía sentido. La chica tenía pinta de ser alguien con un plan. Ya no le quedaba ninguna duda de que había sido ella quien había arrasado con el pelotón.

—La estás cubriendo —dijo Sayle.

—¡No! ¡Lo juro! Me dijo que no volviera al pueblo, me pidió que no lo hiciera. Dijo que el médico era un necio. Y yo también. —Escupió sangre. La desesperación que había en su voz empujó a Ocho a echar un vistazo a su alrededor. Todo parecía indicar que el gusanillo de guerra la había perdido. No iban a poder sonsacarle nada.

Sayle clavó los ojos en los de Ocho.

—¿Tú qué crees?

Se apoyó en la pared, intentando que no se le notara lo mucho que le dolían las costillas, deseando que el idiota de Hoopie no le hubiera disparado al médico. Les habría venido de perlas contar con un matasanos de verdad en la compañía. Ahora, su supervivencia estaba en manos de las Parcas; si pillaba una infección, estaba acabado.

—Creo que dice la verdad —respondió Ocho—. El médico estaba chiflado. No sería raro que hubiera vuelto solo. Era un humanitario, ¿no? Una hermanita de la caridad.

—¿Este también? ¿Y dejar tirada a la chica? —Sayle bajó la mirada hacia el prisionero.

Ocho se encogió de hombros.

—El médico se sorprendió cuando aparecieron los loboyotes. La chica es de las Ciudades Sumergidas de pies a cabeza. Da igual si es una apestada o no, tiene instinto de guerra.

—No cabe duda de que es lista.

—Exacto. ¿Pero el médico? —dijo encogiéndose de hombros.

El cuerpo que yacía inerte en el campo era prueba suficiente. El viejo no tenía ningún instinto de supervivencia. Se había metido en una zona de combate como si llevara una enorme cruz roja en la espalda y lo protegiera una compañía de las fuerzas de paz chinas. Qué necedad. Ellos no libraban ese tipo de guerra. Ocho se preguntó si el buen doctor habría perdido la razón. A veces ocurría. Los civiles se volvían locos, empezaban a hacer estupideces y al final conseguían que los mataran, aun cuando podrían haber salido indemnes.

Pero la apestada no. Ella tenía el instinto de quienes eran de las Ciudades Sumergidas hasta la médula. Lo había visto en sus ojos cuando les había echado encima a los loboyotes. Instinto asesino.

Volvió a escudriñar el pueblo calcinado. Un perro rebuscaba entre el humo mientras daba vueltas alrededor de un cadáver. Ocho se preguntó si había vuelto con su dueño o si solo estaba buscando comida.

—Imagino que la apestada habrá puesto rumbo al norte con el híbrido —espetó—. Yo habría hecho lo mismo.

—Ya. —El teniente volvió a clavar los ojos en el prisionero—. ¿Así fueron las cosas? ¿Te abandonó a tu suerte? ¿Puso rumbo al norte y te dejó en la estacada?

El crío volvía a estar al borde de las lágrimas. Ocho deseó que el teniente se diera prisa y acabara el trabajo. Contempló la selva.

—Encontrar el rastro va a ser una auténtica pesadilla —comentó Ocho—. Con todos esos civiles corriendo por ahí y pisoteándolo todo... —Sacudió la cabeza—. Hay que peinar mucho terreno.

—¿Crees que hemos perdido nuestra oportunidad?

Ocho miró de reojo a Sayle, tratando de adivinar si quería que le respondiera con sinceridad o si intentaba engatusarlo para que mostrara debilidad, para que dijera algo que demostrara que no estaba comprometido con la causa. Pero él también se limitaba a escudriñar la selva.

Finalmente, Ocho respondió:

—No veo cómo vamos a seguir su rastro. Si la chica le ha hecho un remiendo al cara de perro, seguro que ahora puede moverse. Fue pura casualidad que lográramos acercarnos a él estando como estaba y, aun así, nos destrozó. —Se llevó la mano a las costillas—. Se cargó a tres de los chicos, casi cuatro contándome a mí, y eso fue cuando ya estaba malherido.

—Sigue estando herido —afirmó el teniente—. No es una criatura mágica.

—Puede ser, pero parece que está bastante mejor que la última vez que nos las vimos con él.

Sayle resopló.

—Quizá tengas razón, sargento. —Se volvió y se dirigió al pueblo mientras le hacía un gesto con la mano a Ocho—. Deshazte del gusano.

Miró al crío. Tenía los ojos rojos y la cara llena de mocos de tanto llorar.

—Lo siento, gusano. —Les hizo una seña a sus chicos. Tweek y Gutty sujetaron al gusano y sacaron un machete. Buenos soldados. Sabían que las balas no se desperdiciaban.

—Colócale la cabeza sobre un trozo de madera —dijo Tweek—. No quiero mellar la hoja.

Gutty hizo que el chico se apoyara sobre un tronco. Al hacerlo, el gusano pareció volver en sí. Como si acabara de darse cuenta de lo que ocurría. Empezó a revolverse y a gritar mientras Tweek y Gutty intentaban inmovilizarlo. Para lo delgaducho que era, tenía bastante fuerza.

Y, entonces, de repente, dejó de forcejear. Tenía el pecho agitado y estaba cubierto de sudor, pero su combatividad se había esfumado. Miró a Ocho mientras Gutty y Tweek le ponían una rodilla en la espalda. Aunque no dijo nada, tuvo la inquietante sensación de que el crío le estaba lanzando algún maleficio de Aguas Profundas.

Ocho se volvió y se encaminó hacia la ciudad en llamas.

«Lo siento, gusano. Lugar equivocado, momento adecuado».

Siempre el mismo problema. A veces tenías suerte y acababas reclutado en vez de muerto. Te daban un machete y una botella de ácido e ibas por ahí intentando demostrarles a los demás que valía la pena mantenerte con vida. Te afanabas por derramar tanta sangre como podías para que Sayle no se deshiciera de tu cadáver en cualquier zanja. Otras veces, simplemente te cortaban la cabeza.

Oyó que el chico empezaba a forcejear de nuevo detrás de él.

—¡Maldita sea! ¿Quieres agarrarlo, Gutty?

—¡Lo estoy agarrando! Tiene mucha fuerza.

Ocho dio media vuelta. Fue cojeando hasta el crío y se puso de cuclillas frente a él. Les hizo señas a los dos soldados para que dejaran de intentar degollarlo.

—¿Quieres vivir? —le preguntó.

El chico no supo qué contestar. Tenía la cara roja e hinchada por las lágrimas y el miedo por la forma en que lo habían empujado sobre el tronco. Ocho aguardó unos segundos antes de insistir:

—Habla, gusano. ¿Quieres vivir?

El chico asintió con vacilación.

—¿Crees que tienes madera de soldado? ¿Quieres luchar por el FPU? ¿Alistarte? ¿Luchar por la patria?

El crío dejó escapar una especie de gruñido mientras Tweek y Gutty seguían agarrándolo.

Ocho sonrió y le dio una colleja.

—Claro que sí. —Miró a Tweek—. Tráeme algo de metal caliente.

—¿Vas a hacerle la marca?

—Claro. Nacido del fuego, ¿no? —Clavó los ojos en los del gusano—. Como todos nosotros.

Un minuto después, Tweek regresó con un trozo de acero corrugado candente y humoso que había encontrado en uno de los edificios chamuscados. Lo sostenía en una mano, envuelto en un trozo de tela humeante.

Ocho cogió la barra de metal. Incluso envuelta en la tela, le quemaba un poco en la mano. Se puso de cuclillas junto al crío, que no dejaba de temblar. Estaba caliente. Muy caliente.

—¿Cómo te llamas?

—Mouse.

El sargento negó con la cabeza.

—Ya no. Tenemos que darte otro nombre. A partir de ahora, dejas de llamarte Mouse. —Escudriñó el pueblo y las ruinas en busca de un nombre acorde con un soldado.

Aquel lugar le recordaba a su propio pueblo, hacía ya mucho tiempo. Le resultaba sorprendente que hubiera durado tanto como lo había hecho. No era posible vivir en medio de una guerra sin acabar sometido a ella. Su familia siempre había estado convencida de que el conflicto se quedaría en las Ciudades Sumergidas, donde estaban todos los necios, pero la guerra era como el mar. Seguía aumentando hasta que, un día, la marea subía tanto que acababas metido hasta el cuello en ella.

De repente, el viento cambió de dirección y el humo se cernió sobre ellos. ¿Era ese el nombre de este chico? Humo... ¿Smoke?

Ocho escudriñó el pueblo calcinado mientras lo sopesaba. Los árboles ardían débilmente, algunos medio chamuscados y retorcidos por las llamas hasta adoptar formas espeluznantes. Las piedras chisporroteaban por el calor. Percibió el olor de lo que parecía carne quemada. Carne de cerdo... o humana. Una u otra.

Consideró distintos nombres mientras estudiaba al crío. «Estabas muerto —pensó—. Y ahora ya no».

Resucitado de entre los muertos, como un fantasma. Aún tenía una misión por cumplir. Sí. Ese era.

Volvió a darle una colleja en la nuca.

—A partir de ahora, tu nombre es Ghost.

Se agachó con el trozo de metal candente en la mano.

—Esto va a doler, pequeñín. Será mejor que no llores. Si lo haces, nuestro amigo Tweek te cortará la cabeza. En el FPU somos fuertes, ¿entiendes? No nos acobardamos, nunca nos rendimos. Ahora eres Ghost. Y, a partir de este momento, eres del FPU para siempre, soldado. Para siempre.

Miró fijamente al rostro paliducho del gusano de guerra llorón. Estaba cubierto de hollín y los ojos miedosos abiertos como platos.

—No vas a darme las gracias, gusano. Pero peor es estar muerto —dijo. Luego presionó el metal contra la cara del crío; tres líneas horizontales.

La marca empezó a desprender un olorcillo a cerdo cocido. El chico se revolvió y forcejeó, pero resistió y aguantó el dolor, como habían hecho todos ellos antes que él.

Cuando Ocho se irguió, el crío jadeaba, pero en ningún momento había llorado o suplicado.

Le dio una palmada en la espalda.

—Bien hecho, soldado. —Les hizo un gesto a Tweek y Gutty—. Id y emborrachad a nuestro hermano.

—¿Te me estás ablandando, sargento?

Ocho se puso rígido. Aunque le habló con suavidad, en la voz del teniente había un deje de advertencia. Como una boca de algodón que serpentea en el pantano, acercándose furtivamente hasta que te muerde, te envenena y te mueres.

Ocho se volvió. Los chicos habían encontrado un montón de muebles antiguos que habían cortado a hachazos y apilado para encender una hoguera. Todos los que no estaban montando guardia por si los civiles regresaban a buscar venganza estaban borrachos como cubas. Uno de los soldados había ensartado la cabeza de una vieja civil en un palo e iba por ahí corriendo mientras gritaba:

—¡Pero si siempre he detestado a los apestados! —la parodiaba mientras los demás se reían.

Y ahora tenía a Sayle al lado.

—¿Te estás ablandando?

Ocho bebió de la botella que tenía en la mano. Una botella que solía contener... ¿qué? Examinó la etiqueta. Algún tipo de líquido limpiador, si la imagen desteñida visible en el plástico era correcta. Mostraba a una mujer china junto a un suelo que brillaba tanto como el sol. Dio otro trago.

Gutty había encontrado la licorería oculta en la parte trasera de la tienda de artículos varios de la anciana. Había escondido todo el licor en cuanto había visto aparecer al FPU, pero Van tenía buen olfato para el licor. Ocho meditó su respuesta mientras bebía.

—¿Ablandando? —preguntó. Le entregó la botella al hombre que controlaba su mundo.

Sayle resopló.

—«¿Ablandando?» —repitió imitándolo—. Sabes muy bien de lo que hablo. —Gesticuló hacia los soldados con la botella en la mano—. ¿Has reclutado al gusano de guerra?

Siguió el gesto del hombre hasta la hoguera, donde un grupo de soldados rodeaba al nuevo recluta. Siguiendo sus órdenes, Ghost daba tragos a una botella que se iban pasando los unos a los otros en torno a la fogata. Estaba asustado. Movía los ojos como un conejo, buscando una vía de escape. Las tres barras que le había hecho en la mejilla se veían con claridad, rojas y ampolladas.

—Es fuerte —aseveró Ocho—. Y es leal.

—¿Cómo lo sabes?

—Siguió al médico al mismísimo infierno.

—Eso no lo hace leal. Lo hace estúpido.

—¿Hay alguna diferencia? —dijo con frialdad. Sus palabras hicieron que Sayle resoplara y escupiera el alcohol que tenía en la boca—. Lo que sé es que, si es tan estúpido como para seguir a ese médico chiflado, tal vez sea lo bastante inteligente como para seguir a alguien que le ha salvado el culo.

Bebió otro trago de licor ardiente. Era una porquería. No se parecía ni de lejos al que llegaba de contrabando en los barcos de Lawson & Carlson cuando sacaban la chatarra, pero esto era lo máximo a lo que se podía aspirar con bebidas de cosecha propia. Si bebía lo suficiente, probablemente lo dejaría ciego. Su viejo solía decir que podías quedarte ciego bebiendo aguardiente casero.

—¿Qué vas a hacer cuando el cachorrillo se vuelva contra ti e intente morderte? —le preguntó Sayle—. ¿Y si le da por pegarte un tiro en la nuca?

Ocho negó con la cabeza.

—No lo hará —respondió.

—Eso es apostar mucho, sargento.

—No lo creo. Apostaría un millón de chinos rojos por ese crío —declaró estudiando al recluta—. Somos todo lo que tiene.

Cuando estabas solo, a la deriva en el mar creciente, te agarrabas a la primera balsa que pasaba.

23

«Cobarde. Cobarde. Cobarde. Cobarde, cobarde, cobardeco-bardecobarde...».

La palabra no dejaba de rondar la cabeza de Mahlia y, con cada paso que daba para alejarse del pueblo, la acusación resonaba con más y más fuerza.

«Intenté decírselo a ambos. Intenté salvarles el culo. Si me hubieran hecho caso, no les habría pasado nada».

El doctor Mahfouz siempre hablaba de lugares donde los niños crecían sin preocuparse por buscar refugio o qué hacer si venían los niños soldado. Lugares donde la gente vivía más allá de la veintena. Mouse debería haber nacido allí. No tenía el instinto de quienes nacían en las Ciudades Sumergidas. Era demasiado bueno para su propio bien, un chico de granja infeliz que no sabía cómo mantenerse vivo.

«Ya, claro. Era tan tonto que te salvó, ¿no?».

Mahlia odiaba la idea, pero no podía evitar que aflorara a cada momento. Mouse había atacado cuando debería haber huido en la dirección opuesta. Había tirado piedras y atraído el fuego enemigo, a sabiendas de que era la mayor estupidez del mundo.

«¿Por qué no has hecho lo mismo por él? Se lo debes. Si hubieras sido tú la que estaba atrapada en el pueblo, él habría hecho algo».

Y era precisamente por eso por lo que había vuelto a por el médico y a por toda la gente de Ciudad Banyan, y por lo que ahora estaba muerto.

«Cobarde».

No podía dejar de darle vueltas a la palabra mientras avanzaba a trompicones por la selva acompañada del híbrido silencioso y renqueante.

«Cobarde».

Aquel pensamiento se le clavó en el corazón al caer la noche. Se le retorció en las entrañas al acurrucarse entre las ramas de un árbol para dormir. Y, al amanecer, despertó con ella y se aferró con fuerza a su espalda, cabalgando sobre sus hombros mientras descendía, hambrienta y agotada por las pesadillas.

Era una cobarde.

La luz dorada del alba se filtraba entre la espesura de la selva y se reflejaba en la humedad neblinosa. Mahlia contempló la vegetación que la rodeaba, sintiéndose enferma, consciente de que se sentiría así hasta el día en que muriera. Nunca podría escapar de aquella sensación. Había decidido huir en lugar de ayudar a la única familia que le quedaba.

Era igual que su padre.

Cuando, tras quince años de intentos fallidos, las fuerzas de paz desistieron por fin de su empeño por civilizar las Ciudades Sumergidas, el hombre ni siquiera había echado la vista atrás. Simplemente había salido corriendo hacia el transportador de tropas con el resto de sus soldados mientras los caudillos volvían a inundar la ciudad.

Mahlia recordaba los disparos y las explosiones. Recordaba cómo su madre y ella habían ido corriendo desesperadas hacia los muelles, convencidas de que los pacificadores debían de haber reservado literas para ellas. Recordaba a las personas saltando al puerto del Potomac cuando las últimas embarcaciones de transporte de tropas de las fuerzas de paz y los buques mercantes de las empresas zarparon sin ellas. Recordaba las enormes velas blancas desplegándose y los clíperes elevándose sobre las hidroalas en cuanto las lonas atrapaban el viento.

Ella y su madre se habían quedado de pie en los muelles, agitando los brazos sin parar, rogando que los barcos volvieran, que su padre se preocupara por ellas. Luego se habían visto arrastradas al océano por la marea de gente desesperada que llegaba desde atrás rezando por lo mismo que ellas.

Su padre la había abandonado y ahora ella había hecho lo mismo. Mouse y el médico lo habían arriesgado todo por ella y ella les había dado la espalda. Había elegido salvar su propio pellejo, porque era más fácil que arriesgarlo todo.

«Así es como muere la gente. Si hubieras hecho lo mismo que ellos, habrías muerto cien veces».

Había sido testigo de ello bastante a menudo cuando intentaba escapar de las Ciudades Sumergidas tras el colapso de las fuerzas de paz. Había visto a gente plantar cara, decidida a aferrarse a sus principios. Gente que creía que aún existían el bien y el mal. Gente que intentaba salvar a los demás. Gente, como su madre, que había muerto de una forma tan horrible que, incluso ahora, la mente de Mahlia rehuía aquel traumático recuerdo. Ella era la única que había sobrevivido. Mientras el resto de apestados morían masacrados por el Ejército de Dios, el FPU y la Milicia de Liberación, Mahlia se había tomado en serio los principios de Sun Tzu y había sobrevivido.

El problema de sobrevivir, sin embargo, era que acababas cargando con los fantasmas de todos los que habías dejado atrás. Ahora, estando allí de pie, envuelta en el fresco amanecer de la selva, era como si todos estuvieran con ella. Amigos del colegio. Profesores. Tenderos. Ancianas. Familias. Su madre. Y, ahora, el doctor Mahfouz y Mouse.

Nadie más podía ver todos los cuerpos que había dejado atrás, pero allí estaban, mirándola. O a lo mejor solo era ella, mirándose a sí misma, disgustada por lo que veía, sabedora de que nunca podría escapar del juicio de su propia mirada.

—Voy a volver —declaró de repente.

El híbrido se volvió al oír su voz. Al despuntar el alba, parecía un ser más extraño y ajeno de lo que había llegado a imaginar. Se estaba comiendo algo que bien podría haber sido una serpiente, pero lo engulló antes de que pudiera verlo bien. Por un breve instante, fue como si pudiera ver la amalgama antinatural que conformaba su ADN: el tigre, la hiena, el perro y el hombre, todos juntos.

—Ya es demasiado tarde —respondió él—. Si hay supervivientes, no agradecerán tu regreso. Quienes te importan ya están muertos.

—Entonces voy a enterrarlos.

Tool se quedó mirándola.

—Si das la vuelta, te pones en mayor peligro.

—¿Por qué temes siempre a las cosas? ¿No quieres luchar? A ti también te hicieron daño, ¿no? ¿Dónde está tu espíritu combativo? Pensaba que eras todo sangre, óxido e instinto asesino.

Tool gruñó. Por un momento, Mahlia pensó que estaba a punto de atacar. Luego, dijo:

—No libro batallas que no es posible ganar. No confundas eso con cobardía.

—¿Qué pasa si no puedes escoger la batalla? ¿Si se presenta ante ti?

El híbrido la observó.

—¿Es este uno de esos casos? ¿Insinúas que no tengo elección? ¿Que esta es una batalla predestinada por las Parcas? —Señaló hacia el norte—. Nos esperan batallas más que suficientes, y esas al menos servirán para algo. Volver a tu pueblo no tiene ningún sentido.

Mahlia lo fulminó con la mirada al oír el tono burlón de sus palabras.

—Muy bien. Haz lo que quieras. Yo voy a volver.

Dio media vuelta y empezó a descender por el sendero de la selva. Sabía que Tool tenía razón. Ya estaban muertos. Era una estupidez molestarse siquiera. Mahfouz estaba muerto. Mouse estaba muerto. Volver no iba a arreglar nada, pero no podía evitarlo.

Volver no la hacía menos cobarde, pero era lo único que podía hacer para mitigar la repulsión que sentía hacia sí misma y que tanto le pesaba en las entrañas. Si regresaba, a lo mejor los fantasmas dejarían de atormentarla de aquella manera. A lo mejor podría dormir y no sentir vergüenza.

Oyó que Tool la llamaba, pero lo ignoró.

El cielo era azul y brillante, pero Ciudad Banyan estaba teñida de negro.

Mahlia se agazapó en el lindero de la selva, estudiando el lugar e intentando identificar posibles peligros ocultos. El sudor le goteaba por la barbilla. Los mosquitos revoloteaban y zumbaban junto a sus oídos, pero siguió observando.

Nada se movía.

Los campos silenciosos se extendían hasta convertirse en escombros carbonizados y humeantes. El suelo estaba cubierto de ceniza negra que se acumulaba en los surcos donde antes habían estado los cultivos, ahora calcinados. Incluso después de un día, el humo seguía ascendiendo en espiral, como serpientes grises que se retorcían desde el suelo, marcando los lugares donde las raíces de los árboles ardían bajo la tierra. Un par de árboles frutales ardían débilmente en lo más profundo de sus entrañas, dejando escapar columnas de ascuas negras y tortuosas que arañaban el cielo como dedos chamuscados. Eran todo lo que quedaba de los vergeles de Banyan.

El instinto de supervivencia de Mahlia la incitaba a pasar desapercibida.

«Aléjate. Vete de aquí».

Pero permaneció agazapada, contemplando la extensión de campo abierto.

Odiaba lo expuestos que se veían los campos de cultivo. En cuanto empezara a cruzarlos, llamaría la atención como una bengala. Siguió escudriñando los alrededores buscando una mejor forma de ponerse a cubierto, de colarse en el pueblo sin delatarse, pero no quedaba nada en pie.

«¿Eres una cobarde o no?».

Después de pasar media hora observando los bandos de cuervos y buitres que se elevaban y descendían en espiral sobre el pueblo sin detectar ninguna otra forma de vida, decidió que era hora de dejar de hacerse la lista. Fuera lo que fuese lo que le había ocurrido a Mouse, tenía que saberlo, y la única forma de averiguarlo era adentrándose en Ciudad Banyan.

Empezó a cruzar los campos de cultivo, buscando cualquier indicio de una posible emboscada. El manto de ceniza crujía bajo sus pies como hojas secas. Los insectos chirriaban y serraban en la humedad, pero nada se interpuso en su camino.

Encontró al doctor Mahfouz en medio de los campos.

Estaba tumbado boca abajo en una masa oscura de barro, cenizas y trigo medio quemado. El barro se adhirió a los pies y las piernas de Mahlia y se los manchó de negro. Se agachó junto al cuerpo sin vida y le dio la vuelta. Tenía las gafas destrozadas. En ese momento, se dio cuenta de que el barro no era más que su sangre mezclada con la tierra y la ceniza. Parcas. Qué desastre. Limpió el barro de los cristales resquebrajados.

Había ido directo a la boca del lobo. Como uno de esos soldados que luchaban para el Ejército de Dios. Uno de esos niños soldado que llevaban un amuleto que, en teoría, los protegía de las balas.

—¿Cómo pudiste ser tan estúpido? —preguntó. Un momento después, se sintió mal por haberlo dicho en voz alta. Puede que hubiera sido estúpido, pero siempre había sido amable. Eso lo hacía merecedor de respeto, o algo. No esto, al menos. No acabar con la cara metida en un montón de carbón ensangrentado.

Intentó volver a ponerle las gafas, pero no consiguió ajustárselas. De todos modos, era inútil. Se quedó agachada a su lado con las gafas en las manos, sintiéndose atrapada.

Aquel hombre había sido amable y compasivo, alguien que la había defendido cuando nadie más había estado dispuesto a hacerlo, y ahora estaba tan muerto como todos los que alguna vez la habían escupido y llamado apestada.

¿Qué se suponía que debía hacer ahora? ¿Tenía que rezar o algo así?

Cada persona celebraba ritos distintos para honrar un cuerpo y hacía sus propias ofrendas, pero el médico nunca se había identificado con las creencias de los cristianos de Aguas Profundas o con el Dios de la Chatarra. Tenía una pequeña alfombra de oración que a veces sacaba para rezar en diferentes momentos del día. Otras veces leía un libro con una escritura que Mahlia nunca había logrado descifrar y que él llamaba árabe, pero no estaba segura de qué hacían los árabes para honrar a sus muertos.

Fuego, tal vez. En alguna ocasión, su padre le había dicho que los chinos incineraban sus cuerpos. Quizá eso sirviera. Agarró al médico por debajo de los hombros y empezó a tirar de él, gruñendo por el esfuerzo. Muerto, pesaba mucho, más de lo que esperaba. Era como un saco de plomo que resistía con pasividad cada uno de sus tirones.

Mahlia siguió tirando, arrastrándolo despacio entre el barro y la ceniza. Gruñía, sudaba y tiraba. La camisa del hombre se desgarró por donde la agarraba. Perdió el equilibrio y cayó de espaldas sobre el manto de ceniza, exhausta y derrotada.

Todo esto era una locura. En el pueblo no quedaba nada por quemar. El FPU ya lo había quemado todo. Ni siquiera tenía con qué construir una pira funeraria.

Se quedó sentada en medio del campo, empapada en sudor mientras miraba fijamente al médico muerto.

«Ni siquiera nos dejan morir con dignidad».

Quiso llorar. No había sido capaz siquiera de ayudar al doctor Mahfouz a pasar a esa otra vida que debía poder disfrutar. No habría sabido decir cuánto tiempo permaneció allí sentada, con los ojos clavados en el cuerpo inerte del hombre. Minutos. Horas.

Una sombra se cernió sobre ella.

Mahlia dejó escapar un grito ahogado, sobresaltada. El híbrido estaba de pie junto a ella.

—Los muertos siempre son pesados.

Tool cogió al médico y, aunque el cadáver estaba tieso por el *rigor mortis*, lo levantó con facilidad y se lo echó al hombro.

24

Tool escuchó cómo la joven registraba el pueblo mientras cavaba una tumba con una pala que había encontrado abandonada. La oyó gritar el nombre de Mouse una y otra vez. Tuvo que reprimir el impulso de hacerla callar y reprenderla por haber roto la regla del silencio. La pena y el dolor la empujaban a la imprudencia.

«Deja que llore su pérdida —se dijo a sí mismo—. Los soldados ya se han ido».

Aun así, le irritaba. No tenía ninguna disciplina. Si finalmente partían rumbo al norte, sería una carga.

«Entonces, déjala atrás».

Pero no lo hizo. Se preguntó por qué. Era hora de irse, y cuanto antes mejor. Cada vez sentía la presencia de más ojos. Al caer la noche, quería estar lo más lejos posible del pueblo. Sin embargo, Mahlia seguía buscando, gritando el nombre de Mouse, dándoles la vuelta a cadáveres carbonizados y escarbando en edificios calcinados, y, entretanto, él se mantenía a su lado.

Al cabo de un rato, la muchacha volvió a aparecer donde Tool empezaba a meter el cuerpo del médico en la tumba para enterrarlo.

—Tal vez hayan enterrado a Mouse —dijo.

Tool negó con la cabeza.

—No. Esos no malgastan fuerzas en sutilezas.

Por un momento, pareció que la joven iba a echarse a llorar, pero se rehízo y lo ayudó a cubrir el cuerpo del hombre con la tierra hasta llenar la tumba. Tool se alejó y regresó con varios trozos de hormigón que había encontrado entre los escombros ennegrecidos. Empezó a apilarlos sobre la tumba, moviéndose lentamente, cotejando sus fuerzas con los recuerdos de lo que debería haber sido capaz de cargar. Colocó los últimos escombros en su sitio.

—¿Eso mantendrá alejados a los loboyotes? —preguntó Mahlia mientras miraba el montón de hormigón y rocas.

—Es más de lo que nadie nos ha dado a mí o a los míos —respondió Tool con tono cortante. Casi sonrió al ver que la muchacha se estremecía al oír sus palabras.

Los humanos apreciaban mucho a sus muertos. Sin embargo, cuando los suyos morían en algún campo de batalla lejano, nadie se molestaba en recogerlos o enterrarlos. Si tenías suerte, estabas presente para escuchar sus historias y, si no, las narrabas una vez concluida la batalla. Pero no te rezagabas de esta manera.

Los humanos solían rezagarse. Eso los hacía vulnerables.

La joven se irguió, mirando fijamente el montón de escombros. Tenía la cara manchada de barro, sangre y ceniza. Era un despojo más entre los restos de la guerra. Como todos los niños de todas las guerras que Tool había librado.

Si hubiese nacido en otro lugar, en otra época, podría haber sido el tipo de chica que se preocupa por los novios, las fiestas y la ropa de moda. Si hubiese vivido en una arcología de Boston o en una supertorre de Pekín, a lo mejor. En vez de eso, estaba cubierta de cicatrices, tenía un muñón donde debería haber tenido la mano, sus ojos eran duros como la obsidiana y su sonrisa vacilante, como si anticipara el sufrimiento que sabía que aguardaba a la vuelta de la esquina.

Un poco más allá, un perro rebuscaba entre las cenizas en busca de alguna recompensa. Empezó a mordisquear y desgarrar una cabra muerta. Finalmente logró arrancarle los intestinos. Otro perro mestizo se acercó enseñando los dientes y gruñó. El primero salió corriendo a toda velocidad con las vísceras.

La chica observó la escena.

—Ese era el perro de Reg —dijo. Luego añadió—: La cabra también era suya.

Tool se preguntó si la joven se estaba volviendo loca. A la gente le pasaba. A veces veían demasiado y sus mentes se trastornaban. Perdían el instinto de supervivencia. Se hacían un ovillo y se entregaban a la locura.

El híbrido decidió que no podía hacer nada por la muchacha, pero tampoco iba a dejarles aquella carne a los perros salvajes. Dejó a Mahlia junto a la tumba y se dirigió hacia donde yacía la cabra.

El segundo perro bajó la cabeza, enseñó los dientes y empezó a gruñir al ver que Tool se aproximaba.

Los labios del híbrido se retrajeron.

«¿Qué? ¿Piensas desafiarme, hermano?».

Soltó un gruñido y el perro huyó acobardado. Tool casi se rio del pobre animal. Recogió la cabra con creciente satisfacción. Se estaba recuperando y hoy, además, comería bien. Pronto volvería a ser él mismo.

Había cometido un error al acercarse a las Ciudades Sumergidas, al pensar que encontraría un lugar en medio de todo ese caos.

Pero ahora estaba sanando y no tardaría en marcharse.

Mahlia observó a Tool mientras acechaba al perro. El gruñido del híbrido resonó entre las ruinas, impregnado de sangre y desafío.

El perro huyó con el rabo entre las piernas, mirando hacia atrás con miedo para ver si lo seguían. Más allá del híbrido, Mahlia vislumbró algo más: una persona que se escabullía entre las ruinas, escondiéndose.

Por un segundo, tuvo la esperanza de que fuera Mouse, luego temió que pudieran ser los soldados y al final se dio cuenta de que no era ninguna de las dos cosas.

Una mujer apareció entre los escombros y se detuvo en seco mientras los miraba fijamente. Amaya. Tenía la ropa hecha jirones. Estaba casi desnuda. Tenía manchas de sangre por todo el cuerpo. Mahlia no supo decir si eran magulladuras o arañazos que se había hecho con la vegetación del bosque. La mujer se quedó helada al ver a la muchacha y al híbrido.

—¿Amaya? —susurró la joven.

El terror se apoderó del rostro de Amaya. Mahlia no pudo evitar pensar que parecía un perro apaleado. Los ojos aterrados de la mujer se desviaron hacia Tool y luego volvieron a la muchacha.

—Tú —musitó—. Tú has provocado esto.

Mahlia dio un paso hacia la mujer, queriendo ayudarla, disculparse, o lo que fuera.

—¿Qué ha pasado?

—Tú has provocado todo esto —repitió Amaya. Y luego, con odio—: ¡Esto es culpa tuya!

Mahlia dio otro paso hacia ella, pero, en cuanto se acercó, el miedo volvió a apoderarse de la mujer, que salió corriendo.

La joven se quedó mirando a la mujer harapienta mientras se alejaba dando tumbos. ¿Debería ir tras ella? Amaya no sobreviviría sola. ¿Acaso le debía algo por todo lo que había perdido?

—No puedes ayudarla —dijo Tool mientras la mujer desaparecía entre la espesura de la selva.

—No sobrevivirá sola —respondió ella.

—No. Pero algunos aldeanos lograron escapar. Más como ella. Están regresando.

—Si no hubiera provocado a los soldados, nada de esto habría pasado.

Tool resopló.

—No sobrestimes tu propia importancia.

—Pero es verdad. Si no les hubiera echado a los loboyotes encima, no habrían hecho todo esto.

El híbrido dejó escapar un gruñido.

—Los soldados llevan generaciones saqueando y quemándolo todo. Tal vez incineraran el pueblo por tu culpa, o tal vez lo hicieran porque les disgustó el güisqui. Los soldados matan, violan y saquean por mil razones. Lo único que sé con certeza es que ni tú ni yo provocamos este incendio. —Extendió la mano y giró el rostro de Mahlia para obligarla a mirarlo a los ojos—. No busques atribuirte lo que otros han hecho.

La joven sabía que el doctor Mahfouz habría estado en desacuerdo con todo lo que el híbrido acababa de decir. Casi podía verlo negando con la cabeza al oír las palabras de la criatura.

Tool parecía rehuir cualquier tipo de responsabilidad. Como si nada de lo que hiciera importara. El doctor Mahfouz habría dicho que toda acción está relacionada con las demás y que por eso las Ciudades Sumergidas eran como eran.

Las Ciudades Sumergidas no siempre habían estado fracturadas. La gente las había fracturado. Primero llamaron traidores a los demás y les dijeron que no tenían cabida allí. Luego empezaron a decir que esta gente era buena y aquella gente era mala, y el agravio siguió perpetuándose, porque la gente siempre respondía. En poco tiempo, se convirtieron en un infierno rampante porque nadie asumía la responsabilidad de sus acciones, ni de cómo esas acciones llevarían a otros a responder. Cuando Mahlia estaba a punto de replicarle, el híbrido se tensó de repente. Aguzó el oído y olfateó el aire.

—Es hora de irnos —dijo—. Huelo a varios aldeanos que vienen hacia aquí.

—Sigo sin encontrar a Mouse —objetó ella.

—No. Y no lo harás. —El híbrido hizo una pausa y la observó. Parecía estar meditando sus palabras—. Hay huellas en el otro extremo del pueblo. No solo de las botas de los soldados. También de pies descalzos y de sandalias. De todos los tamaños. Tomaron prisioneros.

Mahlia sintió un rayo de esperanza.

—Entonces, ¿crees que han podido llevarse a Mouse? ¿Sabes a dónde han ido?

—Tiene la edad ideal. Es lo bastante mayor para llevar un arma y usarla bien, y lo bastante joven para entrenarlo y fanatizarlo.

La joven lo comprendió de repente.

—¿Crees que lo han reclutado? ¿Crees que ahora es un niño soldado más?

—Con los estímulos adecuados, cualquiera puede convertirse en un asesino.

—¿Un asesino como tú? —le preguntó. Tool no solo no pareció ofenderse, sino que asintió.

—Muy similar a mí. Me concibieron para matar, pero me enseñaron a hacerlo bien.

—Pero Mouse no es un niño soldado —protestó ella—. Él no es así. Es bueno, es amable. Él...

«Le gustan los chistes estúpidos, le gusta cazar serpientes y coger huevos, siempre está dispuesto a hacer una excursión por la selva, es incapaz de sentarse a leer un libro, le da miedo dormir dentro de casa por la noche y cuando te sientes fatal porque eres una apestada, viene y se sienta contigo. Y cuando el Ejército de Dios te tiene cogida por los pelos y una de tus manos ya está tirada en el suelo, él acude al rescate y te salva».

»...Él no es esa clase de persona.

—Pero pronto lo será. Estos ejércitos tienen mucha experiencia reclutando jóvenes. Harán que cree un vínculo con sus camaradas y luego lo moldearán a sus necesidades.

—¡Él no es así!

Tool se encogió de hombros.

—Entonces lo matarán y encontrarán a alguien que sí lo sea.

El híbrido hablaba con una indiferencia exasperante. En aquel momento, Mahlia deseó poder darle un puñetazo en la gigantesca cara de perro.

—Tenemos que salvarlo.

Tool se limitó a mirarla. Casi podía intuir la sonrisa del híbrido, lo ridículo que iba a sonar, pero insistió de todos modos:

—No podemos dejarlo a su merced. Tenemos que ir tras él.

—Fracasarás.

—No si me ayudas.

Los labios del híbrido se curvaron hacia atrás, dejando entrever los dientes afilados.

—Pides demasiado. Mi deuda contigo está más que saldada.

—Entonces, ¿por qué sigues aquí? —le preguntó—. ¿Por qué has vuelto? ¿Por qué me ayudas?

Tool gruñó.

—Yo saldo mis deudas. Si quieres que te ayude a escapar de este lugar, es justo. Me salvaste la vida cuando los demás me habrían dejado morir. Pero esos soldados llevan a sus prisioneros al corazón de las Ciudades Sumergidas. Ya fue bastante difícil para mí escapar del coronel Stern la última vez. Hacerlo de nuevo sería imposible. No os debo mi suicidio ni a ti ni a los tuyos.

—¿Y si salváramos a Mouse antes de que llegaran allí?

—Sobrestimas mi salud y mis habilidades.

—Cuando nos atacaste a Mouse y a mí, te movías tan rápido que daba miedo.

—Ni siquiera yo puedo con una compañía de soldados adiestrados, no sin armas o apoyo.

—Podríamos seguirles los pasos.

—¿Podríamos? —Tool arqueó las cejas, mirándola con superioridad—. ¿Crees que eres una depredadora letal? ¿Una pantera o un loboyote? —Fingió examinarla—. ¿Dónde están tus dientes? ¿Y tus garras? —Le enseñó los dientes—. ¿Dónde está tu mordida?

Mahlia lo fulminó con la mirada, odiándolo. Detestándolo por despreciarla de aquella manera. Se volvió y se internó en las ruinas, a la caza. Encontró un machete chamuscado, cubierto de hollín y ennegrecido, pero con la hoja aún intacta. Tool la miró con perplejidad cuando regresó a su lado. La muchacha sostuvo el arma en alto.

—Aquí están mis dientes.

—¿Eso crees? —Las facciones de Tool adoptaron un aspecto depredador—. Tienen armas, ácido y formación. —Se inclinó hacia ella. Su mirada monstruosa brillaba con la promesa del infierno—. Te destrozarán poco a poco y luego, cuando te hayan convertido en un animal acobardado y suplicante, te matarán. No me digas que tienes dientes. No eres más que un conejo atacando a una jauría de loboyotes.

Una parte de ella sabía que tenía razón. Si un híbrido no estaba dispuesto a enfrentarse a todos esos soldados, ¿qué la hacía pensar que ella sí podía? Era una estupidez. La clase de fantasía en la que solían creer los gusanos de guerra y que acababa matándote.

—Parto rumbo al norte en este momento. Si eres inteligente, me acompañarás.

Mahlia quería hacerle caso. ¿No había perdido suficiente aquí? Ahora tenía una salida. Con la ayuda del híbrido, podría burlar a todos los ejércitos y líneas de guerra. Podría escapar de las Ciudades Sumergidas para siempre.

Sopesó la idea en su mente, tratando de imaginar una vida segura en un lugar como Seascape Boston. Tal vez allí pudiera ejercer la medicina. Tal vez podría dejar de despertarse en mitad de la noche por culpa de alguna pesadilla en la que el Ejército de Dios venía a por ella.

Pero, incluso mientras intentaba imaginar una vida mejor, no podía dejar de pensar en Mouse, en cómo había saltado y gritado mientras les lanzaba piedras a los soldados, como si el mismísimo Santo de la Herrumbre se hubiese alzado y la hubiese bendecido para darle una segunda oportunidad en la vida.

—Haz lo que tengas que hacer —dijo finalmente—. Mouse vendría a buscarme, no voy a dejarlo atrás. No otra vez. Se acabó. No pienso seguir huyendo.

—Morirás.

—Es posible. No lo sé. —Sacudió la cabeza, intentando dilucidar sus sentimientos—. Solía pensar que solo seguía viva porque nunca dejaba de huir. Si no me pegaban un tiro en la cabeza, sentía que estaba ganando. Al fin y al cabo, seguía respirando, ¿no? —Echó un vistazo a la tierra ennegrecida que la rodeaba, sintiéndose cansada, triste y sola.

»Pero ahora creo que no es así. Ahora pienso que, cuando cargas con suficientes muertos, estás muerta de todos modos. Da igual si sigues caminando y hablando, al final pesan sobre tus hombros. —Levantó la vista hacia Tool, esperanzada contra toda esperanza—. ¿Seguro que no quieres ayudarme?

El híbrido no dijo nada en absoluto.

Tool observó cómo la joven se marchaba por el extremo opuesto del pueblo. Cruzó el terreno, intentando encontrar el rastro, y luego se encaminó hacia la selva. Una chica pequeña y decidida adentrándose en las fauces de la guerra.

Podía respetar la terquedad, pero le resultaba más difícil respetar la estupidez. Una cría sola armada con una hoja rota contra un ejército. Él había afrontado adversidades terribles durante su vida, pero, ahora mismo, la muchacha se enfrentaba a algo incluso peor.

¿Qué honor había en el suicidio?

«El chico es parte de su manada».

«Pero no de la mía».

Dejó escapar un gruñido, se giró en dirección opuesta y empezó a caminar hacia el norte, donde podría ponerse a salvo. Tendría que obrar con inteligencia, pero era muy posible penetrar las fronteras que Manhattan Orleans y Seascape Boston habían erigido para contener el caos de las Ciudades Sumergidas. Aunque patrullaran las fronteras con ejércitos repletos de sus hermanos, siempre había puntos débiles, y a él se le daba muy bien explotar las debilidades de los demás.

Echó la vista atrás para ver si la muchacha cambiaba de opinión, pero había desaparecido. Se la había tragado la tierra.

Las Ciudades Sumergidas engullían a sus hijos.

«Ahora luchas por ti mismo. Olvídate de esa chica».

Aun así, le irritaba profundamente que una jovencita manca hubiera tenido la osadía de exigirle lealtad, como siempre había hecho Caroa. Los humanos eran todos iguales. Siempre exigiéndoles a otros que mataran por ellos. Tool había masacrado a guardias tigre y hombres hiena, pero los humanos eran los más temibles de todos. Ellos habían creado las figuras de los generales, los coroneles y los comandantes, personas que mantenían las manos limpias mientras ordenaban a otros que se cubrieran de sangre.

Se preguntó si era su naturaleza leal, innata e inculcada en él, lo que hacía que se sintiera culpable por abandonarla a su suerte. Si sería algún vestigio del adiestramiento que lo había hecho tan obediente a sus amos originales. ¿Era por eso por lo que no dejaba de seguirla y de intentar convencerla de que abandonara aquel lugar sentenciado? ¿Era posible que se estuviera revirtiendo a su condicionamiento original? ¿Qué se estuviera convirtiendo una vez más en el perro leal incapaz de abandonar a su amo?

«Entonces, ¿ahora ella es tu ama?».

Enseñó los dientes al pensarlo.

Sin embargo, no podía dejar de oír la voz insolente de la joven: «¿Cómo es posible que siendo tan fuerte le tengas tanto miedo a todo?».

No le temía a la muerte. Pero nunca volvería a lanzarse a una batalla sin sentido. Esas eran exigencias de los generales y sus máquinas de guerra. Él no era esa clase de perro. Ya no. Había luchado demasiado tiempo, pagado un precio demasiado alto como para permitir que alguien ejerciera un poder semejante sobre él.

«¿Tienes miedo?», insinuó una voz socarrona.

La sola idea lo hizo gruñir. «Nunca he perdido una batalla».

«Pero, ¿has vencido alguna vez?».

25

Perseguir a los soldados resultó ser una tarea sencilla. Entre ellos y los prisioneros, el rastro que dejaban a su paso era bastante evidente.

Mahlia avanzó con sigilo por la selva.

El sendero serpenteaba por una de las viejas carreteras de hormigón, ahora cubierta por un manto de tierra, hojas y enredaderas. Los nuevos árboles perforaban la senda, asomando entre las grietas de la maltrecha superficie, pero, aun así, el camino era más ancho y más abierto, y la vegetación no era tan densa como la del bosque propiamente dicho. De vez en cuando, el sendero se elevaba en el aire y se arqueaba sobre pilares de hormigón que seguían las antiguas autopistas y rutas secundarias que databan de una época en la que todo el mundo tenía gasolina que quemar y coches que conducir.

En los puntos más elevados, Mahlia se detenía y oteaba el horizonte en busca de alguna señal que indicara la presencia de los soldados. Sin embargo, pese a la velocidad con la que se movía, ellos parecían moverse aún más deprisa. Además, tenía que aminorar el paso y forrajear conforme avanzaba.

Le dolían los pies y tenía sed. Tuvo que apartar el limo y los zapateros para poder beber del agua salobre, manteniéndose siempre alerta. De vez en cuando, oía el estruendo de las 999 en la distancia, el rugido lejano de las Ciudades Sumergidas, y se asustaba al pensar en dónde se estaba metiendo.

Aun así, siguió adelante, consciente de que no podría vivir consigo misma si no lo hacía. Consciente de que estaba haciendo exactamente lo que su padre tanto había criticado de la gente de las Ciudades Sumergidas. Siempre hablaba de lo estúpidos que eran y de que nunca pensaban de forma estratégica. Se lanzaban sin orden ni concierto a la venganza, al derramamiento de sangre, a la guerra y a la muerte, aunque no tuviera ningún sentido.

Recordó a su padre quitándose las botas de combate a patadas mientras maldecía a las Ciudades Sumergidas y su eterna sed de conflicto. Despojándose de la armadura mientras su madre cacareaba a su alrededor limpiándole las heridas.

—Son animales. No son más que perros que se destrozan los unos a los otros.

—No todos nosotros —dijo su madre con tono tranquilizador mientras lo ayudaba a meterse en un baño de vapor—. Que lleves aquí unos años no quiere decir que lo sepas todo sobre nosotros.

—Animales —repitió—. Solo defiendes este lugar porque no sabes lo buena que puede ser la vida. Si alguna vez hubieras visto Pekín o la isla de Shanghái, lo sabrías. En China no somos así. No somos perros que se rajan la garganta los unos a los otros. Nosotros planeamos. Pensamos en el futuro. Cooperamos. Pero ¿vosotros? —resopló—. Si tuvierais un poco de sentido común, pasaríais menos tiempo disparándoos entre vosotros y llamándoos traidores y más tiempo construyendo diques. —Cerró los ojos, disfrutando del baño de vapor—. *Sha*. Estúpidos. Todos vosotros. Demasiado estúpidos para beber agua incluso cuando os la regalan.

Al segundo día, los loboyotes dieron con ella.

Había descubierto otro pueblo en ruinas y, entre los escombros, había encontrado unas sandalias agrietadas por el sol tiradas entre los restos del lugar. Recordó el alambre, el cristal y los escombros de la ciudad. Aunque tenía los pies curtidos, dudaba que pudiera caminar sobre cristal.

Se sentó en el suelo y se calzó las sandalias, pero el plástico se agrietó en cuanto empezó a caminar y acabó desechándolas.

Eran demasiado viejas y estaban demasiado estropeadas por el sol como para serle de utilidad. Pero encontró una jarra de plástico que podía servirle para transportar agua y también un poco de cuerda. Tomó ambas cosas y se irguió.

El loboyote la miraba fijamente, con ojos brillantes como lámparas. Unos ojos amarillos tan voraces como los del híbrido.

A Mahlia se le puso el vello de punta. Empezó a retroceder lentamente mientras miraba a izquierda y derecha. En efecto, había varias sombras más pululando entre las ruinas.

Parcas. ¿Cuánto tiempo llevarían acechándola? Si se dejaban ver, era porque ya estaban preparados para matar a su presa.

Los loboyotes eran así de inteligentes. Les gustaba acechar, cercar y evaluar. Luego se abalanzaban sobre ti y estabas muerto. Sun Tzu habría aprobado su audacia. Sin embargo, lo único que ella sintió fue un miedo enfermizo al darse cuenta de que las bestias habían decidido atacarla en una zona llena de ruinas en la que no había más que varios arbolillos rodeados de maleza cuyos troncos no superaban el ancho de su muñeca y varios montones de escombros. No había nada a lo que pudiera trepar, ninguna vía de escape evidente.

Empuñó el machete oxidado. El loboyote que tenía delante pareció entender el desafío. Retrajo los labios para enseñar los dientes y empezó a gruñir. Pero no era ese del que debía preocuparse. El viento sopló a su espalda.

Se giró y dio un tajo con el arma. El segundo loboyote se apartó con facilidad y gran agilidad. La hoja silbó de manera inofensiva al cortar el aire. El animal se abalanzó de nuevo sobre ella, intentando morderla sin dejar de gruñir y de enseñar los dientes, dando vueltas a su alrededor mientras su compañero le pisaba los talones.

Mahlia se giró de nuevo y blandió el machete para intentar ahuyentar a las dos bestias. Necesitaba llegar a un árbol. Si conseguía trepar a lo alto, la acecharían un rato, pero no eran perros cazadores. Pasadas unas horas, un día como mucho, desistirían e irían en busca de una presa más fácil. Sin embargo, el árbol más cercano con aspecto escalable se encontraba a más de cien metros de distancia.

«Que no cunda el pánico. No salgas corriendo. Solo muévete».

Si entraba en pánico y echaba a correr, la abatirían como a un cervatillo de bosque. Le desgarrarían las piernas, se echarían encima de ella y nunca volvería a ponerse de pie.

Unas garras arañaron los escombros detrás de ella.

Se giró y dio otro tajo. Golpeó el pelaje con la parte plana del machete. El loboyote gruñó, saltó hacia atrás y volvió a abalanzarse sobre ella. Mahlia gritó y arremetió contra él sin dejar de blandir el arma. Esta vez, la hoja hizo un corte en la boca del animal.

«¡Date la vuelta! ¡Date la vuelta!».

Ahora la atacaría el otro. Siempre estaban coordinados. Trabajaban en equipo. Se giró asestando un golpe con el machete que obligó al otro loboyote a retroceder. Gruñó. Otra bestia empezó a moverse a su alrededor, acercándose, amagando con atacarla. Mahlia hizo una finta para intentar ahuyentarlo, pero el animal enseñó los dientes sin apenas retroceder.

Se giró con el machete en alto, aguardando un nuevo ataque, pero el otro loboyote no estaba allí. En aquel momento fue consciente de que empezaba a sucumbir al pánico, de que había empezado a saltar y a girarse instigada por sonidos imaginarios.

Los tres loboyotes daban vueltas a su alrededor, se lanzaban hacia ella gruñendo e intentando morderla y luego retrocedían.

Parcas. Necesitaba apoyarse contra algo para cubrirse la espalda, pero los pequeños árboles rodeados de maleza no ofrecían ninguna protección. Para colmo de males, un cuarto loboyote acababa de unirse a sus congéneres. Tenía las orejas echadas hacia atrás y la cabeza baja, acechando.

Había estado tan ocupada preocupándose por los niños soldado y los aldeanos que había olvidado que la selva tenía a sus propios cazadores, y ahora ese olvido iba a costarle la vida.

Percibió un leve movimiento detrás de ella. Asestó un golpe con el machete mientras se giraba y sorprendió al loboyote en pleno salto. La hoja le hizo un corte bastante profundo, pero el animal chocó contra ella y la tiró al suelo. Otro de los loboyotes se lanzó hacia ella e intentó morderle la cara. Otro se abalanzó sobre sus piernas y la hirió con los dientes.

Mahlia levantó el muñón de la mano para protegerse. Una de las bestias la mordió con fuerza. Dejó escapar un grito de dolor. De repente, un rugido resonó en el aire. Algo apartó al loboyote de ella de un tirón. Empezó a llover sangre. Hubo una mezcla de aullidos y quejidos, una vorágine de movimiento. El loboyote que había estado mordiéndole las piernas desapareció en un torbellino de pelo y sangre. Mahlia se hizo un ovillo mientras el clamor que la rodeaba se intensificaba y sacudía el mundo con más fuerza que la mismísima guerra.

De pronto, se hizo el silencio. La joven se puso de pie y echó un vistazo a su alrededor. Los cuerpos desgarrados y retorcidos de los loboyotes estaban desparramados por todas partes.

En medio de la carnicería estaba Tool. Magullado, pero lleno de vida. Estaba bañado en sangre. Las vísceras de los loboyotes resbalaban por el machete que llevaba en la mano. Mahlia se agarró el brazo herido mientras contemplaba la transformación que había sufrido el campo de batalla. Todos los loboyotes estaban hechos pedazos: el primero yacía contra un árbol, maltrecho y gimoteando; el segundo estaba partido en dos; y el tercero tenía la cabeza abierta por la mitad.

Tool se arrodilló junto al cadáver del cuarto.

Rajó el cuerpo con el machete, dejó el arma a un lado y atravesó la caja torácica con el puño. Un segundo después, la mano del híbrido volvió a emerger con el corazón de la bestia. Tool inclinó la cabeza y empezó a alimentarse.

Mahlia sintió un escalofrío. Aquel lugar se había transformado en un matadero con la misma rapidez con la que se había convertido en un campo de batalla unos minutos antes. Todos estaban muertos. Todos y cada uno de ellos. Tool los había hecho pedazos en cuestión de segundos. La carnicería era asombrosa. Peor incluso que lo que hacían los niños soldado, y mil veces más rápida. Nunca había visto nada igual.

Debió de hacer algún ruido, porque Tool levantó la vista para mirarla con el hocico lleno de sangre. Se fijó en sus heridas. Mahlia se dio cuenta de que la estaba evaluando.

El doctor Mahfouz habría corrido a su lado y habría examinado cada rasguño y cada gota de sangre. Tool se limitó a echar un vistazo al brazo destrozado, la cara arañada y el cuerpo rasguñado de la joven sin darles la menor importancia.

—¿De verdad crees que puedes volver a entrar en la ciudad? —le preguntó.

Mahlia tardó un segundo en asimilar las palabras del híbrido. No estaba sola. Aquel monstruo guerrero estaba con ella. El corazón le dio un vuelco. No estaba sola. No estaba indefensa. Ahora tenía una oportunidad.

—¿Puedes hacerlo? —insistió Tool.

La muchacha vaciló, recordando los horrores de su anterior huida, el pánico, los escondites angostos, las noches que había pasado en edificios sombríos e inundados, pero luego asintió.

—Me las arreglé para salir, ¿no?

—Habrá cambiado desde entonces.

—Puedo llevarnos hasta allí. Mi madre tenía varios lugares donde escondía sus antigüedades antes de venderlas. Hay lugares donde podemos escondernos. También hay atajos a través de los edificios, si sabes nadar.

Tool asintió.

—Bueno.

Se irguió y se acercó al loboyote que Mahlia había herido con el machete. Seguía retorciéndose en el suelo, gimoteando y enseñando los dientes. El híbrido le partió el cuello con un movimiento rápido y luego sujetó el cuerpo del animal. Los músculos se le tensaron.

La caja torácica del loboyote se astilló como si estuviera hecho de cerillas.

—Si somos manada, la conquista es nuestro sustento, hermana.

Metió la mano en el cadáver del loboyote, le arrancó el corazón con un desgarro húmedo y lo sacó, brillante y lleno de sangre, venas y arterias desgarradas. El músculo de la vida. Tool se lo tendió a Mahlia.

—Nuestros enemigos nos dan fuerza.

La sangre le corría por el puño. La joven percibió el desafío en los ojos del híbrido.

Se acercó cojeando al monstruo cubierto de cicatrices de guerra y extendió la mano. Cuando Tool lo depositó en la palma de su mano, le sorprendió comprobar lo pesado que era. Se llevó el músculo a los labios y lo mordió con fuerza.

La sangre le corrió por la barbilla.

Tool asintió con aprobación.

SEGUNDA PARTE
LAS CIUDADES SUMERGIDAS

26

A Mouse le ardía la cara; un recordatorio constante de sus nuevos socios: Slim y Gutty, Stork y Van. TamTam, Boots, Alil y varias docenas más.

Andaban por ahí, riéndose y apuntando con las armas a los prisioneros que estaban tumbados en el suelo con las manos en la nuca. Todos los soldados llevaban grabada en la mejilla la misma marca que Mouse ahora llevaba en la suya.

—Ahora eres soldado de Glenn Stern, guerrero —dijo Gutty mientras lo apuntaba a la cabeza con una pistola—. La élite. Lo mejor de lo mejor.

Mouse se quedó quieto, sin saber muy bien qué debía hacer. El cañón del arma le presionaba la cabeza detrás de la oreja.

—Para un semi como tú, solo hay una pregunta... —continuó Gutty—. ¿Tienes lo que hay que tener?

Mouse vaciló.

Gutty le apretó la pistola contra la cabeza, y Mouse por fin comprendió lo que esperaba de él.

—Sí —respondió.

—Sí, ¿qué? —Volvió a apretarle el arma contra la piel.

—¿Que tengo lo que hay que tener?

—¡Entonces dilo! —gritó—. ¡Quiero oír a mi guerrero decirlo con orgullo!

—¡Lo tengo!

—¿Tienes qué?

—¡Tengo lo que hay que tener!

—¿Que qué?

—¡Que tengo lo que hay que tener! —Mouse gritó tan fuerte como pudo, convencido de que Gutty estaba a punto de volarle la tapa de los sesos.

—¡No te oigo, soldado!

—¡Tengo lo que hay que tener!

—¿Eres un soldado?

—¡Sí!

—¡Señor, semi! ¡Llámame señor!

—¡Sí, señor!

—¡Eso es, semi! ¡Grítalo!

—¡Tengo lo que hay que tener, señor!

Mouse estaba gritando tan alto que se le quebraba la voz. Gutty se echó a reír a carcajadas. Varios de los otros soldados empezaron a reírse con él.

—Joder —dijo Gutty—. Parece que sí tienes lo que hay que tener, ¿eh?

Mouse no estaba seguro de lo que se suponía que debía hacer, así que gritó de nuevo:

—¡Sí, señor!

Gutty le dio una colleja.

—Cierra el pico, gusano. Si sigues gritando así, harás que el Ejército de Dios se nos eche encima y acabe matándonos a todos. —Le dio otra colleja—. Ahora ve a traernos un poco de agua. Llénanos las cantimploras.

Empezó a tirarle botellas de plástico, un montón de ellas, todas cubiertas con imágenes de coches de la Edad Acelerada. En una de ellas ponía «Aceite de motor» en un lado. En una grande de color amarillo decía «Anticongelante».

—¡Muévete, soldado!

Mouse recogió todas las botellas, temblando por el miedo, la humillación y la adrenalina.

Cada minuto que pasaba con los soldados del FPU era como intentar mantener el equilibrio sobre un tronco viscoso y resbaladizo en un pantano, con la sensación constante de que estaba a punto de dar un paso en falso y ahogarse. Apretó todas las botellas contra el pecho para poder llevarlas. Sintió un rayo de esperanza al darse cuenta de que acababan de enviarlo fuera del campamento.

Él solo.

Para ellos, no era más que un perro al que mangoneaban a su antojo y no lo tomaban en serio. Pero, si se daba prisa, podía escabullirse bajo sus narices. Desaparecer en los pantanales, como un lagarto que desaparece entre la vegetación.

Echó un vistazo a su alrededor y observó a los soldados. Todos estaban ocupados vigilando a los prisioneros. Hablando entre ellos. Descansando después de la caminata. Terminó de recoger las botellas y se puso en marcha, obligándose a no mirar atrás, a no revelar sus intenciones.

«Que no parezca que te escondes —se dijo a sí mismo—. Finge ser un buen soldadito».

Empezó a caminar sin hacer ruido, prestando atención a los sonidos de la selva. Nadie lo seguía. Estaba seguro de ello. Se abrió paso entre la espesura hasta donde el agua del pantano ablandaba el suelo. Un poco más lejos. Llegó al agua.

«Ahora —pensó—. Corre».

Era su oportunidad. Tenía que aprovecharla mientras los demás estaban distraídos montando el campamento. Pero algo lo detuvo. En lugar de eso, se agachó y empezó a llenar botellas mientras escuchaba los sonidos de la jungla a su alrededor. Algo no encajaba. Prestó atención al gorgoteo del agua al introducirse en las botellas y a los ruidos de la selva, intentando entender el qué. Había demasiado silencio.

Un escalofrío le recorrió el cuerpo al darse cuenta de que no estaba solo. Alguien lo estaba observando. Llenó otra cantimplora y dejó que sus ojos deambularan por la vegetación con fingido desinterés, como si se aburriera y le hubiera dado por mirar a las mariposas.

Nada. Pero estaba casi seguro de que lo observaban.

Terminó de llenar las botellas y se incorporó. Todavía nada. Pero no lograba sacudirse el miedo de que podían estarlo observando. Conocía muy bien la selva. Había vivido en ella, cazado y buscado comida en ella; sabía que había alguien ahí fuera.

Cogió las botellas de agua. «Última oportunidad para escapar. No vas a tener una mejor». Pero no se movió.

¿Por qué tenía tanto miedo?

Aquellos chicos no eran seres sobrenaturales. Solo eran matones con armas. Eso era todo. No podían vigilarlo todo el tiempo. Ahora no lo estaban haciendo.

Entonces, ¿por qué sentía tanto miedo?

Sintiéndose asqueado, dio media vuelta y emprendió el camino de regreso hacia las voces procedentes del campamento. Consciente de que era un cagón. Consciente de que debía aprovechar la oportunidad e intentar huir, pero estaba demasiado asustado como para asumir ese riesgo.

Al llegar al claro, dejó caer las botellas de agua en un montón. El campamento seguía tal y como lo había dejado. Los soldados seguían bromeando entre ellos. Uno de ellos, un chico rubio con la cara abrasada por el ácido, que creía que se llamaba Slick, se entretenía dándoles patadas a los aldeanos cada vez que hacían ademán de levantar la cabeza o mirar a su alrededor. Otros soldados estaban agachados comiendo cecina ahumada. El sargento Ocho estaba sentado, apoyado contra un árbol con rostro somnoliento y la mano apoyada en el costado, donde el híbrido le había desgarrado la piel. No había nada fuera de lugar...

Mouse se detuvo en seco. El teniente Sayle estaba de pie al otro lado del claro, fumándose un cigarrillo liado a mano. Y lo estaba observando. Tenía los fríos ojos grises clavados en él. No dejaban entrever ningún pensamiento o sentimiento, su rostro demacrado no mostraba expresión alguna, pero sus ojos no se apartaron de él.

Mouse sintió que se le erizaba la piel. Lo saludó con cierta vacilación, imitando lo que había visto a hacer a los demás guerreros. Los labios del teniente se torcieron hasta esbozar lo que pareció una sonrisa burlona, aunque respondió a su saludo con un gesto desganado.

—¡Ghost! —gritó alguien—. ¡Oye tú, semi! —Al darse cuenta de que lo llamaban a él, Mouse dio media vuelta y se alejó del teniente.

Era Gutty, el chico holgazán con la piel flácida en brazos, piernas y barriga.

—¡Ve a buscar leña! —le ordenó—. ¡Date prisa! Aquí no queremos gusanos vagos. Perteneces a la élite. ¡Que se vea ese sudor! A los soldados del FPU no les asusta sudar. ¡Espabila, soldado!

Mouse intentó hacer otro saludo. Aunque estaba tan agotado como todos los demás, se encaminó de nuevo hacia el bosque.

A lo mejor esta vez lograba escapar.

Mientras se internaba en la selva, vio que dos soldados salían de entre los árboles, como un par de sombras líquidas procedentes de los pantanos donde Mouse había estado cogiendo agua solo unos minutos antes.

Durante un brevísimo instante, se lo quedaron mirando. Mouse se asustó tanto que sintió que se le hacía un nudo en el estómago mientras cruzaban el campamento en dirección a donde se encontraba el teniente Sayle.

Estaban por todas partes.

Todo aquello era una prueba. Hasta el último detalle. No estaba loco. Sí que lo estaban observando.

—¡Asegúrate de que esté seca! —gritó Gutty—. No quiero leños verdes que solo echen humo y luego se apaguen.

El periplo por la selva continuó. Los soldados bromeaban y ensalzaban sus virtudes mientras daban patadas a los prisioneros cuando consideraban que no se movían lo bastante rápido. A Mouse le tocó hacer guardia y vigilar a gente que había sido amable con él.

De vez en cuando, alguno de los soldados se le acercaba y le decía que uno de los prisioneros había desobedecido las normas.

Cuando eso ocurría, se suponía que debía darles una patada en las costillas o echarles ácido en la espalda para que les humeara la piel. En vez de eso, los llamaba gusanos y cosas peores.

Les daba patadas para que se levantaran cuando se tumbaban en el suelo.

Los obligaba a apoyar la cara en el suelo cuando se defendían.

Mouse pensaba que en cualquier momento alguien le daría una pistola y le ordenaría matar a alguno de ellos. Había oído historias sobre los métodos de reclutamiento de los caudillos. Sabía lo que se venía, y lo aterraba.

Pateaba, golpeaba y quemaba a los vecinos del pueblo a la espera del siguiente horror y, mientras lo hacía, los habitantes de Ciudad Banyan lo miraban con todo el odio que solían reservarse para los niños soldado.

Entretanto, los guerreros se reían y lo alentaban.

Mouse solo quería llorar, hacer que todo terminara, negarse..., pero la única vez que había vacilado, lo forzaron a hacer más. Lo obligaron a pegar más fuerte. Vaciló al golpear a la tía Selima con una caña de bambú, como ellos querían, así que lo obligaron a pegarle una y otra vez hasta que la espalda de la mujer quedó cubierta de un montón de tiras ensangrentadas. Luego hicieron que le echara sal en las heridas.

Aunque en aquel momento quiso vomitar, aprendió la lección.

En una ocasión, se disculpó con el señor Donato después de darle una patada en las costillas por haber tardado demasiado en levantarse, pero ni siquiera estaba seguro de si el hombre lo estaba escuchando.

—Lo siento. No quiero hacerlo. Lo siento.

Pero era demasiado cobarde para dejar de hacer lo que el teniente Sayle y los demás le ordenaban.

Una noche, sentado en la oscuridad junto a una hoguera, por fin se armó de valor y les preguntó cuándo ocurriría. ¿Cuándo lo obligarían a matar a la gente que en su día lo había acogido?

El sargento Ocho se dejó caer a su lado y le preguntó:

—¿Cómo lo llevas, soldado?

Mouse se quedó mirando a los prisioneros, pero no respondió.

«Guarda silencio. Sígueles la corriente. No dejes que sepan lo que estás pensando».

Pensó en Mahlia y en lo mucho que se esforzaba por evitar que su rostro reflejara sus sentimientos. Para que nadie supiera lo que le pasaba por la cabeza. Para no mostrar debilidad. La única forma de sobrevivir entre aquella jauría de loboyotes era ocultándoles tu miedo y tus debilidades. No mostrar ninguna emoción.

Pero Ocho lo caló enseguida. Siguió la mirada de Mouse hasta los prisioneros.

—La iniciación es difícil, sin duda. Es la parte más difícil.

Mouse mantuvo la boca cerrada, sin atreverse a decir nada. Era otra prueba. Si decía lo que pensaba, se les ocurriría alguna nueva forma de hacerles daño a la gente del pueblo y a él. Si dejaba entrever cuál era su vulnerabilidad, le clavarían un cuchillo justo ahí y lo retorcerían una y otra vez. Y entonces, cuando hubiera llorado y sufrido lo suficiente y hubiera revelado otra debilidad, tal vez decidieran volarle la cabeza.

—Cuando nos deshagamos de estos gusanos, será mejor —continuó Ocho. Luego soltó una especie de carcajada y añadió—: Bueno, por lo menos estará más despejado. Cuando les dispares a la Milicia de Liberación o al Ejército de Dios, no tienes que sentir lástima por ellos porque sabes que ellos harían lo mismo en tu lugar.

Mouse miró al sargento a los ojos.

—¿Por qué no me has ordenado matar a uno de ellos? Ya me has ordenado hacer todo lo demás.

Ocho lo miró como si se hubiera vuelto loco.

—¡No somos animales! No como el Ejército de Dios. Los chicos de Dios te disparan sin motivo alguno. Te disparan si no llevas una camiseta patriótica, si piensan que no cantas lo bastante alto para su general o si creen que profesas la religión equivocada. Nosotros no somos así. Ahora mismo, estos gusanos son nuestros prisioneros. Si intentan huir o agredir a alguno de los nuestros, entonces reciben un balazo.

Se encogió de hombros.

—Pero no nos dedicamos a ir por ahí matando gente porque sí. —Señaló con la cabeza a los prisioneros. Todos estaban tumbados en el suelo; una masa de sombras que, a juzgar por lo que se movían, bien podrían haber sido cadáveres. A estas alturas, habían aprendido que, si se movían, los disuadían a patadas, así que ahora permanecían quietos como estatuas.

Ocho prosiguió:

—Muertos, no nos sirven de nada. Aunque no parezcan gran cosa, todos estos gusanos son sistemas de reabastecimiento andantes. Todos ellos. Si empezamos a eliminarlos, nos perjudicamos a nosotros mismos. Nos conviene mantenerlos con vida y hacer que ganen dinero para nosotros. Los gusanos buscan chatarra y objetos de valor para nosotros, nosotros les vendemos esa chatarra a los compradores de sangre y, a cambio, obtenemos balas para seguir combatiendo. Sin estos infelices, no habrá forma de arrancar este lugar de las zarpas de todos los traidores, colaboracionistas y gusanos que tanto daño le han hecho a este país... —Se interrumpió.

»No lo entiendes porque no estás con nosotros, todavía no. No te crees un soldado. No sientes que lo seas. —Le dio unas palmaditas al fusil y luego hizo un gesto con la cabeza hacia las tropas—. Tienes que saber que estos chicos te respaldan. Puede que ahora te hagan la vida imposible, pero cuando empiecen a volar las balas y te den en una pierna, puedes estar seguro de que volverán a por ti. Te llevarán de vuelta al campamento y te curarán como puedan, aunque solo tengan una botella de Black Ling y el cordón de un zapato para hacerlo. Mientras sigas vivo y coleando, lo arriesgarán todo para asegurarse de que los chicos de Dios no puedan rajarte. Somos hermanos. Y tú ahora eres nuestro hermano.

—Pues no lo parece.

Ocho se rio.

—Eres un semi, solo tienes media marca, ¿y quieres que te traten como a un soldado? —Sacudió la cabeza—. No. Eso te lo tienes que ganar, gusanillo de guerra.

»Al llegar a las Ciudades Sumergidas verás la guerra de verdad, ahí es cuando les demuestras a los demás que mereces que te llamen hermano. Hazlo y nunca te defraudarán. El coronel siempre dice que no importa de dónde procedamos. Que lo que hayamos hecho antes es irrelevante. Aquí, todos somos el FPU. Aquí te cubrimos las espaldas. —Le dio una palmada en el hombro a Mouse—. No pienses que no lo estás

240

haciendo bien, semi. En cuanto hayas derramado un poco de sangre, serás el chico del momento.

Se acercó y le dio un capirotazo en la marca que aún le ardía en la mejilla.

»Te haremos unas verticales para complementar esas horizontales. Así tendrás la marca completa y podrás lucirla con orgullo.

«No quiero nada de esto —pensó Mouse—. No quiero ser el chico del momento. No quiero derramar sangre. No quiero que vuelvan a marcarme».

Sentía que una parte de él moría en su interior, pero había niños soldado por todas partes y, dondequiera que mirara, los descubría observándolo, asegurándose de que seguía el camino que le habían trazado.

O lo seguía, o estaba muerto.

El doctor Mahfouz solía hablar de que todos tenemos elección y, cuando decía cosas así, hacía que pareciera muy posible. Y, quizá, para él lo había sido. Mouse no creía que el médico hubiera elegido jamás azotar a la tía Selima o verter ácido sobre el pecho del señor Salvatore. Él se habría mantenido firme.

Y, solo por eso, los soldados le habrían volado la cabeza de un disparo y habrían seguido su camino sin pensárselo dos veces.

«No quiero ser un niño soldado».

Pero no había escapatoria. No había otro camino que no condujera a la muerte.

«Soy un cobarde —pensó—. Debería plantarles cara y pelearme con ellos, huir o algo». Pero seguía teniendo miedo, y los soldados siempre estaban acechando.

Tres días después, llegaron a las Ciudades Sumergidas.

27

Mahlia y Tool estuvieron viviendo en la selva durante una semana, alimentándose de los loboyotes muertos mientras el
brazo desgarrado de ella sanaba y el híbrido recobraba fuerzas.
Poco a poco, su dieta se fue ampliando. Pescaron peces y
cogieron ranas. Mahlia comió huevos de hormiga, saltamontes y cangrejos, y sus heridas no tardaron en curarse.

Supo que había llegado el momento de partir cuando Tool
regresó con un jabalí colgado al hombro mientras avanzaba
a grandes zancadas, a una velocidad que la habría obligado
a trotar para seguirle el ritmo. Estaban preparados, todo lo
sanos que podían aspirar a estar. Aquella noche, asaron varias porciones de la carne del animal en una hoguera que
habían encendido usando viejas cajas de cartón y algunos
trozos de madera que la muchacha había encontrado en una
de las ruinas.

Mahlia sabía que debían ponerse en marcha (Mouse estaba ahí fuera, atrapado con aquellos soldados), pero seguía
dejando pasar los días. Era como si fuera incapaz de moverse. En aquel lugar, estaba segura. Mientras permaneciera
junto al híbrido, estaría tan segura como no lo había estado
desde el éxodo de las fuerzas de paz. En cuanto empezara a
seguir el rastro de Mouse, lo perdería todo.

Los recuerdos de su huida de las Ciudades Sumergidas le
inundaban la mente. Las hordas de gente y los soldados, las
antorchas y los machetes sangrientos. La purga de todo lo
que las fuerzas de paz habían logrado durante los años que

habían pasado intentando traer la civilización a la ciudad y hacer que los señores de la guerra depusieran las armas de una vez por todas.

Recordaba cómo se había escondido en las primeras plantas de torres y bloques de apartamentos inundados después de que capturaran a su madre. Cómo se había visto obligada a vivir en las sombras, rezando para que nadie reparara en ella cuando se desplazaba en la oscuridad de un edificio inundado a otro. Rezando por no cruzarse con nadie en alguna de aquellas habitaciones, mientras nadaba, vadeaba y se arrastraba hasta las afueras de la ciudad. Noche tras noche, yacía en la oscuridad, observando cómo las tropas establecían perímetros de seguridad, esperando el momento oportuno para escabullirse. En aquel entonces, aún tenía las dos manos.

Y ahora iba a volver.

Al décimo día de convalecencia, trepó a uno de los grandes pasos elevados cubiertos de enredaderas y oteó el horizonte en dirección a las Ciudades Sumergidas.

De no ser por el fragor de la batalla, desde lejos cualquiera habría pensado que el lugar estaba abandonado. Sin embargo, conforme te acercabas, se empezaban a distinguir algunos detalles. Árboles que brotaban desde las ventanas como el pelo que crece de las orejas de un anciano. Mantos de enredaderas que colgaban sobre los hombros caídos de las edificaciones. Pájaros que entraban y salían de los pisos superiores.

Mahlia trató de imaginar el aspecto que habría tenido sin todo aquello. Había visto fotografías de las antiguas Ciudades Sumergidas, en sus versiones más tempranas, en uno de los museos que las fuerzas de paz se habían afanado por proteger.

Su madre la había llevado a aquel sitio con la intención de examinar los objetos antiguos y determinar cuáles podían tener valor para los coleccionistas extranjeros. Al ver las imágenes, a Mahlia le habían parecido surrealistas: carreteras abiertas por las que circulaban coches, ningún barco a la vista y un río que discurría por la ciudad, pero sin anegarla. Un lugar diferente. Se había quedado mirando las fotografías y se había preguntado a dónde habrían ido todas aquellas personas con sus coches. O tal vez estuvieran todos en el fondo de los canales. Durmiendo.

El museo en sí le había parecido un cementerio. Un lugar al que uno acudía a ver a los muertos. Además, los artefactos que habían encontrado en el interior no eran ni de lejos tan buenos como los que su madre guardaba en su almacén particular.

—La gente valora la historia, Mahlia —le había dicho su madre—. Ven, mira esto. —La mujer levantó un trozo de pergamino y lo sostuvo con sumo cuidado—. ¿Ves estos nombres? Esto era una declaración de guerra. Cuando la firmaron, cambió el rumbo del mundo. —Volvió a dejar el pergamino en su sitio con una delicadeza exquisita—. La gente estará dispuesta a pagar auténticas fortunas por tocar el papel que tocaron esos hombres.

Entonces había sonreído.

—Aquí nadie conoce las historias que se esconden detrás de estas cosas, así que desconocen el valor que poseen. Para ellos, todo esto no es más que basura —le había explicado mientras señalaba con las manos el almacén en el que se encontraban, lleno a rebosar de las piezas selectas de su madre.

Banderas antiguas. Cuadros. Bustos de mármol de estatuas de ancianos a las que les habían arrancado la cabeza y de algún modo habían llegado al establecimiento que tenía junto a la desembocadura del río, al que los coleccionistas acudían a comprar historia y otros tesoros.

Su madre tenía una pequeña tienda en la parte delantera, donde estudiaba a los posibles compradores. Pero lo verdaderamente asombroso era el almacén. Estaba instalado en las entrañas de un enorme edificio situado a poca distancia del centro de la ciudad, donde había comprado varios apartamentos que luego había tapiado con esmero para ocultarlos de miradas indiscretas. Era allí a donde llevaba a sus mejores compradores.

Cuando Mahlia era pequeña, a veces la dejaban ver cómo los hombres y mujeres examinaban los cuadros apoyados contra las paredes, las colecciones de estatuas de presidentes, los murales extraídos de edificios gubernamentales y transportados de una pieza al almacén.

Su madre decía que así era como había conocido a su padre. Le apasionaba la historia, igual que a ella. Le había comprado unas tabaqueras de plata pequeñas que databan de la época de la revolución y unas plumas con las que se habían firmado algunos documentos famosos. Cartas manuscritas. Todo tipo de cosas. Había vuelto una y otra vez, hasta que su madre por fin había comprendido que las antigüedades no eran lo único que amaba su padre. Y de ahí había nacido Mahlia.

—¿Tienes una ruta pensada? —le preguntó Tool, interrumpiendo sus cavilaciones.

La joven se sobresaltó. Pese a su corpulencia, era muy silencioso. Daba un poco de miedo cuando aparecía así de repente.

—Sí —respondió ella—. Sé cómo entrar.

—¿Sin que nos detecten? —insistió el híbrido.

—Bueno, si me equivoco, no tardarán en matarnos a los dos, ¿no? —replicó irritada.

Tool sonrió con suficiencia.

—Escapar es más sencillo que infiltrarse. Que consiguieras huir de ese lugar no significa que puedas volver a entrar en él. La dirección de tu ruta no es la única variable. ¿Dónde piensas refugiarte cuando estés dentro? ¿Cómo piensas sobrevivir hasta que encuentres a tu hermano?

—No es mi hermano.

Tool gruñó al oír su respuesta.

—Entonces deja su destino en manos de las Parcas.

Mahlia sabía a dónde quería llegar el híbrido, pero no le gustó que volviera a sacar el tema.

—Se lo debo —aseveró.

—Las deudas son una carga muy pesada. Deshazte de ella y serás libre.

Era una idea tentadora, sin duda. Huir sin más. Hacer como si aquel granuja que solía contarle chistes, gastarle bromas y arrancaba de raíz nidos enteros de huevos de paloma cuando se morían de hambre nunca hubiera existido.

Como si nunca la hubiera salvado de todo el dolor que los niños soldado se morían por infligirle.

—No puedo —concluyó. Hizo una mueca—. De todos modos, ¿por qué me estás ayudando? ¿Por qué no te vas y ya está? Nadie te retiene aquí.

—Tengo mis propias razones.

—¿No es por haberte salvado? —lo provocó Mahlia.

El rostro bestial de Tool se volvió hacia ella.

—No.

El tono de su voz la asustó, porque se dio cuenta de que no tenía ni idea de cuáles eran las motivaciones del híbrido. Durante los últimos días, mientras buscaban comida juntos, a veces se olvidaba de que no era humano. Pero luego, de repente, la miraba con el enorme ojo amarillo, el rostro lleno de cicatrices, el hocico perruno y los dientes félidos, y sentía que miraba a la cara de algo que, por momentos, la veía como comida.

Armándose de valor, le preguntó:

—Entonces, ¿por qué?

—He decidido que tengo asuntos pendientes allí.

—¿Desde cuándo?

Tool la miró con detenimiento. Mahlia se obligó a no apartar la mirada. Al cabo de un rato, dijo:

—Cuando el coronel Stern me tenía cautivo me usó para pelear. Peleé contra panteras y prisioneros del Ejército de Dios. Contra sus propios hombres, soldados que huían del campo de batalla o que le fallaban de alguna manera. Stern disfrutaba con esas peleas. Solía sentarse al lado de la jaula de combate y me veía matar a sus enemigos. Se desgañitaba vitoreando cada vez que le arrancaba los brazos a algún hombre. Creo que me gustaría volver a verle, aunque sin una jaula de por medio.

—Eso es imposible.

La respuesta de la muchacha lo hizo sonreír.

—¿Y salvar a tu amigo no lo es?

Antes de que la joven pudiera responder, se dio la vuelta y se descolgó del paso elevado, dejándose caer sobre un árbol. El tronco se balanceó, las ramas se doblaron bajo su peso y las hojas se agitaron con violencia. Mahlia aguzó el oído, esperando oír un golpe sordo cuando el híbrido cayera al suelo, pero no oyó nada. Era como si la selva se lo hubiera tragado y hubiera desaparecido sin dejar el menor rastro.

—¿Tool?

—Tardaremos dos días en llegar al río —informó el híbrido—. Si quieres tener alguna posibilidad de salvar a tu amigo, ya va siendo hora de que nos pongamos en marcha.

28

Cuando Mouse era más pequeño, su familia solía hablar entre susurros de la anarquía y la decadencia de las Ciudades Sumergidas.

Su padre a veces se desplazaba hasta allí con un esquife lleno de pollos metidos en jaulas de bambú para vendérselos a los habitantes de la ciudad y a los soldados del ejército. Pero siempre tenía una expresión sombría cuando se alejaba por las tierras pantanosas, y también cuando regresaba.

Siempre había conseguido el dinero que les hacía falta, además de alguna azada nueva o alambre de púas para cercar mejor a los cerdos, pero nunca le había agradado tener que hacer el trayecto de ida ni el de vuelta.

El hermano de Mouse decía que era porque los soldados te amenazaban cuando cruzabas sus territorios. Si los mirabas mal, te llamaban traidor, chaquetero, espía o colaboracionista chino, y te disparaban en el acto.

Se inventaban cosas para insultarte y acusarte. Cualquier cosa les servía. A lo mejor te llamaban cerdo zurdo, te pegaban un tiro entre ceja y ceja y se reían en tu cara mientras tu cuerpo flotaba en un canal.

A Mouse le daba pena que su padre tuviera que besarles las botas a los soldados solo para poder conseguir las pocas cosas que no podían fabricar ellos mismos o comprarle a algún mercader durante su circuito de ventas. Pero también se alegraba en secreto de no haber tenido que ir personalmente.

Mahlia tenía sus propias historias sobre las Ciudades Sumergidas, relatos de su infancia allí, aunque las historias que contaba ella y las que contaba su padre eran tan diferentes como la noche y el día.

La joven solía hablar del gran estanque reflectante de la ciudad, una construcción rectangular que se extendía a lo largo de más de un kilómetro y medio, y del vasto palacio de mármol que lo dominaba, presidido por su imponente cúpula, desde donde las fuerzas de la paz gestionaban todos sus asuntos administrativos. Hablaba de los vendedores de «shaobing», que les vendían sus panecillos dulces horneados a los pacificadores; de las oficinas corporativas; de los clíperes que llenaban los puertos y las balsas de biodiésel que surcaban los canales y se agolpaban en torno a los mercados flotantes que proliferaban a diario cuando los agricultores como su padre se desplazaban hasta la ciudad para vender sus víveres. Hablaba de la col china, del melón amargo, de las granadas rojas y de cuerpos de cerdos enteros que colgaban sobre el agua limpios y frescos, recién salidos del matadero.

Pero todo eso se limitaba al territorio controlado por las fuerzas de paz. Las reglas eran distintas en su parte de la ciudad, donde la intervención china había expulsado a los caudillos. Para Mouse, su vida sonaba como el paraíso, al menos hasta que China se hartó de intentar hacer que todo el mundo se llevara bien, retiró a sus fuerzas de paz y dejó que las Ciudades Sumergidas siguieran matándose entre sí.

En cualquier caso, todo lo que Mouse sabía de las Ciudades Sumergidas era de oídas. Su vida había transcurrido entre los terrenos inundados de su familia y la pequeña vivienda que su padre había construido en el segundo piso de un viejo edificio de ladrillo rojo en ruinas. Su vida se había centrado en las épocas de siembra, en conseguir una mula para labrar la tierra embarrada cuando cesaban las lluvias y en intentar ganar suficiente dinero para poder adquirir un búfalo de agua como el que tenían los Sims. Entonces, su vida sería buena y sencilla, o al menos eso pensaba.

Mahlia solía llamarlo «granjero». Un pobre granjero que no sabía nada de la ciudad.

Mouse pensó en todo aquello mientras se encontraba en lo alto de un edificio de diez plantas, con un machete y un par de botellas de ácido colgando del cinturón, vigilando el territorio en busca de posibles infiltrados del Ejército de Dios.

Ahora, él era más de las Ciudades Sumergidas que la chica que había nacido en ellas, aunque tenía que admitir que no se parecía en nada a lo que había imaginado.

En cierto modo, había esperado que la ciudad tuviera un aspecto más... mortecino.

Pero esa noción no podía estar lejos de la realidad. Contempló los kilómetros de edificios antiguos y calles inundadas convertidas en canales. Las redes de vías fluviales de color esmeralda estaban obstruidas por las algas y salpicadas de nenúfares y tallos de flores de loto blancas. El agua había engullido las dos primeras plantas de todos los complejos de edificios y apartamentos, a veces incluso más, como si la ciudad entera hubiera decidido alejarse de repente y zambullirse en el océano.

Las caras de las torres estaban cubiertas de enredaderas trepadoras y kudzu. De los salientes de las ventanas y los tejados brotaban árboles, como sombrillas verdes que se inclinaban sobre el agua mientras sus raíces se aferraban con fuerza a la mampostería y el hormigón. Los edificios más bajos estaban totalmente sumergidos, lo que los convertía en peligrosos escollos, pero muchas de las construcciones aún se alzaban sobre el nivel del mar, inmersas hasta la cintura en marismas que subían y bajaban con las mareas, como gigantes llenos de hojas verdes que se agazapaban en las cálidas aguas del océano.

Los soldados del FPU surcaban los canales a bordo de esquifes o corrían por pasarelas de bambú que habían construido para que flotaran sobre el agua. Había tropas por todas partes, cruzando puentes fijos de un bloque a otro y recorriendo la ciudad, unas veces vadeando y otras nadando. De vez en cuando, aprovechaban para subirse a las zódiacs de combustible biodiésel de las empresas de recuperación que les pagaban por recolectar chatarra en su territorio.

Sobre todo, Mouse ahora era consciente de lo viva que estaba la ciudad, pero esa vitalidad no se reducía solo a los disparos, los soldados y la contienda. Todo eso estaba muy presente, sin duda. Los colores que delimitaban los territorios y su control, las tropas, el eco de los disparos y la artillería a lo largo de las fronteras en disputa. Los números de los sectores pintados de forma chapucera en los edificios junto con los nombres de los canales: Río Stern, Canal Tranquilo, Calle de Oro, Canal K, Canal Verde, Callejón de los Pacificadores... Todo eso se lo esperaba. Las balas y los edificios.

Sin embargo, no había esperado ver bandadas de pájaros posados en las ventanas rotas. O águilas revoloteando sobre los canales en busca de peces. No había esperado ver un ciervo nadando en aguas abiertas, ni oír a los loboyotes aullando por la noche, llamándose los unos a los otros desde los tejados.

Había guerra y ruina, calor, sudor, mosquitos y agua salobre, pero, a medida que la selva iba recuperando su territorio, adentrándose cada vez más en lo que antaño había sido un lugar reservado en exclusiva para los seres humanos, en las Ciudades Sumergidas también se respiraba una extraña vitalidad.

Y luego estaba la chatarra.

Mouse siempre había pensado que las Ciudades Sumergidas no eran más que una zona de guerra, pero en realidad eran una mina de chatarra.

El primer día que había pasado allí, había visto cómo desmantelaban un bloque entero de la ciudad. Nubes de hormigón y polvo de roca, montañas de tuberías y conductos, acero, cobre y hierro que arrancaban de las estructuras. Montones enmarañados de cables separados por peso, tipo de metal y color.

Algunos edificios antiguos estaban construidos con mármol rosa y blanco. Había visto cómo extraían el mármol y lo colocaban en barcazas mientras depositaban el resto de la piedra y el hormigón en los canales para colmar el agua, construir nuevas calles y con ello elevar el lecho de la ciudad por encima del nivel de las mareas.

Se había quedado mirando a toda la gente agolpada entre los escombros. Centenares de personas que formaban filas casi interminables de carretillas llenas de piedra y se agrupaban en torno a unas enormes vigas de hierro que levantaban con cuerdas hechas de kudzu y luego arrastraban hasta las barcazas.

El Pelotón Can, al que Mouse había sido asignado, se había encargado de guiar a los prisioneros de Ciudad Banyan hacia la amalgama de trabajadores.

—¡Meteos ahí! —gritó Gutty—. Haced algo útil.

Los otros soldados se mofaron de los cautivos y los azotaron con cañas de bambú mientras los conducían a la operación de recolección de chatarra. Mouse conocía a esas personas. Conocía a Lilah, a Tua, a Joe Sands y a la tía Selima, que tan amable había sido con él. El señor Salvatore, que había perdido tanto a su hija como a su nieto, miró al chico como si fuera escoria cuando lo hicieron pasar a su lado.

El sargento Ocho le dio una colleja a Mouse.

—¡Ay!

—Será mejor que no mires demasiado, semi. El teniente podría pensar que no quieres ser un soldado, que preferirías unirte al resto de los gusanos de guerra.

Efectivamente, Sayle volvía a tener la mirada puesta en él, evaluándolo con sus fríos ojos grises. Era como si siempre estuviera observando. La mayor parte del tiempo, Mouse sentía los ojos del hombre clavados en él, incluso cuando no estaba haciendo nada malo. Incluso cuando no fantaseaba con la idea de salir corriendo.

¿Acaso se había delatado?

Tal vez lo hubiera visto durante el trayecto hacia las Ciudades Sumergidas. Quizá hubiera visto a Mouse sentado junto a la hoguera, escudriñando las sombras de la selva una y otra vez en busca de una vía de escape. Pero siempre había tenido a algún soldado armado cerca.

—Deja de mirarlos, Ghost —insistió Ocho—. Esos prisioneros ya ni siquiera son personas. Ahora no son más que gusanos. No son asunto tuyo.

Los soldados empujaron a los prisioneros hacia el amasijo de escombros. Las nubes de polvo de hormigón se arremolinaron a su alrededor y, unos instantes después, la obra los engulló por completo.

Cuando Mouse por fin se atrevió a mirarlos de nuevo, se habían perdido entre la multitud de hormigas, convertidos en apenas un puñado de puntitos polvorientos mezclados con todos los demás. Sin embargo, Ocho, al darse cuenta de a dónde miraba, le dio un golpe en las costillas con la culata del rifle.

—Último aviso, Ghost. Te queda un largo camino por recorrer antes de conseguir las tres barras que te faltan. No le des a nadie motivos para pensar que no eres leal.

Y, para vergüenza eterna de Mouse, apartó la mirada de los trabajadores y los prisioneros e hizo lo que le decían.

Incluso ahora, se sentía mal al recordarlo. Allí de pie, en el puesto de vigilancia en lo alto aquel edificio, podía ver el polvo de hormigón y oír el traqueteo de las tareas de reciclaje a casi un kilómetro de distancia.

Aún le dolía la mejilla donde le habían grabado la marca de Glenn Stern, pero el dolor estaba desapareciendo. Y, aunque todo el mundo seguía llamándole semi y obligándolo a hacer sus tareas, ya fuera ir a buscar agua, fregar ollas o cocinar un ciervo al que habían abatido, también lo habían armado con un machete y ácido, además de hacer guardia con el resto.

Puede que lo trataran como a su perro faldero, pero era mejor trato del que recibía la gente que trabajaba en tareas de recuperación de chatarra. Estaba bien alimentado y armado, y montar guardia era un trabajo sencillo.

Le daba miedo pensar en que los prisioneros se habían visto arrastrados por aquel mar de trabajo mientras él quedaba libre sin una razón aparente.

Nada de aquello tenía sentido. No había hecho nada de una manera concreta como para acabar donde estaba. La marea de la guerra había subido y se lo había tragado, y a Ciudad Banyan con él. Al final, todos habían acabado revueltos en ella. Y, por razones que no lograba comprender, él había logrado salir a la superficie y respirar mientras todos los demás morían ahogados.

Sus padres habían sido cristianos de Aguas Profundas y siempre le habían dicho que, aunque el mundo obrara de forma misteriosa, Dios tenía un plan para ellos.

Mientras prestaba atención al traqueteo y el estruendo de las tareas de reciclaje y a sus hordas enfurecidas de trabajadores esclavos cubiertos de polvo, no pudo evitar pensar que, si Dios de verdad tenía un plan, era cruel y despiadado.

A lo lejos se oían disparos.

No habría sabido decir quién luchaba por aquel territorio. Podría haber sido el Frente Patriótico Unido, el Ejército de Dios, la Compañía Tulane, los Lobos de Taylor o la Milicia de Liberación. Era imposible adivinarlo. La única certeza era que seguiría habiendo más disparos.

Gutty se le acercó por detrás y le dio una palmada en el hombro.

—Vamos, Ghost —le indicó—. Hora de patrullar. Adivina a quién le toca ir al frente —dijo entre carcajadas, porque, por alguna razón, le resultaba gracioso.

29

Mahlia y Tool llegaron a Moss Landing al atardecer del segundo día. En dos ocasiones se vieron obligados a retroceder y sortear las patrullas que el híbrido detectaba a lo lejos, por lo que tuvieron que seguir una ruta bastante enrevesada hasta que la amplia franja cenagosa del río Potomac se abrió ante ellos.

Mahlia había estado dos veces en Moss Landing acompañando al médico, pero en ambas ocasiones se había quedado en los márgenes mientras Mahfouz se metía en las entrañas de la ciudad para intentar comprarles medicinas a las tropas que introducían mercancías de contrabando procedentes del mercado negro desde la costa.

El médico solía decir que, mientras hubiera un río, habría un medio de transporte. Los medicamentos se transportaban río arriba, donde las grandes empresas de recuperación y sus empleados corruptos se las vendían a las tropas, y las armas se transportaban río abajo, donde atravesaban las líneas de combate como por arte de magia, aun cuando los ejércitos y los refugiados no podían hacerlo.

Más armas y munición para mantener viva la contienda.

—¿Por qué siguen peleando? —le había preguntado Mouse una vez—. ¿No sería más sencillo parar? Todo el mundo ganaría más dinero.

Mahlia casi se había reído. Básicamente, había sugerido lo que su propio padre había repetido cada noche durante años.

—Son idiotas y están locos —le había respondido ella.

Pero el doctor Mahfouz había negado con la cabeza.

—Locos no. Más bien... dementes racionales. Cuando la gente lucha por sus ideales, ningún precio es demasiado alto y ninguna batalla puede darse por perdida. No luchan por dinero, poder o control. No en realidad. Luchan para destruir a sus enemigos. Así que, aunque lo destruyan todo a su alrededor en el proceso, para ellos valdrá la pena, porque habrán destruido a los traidores.

—Pero todos se llaman traidores entre sí —había replicado el chico.

—Así es. Es una vieja tradición por estos lares. No me cabe la menor duda de que la persona que empezó a cuestionar el patriotismo de sus oponentes políticos pensó que estaba siendo inteligente.

Ahora, la joven y el híbrido estaban agazapados en la selva a las afueras de la ciudad. Se parecía mucho a como ella lo recordaba. Tropas de permiso. Jóvenes prostitutas. Armas, alcohol, drogas, risas y gritos. Pistolas que se disparaban al azar, como uno de los espectáculos de fuegos artificiales del Festival de Primavera, pero todo el tiempo. El lugar era un hervidero de peleas en cuadriláteros, anfetaminas, cristal y ojos inyectados en sangre que espiaban desde las sombras. Mahfouz nunca había querido que entrara allí, y ella se había alegrado de poder quedarse fuera.

Más allá de su posición, en el río, se divisaban algunas velas, aunque ninguna de aspecto suntuoso. Probablemente fueran contrabandistas a bordo de sus pequeños esquifes. La última vez que había estado allí, también había oído el zumbido de las zódiacs de combustible biodiésel que remontaban el río en nombre de Glenn Stern y sus soldados del FPU.

Observó a los soldados y a las prostitutas. Dejó escapar un grito ahogado al ver mejor a uno de los soldados. Llevaba una cruz verde tatuada en el pecho desnudo y, ahora que se fijaba, también un amuleto reluciente de aluminio colgado del cuello. Eran todos iguales. Con sus cruces y sus amuletos.

—El Ejército de Dios —susurró. Empezó a retroceder, tratando de escapar—. Es del Ejército de Dios.

Tool la agarró del brazo, impidiendo que huyera.

—¿Eso supone un cambio? —le preguntó.

—Antes era territorio del Frente Patriótico Unido.

—La guerra es fluida —dijo mientras estudiaba la ciudad—. Aún hay soldados en el río y en el muelle se siguen descargando cajas. Las mercancías del mercado negro se siguen transportando por la vía fluvial. Los jugadores han cambiado, pero el negocio de contrabando sigue siendo el mismo.

—Sí. La única diferencia es que, si tenemos que volver a cruzar al territorio del FPU río abajo, estamos muertos. —Volvió a echar un vistazo a Moss Landing y a sus toscos edificios, con sus interiores de hormigón y ladrillo resquebrajados, desmoronados y cubiertos de maleza. Las tropas estaban cantando una canción patriótica sobre cómo su general no moriría hasta haber exterminado a los últimos enemigos de Dios.

—No es por eso por lo que intentas huir —observó Tool.

Mahlia tenía el corazón desbocado. Tragó saliva.

—Fueron ellos quienes me capturaron. La última vez. Los que me cortaron la mano.

El híbrido asintió despacio.

—Aun así, tienes que bajar y comprobar si la ruta sigue abierta.

—Yo no. —Sacudió la cabeza con violencia mientras trataba de reprimir los recuerdos de cuando intentaba escapar de ellos, de cómo se reían mientras la obligaban a poner la mano sobre un tronco—. No les gustan los apestados.

Se oyó un grito. Mahlia se estremeció. Un par de soldados salieron a trompicones al centro de la calle apoyándose en unas prostitutas. Estaban todos borrachos o colocados. Desquiciados y descerebrados porque no estaban en el frente.

Cuando el FPU controlaba la ciudad, sus soldados habían actuado del mismo modo. Moss Landing era territorio seguro, un lugar al que acudían cuando estaban de permiso, resguardado de las Ciudades Sumergidas. Un destino sencillo.

Sin darse cuenta de lo que hacía, Mahlia extendió la mano y cogió una piedra, preparándose para defenderse en caso de que se acercaran.

Casi dejó escapar un grito cuando bajó la mirada. Estaba agarrando un cráneo que seguía medio enterrado, con carne aún en la cara. Aunque ya casi no desprendía olor, pudo distinguir las barras triples de la marca de Glenn Stern en la mejilla del chico. Sintió un escalofrío al darse cuenta de que Tool y ella se encontraban sobre un cementerio de cadáveres, rodeados de soldados del FPU enterrados a poca profundidad.

—Parcas... —susurró.

El híbrido la miró con semblante divertido.

—Pensé que lo sabías.

La muchacha dejó caer la calavera y se limpió la mano en la cadera, intentando borrar aquella sensación de suciedad, consciente de que no funcionaría.

—Por eso elegí esta posición —le explicó Tool—. Esos soldados no querrán mancillar su campo de exterminio. Darán un rodeo para evitar pisar la historia que han escrito en este lugar.

—¿Lo oliste?

—Por supuesto.

Aunque su elección tenía sentido, Mahlia sintió náuseas al saber que se encontraba sobre montones de cadáveres. Sintió una necesidad imperiosa de huir, una urgencia cargada de superstición que hizo que se le erizara la piel, pero se obligó a reprimirla. Había visto muchos cadáveres. Estos solo eran algunos más. Además, eran un buen recordatorio de lo que el Ejército de Dios era capaz de hacer.

Como si no lo supiera de primera mano.

—Tenemos que encontrar otro camino —dijo.

Tool la miró.

—¿Tienes miedo?

—Claro que tengo miedo. Es el Ejército de Dios... —Sacudió la cabeza—. No se puede razonar con fanáticos. Nos matarán sin pensarlo dos veces.

—¿Qué diferencia hay con respecto al FPU? —le preguntó el híbrido—. Tenías un plan sólido: llegar a los bancos, buscar un guía.

Sin embargo, ahora Mahlia veía lo arriesgado que había sido su plan. Incluso cuando el FPU controlaba el territorio, siempre había sido Mahfouz quien había bajado a Moss Landing y regresado con vida.

Observó a las personas que estaban de pie alrededor de las hogueras. Las chicas se reían de un modo que evidenciaba que intentaban mantener contentos a los soldados, pero que estaban asustadas.

Un hombre se acercó al límite de la selva, se bajó los pantalones y empezó a orinar. Era un adulto. ¿Cuántos adultos de verdad había visto desde la reanudación de la guerra? Los vecinos de Ciudad Banyan, por supuesto, pero, ¿fuera de las Ciudades Sumergidas? Solo los peces gordos. Los que dirigían las cosas. El teniente Sayle... y la cara del coronel Glenn Stern, el líder del FPU. Y, sin embargo, ahí estaba aquel hombre. Un adulto con todas las letras.

Dos soldados esperaban detrás de él. Gusanos de guerra. Ni siquiera tenían pelo en el bigote. Un par de lunáticos infelices con armas, puestos de anfetaminas o locos de remate. En vez de machetes y botellas de ácido, llevaban una escopeta y un rifle de caza respectivamente, lo que significaba que debían de estar sedientos de sangre, sobre todo si su único cometido era proteger a aquel adulto. Los niños con pistolas le daban miedo. Las armas los volvía arrogantes, y la arrogancia los volvía despiadados.

En algún lugar de la ciudad se oían los sollozos de alguien que suplicaba y se dolía. No lograba discernir si era un niño o una niña. De hecho, ni siquiera parecía una persona. Mahlia se dio cuenta de que estaba temblando. Ella había emitido ese mismo sonido una vez... cuando le habían sujetado la mano.

—No voy a bajar. Habrá que encontrar otro camino.

La enorme cabeza de Tool se giró para mirarla.

—No hay otro camino. Y eres tú quien debe ir. —Hizo un gesto con la cabeza en dirección a la ciudad—. Los aumentados como yo somos los peores enemigos de esa clase de soldados. Me dispararán en cuanto me vean. Soy su peor pesadilla. Libran una batalla interminable contra los de mi especie en el norte, donde se encuentran acorralados por las líneas de combate. Si me ven aquí, asumirán que soy un espía o un atacante, y me dispararán.

—¿Y si solo estuvieras de paso?

—Los híbridos nunca están «de paso» por ningún sitio. Lo aprendí por la fuerza la última vez que lo intenté —confesó Tool—. Esos soldados creen que todos tenemos amos y que siempre actuamos en favor de los propósitos de nuestros amos. Mi especie no tendría nada que hacer aquí, salvo entablar combate con ellos.

Señaló la ciudad con la cabeza.

—Tienes que acercarte hasta el muelle y buscar un contrabandista.

—¿Qué hago si alguien viene hacia mí?

—Necesitamos un esquife y una persona que sepa cómo internarse en las Ciudades Sumergidas. Sin una alianza, no tenemos nada.

—No tenemos con qué pagarle.

—Tráemelo —dijo enseñando los dientes—. Yo me encargaré de acordar el pago.

La muchacha negó con la cabeza.

—No creo que esto vaya a funcionar.

—Sé fuerte, guerrera. Las cosas solo irán a peor.

Mahlia se quedó mirando la ciudad, odiando lo que tenía que hacer.

—Por la mañana —decidió—. Iré cuando todos estén resacosos, somnolientos y atontados. No ahora, que están colocados, enloquecidos y buscando a alguien a quien hacer daño.

Tool sonrió.

—Una decisión digna de Sun Tzu.

30

El problema no surgió de inmediato.

Se encontraban en una de las áreas más recónditas del territorio del FPU, por lo que deberían haber estado a salvo. Allí, solo tenían que estar pendientes de las cadenas de presos y de los granjeros. Mouse y los demás soldados de su pelotón estaban de pie charlando y bromeando mientras observaban cómo unas barcazas grandes y viejas atravesaban el Canal K, sin imaginar si quiera lo que se avecinaba.

Las barcazas eran unas enormes estructuras acorazadas y oxidadas. Una larga fila de ellas obstruía el canal con una elaborada red de cuerdas que se extendían hacia a las pasarelas de los lados, donde se enganchaban a los arneses de una multitud de personas dispuestas en hileras que se inclinaban hacia delante y tiraban de ellas.

Aunque unos pocos tenían mulas a las que obligaban a moverse hacia delante, la gran mayoría era gente fibrosa, con el pelo sucio y enmarañado y la piel desgarrada. Pieles blancas, morenas, negras y bronceadas, todas cubiertas de azotes y laceradas por la faena.

Los rebuznos y los quejidos de las mulas y los gruñidos de los prisioneros llenaban el canal y reverberaban en los edificios. El hedor que desprendían al pasar era casi insoportable. Mouse se apartó mientras los transportistas se apoyaban contra el peso de las barcazas llenas.

La primera embarcación tenía un montón de símbolos verdes y un logo de Lawson & Carlson. La segundo, sin embargo...

—¿Esa es china? —preguntó Mouse.

En el lateral de la barcaza había un logotipo antiguo con una inscripción que se parecía muchísimo a las que había en los envases de medicinas que solía distribuir el doctor Mahfouz.

Gutty echó un vistazo.

—Claro —dijo simplemente. Luego siguió agitando la botella de ácido que tenía en las manos. Dejó salir un chorrito que empezó a humear y sisear en cuanto entró en contacto con la pasarela—. Muchos de los compradores de sangre son de allí. Hay de todo.

Señaló a la procesión de barcazas y logotipos.

—Lawson & Carlson viene de la zona de Seascape. GE... no sé de dónde. Stone-Ailixin creo que es de Europa, y Patel Global también es de Seascape Boston.

—Creía que los caudillos... —Mouse hizo una pausa para elegir bien sus palabras—. Creía que habíamos echado a los chinos.

—Solo a las fuerzas de paz. Si los compradores tienen balas para ofrecer, dejamos que compren toda la chatarra que quieran, como a todo el mundo. Mientras no intenten invadirnos, decirnos cómo funciona una democracia ni nada de eso, pueden comprar todo el mármol, el acero y el cobre que quieran.

Mouse frunció el ceño, sopesando lo que acababa de decirle. No pudo evitar acordarse de Mahlia, de cómo todo el mundo la trataba como a una apestada. Y aquí todo el mundo estaba encantado de aceptar balas de la misma gente que había dejado atrás a su amiga. Tanto discurso patriótico sobre expulsar a China y recuperar el control del país, pero luego no tenían ningún inconveniente en comerciar con empresas chinas. Mataban a los hijos apestados de las fuerzas de paz, ¿pero estaban dispuestos a aceptar munición de los chinos?

El aire silbó.

Echó un vistazo a su alrededor, intentando averiguar la procedencia del sonido.

De repente, una barcaza explotó junto a él. Los restos pasaron silbando.

La explosión los arrojó a él y a Gutty contra una pared. Un trozo de granito se desprendió de lo alto del edificio que tenían encima y se hizo añicos al chocar contra el hierro de la barcaza. Varios trozos más de piedra se precipitaron sobre Mouse y le hicieron cortes en la piel. Una losa de granito cayó con estrépito a su lado, destrozando la pasarela y dejando un agujero que descendía hasta las aguas del canal. Se quedó mirando el agujero boquiabierto.

¿Dónde estaba Gutty?

Otro silbido. Y otra barcaza voló en pedazos. La estructura empezó a zozobrar y a arrastrar a las mulas y a los trabajadores al agua. Los gritos de la gente resonaban con fuerza mientras la embarcación se hundía y se los llevaba por delante.

Se desató el caos. Por todas partes, había gente corriendo, lanzándose al agua o saliendo de ella a rastras. Todo el mundo intentaba escapar de la matanza. Los trabajadores se agitaban con violencia en el agua, enredados en los arneses. A Mouse le zumbaban los oídos por culpa de las explosiones, tanto que los gritos le parecían lejanos. Entonces, cayó en la cuenta de que había perdido la audición. Otro proyectil detonó en el canal y lanzó un chorro de agua hacia arriba.

«La 999», pensó. Tenía que ser. El Ejército de Dios debía de tener una 999 y estaba dejando caer proyectiles sobre él. Miró a su alrededor, aturdido, observando a toda la gente que se revolvía, forcejeaba y se ahogaba.

Un grupo de su pelotón le hacía señas desde la ventana de una alcoba.

Debía ponerse a cubierto.

Se lanzó hacia ellos en el momento en que impactaba otro proyectil. En algún lugar detrás de él varios rifles abrieron fuego. Un manto de sangre brillante tiñó de rojo la pasarela ante sus ojos. Empezó a palparse el cuerpo asustado, pero enseguida comprobó que seguía teniendo los brazos y las piernas intactos. Entonces, ¿de dónde había salido toda la sangre?

Otro proyectil silbó en el aire. Todo el mundo se hizo un ovillo cuando impactó contra la barcaza medio hundida. Era como si el cielo estuviera descargando una tormenta de fuego sobre ellos y no pudieran hacer nada para detenerla.

Mouse entró en pánico, pero Van lo agarró.

—¡No corras, Ghost! ¡No te separes de tu pelotón!

El chico asintió sin pronunciar palabra. Otro proyectil alcanzó el edificio contiguo. Una lluvia de escombros se precipitó sobre ellos.

Ocho tenía la mirada fija en los edificios que los rodeaban.

—¿Cómo han descubierto nuestra posición?

Las balas empezaron a abrirse paso a través del canal. Ocho se puso a cubierto detrás de un trozo de granito caído. Los chillidos de los animales y los prisioneros inundaron el aire. A Mouse no dejaban de zumbarle los oídos. Los proyectiles se sucedían y rebotaban en las paredes sin cesar, como si el Ejército de Dios tuviera munición suficiente para dispararles eternamente.

Lo único con lo que Mouse contaba para hacerles frente era un machete y una botella de ácido. Se agazapó mientras más y más armas abrían fuego contra ellos desde todas las direcciones y los rociaban de metralla. Algo pasó volando junto a él y le hizo un corte en la oreja. Notó que la sangre le corría por la cara.

Así y todo, era uno de los más afortunados. Gutty había desaparecido. Había estado a su lado cuando la losa de granito se les había caído encima, pero un segundo después ya no estaba. Mouse supuso que la losa lo habría aplastado y se habría ahogado. Y ahora ya no estaba. Así, sin más.

La 999 retumbó de nuevo. Mouse trató de acurrucarse aún más.

No podían volver corriendo o nadando por donde habían venido porque los chicos de Dios también los tenían acorralados por detrás y, escondidos entre las torres, eran presa fácil, atrapados a la espera de que alguno de los proyectiles de la 999 derribara un edificio entero sobre sus cabezas.

Ocho se puso de pie y empezó a rociar balas a lo largo del canal con el rifle. Las Parcas debían de protegerlo, porque no recibió ningún disparo. Luego volvió a agacharse junto a Mouse con la espalda apoyada contra el granito.

—Tienen un observador —dijo entre jadeos—. Si lo localizamos y lo eliminamos, podremos darnos un respiro.

Señaló con la cabeza uno de los edificios de en frente.

—Ese no lo están bombardeando.

Pook escrutó el edificio que les había indicado Ocho.

—¿Crees que están ahí?

—Es el único edificio que no han atacado.

La 999 disparó de nuevo y todos se aplastaron contra la superficie más cercana, pero el proyectil cayó en otra parte. Ni siquiera detonó. Todos se echaron a reír.

Un obús defectuoso.

—¿Cómo lo llevas, soldado? —Ocho le dio una palmada en la rodilla a Mouse—. ¿Listo para hacerles daño a esos cabrones?

Pero Mouse no podía articular palabra. Estaba temblando. Tenía la cara llena de sangre por el trozo de metralla que lo había alcanzado y que seguía sin saber de dónde había salido.

En ese momento se percató de que Ocho lo estaba mirando. Intentó hablar, pero no consiguió decir nada. Le sorprendió ver que el sargento estaba sonriendo. Se inclinó hacia él y dijo:

—Tengo noticias para ti, semi. No saldremos vivos de aquí. ¿Lo entiendes? Somos muertos vivientes. Así que no te preocupes tanto por sobrevivir, ¿vale? —Le dio una palmada en el muslo sin dejar de sonreír—. No te lo tomes tan en serio. Solo somos carne de cañón.

Mouse cerró los ojos, queriendo llorar, pero Pook lo agarró de repente.

—Venga, semi. Hora de ganarte las barras verticales.

Ocho señaló el edificio que se encontraba al otro lado del canal.

—Cuélate ahí dentro y encuentra al observador. Quítanos la 999 de encima y tal vez salgamos con vida de aquí. «Vivir para luchar otro día», y todo eso. Nuestra única salida pasa por inutilizar la 999. De lo contrario, seremos pasto de los gusanos. —Le dio una palmada en la espalda a Mouse.

—¡Vamos, semi! ¡A cazar!

Y entonces lo empujó al canal, en medio de la lluvia de balas. Mouse se hundió y volvió a salir a la superficie balbuceando mientras se preguntaba qué iba a hacer ahora.

Pensó en intentar alejarse nadando, en huir, pero un momento después Pook se lanzó al agua con él.

—Vamos, semi. Ha llegado el momento de tu primer baño de sangre —dijo, y empezó a nadar hacia el otro lado.

Todos los sentidos de Mouse estaban despiertos, como si mirara en veinte direcciones a la vez. A los chicos del Ejército de Dios en el extremo más alejado del canal, disparándoles. A los escombros que llovían desde arriba. A las mulas que chapoteaban en el agua sin dejar de rebuznar y de intentar trepar las unas sobre las otras mientras se hundían atrapadas entre los arneses.

No lo habían visto venir. Ninguno de ellos. En un momento habían estado patrullando y ejercitando los músculos mientras un puñado de esclavos civiles arrastraban la chatarra por el canal (solo querían asegurarse de que todo el alambre, el mármol, las tuberías y las vigas que habían recogido llegaran a su destino y les sirvieran para comprar más balas) y, al siguiente, estaban inmersos en un tiroteo por sus vidas.

Mouse logró llegar al otro lado del canal.

Pook llevaba una AK-47 que se esforzaba en sostener por encima de la cabeza mientras nadaba. Aunque nadar así lo obligaba a ir más despacio, poco después también lo consiguió. Entraron al edificio por una ventana rota y atravesaron nadando la planta inundada en busca de alguna escalera por la que poder salir del agua. Dentro, el fango y el calor creaban una atmósfera casi asfixiante. El techo estaba solo medio metro por encima de ellos, pero era suficiente.

—¡Aquí! —susurró Pook. Subieron chapoteando por una escalera, goteando y tratando de no hacer ruido mientras sorteaban restos de basura y animales muertos desde hacía quién sabía cuánto.

Unos mapaches se alejaron de ellos corriendo escaleras arriba. Pook tiró de Mouse para acercarlo a él cuando llegaron a la primera planta seca del edificio.

—Tienen que estar en el lado sur del edificio —explicó—. Mirándonos desde arriba. Antes me pareció ver algunos reflejos, cinco pisos más arriba. No hagas ruido, ¿vale?

Mouse asintió mientras agarraba la botella de ácido con la mano izquierda y empuñaba el machete con la derecha.

Siguieron subiendo las escaleras con sigilo. Fuera, se oyó el silbido de otro proyectil. Por un momento, Mouse se alegró de estar dentro y no fuera, en medio de aquella pesadilla, pero poco después dieron con el piso que habían estado buscando y se desató el caos.

De no ser porque habían asustado a los mapaches, habrían cogido por sorpresa a los chicos de Dios. Los animales salieron corriendo por el hueco de la escalera y se dispersaron como cucarachas, pero dio la casualidad de que los soldados del Ejército de Dios estaban justo en frente. Eran tres en total. Estaban asomados a la ventana, fijando los blancos.

Cuando otro de los proyectiles detonó, los chicos de Dios gritaron entusiasmados. Fue entonces cuando los mapaches aparecieron en tropel.

Los tres chicos se giraron y echaron mano de los rifles. Pook se lanzó hacia delante gritando y disparando. Hirió a uno de los chicos. Mouse vislumbró unos ojos marrones asombrados y abiertos como platos y una melena que ondeaba en el aire mientras la cabeza del chico se torcía con violencia hacia atrás. Un instante después, salió despedido por la ventana.

Otro de los chicos de Dios había recibido un balazo en la pierna, pero los estaba apuntando con el rifle. Mouse fue corriendo hacia él con la botella de ácido y lo roció como le habían enseñado: directamente en la cara, moviendo la botella arriba y abajo y luego en círculo. De repente, empezó a salir vapor y la piel empezó a abrasarse y a burbujear mientras el rostro del chico se consumía. Pero no dejó de disparar.

Mouse se dejó caer al suelo mientras las balas salían volando por todas partes. Pook se desplomó a su lado, con la cara destrozada y llena de sangre y ojos extrañados.

Intentó orientarse. El chico de Dios al que le había quemado la cara con ácido estaba revolviéndose y gritando en el suelo, el otro estaba muerto y había salido despedido por la ventana como si de pronto hubiese aprendido a volar. Pook estaba tirado a su lado con la mandíbula reventada.

Solo quedaba el chico de la radio. Estaba ahí de pie. Estudiándolo.

Mouse y el observador se miraron. Un segundo después, el chico de Dios fue a por su arma mientras Mouse se lanzaba a por el rifle de Pook. No consiguió arrancársela del hombro. De repente, el otro soldado abrió fuego y una lluvia de balas empezó a astillar el hormigón. Mouse levantó el AK-47 de Pook y lo apuntó mientras el observador seguía disparando. Apretó el gatillo una vez.

Una mancha roja se abrió en el pecho del soldado y la sangre salpicó la pared detrás de él. El chico se quedó sentado con cara de sorpresa y, de repente, todo quedó en silencio, salvo por los graznidos que solicitaban las siguientes coordenadas por radio.

Mouse se quedó mirando un buen rato al chico al que había disparado. No dejaba de sangrar y tenía los ojos clavados en él, pero no sabía si estaba muerto o no. «Aún respira», pensó. Y, una vez más, no supo qué hacer. No creía que pudiera volver a dispararle.

Mouse empezó a temblar. Estaba vivo. Pook estaba muerto. Los otros tres estaban muertos. Y él estaba vivo. Parcas... ¡Estaba vivo! Se puso de pie, temblando aún, lleno de adrenalina. Se pasó las manos por el cuerpo, asombrado, tratando de encontrar alguna bala perdida en alguna parte.

Era tal y como solían decir los chicos del Ejército de Dios: eran inmunes a las balas. Estaban bendecidos. Supuestamente, las balas rebotaban contra ellos porque su general los había bendecido. Llevaban amuletos que los mantenían a salvo. Mouse vio los que llevaban aquellos chicos; unos pequeños discos de aluminio grabados por sus sacerdotes para ahuyentar las balas. Pero ahora ellos estaban muertos y él seguía vivo.

Mouse se acercó a la ventana. Desde aquella altura, los soldados que luchaban abajo parecían hormiguitas que bailaban sin ton ni son.

La radio graznó de nuevo.

—¿Dónde quieres el siguiente?

Mouse volvió a echar un vistazo al combate que tenía lugar en las calles. Debería huir. Era su oportunidad. Podía huir.

Pero se encontraba en una de las áreas más recónditas de las Ciudades Sumergidas, lo que significaba que había varias líneas de combate en todas las direcciones. Además, ahora llevaba la marca del FPU. Si intentaba huir, el FPU lo capturaría; si entraba en territorio del Ejército de Dios o se topaba con la Milicia de Liberación, le dispararían en cuanto lo avistaran. Había dejado de ser un gusano de guerra más. Ahora era un niño soldado. Un guerrero marcado, rebautizado y renacido.

—¿Dónde quieres el siguiente? —volvió a preguntar la radio.

Prestó atención al combate. Ocho estaba allí abajo.

«¿Quieres que te cuente un secreto? Ya estás muerto. Deja de preocuparte por ello».

Ghost cogió la radio del suelo y la conectó.

—Retrocede noventa metros.

—¿Qué?

—Que retrocedas noventa metros. Te has pasado.

La 999 retumbó.

Los soldados del Ejército de Dios empezaron a corretear como hormigas cuando el proyectil impactó detrás de sus líneas.

Ghost contempló cómo los gusanos de guerra huían y se dispersaban y sintió una oleada de emoción mientras hacía caer los proyectiles de la 999 por la calle, persiguiéndolos.

No duró demasiado, pero fue suficiente. Poco después, vio que los chicos de Dios regresaban y supo que era hora de irse. Era como cuando le gastaba bromas a su hermano, cuando aún vivía. Podías darle la lata un rato, pero luego, cuando por fin se cabreaba, era hora de quitarte de en medio. Así que, cuando vio que uno de los pelotones del Ejército de Dios se zambullía en el canal y empezaba a nadar hacia allí, supo que había llegado el momento de irse.

Echó un vistazo a la habitación en la que estaba. Habían pasado bastante tiempo allí. Debían de llevar varios días preparando la emboscada. Cogió el arma de su oponente muerto. Munición...

No podía cargar con toda la que había. Rebuscó entre los cartuchos, tratando de emparejarlos con sus respectivas armas. Era un auténtico batiburrillo. Le quitó un cinturón lleno de balas a uno de los chicos y un par de cartuchos a otro y se los metió en la camiseta. Hora de irse.

La tentación de quedarse allí, de intentar conseguir el resto... En un arrebato de inspiración, cogió el resto de los rifles y los arrojó por la ventana, seguidos de la munición que no podía llevar y la radio. Todo salió disparado por la ventana y cayó dando tumbos al canal.

Solo entonces salió corriendo. Bajó dos pisos y, esta vez, los mapaches lo salvaron a él, porque subían a toda prisa con los chicos de Dios pisándoles los talones. Ghost tuvo tiempo suficiente para escabullirse y perderse de vista. Recorrió con sigilo pasillos llenos de desechos y restos de ratones, ratas y mapaches, moviéndose por el edificio siguiendo el mapa mental del edificio. Se deslizó y descendió por otra escalera y siguió bajando sin descanso hasta que estuvo en el agua y nadando de vuelta al Pelotón Can.

Su yo del pasado, Mouse, se habría apresurado a salir nadando, pero Ghost se detuvo junto al canal y contempló el agua, el canal y las plataformas destrozadas.

Había chicos armados por todas partes, pero ahora él también tenía un arma, y la presa era diferente. Había cazado ranas, serpientes y cangrejos. A juzgar por su comportamiento, si los chicos de Dios no eran serpientes, no sabía a qué otra cosa podía equipararlos, así que empezó a escudriñar el canal y las partes superiores de los edificios en busca de algún destello que delatara la posición de un francotirador o de alguna señal de movimiento. Entonces divisó al Pelotón Can, que corría para alejarse de la zona de escaramuza. Al ver que Van se percataba de su presencia, Ghost se lanzó al agua y empezó a nadar con la certeza de que sus compañeros le cubrirían la espalda y le ofrecerían fuego de cobertura.

Salió del agua chorreando, con el arma en alto y los bolsillos llenos de balas. Y, aunque era imposible saber si servirían, lo que estaba claro era que el Ejército de Dios ya no las tenía en su poder.

La 999 abrió fuego de nuevo, pero el Pelotón Can estaba fuera de la zona de ataque.

Ocho lo miró.

—¿Dónde está Pook?

Ghost señaló al edificio.

—¿Muerto?

—Sí. Le dieron en la cara.

—Entonces, únete a TamTam y Stork. —Ocho les hizo una seña a los otros chicos—. ¡Oye, Stork! Pook está muerto. Ghost está con vosotros.

Dos chicos con los que no había trabajado hasta ahora. Uno de ellos era un pobre infeliz con ojos de apestado y la nariz machacada: TamTam; el otro, un chico de piel negra, alto y desgarbado, y mayor que ellos. Eso le gustaba. Si Stork era mayor, cabía la posibilidad de que no fuera estúpido. Igual no hacía que lo mataran.

Stork lo miró.

—Buen trabajo con la 999. —Hizo una pausa mientras observaba el rifle que Ghost había conseguido con un interés depredador—. Bonita arma.

El chico la sujetó con firmeza, sabedor de lo que vendría a continuación.

—TamTam no tiene pistola —dijo Stork.

—¿Y?

—Él tiene más rango que tú.

Ghost clavó los ojos en él. No se permitió pestañear ni dar muestra alguna de miedo. Solo se limitó a mirarlo.

—Si quiere una, será mejor que la busque —respondió.

Al principio le dio la impresión de que Stork estaba a punto de cabrearse, pero al final se limitó a sonreír mientras negaba con la cabeza.

—Sí, supongo que será lo mejor.

31

El día amaneció tranquilo, caluroso y húmedo en Moss Landing. La lluvia arreció, lo empapó y convirtió todo en un barrizal.

El lugar presentaba un aspecto casi tan desolador como el de Ciudad Banyan después de que el FPU la quemara. Si la gente no hubiera estado vomitando y tumbada boca abajo, aunque respirando, cualquiera habría pensado que estaba muerta. Algunos estaban tan extenuados por todo el desenfreno de la noche anterior que ni siquiera se encontraban conscientes.

Mahlia pasó por encima de los cuerpos. Bajo la luz tenue y gris de la mañana lluviosa, Moss Landing parecía menos amenazadora. A nadie le apetecía estar fuera causando problemas. Nadie quería estar despierto. Oyó que alguien gritaba, pero estaba lejos. Alguien más estaba cantando una vieja canción infantil sobre un niño soldado que había muerto.

Los muelles estaban tranquilos. La lluvia repiqueteaba sobre el Potomac formando anillos. Varios riachuelos de agua fangosa se deslizaban alrededor de un par de muelles desvencijados que se introducían en el caudal parduzco del río.

Tan cerca del mar, las olas de agua salada se abrían paso hasta la desembocadura del río empujadas por la corriente y luego volvían a retroceder. Hacía ya mucho tiempo, el doctor Mahfouz le había hablado de aquel fenómeno. Le había contado que los lugares como este eran algo único y que, en otro sitio, donde el río estuviera menos contaminado por la guerra y la decadencia de la ciudad en la que se asentaba, habría estado lleno de vida, rebosante de peces y tortugas.

Casi con toda probabilidad, algunos de esos animales seguían estando ahí, pero había oído que la mejor forma de pesca era la de cadáveres. Gente que llegaba flotando desde otras zonas de guerra rumbo al océano. A algunos los arrojaban al agua sin más, pero otros llegaban flotando en pequeñas balsas, y la gente siempre iba a por esos.

Mahlia vaciló frente al muelle. Una de las personas que estaba en el agua era una mujer. Levantó la cabeza y la miró al abrigo de un gorro de lluvia empapado. Mahlia se dirigió hacia la mujer, pero luego titubeó. El hecho de que fuera una mujer no quería decir que estuviera a salvo. Es más, no le gustaba el aspecto que tenía.

Llevaba un par de pistolas atadas a la cadera y tenía un labio partido, que se había cosido de cualquier manera. Además, tenía una mirada tan fría que Mahlia dio un paso atrás. Visto lo visto, aquella mujer bien podría haber sido un loboyote.

Mahlia dio media vuelta y, mientras se alejaba, vio al hombre al que había visto antes. El adulto que había tomado por un oficial cuando se había acercado a los lindes del bosque a mear.

Él y sus dos guardaespaldas ataron algo al esquife y empezaron a cubrirlo con una lona de plástico rasgado estampada con viejos símbolos de empresas chinas. La joven incluso reconoció una vieja pancarta que las fuerzas de paz solían colgar cuando ella era pequeña.

«Desarmar para sembrar», decía en caracteres latinos.

Recordaba aquella campaña. Habían intentado reubicar a los antiguos soldados en el campo, ofrecerles semillas, tierras y conocimientos para que volvieran a dedicarse a la agricultura. Lo único que les pedían a cambio era que entregaran las armas.

Uno de los chicos estaba de pie encima del anuncio de plástico rajado con una escopeta en la mano. Por un segundo, Mahlia pensó que iba a dispararle, pero los ojos del chico se desviaron para mirar a otra parte.

La mujer seguía mirándola. Se bajó del esquife en el que iba y se acercó a ella.

—Tú —dijo—. Ven aquí, chica. Deja que te eche un vistazo. Mahlia empezó a retroceder y luego a correr, pero oyó que algo se movía detrás de ella.

Empuñó el machete, dispuesta a defenderse, pero los dos chicos pasaron a su lado sin inmutarse, ignorándola por completo. Aunque la lluvia les empapaba la cara, mantuvieron los ojos bien abiertos mientras levantaban los rifles.

—Apártese, señora —le advirtió uno de ellos. Tenía la cabeza como una bala y la piel azabache. Tenía los brazos y las piernas tan largos y delgados que bien podrían haber sido palos, pero sostenía el rifle de caza en alto y bien apuntado. El otro chico se estaba moviendo hacia un lado para ocupar espacio libre. Cabía la posibilidad de que fuera chino, aunque no como ella. No un apestado. Un patriota de pura cepa, nacido y criado en las Ciudades Sumergidas, no un mestizo como ella. Llevaba una escopeta.

—Deja en paz a la chica —dijo.

La mujer se llevó la mano a una de las pistolas, pero el hombre gritó:

—Son expertos tiradores, Clarissa. Apártate.

La mujer los miró a todos antes de darse la vuelta y dirigirse de nuevo a su pequeña embarcación. Desató los cabos y, un momento después, se estaba alejando por el río a la deriva. Echó la vista atrás y los miró de nuevo antes de desaparecer entre el manto gris que habían traído consigo la bruma y la lluvia.

Mahlia miró al trío, sorprendida.

—Gracias.

El hombre se encogió de hombros, restándole importancia.

—Deberías irte. Esa mujer es una recolectora. Incluso sin la mano, puede conseguir un buen precio por ti. Si te hubieras acercado a ella, te habría capturado.

Los dos chicos se habían quedado mirándola.

—¿Eres una apestada? —le preguntó el de piel azabache.

Mahlia no supo cómo contestar a eso. Antes de que pudiera formular una respuesta, el chico respondió por ella:

—A la gente de aquí no le gustan los apestados. Sera mejor que te marches o que te pongas algo que haga que parezcas del EDD, y rápido.

—EDD. El Ejército de Dios. ¡Claro! Debería haberse puesto algo. Había sido una tonta. Necesitaba un amuleto o algo. Y luego, cuando llegara al territorio del FPU, necesitaría algo que la identificara como tal. Seguramente tendría que hacerse la marca en la mejilla, grabarse las seis barras a fuego si quería cruzar sin que la desafiaran.

—Gracias —dijo de nuevo.

Pero ya estaban asegurando el último de sus bultos en el esquife y soltando los cabos.

—¡Eh! —los llamó—. ¿Vais río abajo?

—¿Por qué?

—Si es así, me gustaría ir con vosotros.

—¿Tienes dinero?

—Mi amigo sí.

—Ah, ¿sí?

—Está herido. Necesito ayuda para bajarlo hasta aquí. Si tenéis sitio para nosotros, os pagaremos. Solo queremos salir de aquí.

—¿Y queréis ir río abajo? —Su incredulidad se hizo patente.

—Tenemos amigos allí —explicó Mahlia—. Dicen que nos han conseguido un sitio en un barco de chatarra que zarpará pronto hacia el norte. Rumbo a Seascape.

—Es la primera vez que oigo algo así. Nadie sale de aquí.

—Tenemos un amigo que va a ayudarnos. Solo tenemos que llegar hasta allí. —Vaciló un momento—. Por favor. Necesitamos ir río abajo. Mi amigo está entre los árboles. Podemos pagar. Tenemos arroz, machetes y piel de loboyote.

En un arranque de inspiración, pensando en Mouse y en sus esquemas de especulación, añadió:

—Tengo varios dientes de híbrido. Colmillos de un cara de perro. Esos los podéis vender, ¿verdad? Como amuletos de la suerte. A los niños soldado les encantan, ¿no?

Casi se rio al ver que la miraban con renovado interés.

Tool sometió a los chicos con tanta rapidez que Mahlia hasta se sintió mal.

Habían llegado con el rifle y la escopeta en ristre, cargados de ácido y pavoneándose, convencidos de que sabían luchar y puede que todavía un poco perjudicados por lo que fuera que hubieran hecho la noche anterior, y Tool...

Los chicos se habían detenido bajo los árboles, mirando a su alrededor con impaciencia y algo molestos por haber tenido que ir tan lejos, y, de repente, fue como si la selva respirara.

Las hojas se agitaron y los dos chicos volaron. En cuanto cayeron al suelo, el híbrido aterrizó sobre ellos, les arrebató las armas y los agarró con un brazo a cada uno.

Ambos comenzaron a patalear, a revolverse y a retorcerse. Cuando uno de ellos empezó a mearse los pantalones, Mahlia estuvo a punto de reírse, pero entonces recordó lo que había sentido cuando Tool la había atacado a ella y se le quitaron las ganas.

Se agachó hasta quedarse a la altura de los dos chicos y dijo:

—No tengo dinero, pero ahora os tengo a vosotros. —Los miró fijamente—. Voy a hablar con vuestro jefe. A ver si podemos hacer un intercambio.

Los dos la miraron con odio.

La joven dejó escapar un suspiro.

—No os sintáis mal. Mi amigo Mouse también se metió en problemas intentando conseguir unos cuantos dientes de híbrido. No es culpa vuestra. —Cogió la escopeta de uno de los chicos y trasteó con ella hasta que la abrió.

—Llévate el rifle —le aconsejó Tool—. El retroceso de la escopeta será peor. No podrás controlarlo.

Mahlia miró un arma y luego la otra.

—Si ese renacuajo puede llevarla, ¿por qué yo no?

—Porque él tiene práctica... y dos manos.

Los ojos de la muchacha pasaron del rifle a la escopeta que sujetaba en la mano.

—Pero con esta es imposible que falle.

—Solo si estás lo bastante cerca. El muñón hará que te resulte difícil controlarla.

—Estaré preparada.

Tool se encogió de hombros.

Mahlia eligió la escopeta de todos modos. Se incorporó, la empuñó y esbozó una sonrisa. ¡Qué bien sentaba empuñar un arma de verdad! No un simple machete con el que nunca podías acercarte lo suficiente para demostrarle a tu rival para qué servía. Tal vez no pudiera luchar cuerpo a cuerpo con un soldado, pero podía volarle la cabeza tranquilamente.

La escopeta le transmitía una sensación de solidez que resultaba reconfortante y la hacía sentir poderosa. Con un arma así, podría defenderse sin problema.

No era de extrañar que los niños soldado fueran tan arrogantes. Con un arma bajo el brazo, cualquiera podía caminar con la frente alta. Si hubiera tenido un arma cuando los soldados la capturaron la primera vez, todo habría sido diferente.

Había pasado toda su vida escondiéndose y corriendo, siempre huyendo como un conejo asustado mientras los loboyotes le daban caza. Pero ahora, con esta escopeta gastada, podría ir con la cabeza bien alta.

Aunque el arma era bastante pesada, de repente se sintió ligera, como si el peso de todo su pasado hubiera desaparecido de golpe, como un bloque de cemento desmoronándose.

Sonrió al ver el arma en su mano. Sí. Le gustaba aquella escopeta.

—Apóyatela contra el hombro cuando dispares —le dijo el híbrido—. El golpe te dejará la zona magullada.

—Pero matará a quien se me ponga por delante —respondió ella—. Y lo matará bien.

—Resiste el impulso de pensar que esa arma te hace fuerte.

—Bueno, lo que está claro es que no me hace débil.

—Más débil de lo que crees —replicó Tool—. No dejes que te vuelva arrogante.

—Yo no soy arrogante.

—Todo el mundo es arrogante cuando empuña un arma. Mírala.

—¿Qué pasa con ella?

Mahlia bajó la vista. Se veía bien. Estaba limpia y en buen estado. Lista para la acción.

—Te da confianza. —Sacudió a los chicos bajo los brazos—. A estos dos también les dieron confianza. Y ahora míralos. Han pasado de encontrarse en una posición de poder a ser un activo de su enemigo, y todo por culpa de la confianza. La confianza que te proporciona un arma cuando sigues a una chica lisiada e inocente hasta la selva. —Tool gruñó de repente—. ¡Ahora mírala otra vez!

La joven se sobresaltó por la contundencia de las palabras del híbrido. Volvió a mirar la escopeta.

—¡La estoy mirando!

Rasguños y arañazos. Un cañón negro y pesado. Una culata de madera que habían tallado a mano y remachado sobre el mecanismo principal.

Estaba pintada. Pero muchas armas estaban pintadas, así que esta no era una excepción. Tenía un montón de marcas. La mayoría eran cruces verdes, símbolos de fe de Aguas Profundas. Las estrellas rojas del Ejército de Dios.

—Vale. ¿Qué pasa con ella?

Era igual que todas las armas que había visto. Estaba un poco hecha polvo, pero lista para la acción.

—Mírala —insistió Tool.

Mahlia la miró fijamente, intentando ver lo que veía el híbrido.

—La pintura está descascarillada —le indicó él.

La joven lo fulminó con la mirada.

—¿Y qué?

—Que la mires.

En efecto, parte de la pintura se había desprendido. Pero debajo había otra capa de pintura. A juzgar por la forma, los símbolos bajo las cruces verdes podrían haber sido los ojos de las Parcas. Claro. Podría ser. También había algo rojo. Y lo que parecía parte de una estrella blanca sobre un fondo azul. Una marca del FPU, tal vez...

Un escalofrío le recorrió la espalda. De repente, sintió que le faltaba el aire.

El arma la había hecho comportarse con arrogancia. Y a sus prisioneros antes que a ella.

Y a quienquiera que la empuñara antes de ellos.

Y a quien la empuñara antes.

Y antes.

Y así sucesivamente...

Al observar aquella arma, podía ver el historial de manos por las que había pasado. Todos los soldados que, uno tras otro, la habían hecho suya cubriéndola de símbolos de la suerte y amuletos, ojos de las Parcas, cruces y todo lo que creyeran que podía otorgarles alguna ventaja.

Y ahora todos estaban muertos.

A la escopeta le era indiferente quién fuera su dueño. Pasaba de mano en mano. Mahlia solo era la última de una larga lista que bien podría haberse remontado a la Edad del Aceleramiento, cuando las personas aún vivían en ciudades funcionales y no se pasaban todo el tiempo disparándose las unas a las otras.

Aunque eran muchas las manos que habían empuñado esta arma, si les hubiera servido de algo, hoy probablemente la seguirían empuñando y no habría llegado hasta ella.

Se estremeció, preguntándose de repente si ella también era chica muerta, si el mero hecho de portar el arma la convertía en un fantasma.

Tool gruñó.

—Ahora lo comprendes.

Mahlia tragó saliva y asintió.

—Bien. Ahora ve y negocia con nuestro capitán. Deberíamos partir antes de que amanezca por completo. La ciudad no tardará en despertar.

La muchacha se giró y, tras dar solo unos pasos, se volvió y miró a los chicos.

—No la quiero. —Sostuvo la escopeta en alto—. Es vuestra. En cuanto nos vayamos, os la devolveré. No la quiero.

No tenía ni idea de lo que pensaban de ella. Al ver que la miraban con los ojos desorbitados y llenos de miedo entre los brazos de Tool, Mahlia no pudo evitar sentirse mal, pero no confiaba en ellos lo suficiente como para pedirle al híbrido que fuera más amable. En vez de eso, salió de la selva y caminó con sigilo por las calles brumosas.

Aunque cada vez se notaba más el calor del día, los soldados seguían borrachos y apenas se movían. Una joven prostituta cruzó la calle embarrada a toda prisa. Iba descalza y se apretaba una prenda de ropa hecha jirones contra el cuerpo. Al ver a Mahlia con la escopeta, se mantuvo alejada.

Mahlia se preguntó qué aspecto tendría para que una muchacha como esa le tuviera miedo. Llegó al agua.

El hombre se enderezó al verla y echó mano de la pistola en cuanto se dio cuenta de que la muchacha llevaba la escopeta.

—¡Detente! —Extendió la mano, dejando la escopeta a un lado—. No lo hagas.

—¿Qué te propones, apestada?

—Mi amigo y yo tenemos que ir río abajo. No tenemos dinero, pero te devolveremos a tus chicos si nos llevas hasta allí.

—También puedo pegarte un tiro.

—Te necesitamos. Necesitamos que nos ayudes a pasar los controles, que nos digas dónde están.

—¿Quién eres?

—Solo soy un gusano de guerra que intenta largarse de aquí.

—No hay forma de salir. Nadie puede subir a bordo de los barcos de recolección. No aceptan a los de tu clase, ni a los de ninguna otra. No a menos que lleves una fortuna escondida en los pantalones. Nadie va a ninguna parte. Con los ejércitos del norte y todas las líneas de combate, no hay a dónde ir. Y mucho menos para los de tu clase. Ahora, ¿dónde están mis chicos?

—Si quieres que vivan, navega río abajo, pasando la ciudad. Amarra el esquife donde nadie te vea. Nos reuniremos contigo allí. —Se dio la vuelta para irse.

—¡Espera!

—¿Qué? —Mahlia lo fulminó con la mirada, intentando parecer lo más amenazadora posible—. ¿Qué quieres? ¿Tienes algo que decir, viejo? —Le lanzó la escopeta—. Cógela. No la queremos. O vienes río abajo y recuperas a tus chicos, o no lo haces... y no vuelves a verlos.

—A lo mejor te disparo aquí mismo.

—Por las Parcas... —dijo ella—. Yo ya estoy muerta. ¿No lo entiendes? Da igual si me matas. Solo soy una apestada más.

La gente ni siquiera se inmutará si lo haces, ¿o no? Llorarían más la muerte de una prostituta que la mía.

Levantó los brazos y los extendió.

—No llevo protección. No llevo nada. Si quieres hacerme volar por los aires, hazlo. A nadie le importa. —Clavó los ojos en los del hombre—. Pero si esos dos chicos te importan algo, navega río abajo y reúnete con nosotros. Si lo haces, te los devolveremos sanos y salvos. Si no, puedes volarme la cabeza, y las de ellos conmigo.

Se volvió y se encaminó de nuevo hacia la selva sin mirar atrás. Un escalofrío le recorrió la espalda y el sudor le empapó las costillas, esperando el balazo.

Era una apuesta. Todo era una maldita apuesta. Apostar contra la suerte y el destino una y otra y otra vez.

Siguió caminando, esperando un disparo que no llegó.

32

—¿Pretendes que lleve a eso río abajo?

El barquero se quedó mirando a Tool cuando emergió de la jungla. Se habían encontrado por debajo de Moss Landing, pero cuando el híbrido surgió de las sombras de la selva, el hombre se sobresaltó tanto que casi se deja llevar por la corriente.

Tool enseñó los dientes.

—No estoy aquí para pelear contigo. Entraremos y saldremos de tu vida y nunca tendrás que volver a recordar que existimos.

El barquero se limitó a observarlo. Luego desvió la mirada hacia Mahlia.

—¿Quién eres?

—Solo soy una apestada —respondió ella mientras Tool metía a los dos prisioneros en el esquife antes de subirse a bordo. Cuando lo hizo, la embarcación se inclinó de forma alarmante.

—Es imposible —declaró el barquero—. No puedo esconder a un cara perro en mi barco.

El aludido gruñó y enseñó los dientes de tigre.

—Puedes llamarme Tool, híbrido o aumentado, pero si se te ocurre volver a llamarme «cara perro», te abriré en canal, me comeré tu corazón y pilotaré el esquife personalmente.

El hombre retrocedió.

—Es imposible. No nos dejarán pasar con... con... —Mahlia notó que quería volver a decir «cara perro», pero no se atrevió— ...contigo —dijo finalmente.

Tool hizo caso omiso.

—Eso es algo que no te concierne. Limítate a decirnos dónde están nuestros enemigos. Me ocultaré cuando sea necesario.

El barquero no parecía convencido.

—Y cuando hayáis terminado, ¿nos dejaréis ir?

La joven y el híbrido asintieron a la vez.

—Solo intentamos ayudar a un amigo —se explicó Mahlia.

—¿Ayudar a un amigo? —El hombre la miró con desconfianza—. ¿Y así es como pagas nuestra amabilidad? ¿Qué habría pasado si no te hubiéramos ayudado con Clarissa? ¿Dónde crees que estarías ahora?

La muchacha se sonrojó y apartó la mirada.

—No es nada personal —dijo.

—Eso decís todos los de tu clase. Tomáis las armas, herís y matáis, pero nunca es nada personal. —El barquero clavó los ojos ella—. No sois más que críos con pistolas. Ni siquiera nos veis como personas.

—¡Eh! Yo no tengo nada que ver con esta guerra —replicó Mahlia—. No elegí formar parte de ella. ¡Como tampoco elegí que los niños soldado me cazaran como a un animal! Yo no tengo nada que ver con esto.

Sin embargo, incluso mientras lo decía, no pudo evitar sentirse estúpida. Delante de ella, los dos chicos yacían de espaldas en el rincón más alejado del esquife, atados con varias enredaderas de kudzu que Tool había retorcido hasta convertirlas en cuerdas. Eran sus prisioneros. Sus víctimas.

Con Tool a su lado, habría podido cortarles las manos, tirarlos al agua y reírse mientras intentaban nadar. Tenía poder sobre ellos, y lo había utilizado para asegurarse de que hicieran exactamente lo que quería.

No solo tenía que ver con la guerra, sino que cada vez estaba más implicada en ella.

—Llévanos río abajo y te dejaremos en paz —murmuró—. No estamos aquí para hacerle daño a nadie.

El hombre resopló y, por un momento, pareció estar a punto de decir algo más, pero al ver la expresión de Tool decidió morderse la lengua. Mahlia volvió a sentirse mal. Un par de chicos asustados, amarrados sin poder hacer nada, y un hombre que no le había hecho nada malo y del que se había aprovechado.

«¿Soy igual que los niños soldado?».

Tampoco era como si hubiera matado a alguien. Si estos pobres infelices se hubieran encontrado con los niños soldado, los habrían matado o los habrían reclutado, como habían hecho con Mouse. No existía posibilidad alguna de que los capturaran y los dejaran ir sin más.

El viento hinchió las velas del esquife y se alejaron de la orilla. El agua reflejaba la luz del sol naciente y convertía el río en un dragón reluciente que serpenteaba hasta llegar a las Ciudades Sumergidas y al mar.

—Puedo llevaros hasta el territorio del FPU —dijo el barquero con cierto rencor—. Pasado ese punto, no tengo ninguna influencia. No hago negocios en la desembocadura del río. No puedo llevaros hasta el mar.

Mahlia asintió.

—Eso es suficiente. Basta con que nos ayudes a atravesar las líneas del FPU.

—¿Con el... híbrido?

—No te preocupes por mí —dijo Tool—. Los soldados no repararán en mí.

—¿Qué pasa si te delato?

El híbrido lo miró.

—Os mataré a ti y a los tuyos.

¿Era esto lo que quería? ¿De verdad quería jugar al mismo juego que los niños soldado?

—Desátalos, Tool —le pidió—. Deja ir a los chicos. No harán nada. De todos modos, no pueden estar amarrados cuando pasemos los controles.

La criatura se encogió de hombros y desató a los prisioneros. Los dos chicos se sentaron y los miraron con furia mientras se frotaban las muñecas y los tobillos.

—Ya sabía yo que no debíamos ayudar a una apestada —comentó uno de ellos.

Mahlia lo fulminó con la mirada.

—¿Nos habríais dejado subir a bordo si hubierais sabido que estaba con él? —Señaló a Tool con el pulgar—. ¿Nos habríais dejado?

El chico se limitó a mirarla.

—Ya —dijo—. Eso pensaba.

El río se abrió frente a ellos para revelar las Ciudades Sumergidas, que asomaban a lo lejos por encima de la selva. Los edificios se alzaban como cuerpos que se tambalean al salir de la tumba. Un montón de torres, almacenes, cristales y escombros. Montañas de hormigón y ladrillos donde se habían derrumbado edificios enteros. Aguas pantanosas por todas partes, el zumbido incesante de los mosquitos, un miasma.

Mahlia sintió una extraña sensación de ambigüedad al contemplarlas. Cuando vivía allí, aquel había sido un lugar lleno de juegos y diversión. El colegio, la vida con su madre y su padre, los coleccionistas que venían a comprarle antigüedades a su madre... Ahora eran un montón de cenizas, ruinas, escombros y disparos, un mapa de territorios seguros, explotaciones mineras y zonas disputadas.

Cuando las fuerzas de paz habían estado allí, se habían dedicado a instalar turbinas eólicas para producir energía, generadores de ondas, y hasta habían conseguido llevar a cabo algunos de los proyectos. La madre de Mahlia la había llevado a visitar uno de los parques de turbinas eólicas que habían construido en la desembocadura del río y había visto los enormes aerogeneradores blancos que se alzaban en el aire como flores gigantescas y pálidas. Aunque sabía que su padre había tenido algo que ver con ese proyecto, en aquel entonces era demasiado pequeña para entender si se había encargado de custodiar las turbinas propiamente dichas, a los equipos de construcción chinos o a alguien más. Pero ahora, al contemplar las aguas abiertas y verlas de nuevo, se dio cuenta de que estaban todas averiadas.

—Mi padre trabajó en esas —dijo mientras las señalaba.

—Apestada —musitó uno de los chicos.

Mahlia quiso darle una patada, pero se contuvo.

—Las derribaron hace mucho —explicó el hombre.

—¿Las fuerzas de paz?

—Los caudillos. En cuanto China retiró a sus pacificadores, los caudillos empezaron a dispararles para intentar cortar la red eléctrica. Era un acuerdo de reparto que no podía durar. El FPU estaba a cargo de las torres y la Milicia de Liberación de Rand a cargo de la estación de conversión, por lo que habrían tenido que compartir la responsabilidad. —Se encogió de hombros—. Al final se liaron a tiros. El FPU bombardeó la estación y la Milicia minó las turbinas. Luego vino el Ejército de Dios y los echó a ambos. Vendió el acero y los demás compuestos y las turbinas fueron a parar a Lawson & Carlson para fabricar nuevas armas.

Señaló con la cabeza a Tool.

—Apuesto a que los de su clase estaban al tanto de todo eso.

El híbrido no respondió a la pulla.

—La guerra hace estragos —fue todo lo que dijo.

Movía las orejas en la dirección en la que soplaba el viento y el ojo le brillaba con interés mientras surcaban las aguas. Mahlia lo observó con detenimiento.

A veces, su singular rostro bestial parecía completamente humano, cuando se reía de algún chiste de híbridos o cuando intentaba demostrarle lo absurdo que era ir por ahí pavoneándose con un arma. Pero ahora, a medida que se acercaban a las Ciudades Sumergidas, volvió a ser consciente de cuántas facetas poseía. Parte humano, parte perro, parte tigre, parte hiena...: puro depredador.

Conforme se aproximaban a las Ciudades Sumergidas, Tool parecía cobrar cada vez más vida. Su enorme cuerpo parecía vibrar con la vitalidad de la guerra. Con la sed de caza.

—En cuanto doblemos esta curva, estaremos en la ciudad propiamente dicha —les informó el barquero—. Es territorio del Ejército de Dios. Esperarán un soborno.

—¿Has hecho esto antes? —le preguntó Tool.

El hombre asintió.

—Tengo un acuerdo con ellos para que me dejen pasar. Suelo traer provisiones para el capitán que controla el río.

El híbrido asintió.

—¿Cuánto más tardarán en vernos?

—Estoy a punto de meterme en los canales.

Tool saltó por la borda sin mediar palabra y se zambulló en el agua. Los chicos miraron a Mahlia con suspicacia e hicieron ademán de coger los rifles. El híbrido emergió junto a la embarcación.

—No creáis que me he ido. Estoy aquí, os estoy escuchando y puedo ahogaros a todos. Será mejor que no os precipitéis en vuestras decisiones.

Volvió a desaparecer bajo la superficie del agua. Cuando el esquife se meció de manera un tanto extraña, el barquero hizo una mueca.

—El maldito cara de perro debe de estar justo debajo del barco.

Como una especie de percebe gigante adherido a la pequeña embarcación.

El barquero izó las velas y los chicos se apresuraron a sacar los remos mientras se acercaban a la orilla. El hombre echó un vistazo alrededor del barco y luego se quedó mirando a la joven. Un momento después, le lanzó una gorra azul y dorada con un viejo logotipo de Patel Global.

—Póntela y bájate la visera. Se ve a leguas que eres una apestada.

—Hay mucha gente con ojos como los míos. Hasta tu chico.

—La otra gente no es como tú. Toda tú pareces una apestada. Tienes la edad adecuada y rasgos muy mezclados. —Desvió la mirada hacia el frente, donde los canales que conducían a las Ciudades Sumergidas se abrían ante ellos—. No tienes ni idea del peligro en que nos pones a todos.

Navegaron hacia los canales. Mahlia contempló la ciudad oculta bajo la visera de la gorra. Había cambiado con respecto a la última vez que había estado allí. Tenía un aire onírico, casi irreal, como si una ciudad se hubiera asentado sobre otra. Una superposición de recuerdos y realidad.

—El nivel del agua ha subido —comentó.

El barquero la miró de reojo.

—¿Cuándo estuviste aquí por última vez?

—Cuando se marcharon las fuerzas de paz.

—Sí. Entonces sí que ha subido. En cuanto los pacificadores se marcharon, las facciones destruyeron el sistema de diques y riberos que habían intentado instalar. Los caudillos querían inundar los territorios de los otros, así que los volaron en pedazos y, con ellos, todas las redes de drenaje y de barreras de protección contra huracanes. Y, al final, el océano volvió a reclamar el terreno que le pertenecía. Tanto trabajo para drenar el agua, y volvieron a dejarla entrar como si nada.

El lugar estaba peor de lo que Mahlia había esperado. Los barrios más antiguos se habían derrumbado sobre sí mismos. Las vías fluviales se habían convertido en un laberinto entre edificios y escombros. Los bosques de enredaderas de kudzu y los edificios empantanados se entremezclaban con charcas de agua salobre y nubes de moscas y mosquitos hambrientos.

Había bares llenos de prostitutas adolescentes y soldados borrachos con rifles colgados al hombro que se gritaban los unos a los otros y rompían botellas de licor. Los okupas y los adictos contemplaban las embarcaciones que transitaban el río con los ojos inyectados en sangre y la baba colgando. Unas pitones enormes serpenteaban por los canales mientras los cuervos y las urracas volaban en círculos. Mahlia divisó una guarida de loboyotes que sobresalía por una ventana tres pisos más arriba.

La ciudad y la selva se fundían en una.

En el río, el tráfico avanzaba con lentitud. Había un montón de banderas destartaladas con las estrellas rojas del Ejército de Dios colgadas en las ventanas de los edificios, y la cara del general del EDD, un hombre llamado Sachs, estaba pintada por todas partes. Había imágenes en las que aparecía enarbolando la cruz verde ante sus fieles creyentes, o blandiendo una espada brillante y un rifle de asalto con la bandera de la facción ondeando tras él.

Su rostro miraba al populacho con expresión desafiante. Incluso los retratos más burdos del caudillo llamaban la atención de Mahlia. El general Sachs llevaba el pelo rapado y una cicatriz que le atravesaba la mandíbula. Pero era la intensidad de sus ojos negros lo que la atraía. El hombre parecía habitar sus cuadros, parecía existir dentro de aquellos ojos y parecía augurar cosas. Otros parecían pensar lo mismo. Cuando los habitantes de las Ciudades Sumergidas pasaban junto a las numerosas imágenes del caudillo, le hacían gestos de súplica. Había pequeños obsequios esparcidos debajo de cada cuadro, ofrendas de comida, flores y velas apagadas, como si fuera el Dios de la Chatarra o una de las Parcas, pero más importante.

Su influencia parecía extenderse a todos los barrios. Los vendedores de agua, las jóvenes prostitutas y hasta los niños de tres años lucían sus colores políticos. Sus soldados estaban por todas partes. En las calles y en los canales, donde obstruían los paseos marítimos mientras fumaban cigarrillos liados a mano y observaban el tráfico fluvial. El Ejército de Dios. Dueños y señores de la ciudad. Al menos de momento.

De forma similar a la escopeta que Mahlia había examinado solo unas horas antes, los muros de la ciudad también estaban decorados con las imágenes de sus anteriores dueños, lo que ponía de relieve lo rápido que cambiaban las tornas de la guerra en las Ciudades Sumergidas.

Habían pintarrajeado y difuminado los rostros de otros señores de la guerra con los colores del Ejército de Dios. Las banderas de otros ejércitos estaban tapadas u ocultas bajo otra capa de pintura, pero algunas de las imágenes seguían siendo visibles. La joven incluso pudo distinguir algunos eslóganes de las fuerzas de paz, de cuando el alto al fuego aún estaba en efecto: INMUNÍZATE DE POR VIDA. CONVERTID VUESTRAS ESPADAS EN REJAS DE ARADO.

Mahlia vio que varios soldados les hacían señas para que se acercaran desde una plataforma. No eran más que unos críos, algunos tan pequeños como Mouse, pero todos iban armados con rifles de asalto y escopetas. Sacos de huesos, músculos agarrotados y cicatrices que les atravesaban la espalda desnuda, las costillas y el pecho. Una amalgama de razas y mestizajes, negros, morenos, blancos y pecosos, con ojos tan feroces como los de su caudillo. Todos mostraban la misma arrogancia famélica que los soldados del FPU que habían capturado a Mouse.

—¿Y tú quién eres, chica? —preguntó uno de ellos.

Mahlia no respondió. El hombre lo hizo por ella.

—Está conmigo.

Sacó unos papeles y se los entregó a los soldados. Los críos la miraron y luego echaron un vistazo a los papeles. Mahlia se preguntó si sabrían leer.

—Tengo un acuerdo con el capitán Eamons —dijo el barquero. Cogió un saco y se lo ofreció—. Está esperando esto.

Los soldados miraron el saco, luego los papeles y, finalmente, a Mahlia.

Tenían los ojos inyectados en sangre. Anfetaminas o cristal. Las tropas consumían drogas porque, en teoría, los hacía rendir mejor durante el combate, pero también los volvían locos y salvajes. De repente, tuvo un mal presentimiento.

Lo único que querían aquellos críos era matar a otro apestado. Daba igual si la joven contaba con la protección de aquel comerciante. Daba igual si había o no algún acuerdo.

Ningún apestado tenía la menor posibilidad de colarse en las Ciudades Sumergidas. Mahlia no era bienvenida allí. Los caudillos se lo habían dejado muy claro a su madre y a ella cuando huyeron por primera vez. Las personas que habían colaborado de alguna forma con la misión de paz china eran el enemigo público número uno. Los señores de la guerra y sus soldados tenían muy buena memoria para los traidores.

Uno de los críos la miraba de arriba abajo. Solo tenía un ojo, lo cual le recordaba un poco a Tool, pero el de este chico era marrón, estaba inyectado en sangre y destilaba una furia y una locura de la que el híbrido nunca había hecho gala, ni siquiera cuando estaba a punto de matar.

—¿Eres una apestada?

La joven intentó hablar, pero el miedo se apoderó de ella. Sacudió la cabeza.

—Claro que lo eres —declaró el chico antes de dirigirse al hombre—. ¿Para qué quieres a una apestada, viejo?

El barquero titubeó.

—Me es útil.

—Ah, ¿sí? ¿Qué tal si te la compro?

A Mahlia se le retorcieron las tripas. Qué idiota había sido.

—No está en venta.

El crío se rio.

—¿Crees que puedes decidir qué está en venta y qué no?

El hombre negó con la cabeza. Aunque parecía tranquilo, Mahlia podía ver cómo el sudor le goteaba desde las cienes y le corría por el cuello.

—Tu capitán y yo tenemos un acuerdo.

—Yo no lo veo por aquí.

A Mahlia le pareció sentir un golpe en la base del esquife. Tool, ahogándose o preparándose para salir a la superficie y dar comienzo a la masacre.

«Quédate ahí —rezó—. No salgas».

Todos los soldados tenían los ojos clavados en ella, ávidos y voraces. Sus pequeños amuletos protectores de aluminio relucían sobre sus pechos desnudos. Algunos llevaban una cruz verde pintada; otros llevaban pintada la cara de su general, la misma con la que habían embadurnado las paredes, con la piel negra como la de su madre, las mejillas hundidas y los ojos salvajes e intensos.

Pero los amuletos eran otra historia. El general Sachs aparecía sonriendo, aunque quienquiera que lo hubiera pintado había hecho que pareciera casi desquiciado. Mahlia no sabía si se debía a que el hombre quería dar esa imagen de loco y peligroso, o a que el pintor era un inútil, pero cuando volvió a mirar a los críos, tuvo claro que no iba a preguntarles. Daba igual si ella pensaba que el general al que ellos tanto adoraban tenía un aspecto ridículo.

Al fin y al cabo, nadie parecía ridículo con un arma en la mano.

El chico miró al barquero y luego a la muchacha, sopesando lo cruel que debería ser. Sus tropas lo observaban con atención, expectantes. Preparados para lo que fuera. Encantados con la idea de acabar con todos ellos.

«No lo avergüences —pensó Mahlia—. Dale una salida. Ofrécele una alternativa que no lo haga quedar mal con sus chicos.

El barquero pareció estarle leyendo la mente.

—Tu capitán nos espera —aseveró mientras abría un saco y retiraba un fajo sucio de chinos rojos de papel con la imagen de una mujer en el anverso y una torre alta y angular en el reverso. «SOCIEDAD BANCARIA DE PEKÍN» aparecía escrito en caracteres chinos y latinos.

Billetes de cien rojos.

—A la vuelta, cuando nos haya pagado —continuó el hombre—, habrá más de estos.

Aunque la expresión de los soldados no cambió, el cabecilla cogió el fajo de billetes y les hizo señas para que siguieran adentrándose en las Ciudades Sumergidas.

33

El rostro de Glenn Stern miraba fijamente a Ghost desde el lateral de un edificio.

La imagen estaba pintada a diez pisos de altura y ocupaba tres plantas. El hombre estaba cara a cara con Ghost, que se encontraba en lo alto de un edificio de barracones, sentado junto a una hoguera con todos sus guerreros. Esa noche, él era el chico de moda.

Se habían metido en un viejo edificio donde habían encontrado un montón de cuadros y muebles viejos que habían destrozado para hacer una hoguera en lo alto del inmueble. Lo habían elegido porque, desde allí, podían ver las Ciudades Sumergidas y disfrutar de las vistas.

Lo habían pasado fatal subiendo todo aquello, pero ahora que estaba ardiendo y el fuego crepitaba y siseaba, toda una paleta de pinturas de colores extrañas burbujeaba en los lienzos y se elevaban en columnas de humo.

Al principio, el sargento Ocho no había sido partidario de subir tanto, pero, finalmente, viendo que se encontraban detrás de las líneas de combate y que Stork, Van, TamTam y todos los demás no dejaban de suplicarle, acabó accediendo.

Stork explicó que al sargento no le gustaba la idea de verse atrapado en lo alto de las torres. Al parecer, hacía tiempo lo habían acorralado junto con un antiguo pelotón y se había visto obligado a saltar a un canal desde cuatro pisos de altura para escapar. Se rompió una pierna, pero al final salió bien parado.

Sin embargo, seguía sin gustarle la idea de verse acorralado.

Así que ahora se encontraban en las alturas, contemplando la ciudad mientras Glenn Stern los miraba fijamente, sintiéndose dueños del lugar.

A lo lejos se divisaban otras hogueras, almenaras. Algunas eran del FPU; otras, más lejanas, eran fogatas enemigas. De vez en cuando, algún imbécil lanzaba un mortero y ellos se quedaban mirando cómo surcaba el cielo trazando un arco, pero parecía haber una especie de acuerdo tácito entre las tropas de las distintas facciones para no atacarse entre sí cuando alguno acampaba en los tejados de noche. Las escaramuzas eran un trabajo de día. Cuando retrocedías para descansar, te dejaban en paz, y tú hacías lo mismo. La mayoría de las veces, al menos.

Una bala trazadora salió volando desde una calle en penumbra acompañada del chasquido de un arma de calibre cincuenta. Ghost se sorprendió al comprobar que no necesitaba que Mahlia le dijera qué armas eran. Las conocía todas.

Van cogió otro cuadro de gran tamaño y lo arrojó a fuego. En cuanto rozaron las llamas, los óleos empezaron a sisear y a desprender vapores que se elevaron en el aire.

Las llamas atravesaron el cuadro. La imagen mostraba a una mujer medio tumbada en un campo de trigo con la mirada perdida en unas colinas que conducían a una casa; todos los colores estaban algo desteñidos y agrisados. Los tonos eran aburridos, no como los de las pinturas con las que ellos decoraban sus armas. Esos colores sí llamaban la atención.

Ghost se quedó mirando su pistola. Estaba llena de colores brillantes. Una cruz verde sobre un fondo rojo, señal de que su último propietario había pertenecido al Ejército de Dios.

Ocho se puso de cuclillas junto a él y señaló el arma con la cabeza.

—Deberías pintarla —le sugirió—. Hacerla tuya.

—¿Con qué?

—Romey tiene algunos colores. A veces pinta las imágenes del coronel.

—¿Cómo esa? —preguntó mientras inclinaba la cabeza hacia la enorme imagen al otro lado del canal.

Ocho sonrió.

—No exactamente. Pero puede conseguir suministros, así podrás ponerle tu marca. Píntale un ojo del destino, o algo así. Algo que te proteja. Hazla tuya, ¿vale? Pero borra toda esa mierda del EDD. Nada de cruces. Un ojo del destino, si quieres, o el azul y blanco del FPU si te sale la vena patriótica.

—¿Cómo se las arreglaron para hacerlo ahí? —preguntó Ghost.

Slim desvió la mirada hacia la imagen del coronel.

—Cuánto ímpetu patriótico, ¿eh? Seguro que treparon hasta ahí.

—Con cuerdas —respondió Ocho—. Dejaron caer varias cuerdas por el costado y se descolgaron desde arriba. Trabajaron durante semanas. Por el cumpleaños del coronel Stern. Unos cuantos de la Compañía Alfa pusieron a los civiles a pintarlo.

—Sigo diciendo que treparon.

—Tú ni siquiera estabas —replicó el sargento—. Fue incluso antes de que fueras un semi.

—¿Por qué quieres echar por tierra una buena leyenda? ¿Dónde está tu fuego patriótico?

—Estoy totalmente a favor del fuego patriótico —le aseguró Ocho—. Sobre todo si es una hoguera. —Arrojó la pata de una silla a las llamas, lo que provocó una pequeña lluvia de chispas.

Ghost contempló el hueco que había entre ambos edificios. Quienes habían pintado a Glenn Stern habían hecho un buen trabajo. El hombre parecía una especie de dios. Tenía un rostro de facciones angulosas y duras y unos ojos verdes que se parecían mucho a los de Ocho. Medio verdes con motas doradas.

Un dios o, al menos, un santo patrón. Todos los presentes alzaron sus botellas para brindar por el coronel, y luego brindaron por Ghost, el héroe del día.

Reggie les había comprado tres botellas de Triple Cross a los chicos de la Compañía Charlie. Tenían un alambique que utilizaban para destilar comida que introducían de contrabando trasladándola río abajo desde su área de concesión. Nadie sabía qué le echaban a aquel brebaje. Se rumoreaba que la Compañía Charlie destilaba uñas y perros, entre otras cosas, aunque ellos aseguraban que la bebida solo contenía grano. Arroz de alto rendimiento ShenMi, trigo TopGro y cosas así, todo lo que pudieran recoger y sacar de los campos de cultivo antes de que el Ejército de Dios o la Milicia de Liberación se dieran cuenta de que los habían saqueado.

Los compañeros de pelotón de Ghost no dejaban de darle chupitos para emborracharlo. Se quedó mirando la imagen de Glenn Stern.

—Deberías oírlo hablar —dijo Ocho—. Es como si le corriera fuego por las venas. Te hace creer que puedes atravesar un muro de balas por la causa.

—Tus ojos son iguales a los suyos —apuntó Ghost.

El sargento echó un vistazo a la imagen.

—No, qué va. Si miras al coronel a los ojos, verás la diferencia en un segundo. Son del mismo color, pero no se parecen en nada. —Se encogió de hombros—. Pero me salvó.

—Ah, ¿sí?

—Yo no nací en las Ciudades Sumergidas. No como la mayoría de estos gusanos de guerra tarados.

Algunos de los otros soldados lo abuchearon al oír el insulto, sintiéndose aludidos, pero Ocho les hizo un gesto con la mano para que se callaran, sonriendo.

—Mi familia y yo éramos pescadores. Nos vimos arrastrados por un huracán y nos quedamos atrapados, no podíamos salir remando. El FPU nos rescató.

Se encogió de hombros.

—La mayoría de nosotros... —Dejó la frase en el aire—. En fin, que al verme los ojos pensaron que se parecían a los del coronel y por eso me reclutaron. —Estiró la mano y la sostuvo a la altura de la cintura—. Por aquel entonces, yo era un gusano de este tamaño, más o menos. Les caía bien. Me veían como una especie de mascota. Pensaron que tener un trocito de Glenn Stern cerca les traería suerte cuando empezaran a volar las balas.

—¿Esos soldados siguen por aquí?

—No. Casi todos están muertos. Pero el que me salvó el culo fue el teniente. Por suerte, cree en las señales. Hay días en los que me despierto y no puedo más que dar gracias a las Parcas por tener los ojos del mismo color que el coronel. Si no... —Se interrumpió. Su rostro adoptó una expresión sombría.

Ghost se apresuró a cambiar de tema.

—¿Por qué se hace llamar coronel?

—¿Crees que debería hacerse llamar otra cosa? —le preguntó Stork con cierto retintín en la voz.

—El Ejército de Dios tiene un general. El general Sachs —apuntó Ghost—. ¿Cómo es que ellos tienen un general?

—General Sachs... —dijo haciendo una mueca burlona—. Hay que tener jeta. Ese tío ni siquiera es soldado. Ni siquiera fue a la escuela de guerra. No es más que un pirado que sabe hablar muy bien y ha hecho creer a un puñado de niñatos patéticos que irán al paraíso si matan a todo el que no se postre ante él. También se hace llamar «Águila Suprema».

—El coronel dice que no puedes asignarte un rasgo y ya está —intervino Ocho—. Esa conducta no es propia de un militar. —Señaló con la cabeza el enorme retrato—. Dice que no asumirá un rango más alto porque no le compete asumir uno. No sería patriótico hacerlo. Está luchando por las Ciudades Sumergidas, no por ostentar un rango. Le encanta este lugar. No está aquí para reunir un poco de chatarra y huir como esos perros.

»Algún día, cuando por fin nos deshagamos del Ejército de Dios, de la Milicia de Liberación, de los Lobos de Taylor y de todos los demás, la reconstruirá de nuevo. La devolverá a su gloria de antaño. Tal vez entonces ostentará un cargo como los que había en la Edad Acelerada. Será presidente o algo así, ¿no?

—¿Presidente? —se rio Stork—. ¿No tienen uno de esos en China? Los pacificadores siempre estaban hablando de esas cosas.

La conversación se interrumpió abruptamente cuando el teniente Sayle apareció en el tejado. Todos se pusieron en pie de un salto.

—¡Soldados! —exclamó con una sonrisa—. Tengo buenas noticias. Hay un nuevo héroe en el pelotón. Tenemos que tratar bien a nuestro hermano Ghost.

Le hizo un gesto con la mano a Ocho.

—Márcalo. Hazle las verticales y trátalo bien. Tenemos veinticuatro horas para descansar y relajarnos antes de volver a salir ahí fuera y darles otra lección a esos meapilas.

—¿Marcarme? —preguntó Ghost.

Ocho y Stork ya le habían agarrado los brazos.

—Vamos, Ghost. Compórtate como un hombre. Hora de completar esa marca.

Se estremeció al pensar en volver a sentir el hierro candente sobre la piel, pero TamTam le tendió una botella de alcohol.

—Bebe, guerrero. Para esto no hace falta que estés sobrio.

El teniente Sayle metió un trozo de hierro en el fuego. Ghost lo miró fijamente y se bebió un buen trago del licor.

El hierro estaba cada vez más caliente.

El chico le dio otro trago a la botella. Ocho le dio un golpecito en el hombro.

—Muy bien, guerrero. Último trago. Acabemos con esto.

Empezaron a agarrarlo entre todos. Algunos se estaban riendo. Ghost tuvo que reprimir el impulso de forcejear.

—¿Sargento?

—Ya sabes cómo funciona, soldado.

Ocho cogió el hierro que le tendía Sayle y acercó la barra de metal candente a Ghost. Se puso de rodillas frente a él, con una expresión feroz en el rostro lleno de cicatrices.

—Ahora eres uno de los nuestros, Ghost. Del FPU hasta que el mar retroceda.

Apretó el metal contra la piel del chico, que no pudo evitar intentar forcejear y resistirse, pero le tenían la cabeza agarrada. Aunque quería desmayarse del dolor, no gritó. El metal volvió a besarlo otra vez. Y otra más.

Tres a lo ancho, y ahora tres a lo largo. Sus horizontales y sus verticales. La marca completa. Un soldado de verdad. Ahora llevaba las barras triples del Frente Patriótico Unido de Glenn Stern en la mejilla.

Le separaron el hierro de la piel. Ghost se quedó tendido en el tejado, jadeando. Alguien tiró de él para ayudarlo a ponerse en pie y todos los chicos empezaron a darle palmadas en la espalda y a vitorearlo, todos con la misma cicatriz en la mejilla derecha.

Ocho lo atrajo hacia él.

—Ahora somos hermanos.

El teniente estaba a un lado, con el rostro demacrado sonriente.

—Estuviste bien ahí fuera, soldado. Fuiste muy valiente. Hasta el coronel Stern se ha enterado de cómo hiciste que esos meapilas dispararan la 999 sobre los suyos.

Sacó un broche de oro reluciente y se lo puso en la mano al chico.

—La Estrella del Verdadero Patriota. La valentía que has demostrado bajo fuego enemigo es lo que hace que el FPU sea lo que es. Llévala siempre contigo.

Ghost se quedó mirando el broche reluciente. Era una estrella azul sobre el blanco del FPU, toda rodeada de oro.

Los demás chicos se agolparon a su alrededor para verla más de cerca.

—Ha conseguido una estrella —murmuraban—. Una estrella del FPU.

El teniente le dio una palmada en la espalda a Ghost.

—Enhorabuena, soldado. Bienvenido a la hermandad.

Entonces Ocho gritó:

—¿Quiénes somos?

—FPU.

—¿Contra quién luchamos?

—¡Contra los traidores!

—¿Dónde luchamos?

—¡Dondequiera que se escondan!

—¿Qué hacemos con ellos?

—¡Matarlos!

—¿Quiénes somos?

—¡FPU! ¡FPU! ¡FPU!

Todos gritaban, exaltados y alborotados, mientras Ocho y el teniente sonreían.

—¿A qué estáis esperando? —gritó Ocho—. ¡Encargaos de que nuestro hermano pase un buen rato!

Los chicos dejaron escapar un grito de alegría, agarraron al agasajado, se lo subieron a los hombros y se lo llevaron del tejado coreando para presumir de su nuevo guerrero frente a las otras unidades. Ghost era suyo.

Ghost marchó junto a sus hermanos, con la mejilla marcada por el mismo fuego que los había marcado a todos antes que a él. Uno de ellos le ofreció una especie de polvo para que lo esnifara, alguna sustancia mezclada con pólvora que lo hizo sentir un delirio de placer y locura.

La noche se convirtió en una vorágine de alcohol, polvo y disparos de celebración, seguida de una visita a otra parte del edificio donde había chicas.

Ghost intentó concentrarse, sorprendido. No había visto ninguna chica desde que habían abandonado el pueblo y se sintió confundido por el hedor a miedo y sexo que reinaba en el ambiente. Entonces los chicos empezaron a empujarlo hacia delante. Alguien le puso una botella de Triple Cross en la mano y Slim y TamTam agarraron a una de las chicas y la empujaron hacia él. Los demás no dejaban de reírse y beber mientras obligaban a la chica a hacer todo lo que se les pasaba por la cabeza. Aquella imagen hizo que a Mouse se le revolviera el estómago, pero Ghost estaba colocado, excitado, vivo y enloquecido. Además, Mouse ya estaba muerto.

Mouse no era más que un gusano de guerra, pero Ghost era un soldado y estaba lleno de vida. Incluso si moría mañana, esa noche estaba vivo.

34

Ocho vio cómo conducían a su nuevo guerrero al prostíbulo. Las primeras horas después de quemarlos siempre eran delicadas. A veces, tras recibir la marca, algo se rompía en su interior y no quedaba más remedio que sacrificarlos. Otras, lo asimilaban sin más.

Recordó el día en que le había tocado a él. En su vida había sentido nada parecido. Que te quemaran así... Era un olor que te revolvía el estómago. Él no era como el teniente o TamTam, que parecían disfrutar de ello, pero no lo reconocería por nada del mundo.

Vio caer la cortina detrás de Ghost.

«Lo siento, guerrero».

Una joven prostituta se acercó a Ocho, pero se desembarazó de ella.

—Ahora no.

Era bonita, pero no quería distraerse. El efecto del alcohol y las anfetaminas ya se hacía notar, y apenas podía concentrarse en lo que pasaba a su alrededor.

Sayle le había enseñado que había que mantener la cabeza despejada. El teniente no bebía nada de alcohol, era la viva imagen de la disciplina, aunque Ocho sospechaba que lo que lo embriagaba no eran ni el alcohol, ni las drogas, ni las chicas. Era el dolor. A Sayle le gustaba ver sufrir a la gente.

Él había sido quien había instituido una nueva forma de tratar a los prisioneros de guerra, quien había propuesto cortarles las manos y los pies para arrojarlos donde sus ejércitos pudieran encontrarlos. Dejar que ellos mismos decidieran si querían asumir la carga de tener que cuidar a alguien que no podía caminar, comer o cagar sin la ayuda de alguien.

Ese era Sayle.

Ocho lo había visto hacerlo la primera vez. Luego, el teniente se había enderezado, había mirado al pelotón y había anunciado: «Así será como lo haremos a partir de ahora». Ocho se había quedado mirando al chico moribundo con los muñones ensangrentados y, en ese preciso instante, había sido consciente del futuro que le esperaba.

Ese sería él.

No aquel día, quizá tampoco el siguiente, pero, en algún momento, aquello acabaría volviéndose contra él. Entonces, las Parcas vendrían aullando como almas en pena. Ahora, por supuesto, todos hacían lo mismo. Ahora siempre te asegurabas de que tus nuevos reclutas mataran a sus propios compañeros cuando el enemigo los devolvía.

Sayle decía que te enseñaba una lección: no te dejes atrapar por el enemigo.

Ocho se abrió paso entre las otras tropas, las chicas y el aroma a loboyote asado y se dirigió a los canales.

No tenía a donde ir. Ni siquiera estaba seguro de lo que quería, pero necesitaba pensar y, dado que disponían de varias horas para descansar, iba a tomarse su tiempo.

Había algo en lo que no había podido dejar de pensar desde su encontronazo con la 999.

El arma descargaba proyectiles sobre ellos continuamente.

Aunque habían reforzado la seguridad para evitar que los observadores volvieran a infiltrarse, ya no solo debían preocuparse de la posibilidad de que una compañía de soldados enemigos penetrara su territorio. Ahora, bastaba con que un par de meapilas se colara entre ellos y encontrara una torre de barracones para que el enemigo pudiera descargar una lluvia mortal sobre ellos. Y eso había empujado a Ocho a pensar en el desenlace final.

Un par de soldados que patrullaban la zona lo llamaron. Levantó las manos, procurando no hacer ningún movimiento brusco mientras se acercaban. Por un momento, temió haber olvidado las siglas de identificación, pero enseguida le vinieron a la mente.

—Charlie Sierra Bogey.

Mañana sería otra cosa. Las siglas de identificación venían desde arriba y cambiaban a una velocidad vertiginosa. Debían cambiarlas con asiduidad para alejar a cualquier posible infiltrado. La orden había venido del propio coronel.

Ocho dudaba que durara mucho. El coronel necesitaría algún método mejor para identificar a los suyos. Ahora mismo, ni siquiera podía acercarse a sus propios chicos sin correr el riesgo de que le metieran un balazo entre ceja y ceja.

Era una tarea casi imposible. ¿Cómo podían dejar entrar a los granjeros si buscaban a alguien con una radio diminuta? Estaban acostumbrados a registrar a la gente en busca de armas, pero si ahora quienes se infiltraban eran simples observadores...

Llegó al cuartel general de la compañía y fue a ver cómo estaban los soldados. Debería haber estado disfrutando de su tiempo libre, pero no pudo evitarlo.

—Ya era hora —dijo alguien.

Ocho desvió la mirada hacia los chicos.

—¿Por qué?

—Tenemos algo.

—¿Otro observador?

—Observador avanzado, querrás decir.

—Correcto.

OA era el nuevo término. Observadores avanzados. Otra premisa del coronel. Stern había asistido a la escuela de guerra, por lo que conocía muy bien la existencia de los observadores avanzados. La cuestión era que nadie había esperado tener que lidiar con ellos.

—Tienes que ver esto. —Uno de los soldados le pasó los prismáticos del pelotón al sargento.

—¿Qué estoy buscando? —preguntó mientras miraba con un solo ojo por la única lente buena.

—Ya lo verás. Fíjate en el agua ahí abajo.

Permanecieron sentados un buen rato, turnándose para mirar.

Durante bastante tiempo, no hubo ningún movimiento, pero, de repente, el agua se movió y una chica salió a la superficie.

«Pero ¿qué...?».

Ocho entrecerró los ojos mientras la miraba.

Al principio, pensó que solo se estaba dando un baño, limpiándose el sudor, pero había estado observando aquella zona y en ningún momento la había visto entrar al agua.

Había algo en ella...

¿Era posible que los meapilas estuvieran usando chicas como observadoras?

Algo no cuadraba. No era el hecho de que fuera una chica en una zona de combate. Las había, aquí y allá. Si tenían instinto asesino, eran un soldado más, como cualquier chico.

Él mismo había estado al mando de una chica letal de pelo castaño muy corto. Tenía la piel pálida y llena de pecas, y estaba tan loca como todos los guerrilleros que había conocido. Había volado por los aires mientras patrullaba en un edificio minado por el Ejército de Dios que habían tomado e intentaban despejar. Acabó estampada contra una pared de clavos. Pero había sido buena, inteligente...

Ocho se quedó helado. A la chica del agua le faltaba una mano. Eso era. Le faltaba una mano.

«Estás colocado —pensó—. Eso es todo. Una mala pasada de las anfetaminas. No puede ser. No es posible que esté aquí. No puede ser. Es imposible».

La chica volvió a salir a la superficie y echó un vistazo a ambos lados.

Por las Parcas. Era la chica. Estaba seguro. La apestada manca que lo había cosido. La misma muchacha de piel oscura, ojos rasgados y mirada de superviviente. Al fijarse en su rostro, vio que llevaba la marca triple de los elegidos de Glenn Stern en la mejilla. Tenía que darle el crédito que merecía. Era casi tan astuta como los meapilas del Ejército de Dios.

La joven hizo un gesto hacia el agua. Ocho dejó de respirar.

—Mierda.

—¿Qué pasa? —le preguntaron los chicos—. ¿Qué ves?

Una enorme figura estaba emergiendo de las tranquilas aguas del canal. Grácil pese a su masa. El monstruo salió del agua y se subió a la pasarela flotante. Sano y salvo. Sin un rasguño.

El híbrido se detuvo en el borde, agazapado aún, y giró la cabeza de derecha a izquierda. Ocho no podía respirar. De repente, volvía a estar en la selva, viendo cómo la criatura salía de entre las hojas, lo golpeaba con un puño lleno de garras y lo lanzaba por los aires. Era enorme. Estaba demasiado cerca.

Al apartarse los prismáticos de la cara, se dio cuenta de que estaba siendo ridículo. Estaban lejos y no tenían ni idea de que él estaba ahí. Volvió a levantar los prismáticos.

El monstruo había desaparecido.

—¡Maldita sea!

—¿Qué?

Ocho señaló a lo lejos, hacia el edificio.

—Quiero observadores en esa torre. En todos los lados. ¿Sabemos qué hay dentro?

—Nada. Trastos viejos. Apartamentos.

—Enviad a los observadores. E informad al teniente.

—¿Todo por una chica? ¿No sería mejor que fuéramos a buscarla y ya está?

—¡No! —respondió Ocho girándose hacia el chico—. No os acerquéis a ella. Limitaos a observarla. Si los veis salir a ella o al híbrido, manteneos alejados de ellos. Colocad dos líneas de observadores, por si logran burlar la primera. Y vigilad el agua. Están usando los canales para moverse. Deben de estar nadando para atravesar nuestras líneas.

Se dio la vuelta, salió corriendo hacia las escaleras y bajó saltando un tramo tras otro. El híbrido estaba allí. En las Ciudades Sumergidas. En medio de su puñetero territorio. La apestada y el cara de perro.

Iba cada vez más rápido. Su trote pronto se convirtió en una carrera a toda velocidad. El híbrido estaba allí. Se topó con una patrulla.

—¡Alto!

Ocho se detuvo en seco al ver que levantaban las armas.

—¡No disparéis! —exclamó mientras intentaba recordar la contraseña. Tuvo que arrancarla de su mente, presa del pánico, pero finalmente logró recordarla.

—¿Necesitas ayuda, sargento? —le preguntaron.

—No —dijo sacudiendo la cabeza—. Estoy bien. Las anfetas me han sentado mal, eso es todo. Solo estoy un poco mareado.

—No corras así —le advirtieron mientras le hacían señas para que pasara—. Tenemos que estar alerta por si aparece algún infiltrado, ya sabes.

—¿Tengo pinta de llevar un crucifijo verde? —Les dirigió una mirada sombría—. Salid a patrullar.

Se giró y siguió su camino, pero no pudo evitar sentirse invadido por una sensación de horror espeluznante. Había sido pura suerte que sus chicos hubieran encontrado un par de prismáticos nuevos del Ejército de Dios y que les hubiera dado por probarlos. Los puestos de vigilancia estaban en los límites de su territorio, no en áreas tan lejanas como esta.

¿Qué hacía esa chica aquí? Cada vez que Ocho se había cruzado con alguno de ellos, había salido perjudicado. Y ahora estaban aquí, juntos, dentro del perímetro, furtivos y letales.

No tenían ninguna razón para estar aquí, a menos que...

A menos que estuvieran cazando.

Y, si estaban cazando, o querían venganza o querían a Ghost. En cualquier caso, debía detenerlos antes de que llegaran más lejos.

35

Atravesar el territorio del FPU había resultado ser más complicado de lo que Mahlia había esperado, pero, gracias a Tool, al menos era posible. El híbrido podía oler a las patrullas y percibirlas a gran distancia. Tras abandonar al barquero, habían cruzado la ciudad poco a poco, moviéndose de noche.

Cuando llegaron a los límites de la contienda entre el FPU y el Ejército de Dios, donde ambos bandos intercambiaban disparos cada pocos minutos y los edificios resonaban con los gritos de soldados que intentaban abrirse paso embistiéndose entre sí, Mahlia casi se dio por vencida. ¿Cómo iban a atravesar una línea de combate activa?

—Estamos muertos —dijo—. Esto no va a funcionar.

Tool se limitó a sonreír.

—No te desanimes con tanta facilidad. —La cogió de la mano y la condujo a las entrañas de un edificio inundado—. Iremos nadando.

—¿Nadando a dónde? ¡Nos verán!

El híbrido enseñó los dientes.

—Ven. —Tiró de ella hacia el agua—. Confía en mí.

La arrastró a más profundidad. Mahlia empezó a agitarse.

—Respira hondo —le dijo Tool y ella obedeció. Un segundo después, la sumergió y el agua salobre y tibia la engulló. Se oían olas y disparos lejanos. El híbrido se la cargó a la espalda y empezó a nadar.

Salió por una ventana rota, se adentró en un canal y siguió nadando. El agua tiraba de Mahlia a medida que Tool aceleraba. La joven se aferró con fuerza a él e hizo todo lo posible por no dejarse arrastrar por la presión que ejercía el agua a su alrededor.

Aunque sentía que los pulmones empezaban a arderle por la falta de aire, el híbrido seguía nadando. Necesitaba respirar. Tenía que salir a la superficie, pero Tool no se detenía. De hecho, no parecía preocuparle. Seguía buceando sin parar. El pánico comenzó a apoderarse de Mahlia. Intentó soltarse para salir a la superficie, pero el híbrido se lo impidió.

«Me voy a ahogar».

Luchó por salir a la superficie, pero el híbrido le sujetó los brazos y la mantuvo hundida. La acercó a él. Su enorme rostro se cernió sobre ella y le lanzó un chorro de burbujas a la cara.

Por un momento, Mahlia se sorprendió tanto que estuvo a punto de ahogarse. Y entonces lo comprendió: Tool tenía aire más que suficiente para los dos. Se armó de valor y se permitió exhalar. Asintió con la cabeza para hacerle saber al híbrido que entendía el plan.

Las fauces de Tool se abrieron de par en par, dejando entrever los dientes. Apretó la boca contra la de ella y respiró. Mahlia inhaló. Oxígeno y carroña. Vida y muerte, todo a la vez. Los pulmones de la joven se llenaron por completo con el aliento del híbrido.

Se apartó de ella y le hizo un gesto para que volviera a agarrarse a él.

Siguieron nadando.

Aunque por encima de ellos había un intenso tiroteo, en las profundidades del agua pasaban totalmente desapercibidos. Cruzaron un canal tras otro, un bloque de edificios anegado tras otro. Se escurrieron entre la ciudad como peces, ajenos a la guerra que se libraba sobre la superficie.

Cuando por fin atravesaron las últimas líneas de combate, Tool encontró un lugar en el que refugiarse. Se acercó nadando a un nuevo edificio y emergieron entre el chapoteo de las olas saladas y el ruido lejano de los disparos. Mahlia dio una bocanada de aire fresco, agradecida por respirar algo que no hubiera salido de los pulmones del asesino. Oxígeno limpio. Respiró hondo, tosió y volvió a respirar hondo.

—¿Sabes dónde estamos? —le preguntó Tool.

Mahlia fue nadando hasta una ventana. El nivel del agua la cubría solo hasta la mitad, así que era posible ver un poco del mundo exterior. Se asomó y se echó hacia atrás con un respingo. Justo enfrente, a la altura de los ojos, había una pasarela flotante. Fuera, un grupo de personas, esclavos, se esforzaba por arrastrar una barcaza bajo la atenta mirada de los soldados del FPU. La embarcación estaba llena de chatarra. Un sinnúmero de bobinas de alambre y cable. Los gemidos de los trabajadores eran audibles incluso a través del cristal.

Esperó a que pasaran de largo y volvió a recorrer el canal con la mirada para intentar orientarse.

—Sí. Sé a dónde ir. Todavía nos queda un buen trecho.

Tool no se quejó. Se limitó a echársela a la espalda una vez más y continuaron nadando. Horas más tarde, llegaron al lugar que Mahlia había estado buscando.

La muchacha salió primero a la superficie, salió del agua y se coló en el edificio. Se detuvo un momento, aguzando el oído. Rezando para que estuviera vacío. No se oía nada salvo el aleteo de las palomas. No se oían voces ni olía a humanidad. Nada. Nadie. Solo otro edificio abandonado.

La joven regresó al canal y le hizo un gesto a Tool. El híbrido emergió y la siguió hasta la torre que habitaba los recuerdos de Mahlia.

Cuando Mahlia era pequeña, su padre y sus compatriotas de las fuerzas de paz se habían adueñado de todo el edificio y habían vivido en abundancia. Allí, ella siempre había hablado chino, como una persona civilizada. Cuando estaba en la calle, hablaba como todos en las Ciudades Sumergidas, pero, allí, hablaba mandarín.

Se había desenvuelto entre dos mundos, y lo había hecho sin la menor dificultad. En eso se parecía mucho a su madre. A su progenitora siempre le había resultado fácil adaptarse y moverse entre distintas culturas y mundos. Siempre había sabido cómo hacer que los compradores extranjeros la miraran y la tomaran en serio. Hacerles creer que las antigüedades que vendía eran auténticas. Convencerlos de que le dieran su dinero. Y también había sabido muy bien cómo moverse por las Ciudades Sumergidas para conseguir los objetos que los compradores extranjeros deseaban adquirir. Podía rebuscar entre los restos con los mejores y luego ofrecerles las piezas a los clientes extranjeros sin temor a que la vieran como una estafadora más de las Ciudades Sumergidas, sabedora de que la consideraban una reputada vendedora de antigüedades.

—¿Qué es este lugar? —preguntó el híbrido.

—Crecí aquí —respondió la joven—. Muchos de los miembros de las fuerzas de paz alquilaban pisos aquí. Los propietarios del edificio habían tenido antepasados chinos, así que sabían cómo tratar a los pacificadores, mantenerlos contentos; hacer comida que les gustara y cosas así.

Habían echado abajo la puerta del apartamento y habían desarmado y quemado los muebles. Los soldados habían acampado en el interior y, después de ellos, habían anidado otros animales. Urracas, tal vez, a juzgar por la cantidad de pelusas y objetos brillantes que había en un rincón.

Mahlia se quedó de pie en medio del piso, intentando hacer memoria. Parecía más pequeño de lo que recordaba. Aquel lugar siempre le había parecido muy grande, pero ahora los pasillos le parecían estrechos y los techos más bajos. Al abrir otra de las puertas encontró la que había sido su cama, aunque faltaba el colchón. Lo encontró un poco después, apoyado contra una de las ventanas del dormitorio de su madre, quemado y agujereado, como si alguien lo hubiera utilizado para protegerse del fuego de algún arma.

Un hogar hecho pedazos. Había agujeros de bala en las paredes y casquillos desperdigados por el suelo. El hedor de una letrina abandonada hacía tiempo. Aún quedaban algunas obras de arte colgadas en las paredes, pero alguien había pintado un crucifijo verde sobre la mitad de ellas.

Tool recorría las habitaciones como un tigre al acecho, sin duda elaborando uno de esos mapas tácticos que tanto le gustaba tener en la mente. Tomando nota de cada ventana y cada puerta, de cada pared compartida y cada posible salto a los canales de abajo.

Mahlia se asomó por una ventana rota. Justo fuera había un nido, puede que de halcón o de paloma, pero parecía que hacía tiempo que no se usaba.

Tool le había aconsejado que prestara atención no solo a las personas, sino también a los animales. Si veía animales corriendo o desbandadas de pájaros, era indicativo de que había soldados cerca, y debía tener en cuenta que ellos también estarían pendientes de los mismos peligros que ella. Si Mahlia asustaba a un grupo de palomas que estuvieran posadas ahí arriba, revelaría su posición con la misma certeza que si se levantara y empezara a gritar.

Abajo, en el agua esmeralda del canal, alguien empujaba un esquife. Una especie de vendedor de fideos. No dejaba de sorprenderle que en las Ciudades Sumergidas aún vivieran personas que no fueran soldados, pero el híbrido decía que los ejércitos contaban con sus propios séquitos: mercaderes, niños, prostitutas, granjeros, contrabandistas, estraperlistas, traficantes de drogas...

Los ejércitos tenían sus propias necesidades, y a menudo hallaban la manera de satisfacerlas. Mataban a todos los apestados con los que se topaban, pero solían dejar con vida a muchos otros civiles. El deber patriótico de Glenn Stern era eliminar de la faz de la tierra al Ejército de Dios, a los Lobos de Taylor y a la Milicia de Liberación, pero necesitaba el apoyo de la gente que habitaba su territorio para lograrlo.

Y la gente lo apoyaba. Después de todo, ella tampoco tenía a dónde ir. Igual que los soldados. Estaban atrapados entre ejércitos fronterizos, selvas infranqueables y el mar. Eran como un montón de cangrejos metidos en una olla, haciéndose pedazos los unos a los otros.

Mahlia sintió una oleada de rencor al ver a aquellos civiles en los canales vendiendo verduras, carnes y fideos calientes. Ellos podían hablar con los soldados. Seguro que más de una vez se habían chivado y habían informado a los ejércitos de dónde encontrar a las familias de las fuerzas de paz que quedaban en la ciudad para ganarse su favor y asegurarse de que las balas apuntaran a otro lado.

La muchacha se los quedó mirando, imaginando que les disparaba. Como retribución por haberla delatado y haberla obligado a huir, por haber contribuido a matar todo aquello con lo que había crecido y de lo que había dependido.

—Venganza —retumbó la voz de Tool a sus espaldas.

La joven se sobresaltó.

—¿Ahora lees la mente?

El híbrido sacudió la cabeza.

—Tu cuerpo rezuma ira. Por cada uno de tus poros. Es fácil de leer. Ese puño cerrado lo dice todo.

Mahlia se rio.

—¿Ves a toda esa gente de ahí abajo? Ellos no tuvieron que salir corriendo.

—Y ahora te gustaría hacerles correr como tuviste que hacerlo tú.

—Claro —respondió encogiéndose de hombros—. Para darles una lección.

—¿Crees que conseguirás algo viendo a tus enemigos corriendo y asustados?

—¿Qué? ¿Te crees el doctor Mahfouz? —A la muchacha no le gustó el tono sentencioso de Tool—. No me vengas con eso de «ojo por ojo y el mundo acabará ciego».

Una sonrisa cínica se dibujó en el rostro del híbrido, dejando entrever sus dientes afilados.

—No lo haré. La venganza es dulce. —Estaba agazapado entre las sombras, como una enorme estatua musculosa y letal—. Pero este lugar ha trascendido todo eso. Aquí, la gente ya ni siquiera recuerda por qué se vengan los unos de los otros.

—El doctor Mahfouz solía decir que vivir en las Ciudades Sumergidas volvía loca a la gente. Como si la marea trajera consigo la locura. Cada vez que aumentaba el nivel del mar, aumentaban las matanzas.

Sus palabras hicieron reír a Tool.

—No tiene nada de místico. Los seres humanos ansían matar, eso es todo. Basta con que unos cuantos políticos aviven la división o que unos pocos demagogos fomenten el odio para que los de tu especie se vuelvan unos contra otros. Y, cuando menos te lo esperas, tienes a toda una nación mordiéndose la cola, arrancándosela a mordiscos hasta que no queda más que el chasquido de sus propios dientes. Destruir un lugar como las Ciudades Sumergidas es fácil cuando cuentas con la ayuda de otros seres humanos. A los de tu especie les encanta seguir a otros. Los de la mía al menos tienen una excusa, pero los tuyos... —Volvió a sonreír—. Nunca he visto una criatura más dispuesta a arrancarle la garganta a su vecino.

Mahlia se disponía a replicar cuando una 999 retumbó con fuerza, interrumpiéndola. El proyectil cayó en algún lugar al este de su posición. Al primero lo siguió otro. Y otro más. Tool aguzó el oído al escuchar los distintos sonidos y asintió lentamente.

—¿Qué oyes? —le preguntó ella.

El híbrido la miró.

—Vientos de guerra. Fluyen con fuerza contra Glenn Stern. El Ejército de Dios se ha visto bien armado de repente.

—¿Y?

—El FPU no durará mucho. Si tu amigo Mouse sigue vivo, corre cada vez más peligro. Que el Ejército de Dios tenga una 999 en su poder quiere decir que ha llegado a un acuerdo para introducir armas más allá de los bloqueos marítimos. Cabe suponer que se habrán comprometido a compartir lo que quede del FPU con sus proveedores, gente del exterior con suficiente dinero y sed de materias primas. —Se encogió de hombros—. Podría ser cualquiera entre docenas de países y empresas. ¿Explotaciones Cycan, quizá? Tal vez Lawson & Carlson. O puede que Patel Global o Industrias Xinhua. Es irrelevante. El Ejército de Dios ha vendido lo poco que quedaba de su ciudad para poder bailar sobre los cráneos de sus enemigos.

—No puedes estar seguro de que eso es lo que está pasando.

Tool sonrió.

—Ignoro muchas cosas relativas a los humanos, pero conozco bien los entresijos de la guerra. La guerra requiere un suministro constante de balas, rifles y explosivos. Nada de eso sale barato. Lo único que los señores de la guerra pueden ofrecer a cambio es la chatarra de la ciudad. Dudo mucho que recuerden siquiera por qué empezaron a pelearse entre ellos, pero ahora solo quieren expandir su territorio para poder vender un poco más de chatarra y comprar otro puñado de balas.

Mahlia sopesó sus palabras.

—Entonces, ¿compran cosas del exterior?

—Carecen de la inteligencia y los medios necesarios para fabricar sus propios equipos. Todos ellos están financiados por otros grupos que esperan sacar beneficio.

—Esos otros grupos —dijo ella—, Lawson & Carlson, o quienes sean, ¿les comprarían cosas a otras personas, no solo a los soldados?

—¿Qué sugieres?

Compradores. La muchacha tuvo que esforzarse por contener la emoción. Seguía habiendo compradores. Como cuando era pequeña y su madre había dado con ricachones que querían antigüedades del pasado. Había compradores.

Le hizo un gesto a Tool para que la siguiera y lo guio por una escalera polvorienta.

—No puedes decírselo a nadie —le advirtió en un susurro. Un eco de las palabras que había pronunciado su madre la primera vez que ella la había visto salir de su lugar secreto.

Mahlia llegó al nivel que se encontraba por encima de los canales y escaneó el vestíbulo. Estaba abandonado. No había nadie. Pasó los dedos por una pared, aplicando presión y palpando en busca de los mecanismos de cierre. Los oprimió con fuerza. Estaban atascados.

Tool se acercó por detrás y se apoyó. Un instante después, Mahlia oyó un clic y una sección de la pared se abrió. El híbrido ladeó la cabeza.

—¿Una puerta secreta?

—Mi madre hizo que la construyeran, aunque fue idea de mi viejo. Tuvo que sobornar a gente para hacerlo. Ya verás.

La joven le hizo un gesto a Tool para que la siguiera. El almacén que se ocultaba tras la puerta secreta era de tamaño considerable. Más grande que dos apartamentos juntos. Estaba sumido en la penumbra. La única luz se filtraba desde el exterior a través de unas rendijas con barrotes que había en lo alto. Apenas eran visibles, por lo que casi no valía la pena investigarlas. Como no existía ninguna vía de acceso a este rincón del edificio, la estancia había permanecido oculta mientras el resto de los pisos y espacios habitables habían sido saqueados.

Mahlia entrecerró los ojos en la negrura. Estaba rodeada de tesoros. Seguían existiendo. No eran producto de la imaginación de una mente infantil.

Estaban aquí de verdad.

Óleos en marcos con pan de oro. Bustos de mármol de hombres y mujeres de la antigüedad. Mosquetes centenarios. Un estandarte andrajoso con un círculo de estrellas blancas sobre un fondo azul y barras rojas y blancas. Una cabeza marmórea y escarpada, casi tan alta como ella, arrancada de algún monumento olvidado y trasladada a bordo de una barcaza a este escondite secreto hasta encontrar un comprador. Libros viejos y apolillados. Fragmentos y retazos de la Edad Acelerada.

La madre de Mahlia había sido una gran conocedora de la historia y había tenido un sexto sentido para intuir lo que podían desear los compradores extranjeros. Y todo seguía allí. Intacto. Todos los objetos de valor que nunca creyó que el hombre que había engendrado a su hija abandonaría.

Tool cogió un uniforme gris de algún soldado olvidado hacía mucho tiempo y lo sostuvo a contraluz. Luego volvió a dejarlo en el suelo con cuidado, levantando una pequeña nube de polvo al hacerlo. Empuñó un viejo mosquete y apuntó por la mira.

—¿Y bien? —preguntó la muchacha.

El híbrido la miró con curiosidad.

—¿Crees que podríamos vender todo esto? —inquirió—. ¿Crees que vendiéndolo podríamos salir de aquí? ¿Encontrar un comprador y salir de aquí de forma clandestina? Si pueden introducir armas de contrabando, a lo mejor pueden sacarnos a nosotros. Si les pagamos lo suficiente, podrían hacerlo, ¿no?

Tool dejó el mosquete en su sitio con aire pensativo.

—¿De dónde ha salido todo esto?

—Era de mi madre. Vendía estas cosas. Era recolectora de chatarra, pero solo de objetos antiguos. Cuando llegaron las fuerzas de paz e hicieron que la guerra se detuviera un tiempo, se dedicó a ello por completo.

El híbrido sacudió la cabeza con una sonrisa.

—Debió de ser rentable para ella.

Mahlia meneó la cabeza.

—No lo sé. Eso era cosa del banco.

—Un banco... ¿en China?

La joven volvió a sacudir la cabeza.

—No lo sé.

—Tu padre. El pacificador. ¿Conocía este negocio?

—Así es como se conocieron —respondió ella—. Él también coleccionaba cosas.

—Seguro que sí —resopló.

A Mahlia no le gustó el tono del híbrido, como si percibiera cosas que ella no.

—¿Crees que alguien podría estar interesado en comprar estas cosas? —le preguntó de nuevo.

Tool se quedó pensativo.

—Muchas personas estarían interesadas en comprarlas. Parece que tu madre era muy buena en lo que hacía.

—¿Sí?

—Aquí hay cosas que se creían perdidas hace mucho tiempo. La clase de objetos que deberían estar en los grandes museos del mundo. —Levantó con cuidado un trozo de pergamino y lo estudió—. De hecho, varios de ellos lo estuvieron alguna vez.

—Entonces, ¿podemos venderlos? —insistió ella.

—Sí, claro. Podrías vender todas estas piezas. El problema es que, por cada comprador que encuentres, habrá otros mil dispuestos a cortarte el cuello para poder venderlas ellos mismos. Estamos rodeados por un tesoro de todos los tiempos y, al otro lado de esos muros, hay decenas de miles de soldados que se matan los unos a los otros por trozos de chatarra que no valen ni la décima parte de lo que hay en este almacén.

—¿Crees que haya alguna forma de llegar a un acuerdo? —le preguntó—. ¿Alguna manera de negociar con los soldados?

—Sería una negociación delicada, más aún sabiendo que preferirían meterte una bala entre ceja y ceja. Ni tú ni yo pertenecemos a la clase de individuos con los que los señores de la guerra tienden a entablar conversación. Una apestada y un híbrido —dijo con una sonrisa.

—Mouse —dijo Mahlia de repente—. Si logramos rescatar a Mouse, él podría ser nuestro intermediario.

—Construyes castillos de nubes con el humo de tus sueños.

—Pero podríamos hacerlo, ¿no? Si las Parcas nos acompañan, podríamos hacerlo, ¿verdad?

Tool la miró fijamente. Todo cicatrices y pensamientos.

—¿Crees que las Parcas te sonríen?

La joven tragó saliva.

—Alguna vez tendrán que hacerlo, ¿no? Aunque solo sea una vez.

36

Cuando Ocho y el teniente lo encontraron, Ghost estaba vomitando, con la cabeza colgada sobre un canal. Lo ayudaron a ponerse de pie, le echaron agua en la cara, aguardaron un momento mientras vomitaba un poco más, y lo guiaron por la pasarela.

—Creía que teníamos un día de descanso —dijo.

Ocho casi parecía sentirse culpable.

—Ya. Cambio de planes. Te necesitamos para patrullar.

—¿Por qué a mí?

—¡Porque yo lo digo! —La expresión del sargento se endureció—. No creas que porque el coronel te haya dado un broche elegante ya no me perteneces. Si te digo que saltes, saltas, ¿entendido?

—Sí, señor.

—Bien. Alil te está esperando.

Cuando llegaron a donde estaba Alil, el chico le lanzó su arma. Ghost la cogió al vuelo, aún con el estómago revuelto, e intentó concentrarse en sus compañeros.

—Hoy toca registrar a los civiles —les informó Alil—. Tenemos que revisar a todos los granjeros y a todas las chicas para asegurarnos de que no lleven nada parecido a una radio. —Hizo una pausa—. También a nuestros soldados. Si llevan una radio, no son de los nuestros, aunque lleven la marca.

—El Ejército de Dios no deja de atizarnos —dijo Ocho. No estaba mirando a Ghost, sino más bien evitando hacerlo. Tal vez estuviera mirando hacia el territorio del EDD—. Creemos que puede haber soldados infiltrados, así que queremos que inspeccionéis algunos de nuestros sectores internos, que los reviséis bien. A ver qué pasa.

Sayle fue más directo:

—Quiero que salgáis ahí y os aseguréis de que ninguno de esos meapilas se cuele entre nosotros bajo mi mando. Si atrapáis a alguno, enviadlo de vuelta sin manos ni pies, ¿entendido? Dadles una lección.

—Sí, señor —respondieron todos al unísono. Pero Ghost aún tenía el estómago revuelto por los excesos de la noche anterior y la marca de la mejilla le seguía doliendo. No pensaba quejarse, pero aun así...

Ocho les asignó un sector. Era extraño, porque estaba en una zona bastante profunda de su territorio, pero cuando Alil le preguntó, el sargento se limitó a mirarle y dijo:

—Puede que tengamos algo de información, ¿vale?

—Parece un área pequeña.

—Lo es. Manteneos dentro de los límites. Cuando la hayáis peinado, haced otra pasada. Tenemos otros grupos patrullando el resto.

Unos minutos más tarde, Alil los guiaba por un sendero lleno de escombros que discurría entre dos edificios y luego a través de otro antes de dirigirse a las pasarelas flotantes.

—¿Te encuentras bien, soldado? —Le dio una palmada en el hombro a Ghost—. Tienes mala cara.

Ghost lo miró medio adormilado. Alil sonrió.

—No te preocupes. Es una tarea sencilla. Aún nos encontramos dos líneas por detrás del punto de contacto. Pero mantén los ojos bien abiertos. Tal vez el teniente tenga alguna pista y sepa algo que nosotros no sabemos. Lo que está claro es que no podemos dejar que se nos escapen más OA. Y no te confíes. Los civiles a veces se ponen agresivos cuando los registras. Hay cosas que preferirían mantener ocultas.

Ghost asintió e intentó prestar atención a sus palabras. Después de la emboscada de los OA y las 999, no podía permitirse perder la noción de lo que ocurría a su alrededor. No podía volver a confiarse. Ni de coña. De lo contrario, acabaría muerto como... ¿Pook? ¿Así se llamaba?

Le inquietó darse cuenta de que había olvidado el nombre del chico al que había sucedido. ¿Tubby? No... Gutty. Eso era. Gutty, de *gut*, que significaba «tripa» en inglés. Porque había estado gordo cuando las fuerzas de paz todavía merodeaban por aquí.

—¿Mouse?

Ghost se volvió, sobresaltado. Aquella voz le resultaba familiar.

Algo pasó a toda velocidad a su lado y se estrelló contra sus amigos. Los chicos cayeron al agua con gran estrépito. Ghost se quedó helado donde estaba, con los ojos clavados en lo que tenía delante: Mahlia. Real como la vida. No era ninguna alucinación. Ni un recuerdo producto de la resaca. Era Mahlia. De verdad.

—¿Mahlia?

La muchacha lo agarró, lo arrastró al interior de un edificio y tiró de él para acercarlo a ella. Le estaba hablando, diciéndole cosas, pero no podía dejar de mirarle la cara. Tenía la marca triple en la mejilla, grabada a fuego.

—¿Cuándo te reclutaron? —preguntó. Entonces se desató el caos.

Mahlia no había esperado que fuera tan fácil.

Llevaba un buen rato mirando por las ventanas del antiguo apartamento de su familia, matando el tiempo, esperando a que oscureciera para poder ponerse en movimiento de nuevo. Sabía que en algún momento tendría que exponerse y abandonar su guarida, pero aún no era el momento. Esperaría y luego saldría en busca del pelotón de Mouse. Intentaría dar con el teniente Sayle y sus soldados. Todos los chicos utilizaban siglas de identificación, pero podría arreglárselas para llegar hasta ellos. Teniente Sayle, Sección A-B, Pelotón Can. Sería una ordenanza. Una mensajera. Y si eso no parecía factible, pensaría en otra cosa. Ahora se encontraban entre las líneas del FPU. Al abrigo de la oscuridad y con una gorra que le cubriera los ojos, teniendo en cuenta que la mayoría de los apestados habían muerto hacía ya mucho tiempo, creía que podría pasar.

Cada cosa a su tiempo.

Fue entonces cuando vio a Mouse caminando por la plataforma flotante, sorteando los troncos de bambú astillado. Había un par de soldados más, pero estaban prácticamente solos.

Se quedó mirando.

¿Era él? ¿De verdad era él?

Tenía cicatrices en la cara, las seis barras de la marca de Glenn Stern, igual que la que ella se había grabado a fuego en su propia mejilla. También tenía una especie de vendaje de color parduzco en la oreja, pero era él. Al ver que llevaba un AK-47 colgado del hombro, tuvo que mirarlo un par de veces más antes de estar segura de que no era un niño soldado más. Pero no, era Mouse.

Estaba ahí al lado. Allí mismo.

—Tool —susurró—. Lo veo.

El híbrido se acercó como un rayo y miró abajo.

—Solo tres.

—Dos —lo corrigió ella—. Mouse no cuenta.

Tool no comentó nada al respecto. Él veía el mundo de otra manera. Pero Mouse no iba a dispararles.

—Hablaré con él —declaró ella.

—No con esos dos ahí.

—Si me ve, se separará de ellos.

—No. Van juntos. No van a separarse. Están patrullando. Aunque no son más que unos críos, conocen sus obligaciones. No son nada en comparación con un ejército de verdad, pero han recibido un mínimo de formación. —Los estudió—. ¿Viste a alguno de los otros en el pueblo?

Mahlia los miró fijamente, intentando acordarse. Había un montón.

—No lo sé.

—Si estuvieron allí, te reconocerán y te matarán.

No estaba segura. Había visto a muchos soldados, pero no tenía ni idea de cuántos habían estado en el pueblo, ni de si la habían visto en algún momento cuando ella estaba distraída. Lo único que sabía con seguridad era que ninguno de ellos era el sargento al que había curado. Ni Sayle. Ni el que había querido hacerle daño.

—No creo.

—No es suficiente —respondió Tool—. Los neutralizaré. Tú encárgate de Mouse.

Y así, sin más, fue como prepararon la emboscada. Fue fácil. Los soldados habían ido directos a ella.

Mahlia y Tool esperaron junto a una ventana salediza rota del edificio, una abertura ancha y amplia que permitiría al híbrido moverse con facilidad y por la que podrían saltar directamente a la pasarela. Esperaron. Poco después, cuando los soldados estuvieron lo bastante cerca, la joven llamó a Mouse.

Sintió un golpe de viento cuando Tool pasó a toda velocidad junto a ella y embistió a los niños soldado, haciéndolos caer al canal con estrépito. Mouse se volvió y levantó el arma.

Mahlia dio un paso atrás.

—¿Mouse? —Parcas..., ¿iba a matarla? —. Soy yo, Mahlia. Hemos venido a sacarte de aquí.

Bajó el arma. Mouse la observó unos segundos y luego desvió la mirada hacia el agua. Algunas burbujas salieron a la superficie.

—¿Mouse?

El chico pelirrojo parecía desconcertado. Se quedó mirando el agua y luego volvió a clavar los ojos en ella. Pasado un minuto, Tool los habría ahogado a los dos. Mahlia casi se sintió mal por ellos. Conocía muy bien aquella sensación. Sentir cómo el híbrido te sujetaba mientras te ahogabas sin poder hacer nada. Esos dos críos no tenían la menor posibilidad. Tiró de Mouse y lo condujo al interior del edificio.

—¿Cuándo te reclutaron? —le preguntó el chico.

Seguía confundido. Fue entonces cuando Mahlia recordó la marca que se había hecho.

—¡No! Por las Parcas, no. —Sacudió la cabeza—. Solo he venido a sacarte de aquí.

Intentó tirar de él, pero Mouse no se movía tan rápido como habría querido. Vio que tenía la cara arañada y magullada y que el vendaje de la oreja estaba ensangrentado. Había estado combatiendo. Debía de estar conmocionado. El chico seguía mirándola fijamente, sorprendido y confuso, como si mirara a una extraña.

Tool emergió del canal. De pronto, abrieron fuego desde los edificios que los rodeaban. Los disparos empezaron a resonar por todas partes mientras las balas silbaban y rebotaban contra el hormigón y la piedra. Una lluvia de escombros se precipitó sobre ellos.

Mouse se puso a cubierto. Tool salió del agua de un salto y corrió hacia la entrada del edificio, pero tenía la espalda teñida de rojo. Por un momento, Mahlia pensó que estaba sangrando, pero la «sangre» se agitaba, como si fueran púas.

En ese momento se dio cuenta de que eran agujas. Decenas, puede que cientos de agujas, todas clavadas en su espalda. Tool los empujó a ambos por la ventana y siguió avanzando a trompicones. Siguió empujándolos hacia delante y entonces se desplomó. El golpeteo de varias botas resonó por la pasarela. Era una emboscada. Mahlia había pensado que ellos eran los cazadores, cuando en realidad eran la presa.

Agarró a Mouse.

—¡Vamos!

Lo condujo por un pasillo. No estaban lejos de la cámara secreta de su madre. Si lograban entrar sin ser vistos, cabía la posibilidad de que los soldados no los encontraran. Pero Mouse no corría, se iba arrastrando.

—¡Venga! —le gritó—. ¡Vamos!

Detrás de ellos se oía el eco de las botas. Cada vez había más. Llegaban de todas partes. Mahlia chocó contra la puerta secreta del almacén y empezó a buscar los mecanismos a tientas. Los manoseó, los bloqueó y les dio un fuerte golpe, presa de la frustración.

La puerta se abrió. Mahlia entró a toda prisa, arrastrando a Mouse con ella. Oyó gritos a su espalda. Intentó cerrar la puerta de golpe, pero el cañón de un rifle se lo impidió. Fuera, todos los soldados estaban gritando. Se abalanzaron contra la puerta, haciéndola caer hacia atrás, entraron en tropel y la rodearon. Luego la sujetaron y la sacaron a rastras.

Mahlia alcanzó a ver a Mouse, que seguía inmóvil, atónito. Un momento después vio cómo la sacaban al pasillo y la arrastraban por donde había venido mientras pataleaba y gritaba. Tool yacía en el suelo delante de ella, con el ojo abierto de par en par por el efecto de los tranquilizantes. Las tropas empezaron a agolparse a su alrededor.

El teniente Sayle entró al edificio por la enorme ventana saledizaza y, con él, una nueva oleada de sus tropas. Sonrió con frialdad, observando cómo sus chicos la abofeteaban y la empujaban hacia delante.

Mahlia pudo ver la expresión de vergüenza y confusión en la cara de Mouse mientras se lo llevaban a un lado. Los soldados le daban palmaditas en la espalda, vitoreándolo y llamándolo Ghost al tiempo que otros guerreros se acercaban a ella para señalarla, reírse y escupirle en la cara.

Sayle se acercó a ella con una sonrisa.

—La chica que invoca a los loboyotes —dijo—. Llevo tiempo soñando contigo.

37

Mahlia se quedó mirando a Mouse, impactada.

—¿Me has tendido una trampa?

La mirada confusa del chico pasó de ella a los soldados.

—No lo sabía. —Por fin parecía darse cuenta de lo que estaba pasando. Intentó abrirse paso entre los otros chicos—. ¡No lo sabía!

—¡Sacadlo de aquí! —ordenó Sayle.

Un par de soldados agarraron a Mouse y tiraron de él mientras forcejeaba e intentaba acercarse de nuevo a ella. Mahlia miró a Tool con la esperanza de que pudiera ayudarla, pero estaba inconsciente. Estaba sola.

El teniente levantó el puño y la golpeó con fuerza. Sintió un estallido de dolor en la cara. Intentó no estremecerse ni llorar. Volvió a golpearla. Sintió cómo se le rompía la nariz.

Sayle estaba de pie ante ella, con los fríos ojos grises encendidos. Mahlia intentó apartarse, pero los soldados la zancadillearon y la hicieron caer al suelo. Cuando trató de incorporarse, saltaron sobre ella y la inmovilizaron. Alguien le estampó la cara contra el suelo de baldosas agrietadas.

El teniente Sayle se arrodilló junto a ella. La agarró por el pelo y le levantó la cabeza para poder mirarla a la cara.

—Ha llegado la hora de ajustar cuentas, apestada.

Mahlia sabía lo que le esperaba. Le harían lo que le habían hecho a su madre. La violarían, la destrozarían y la harían gritar hasta hartarse de ella. Y entonces la matarían. Empezó a rezar. Sabía que era una estupidez, pero rezó de todos modos. A Kali María Piedad, al Santo de la Herrumbre y a las Parcas. A todos los mártires de la Iglesia de Aguas Profundas. A cualquiera que pudiera ayudarla.

Sayle le puso una rodilla en la espalda y la aplastó contra el suelo. Entonces sintió algo más, un trozo de metal punzante y frío contra la piel de la columna. Un cuchillo.

—Quizá te quitemos los riñones antes de acabar contigo —dijo—. Los recolectores ofrecen un buen precio por los órganos. Podemos sacarte los ojos, el corazón, los riñones... vaciarte. —Hizo una pausa—. Pero los dedos no les hacen falta, ¿verdad?

Mahlia se puso a temblar. Iba a cortarle los dedos. La mano.

Empezó a revolverse y sacudirse para intentar soltarse. Sabía que era inútil luchar, pero lo hizo de todos modos.

El teniente le apoyó el cuchillo contra el nudillo del dedo meñique. Sintió cómo le atravesaba la piel.

Gritó. Gritó y gritó y no intentaron silenciarla. Lo único que hacían era reírse mientras ella se agitaba y se retorcía.

—¡Ahí va uno! —cacareó Sayle.

Le puso el meñique delante mientras ella sollozaba y luchaba por zafarse.

Se inclinó hacia ella, tanto que pudo sentir su aliento caliente en la mejilla.

—¿Qué te parece si vamos a por el segundo?

—¡Teniente! —El grito llegó desde el otro lado de la habitación, interrumpiéndolo.

Sayle se volvió, claramente molesto.

—¿Qué quieres, soldado?

—Necesitamos ayuda, señor.

El hombre maldijo por lo bajo y le quitó la rodilla de encima. Mahlia se quedó tumbada, jadeando. Uno de los otros niños soldado le dio un empujón con el pie.

—Solo cuatro más...

«No importa», intentó decirse a sí misma mientras yacía en el suelo, temblando y gimoteando. No importaba si tenía una o dos manos, o si no tenía ninguna. Iba a morir de todos modos. Pero no pudo evitar llorar.

—Llama al cuartel general —le decía Sayle a alguien—. Pide que envíen más soldados. Y consíguenos una maldita barcaza. Muestra un poco de iniciativa, soldado.

—No tenemos autoridad —explicaba el chico. Todos estaban de pie en torno a la masa inconsciente del híbrido. Algunos de los otros soldados intentaban levantar a Tool. Casi parecía una broma. Era evidente que pesaba demasiado para ellos.

El chico que hablaba con el teniente Sayle siguió diciendo:

—Tenemos que darnos prisa. Lo tenemos atado, pero no sabemos cuánto tardará en despertarse. Hasta que no lo encademos, no podremos estar seguros de que no se soltará. Ahora tiene mucha fuerza. Más que cuando estuvimos dándole caza. No nos conviene que despierte.

Aquel soldado le resultaba familiar.

Mahlia cayó en la cuenta de que era el chico al que había salvado de los loboyotes. El mismo chico al que ella y el doctor Mahfouz habían suturado. En aquel momento, se arrepintió de haberlo hecho. Debería haberlo dejado morir. Debería haberlo abierto en canal y haberles ahorrado a todos la molestia. Podría haberlo rematado allí mismo, en casa del médico, hacía un mes.

Ocho. Así se llamaba. Por haber matado con un cuchillo a un montón de soldados armados con pistolas.

El teniente Sayle estaba cabreado. No dejaba de mirar a Mahlia y a Ocho.

—¿Señor? —insistió el sargento—. Tenemos que hacerlo ya.

El hombre asintió con impaciencia y se acercó de nuevo a Mahlia.

—No hemos acabado. No hemos hecho más que empezar.

Les hizo un gesto a varios de los otros soldados y todos salieron con él, dejando atrás a Ocho y a otro pelotón. Mahlia cerró los ojos. El dolor de la mano estaba desapareciendo. No sabía si era porque se estaba desangrando o... No, no podía desangrarse. No por un solo dedo. Habría sido demasiado fácil. Y Sayle no iba a dejarla ir con facilidad.

Se quedó inmóvil, intentando no llorar. Un par de soldados le ataron las piernas y los brazos a la espalda. El muñón les causó algunos problemas, así que decidieron atarle los brazos por encima de los codos, casi dislocándole los hombros en el proceso.

Oyó pasos. Abrió los ojos. Era el sargento, de pie junto a ella.

—¿En qué coño estabas pensando? —le preguntó.

Mahlia hizo acopio de toda su voluntad y clavó los ojos en él, odiándolo.

—Te acuerdas de mí, ¿verdad?

—Claro que me acuerdo. La chiflada que nos echó a los loboyotes encima e hizo que se cargaran a Soa, Ace y Quickdraw.

—A ti te salvé. —Lo miró fijamente—. ¿Te acuerdas de eso? Te salvé la vida.

—Sí, me acuerdo.

El chico casi parecía triste.

Mahlia no apartó los ojos de él, buscando alguna conexión. Deseando que la viera como una persona.

—Déjame ir —le dijo—. Deja que Mouse y yo nos vayamos.

—¿Estás loca? Si os dejo ir, estoy muerto. Además, ese chico al que llamas Mouse... —negó con la cabeza— ya está muerto. Nunca existió. Entre nosotros hay un soldado al que llamamos Ghost, que puede parecerse a alguien a quien conociste hace mucho tiempo, pero él ya no es ese chico.

—Podríamos huir.

—No hay a dónde ir —replicó él.

—¿Y si pudiéramos escapar? El híbrido podría hacerlo. Él podría sacarnos de aquí.

Ocho esbozó una leve sonrisa.

—Estás delirando.

Era como cuando se fueron las fuerzas de paz. Como cuando estaba en el muelle con su madre, agitando los brazos y saltando, implorando a los clíperes que dieran media vuelta. No tenía que ser así. Él podía escoger.

—Por favor.

El sargento se llevó la mano al bolsillo, rebuscó y sacó unas pastillas.

—Toma.

Mahlia apartó la cara, pero el chico la agarró y le giró la cabeza para obligarla a mirarlo.

—No seas más tonta de lo que ya eres. Son analgésicos.

—¿Crees que eso es suficiente?

—No, pero es todo lo que tengo. Y es todo lo que puedo hacer.

La joven volvió a clavar los ojos en los suyos, sintiéndose estúpida por albergar la esperanza de que aquel soldado se compadeciera de ella.

—Mátame —dijo—. Mátame y acaba con esto de una vez. Haz eso al menos. No dejes que Sayle vuelva a ponerme las manos encima. Me lo debes. No dejes que me haga nada más.

El sargento parecía contrito.

—El teniente me cortaría los dedos a mí si eso ocurriera.

—Te salvé —recalcó ella—. Me lo debes.

El chico hizo una mueca.

—Ya, bueno. Nadie ha dicho nunca que todo vuelve a su equilibrio natural. Eso son historias para los adoradores de las Parcas y del Santo de la Herrumbre.

Le metió las pastillas entre los labios con los dedos sucios y le cerró la boca para que no pudiera escupirlas. Luego le cubrió la nariz.

—Trágatelas. Luego te alegrarás.

La joven lo miró con odio, pero acabó haciéndole caso. Ocho asintió, satisfecho, y se incorporó.

—Llevan un poco de opio. Los chicos suelen fumárselas, pero también puedes tomarlas. Reducen la intensidad del dolor, sea lo que sea lo que te aflija.

Mahlia quiso seguir odiándolo, pero le pesaban los ojos. Finalmente, el ensueño se apoderó de ella.

38

La voz de la chica se ralentizó y se volvió difusa por el efecto de los analgésicos. Opiáceos. Una sustancia que los sumía a todos en un estado de ensueño que les permitía sobrellevar el dolor. Ocho la miró. Le hizo un gesto a Van.

—Véndale la mano.

—Pero...

—El teniente quiere torturarla, no desangrarla. Al menos no todavía.

Le dio la espalda. Era mejor no mirarla, mejor no ponerse en su lugar. Eso era para los semis de medio pelo que aún no estaban curtidos. Era mejor no pensar demasiado. Hacerlo te confundía, y al final acababas muerto.

Ocho centró su atención en el híbrido.

—Traed más cuerdas. Quiero que el cara de perro parezca una maldita momia. Atadle las muñecas, los codos, los tobillos, las rodillas y el torso completo. Hacedlo por partida doble.

Un par de soldados dejaron escapar un quejido, pero al ver que Ocho chasqueaba los dedos, saludaron y se pusieron manos a la obra. Eran unos vagos, pero, a la hora de la verdad, eran buenos chicos. Mostraban respeto cuando importaba.

Ocho miró al híbrido inconsciente. Lo habían atiborrado de una cantidad ingente de tranquilizantes y, aun así, no estaba seguro de que fuera suficiente.

Incluso ahora, en aquel estado, casi parecía que el ojo abierto de la criatura lo seguía. Aunque no se movía, daba la sensación de que seguía allí, prisionero de los tranquilizantes, pero totalmente consciente de su presencia. Observándolos.

Ocho se estremeció al recordar lo letal que había sido durante su persecución por los pantanos. En ese entonces, estaba desnutrido y herido. Pero, ¿ahora? Luchar contra él sería como luchar contra un huracán. Cuando lo rociaron por primera vez con los tranquilizantes, ni siquiera había estado seguro de que fueran a darle por lo rápido que se movía.

—¿Lo de toda esta cuerda va en serio? —le preguntó Stork.

—Si por mí fuera, lo mataría ahora mismo —respondió él—. Si empieza a moverse, métele un par de tranquilizantes más.

—No me queda ninguno.

A Ocho se le erizó la piel.

—¿Los usamos todos?

Era como si intentaran atar a una especie de demonio. Era imposible que saliera bien. El teniente lo quería vivo, pero estaba loco. Siempre intentando volar demasiado alto e impresionar a demasiada gente.

«Mátalo».

Ocho sabía que esa era la mejor manera de proteger a sus chicos: deshacerse de la bestia. Cortarle la cabeza. Quemarlo hasta que no quedaran más que cenizas. Empezó a sentir un temor casi supersticioso.

—Envolvedlo bien, entonces. Como se despierte, estamos todos muertos.

Dio media vuelta y se alejó por el pasillo, queriendo huir de allí. Más adelante, vio la puerta abierta, el lugar oculto en la pared por el que la apestada había intentado escabullirse. Echó un vistazo al interior. Silbó.

—Bonito escondite.

Cuadros, estatuas, todo tipo de objetos. Se adentró en la sala, asombrado por la cantidad de objetos valiosos que tenía ante sí, abrumado por la sensación de que lo que veía era algo fuera de lo común.

Allí había cosas que Glenn Stern veneraba. Los rostros de verdaderos patriotas. Imágenes que el coronel solía entregar a sus muchachos como amuletos de la suerte. Soldados veteranos. Combatientes que habían luchado con nobleza durante siglos por el bien del país.

Oyó que algo se movía detrás de él. Se giró, llevándose la mano al cuchillo de combate, y luego se relajó. Era Ghost.

—¿Qué haces aquí?

—¿Es verdad? —le preguntó el chico.

—¿Qué es verdad?

—He oído que hay un tesoro.

—Así es —respondió simplemente. Lo empujó fuera y cerró la puerta. Se sorprendió al ver que desaparecía por completo. Hizo una nota mental de su ubicación. Una cosa más de la que ocuparse.

Agarró a Ghost y lo alejó de la cámara oculta. Cuando pasaron junto a la apestada, el chico se quedó mirando. Yacía inmóvil en el suelo, con los ojos vidriosos por los analgésicos que Ocho le había dado, maniatada y sangrando.

Al notar que empezaba a vacilar, Ocho lo sujetó del brazo con más fuerza, obligándolo a pasar de largo.

—No la mires. No es asunto tuyo.

—Pero...

Ocho giró a Ghost para mirarlo de frente y clavó los ojos en los suyos.

—Intento mantenerte con vida, soldado. Si la gente piensa que no eres de fiar, te matarán. No se lo pensarán dos veces. Esa apestada no es nada. Solo un trozo de carne, como una vaca, un cerdo o una cabra. Todos tenemos una vida pasada. Habrá cosas en las que te sientas tentado a pensar, cosas a las que sueñes poder volver. —Agarró al chico de los hombros y le acercó la cara a la suya—. ¡No pienses en nada de eso! Concéntrate en tu trabajo, soldado. Piensa en tus hermanos. Piensa en nosotros, en cómo mantenernos con vida para seguir luchando. Piensa en el Ejército de Dios y en cómo acabaremos todos muertos si nos permitimos perder la concentración.

»Ahora sal ahí fuera y patrulla. Estamos en guerra. —Empujó a Ghost por la puerta. Luego le hizo un gesto con la cabeza a Stork—. Échale un ojo a nuestro guerrero. Asegúrate de que no olvide quién es.

Mouse se quedó de pie fuera, temblando. Mahlia estaba ahí. Ahí mismo. Si era valiente, podría entrar y...

¿Y qué? ¿Dispararles a todos? ¿Matar a Stork, Ocho, Tam-Tam y todos los demás?

Stork salió. Lo agarró del codo y tiró de él por la pasarela flotante.

—Demos una vuelta, soldado.

—Yo...

—No puedes volver, ya lo sabes.

—No iba a...

—Claro que sí. —El chico negro y alto esbozó una pequeña sonrisa—. Todo el mundo lo piensa a veces. Yo incluso lo intenté. —Miró de reojo a Mouse—. Después de conseguir la marca completa, lo intenté. Pero no puedes volver, porque lo saben. Saben lo que eres ahora. Saben lo que has hecho.

Escupió al canal.

—No te quieren. Es como si fueras carne podrida. Los civiles te ven a la legua y, en cuanto lo hacen, lo único que quieren es enterrarte. Puede que no te guste, pero, sin tu pelotón, no eres nada.

Se sacó un cigarrillo liado a mano del bolsillo y lo encendió. Le dio una buena calada y se lo pasó a Mouse.

—Pasado un tiempo, acabas dándote cuenta de que los únicos que te cubren la espalda son tus compañeros de pelotón. Te mantenemos a salvo. Ahora somos tus hermanos, tu familia.

Cogió el cigarrillo de nuevo y le dio otra calada antes de hacer un gesto con la cabeza hacia el canal.

—Parece que el teniente ha conseguido una barcaza. Hora de ponerse manos a la obra. —Giró la cabeza hacia el edificio—. Esa chica no es más que una civil. Si supiera lo que has hecho... cuánto has matado, las chicas que te has tirado y todas las mierdas que has estado haciendo... —Se encogió de hombros—. Seguro que preferiría vomitar antes que mirarte a la cara.

—Pero ha venido a por mí —replicó Mouse—. Dijo que había venido a por mí.

—No. Venía a por un civil al que llamaba Mouse. —Arrojó lo que quedaba del cigarrillo a las aguas verduzcas del canal—. Ghost no le importa una mierda.

Subir al híbrido a la barcaza requirió el esfuerzo conjunto de diez de ellos. El muy desgraciado pesaba una tonelada. Era como si sus músculos fueran de cemento. En cuanto empezaron a arrastrarlo, Ocho cayó en la cuenta de que deberían haber improvisado algún tipo de camilla para llevarlo, pero ya era demasiado tarde, máxime con el teniente al lado gritándoles que tenían que darse prisa.

Así que siguieron arrastrándolo entre gruñidos, tirando de él, sudando y maldiciendo, hasta que consiguieron meterlo en la embarcación.

La barcaza estaba medio llena de vigas de hierro y trozos afilados de tuberías de cobre de la fontanería de algún edificio, lo cual significaba que el teniente debía de haber cogido el primer barco que había encontrado. Las miradas hoscas de todos los trabajadores parecían confirmarlo. Casi con toda seguridad, sus supervisores les echarían una buena bronca por volver tan ligeros, pero así eran las cosas.

Ocho hizo una nota mental para, por lo menos, entregarles una especie de informe que dijera que no había sido culpa suya. En ocasiones, los supervisores podían introducir medicamentos, alcohol, cigarrillos y drogas de contrabando desde los muelles y, si les caías en gracia, te iba mejor que si no lo hacías. Así al menos se quedarían tranquilos.

La barcaza empezó a deslizarse lentamente por el agua. El híbrido no se movía. Le habían dado tal cantidad de tranquilizantes que bien podría haber estado muerto.

La embarcación avanzaba a paso de tortuga. Ocho odiaba lo despacio que se movía. Decidió dividir su tiempo entre vigilar a Ghost, al híbrido y a la apestada, que parecía que empezaba a espabilarse.

Apartó los ojos de la chica y miró a Ghost, disgustado por lo que veía. Había sido una locura seguir a su chico, pero lo había hecho de todos modos. Y eso lo cabreaba.

Durante un rato, no supo por qué aquello lo enfurecía tanto, pero quiso poder pegarle. Darle un puñetazo y zarandearla. Doctorcita idiota. Apestada necia. ¿No sabía que este no era lugar para gusanos de guerra como ella? Nadie quería a una apestada que les recordara constantemente cómo China se había hecho dueña y señora de todo durante más de una década, diciéndole a todo el mundo qué hacer y cómo vivir. Pavoneándose por ahí con sus armas, sus híbridos y sus buques de guerra de combustible biodiésel.

Era una estúpida. Demasiado estúpida para respirar. Y ahora estaba ahí tirada, como un pez muerto sobre una montaña de cobre. Tenía los ojos abiertos. Lo observaba. Parecía que la mano había empezado a sangrarle de nuevo.

«No eres más que un saco de órganos —le dijo en su mente—. Un montón de sangre y riñones. Quizá te saquen los ojos y se los den a otra persona. Los recolectores siempre están interesados en comprar. Solo eres un montón de partes».

Se lo merecía.

Pero, entonces, ¿por qué le molestaba tanto?

Ocho era lo bastante inteligente como para saber que, cuando algo te volvía loco, tenías que pararte y pensarlo bien. Cuando te dejabas llevar por la locura, hacías las cosas por reflejo, y eso te llevaba a cometer errores.

Eso era lo que le había pasado a Sayle con la chica. Ir tras ella, echársele encima de aquella manera, amenazarla... Al teniente le gustaba herir a la gente, pero esto era más que eso. Todo esto era porque una simple civil se las había arreglado para tenderle una emboscada. Estaba cabreado porque una apestada manca lo había avergonzado.

Les había asestado un buen golpe con el truco de los loboyotes y ninguno de ellos lo había visto venir. Pero el Ejército de Dios también los había emboscado hacía solo una semana con la 999, y no se lo había tomado como algo personal. No cabía duda de que despedazarían al primer grupo de meapilas que encontraran y los arrojarían al canal, pero no era algo personal.

Sin embargo, Sayle parecía estar obsesionado con la chica. El comportamiento del teniente rozaba la locura y, como sargento, eso lo ponía nervioso. No le gustaba estar confinado en una barcaza tan lenta, con un cara de perro drogado y un teniente enfadado, porque lo llevaba a pensar que Sayle no estaba pensando con claridad. No estaba viendo las cosas en su conjunto. Y todo por culpa de aquella chica.

Ocho clavó los ojos en ella. No podía decidir si estaba cabreado con ella porque había intentado hacer como si le debiera algo por haberlo salvado de los loboyotes, lo cual era una sandez, lo miraras por donde lo miraras. Había sido ella quien les había echado encima a los loboyotes, así que, salvándolo a él, no había hecho más que volver a equilibrar la balanza.

No... Era porque había recorrido todo el camino hasta las Ciudades Sumergidas para recuperar a su chico.

Mouse. Así lo había llamado. Había venido hasta aquí por él. Y eso hizo que quisiera dispararle allí mismo.

«Nadie intentó venir a por ti nunca».

Ocho contuvo el aliento al pensarlo. Carraspeó, pero lo que salió fue casi un sollozo.

Reggie y Van lo miraron. Ocho se los quedó mirando con una expresión impasible en el rostro, aunque por dentro sentía como si alguien hubiera cogido una sierra de mano y le estuviera serrando las tripas.

Nadie había venido nunca a por él. Cuando su tío y él se habían metido en problemas, ni su madre, ni su padre, ni su hermano, ni la docena de personas a las que había llamado amigos en su pueblo costero habían venido nunca a buscarlo, a intentar llevarlo de vuelta. Simplemente lo habían dejado ir. Ahí estaba la diferencia. Pero esta apestada manca, una simple civil, había venido hasta aquí.

Ocho contempló el cuerpo inerte de la joven con el ceño fruncido. «¿Ves lo que consigues siendo leal? ¿Lo ves?».

Maldita imbécil. No tenía ningún instinto de supervivencia.

Se merecía lo que le pasara.

39

Mahlia miraba con desazón el mundo que la rodeaba. Los opiáceos conseguían que el dolor... No lo hacían desaparecer exactamente, pero lo hacían menos relevante. Irritante, pero distante. Solo le quedaban cuatro dedos.

«Cuatro de diez no está tan mal».

Era como la última vez que la habían capturado, cuando el Ejército de Dios le había cortado su mano buena. En muchos sentidos, parecía igual. Ni siquiera la veían como una persona. Todo era igual.

Con la única excepción de que, en aquella ocasión, Mouse había acudido a su rescate. Esta vez, sin embargo, no lo creía probable.

Giró la cabeza para intentar ver dónde estaba Mouse. Alguien le dio una patada. El teniente Sayle se volvió al oír el ruido y Mahlia se quedó helada. No quería demostrarle a aquel hombre lo asustada que estaba, pero no podía evitarlo. Estaba aterrorizada. El simple hecho de saber que la estaba mirando la llenaba de un terror enfermizo y animal, como un ratoncillo acechado por una pantera. Lo único que quería era que Sayle dejara de mirarla, pero los ojos grises del hombre se clavaron en los suyos durante lo que pareció una eternidad, augurándole un futuro lleno de maldad. Pasado un rato, por fin apartó la mirada. Mahlia permaneció inmóvil mientras el corazón le latía desbocado. Intentó tranquilizarse. Ignorar el dolor confuso que sentía en el dedo que acababa de perder.

Desde donde se encontraba, tumbada sobre una montaña de cobre, vio pasar grandes edificios hasta que, poco después, el cielo pareció abrirse. Estaban al aire libre. Un enorme lago rectangular se extendía en la distancia. Los esclavos vadeaban en la orilla y utilizaban pasarelas flotantes y restos de escombros para impulsarse mientras arrastraban una barcaza. Podía oírlos chapoteando en el agua. Vislumbró un monumento blanco que se elevaba hacia el ardiente cielo azul desde el centro mismo del lago; un monolito de mármol con la fachada medio amarillenta y agrietada, pero que se mantenía vertical.

La barcaza llena de chatarra crujía cada vez que los hombres y mujeres tiraban de las cuerdas. Coreaban y tiraban. Eran civiles. O esclavos. O un montón de piernas, brazos y espaldas sudorosas.

Mahlia habría renunciado a los dedos que le quedaban por ser uno de ellos.

Algunos de los soldados se habían puesto de pie y miraban al frente.

—Ahí está —dijo uno de ellos. Varios chicos más se pusieron de pie, hablando y estirando el cuello.

—El palacio.

—Joder, es grande.

—¿Puedes ver al coronel?

—No seas idiota. No se queda ahí parado esperando a que un gusano como tú lo vea. Tiene una guerra que dirigir.

«El palacio, el palacio...».

Mahlia estiró el cuello. Un enorme edificio de mármol se alzaba frente a ellos. El palacio. De mármol de arriba abajo. Con escalones que ascendían desde el lago y conducían a su grandiosa presencia. Una cúpula altísima se erguía en el centro y parecía tocar el cielo, flanqueada a ambos lados por unas amplias alas marmoladas que abarcaban más espacio que Ciudad Banyan. Unas grandiosas columnas e intrincados grabados decoraban toda la estructura, conformando una obra que debió de llevar décadas de trabajo crear.

Por lo que podía percibir, el lugar tenía incluso peor aspecto que cuando lo había visto por última vez, cuando su padre la había llevado a ver las águilas y los antiguos emblemas de una nación muerta hacía mucho tiempo.

Una de las alas de la imponente estructura parecía haber recibido el impacto de algún proyectil de artillería, y su fachada había quedado convertida en un montón de escombros ruinosos. Las brigadas de recolección la estaban desmantelando. Hombres y mulas sacaban los materiales del edificio destrozado con la piel reluciente por el sudor bajo el sol abrasador. Empujaban unos enormes bloques de mármol y los deslizaban sobre unas plataformas móviles por las escaleras en ruinas hasta la línea de flotación, donde los cargaban en barcazas.

No muy lejos de la operación de extracción de la piedra, había una hilera de estatuas antiguas de mármol y bronce, junto con otros artefactos diversos. A Mahlia aquello le recordó al almacén de su madre, solo que a la luz del sol: media docena de hombres pulcramente vestidos que deambulaban entre la mercancía disponible, estudiaban los cuadros y las estatuas, se agachaban para examinar las incrustaciones de azulejos, pasaban las manos por encima de escritorios de caoba y sillas antiguas de patas curvadas, todo ello mientras se ajustaban sus corbatas estrechas y se abanicaban con sombreros que iban a juego con sus trajes tropicales de tonos pálidos.

Anticuarios. Como con los que había visto comerciar a su madre. La guerra continuaba y, al parecer, las compras también. Mahlia los miró con pesadumbre, preguntándose si podría haberles ofrecido el almacén de su madre, si alguno de ellos habría accedido a sacarlos a ella y a Mouse de las Ciudades Sumergidas y a procurarles una vida mejor.

Cuando lo comentó por primera vez con Tool, le había parecido un buen plan. Ahora, sin embargo, le pareció una tontería. Siguió tumbada sin moverse, sintiendo el calor abrasador del sol mientras observaba al grupo de compradores y vendedores. En los laterales de las zódiacs y los esquifes que flotaban en el agua, listos para llevarse las nuevas adquisiciones de los compradores, se distinguían algunos logotipos corporativos de aspecto elegante: Lawson & Carlson, T. A. M. Internacional o Reclam Industrial, entre otros. Una de las balsas incluso llevaba caracteres chinos, que Mahlia reconoció como parte de la cultura de su padre. Tal vez China hubiera renunciado a intentar detener la interminable guerra civil, pero sus empresas seguían aquí, hurgando en los huesos de la historia del país.

Mahlia observó cómo uno de los compradores supervisaba el traslado de una estatua a un esquife motorizado. Un grupo de soldados del FPU vigilaban el proceso con cara aburrida. Cuando por fin consiguieron asegurar la estatua, el hombre y sus guardaespaldas subieron a bordo de la embarcación. Unos segundos después, encendieron un motor biodiésel y se alejaron zumbando.

El palacio se hacía cada vez más grande. La cúpula blanca se erguía en lo alto. Tenía un agujero, fruto de algún misil o mortero. Una herida nueva. Cuando el edificio estaba en poder de las fuerzas de paz, no había ningún agujero. Estaba segura de ello. Recordaba que ella y su madre habían estado de pie frente a esa misma cúpula mientras su padre les hacía una foto y, en aquella época, aún estaba entera.

Su padre le había explicado que aquel había sido el edificio capital de los jefes políticos del país durante la Edad Acelerada. No tenía nada que ver con lo que tenían en Pekín, pero seguía siendo importante para su época. Cuando las fuerzas de paz intervinieron en la guerra civil, decidieron establecer su centro administrativo allí mientras intentaban sacar a las Ciudades Sumergidas de la barbarie.

Entonces, el palacio le había parecido grandioso.

Ahora, sin embargo, con un ala entera derruida y un agujero en la corona, no parecía gran cosa. Tan solo un edificio que resultaría más sencillo desmantelar que algunos de los otros edificios que bordeaban el enorme lago rectangular, porque este al menos estaba en lo alto de una colina. Ahora solo parecía un montón de mármol que los soldados podrían vender con facilidad a cambio de más balas.

Un silbido invadió el aire.

—¡Agachaos! —gritó Ocho—. ¡Abajo! ¡Al suelo!

Todos se tumbaron en el suelo. De repente, otra parte del palacio de mármol explotó ante la atenta mirada de Mahlia.

40

Ocho se agachó de manera instintiva cuando el proyectil de la 999 atravesó el aire chillando. La explosión sacudió el palacio y una lluvia de escombros salpicó los escalones. La gente empezó a gritar y a dispersarse.

Un segundo después, se oyó el estallido de otro proyectil. Este pasó de largo el palacio y se precipitó en el lago, levantando una columna de agua y espuma.

Ocho se incorporó, tratando de orientarse. Eran un blanco fácil. Podía ver a la gente agachada alrededor del lago mirando al cielo, como si así pudieran ver venir el siguiente proyectil y esquivarlo de algún modo.

Un nuevo proyectil impactó en el lado del palacio dedicado al almacenamiento de chatarra y otros materiales, provocando una nube de humo y cascotes. Una mula salió despedida por las escaleras hacia el agua y tiñó el mármol de rojo mientras caía. Los soldados de Ocho contemplaban la escena atónitos.

—¡Agachad la cabeza! —dijo Ocho al tiempo que el teniente se levantaba y amartillaba su pistola reglamentaria.

—¡Seguid tirando! —les gritó a los trabajadores de la barcaza—. ¡Seguid tirando u os abatiré yo mismo!

Otro proyectil se precipitó desde el cielo azul y despejado.

—Van a por el coronel —susurró Van con voz asombrada.

—No podrán darle al palacio, ¿verdad? —preguntó otro.

Ocho pudo oír la preocupación en la voz del chico.

—Acaban de hacerlo, gusano.

Aunque no pudo ver cuál de los soldados había hecho la pregunta, conocía la sensación. El Ejército de Dios iba tras el coronel Glenn Stern y el corazón de la ciudad. ¿Cómo iba a sobrevivir el FPU si perdía a su líder? ¿Qué sería de ellos si el coronel moría durante el bombardeo? ¿Qué quedaría de las Ciudades Sumergidas si el EDD estaba dispuesto a destruir sus últimos monumentos?

Si lo pensaba de manera racional, era evidente que, tarde o temprano, el Ejército de Dios iba a intentar bombardear al coronel, pero esa certeza no lo hacía menos desconcertante. Nadie estaba a salvo. Ni siquiera el coronel. De repente, todos eran un puñado de conejitos asustados en busca de un lugar en el que esconderse. Pero se suponía que el coronel no era así, se suponía que él estaba por encima de todo eso.

—¿Pueden matar al coronel? —preguntó Stork.

—Cualquiera puede morir —respondió el teniente—. Da igual el rango que ostente. Pero eso no es problema tuyo, soldado.

Stork cerró el pico de inmediato. Ocho observó a Sayle. No parecía estar preocupado; de hecho, se le veía muy tranquilo. Como si la 999 no constituyera ninguna amenaza. El hombre rubio se mantuvo erguido mientras otro proyectil caía y se estrellaba contra el ala norte del edificio. No se puso a cubierto. Ni siquiera se inmutó cuando la explosión sacudió el edificio. Se limitó a contemplar el efecto del impacto con sus fríos ojos grises.

—No os preocupéis, chicos —dijo sonriendo—. El coronel tiene un plan. —Sonrió de nuevo y se volvió hacia la barcaza—. El Ejército de Dios nunca sabrá qué lo ha golpeado.

Ocho siguió la mirada de Sayle hasta el híbrido, que seguía inconsciente. ¿Qué podía hacer? No tuvo oportunidad de planteárselo, porque un momento después la barcaza chocó contra los escalones del palacio.

TamTam, Stork y Ocho salieron corriendo para ir a buscar una de las plataformas móviles que los trabajadores habían estado utilizando para transportar el mármol. El teniente apuntó con la pistola a los remolcadores de la barcaza y les ordenó que subieran al híbrido a la plataforma, instándolos a que se dieran prisa mientras todos oteaban el horizonte en busca de más proyectiles. Ocho sudaba y maldecía por lo bajo como los demás. Era como si se estuvieran moviendo a cámara lenta, esperando a que el siguiente proyectil les cayera sobre la cabeza en cualquier momento.

Cuando por fin terminaron de asegurar al híbrido, los trabajadores empezaron a subirlo por las escaleras. Pasaron al interior arrastrando a la criatura. Los escuadrones de élite del coronel Stern observaban la escena con interés.

Dentro del edificio, al abrigo del sol y rodeado de salones de mármol, casi hacía fresco. Ocho nunca había estado en el palacio. Intentó no quedarse mirando el mármol reluciente ni los techos abovedados con sus pinturas o las intrincadas tallas que perfilaban sus bordes.

Era un lugar extraño y reverberante. No se sentía cómodo estando allí, no mientras el enemigo intentaba acorralarlos con la 999. Seguía esperando que otro proyectil se estrellara contra una de las hermosas cúpulas, pero el bombardeo parecía haber cesado por el momento.

¿Intentaba el Ejército de Dios demostrarles que podía disparar donde quisiera o intentaba hacerles daño de verdad?

En cualquier caso, Ocho no tenía el menor interés en que lo volaran en pedazos. Dudaba que fuera acabar en otro lugar distinto del infierno cuando muriera, así que no estaba tan ansioso por pasar a la otra vida como lo estaban los chicos del Ejército de Dios.

Siguieron la plataforma móvil hasta llegar a un lugar donde todos los soldados de élite de Stern vestían uniformes negros. La Guardia del Águila. Los mejores soldados del FPU. Todos eran mayores y tenían más experiencia que nadie, con la única excepción del teniente. Eran supervivientes. Habían crecido hasta superar en altura a todos los guerreros, salvo Stork y Sayle, y miraban con desprecio al resto del pelotón.

A Ocho le sorprendió comprobar lo pequeño que se sentía frente a ellos. Aunque esta no era la primera vez que los veía, siempre había sido de lejos. Solían acompañar al coronel cuando recorría las líneas de combate y, ahora, aquí estaban, enormes a su lado. Musculados y bien alimentados, con sus uniformes negros y su mirada severa.

Sin embargo, su actitud cambió en cuanto vieron al híbrido. Uno de ellos silbó sorprendido. Otro, el mayor del grupo, un hombre con pequeñas patas de gallo en el rabillo del ojo, pasó la mano por encima del monstruo inerte.

—No había visto a uno de estos desde que luchamos en el norte —dijo—. Buen trabajo.

Ocho y el resto de los muchachos se irguieron con orgullo al oír el cumplido. El hombre mayor les hizo un gesto a sus Águilas.

—Nosotros nos encargamos.

Recogieron las cuerdas para llevarse al híbrido sedado. El teniente Sayle le hizo un gesto a Ocho.

—Ve a buscar a la chica. Ya hemos acabado aquí.

Al oír sus palabras, el Águila levantó una mano.

—¿Esa chica llegó con el híbrido? —preguntó—. ¿Se infiltraron juntos?

Sayle asintió de mala gana.

—Entonces, nos la llevamos a ella también. El coronel querrá verla.

Ocho pudo ver que el teniente quería rebatirle, pero se contuvo. Un segundo después, se percató de algo más preocupante: Ghost tenía los ojos clavados en la chica. Al observarlo, casi podía ver los engranajes girando en la cabeza del chico.

Se acercó a él y lo agarró.

—Fuera, soldado —le ordenó—. Nos vamos todos fuera.

Ghost se resistió, pero Ocho le dio un empujón. Uno de los guardias cogió a la apestada y se la echó al hombro. La chica se desplomó sobre él sin fuerzas, drogada y atontada por el opio que él mismo le había dado. Ya ni siquiera estaba seguro de que siguiera allí.

Se preguntó qué sería de ella. Puede que estuviera mejor en manos del coronel. Por lo menos no estaba en manos del teniente. «Eso tendrá que servir de algo», se dijo a sí mismo. Al observar cómo se la llevaban, inerte como un saco de patatas, se esforzó por creerlo, tratando de averiguar por qué le importaba.

41

Una aguja se introdujo en el hombro de Tool y lo inundó de endorfinas y anfetaminas. Cobró vida. Estaba despierto y alerta. Listo para la guerra.

Hombres por todas partes. Muchos. Voces graves que resonaban débilmente en sólidas paredes de mármol y suelos embaldosados. Hombres. Adultos. No los niños soldado de los pantanos. Acero, hierro y pólvora. Humo de tabaco. Los olores y sonidos del corazón palpitante de una máquina de guerra.

Tool recordó el momento del impacto de los dardos y cómo, por un instante, había pensado que eran balas y que sería difícil sobrevivir a tanto plomo. Luego, recordó cuánto le había sorprendido comprobar lo poco que dolía cada bala... justo antes de que los tranquilizantes lo azotaran como un maremoto.

Capturado entonces. Pero vivo. Prestó atención a sus palabras:

—*Canal K... Compañía Ángel... Quince bajas en Constitución.*

Los sonidos de un ejército asediado. Había pasado mucho tiempo desde la última vez que estuvo en el núcleo de un centro de mando, pero todo ello le resultaba tan familiar que bien podría haber sido ayer. Sus palabras y movimientos le dijeron todo lo que necesitaba saber sobre su situación actual.

—*Apoyo de artillería... Incursiones en Potomac Norte 6.*

Había tensión en las voces de los consejeros de guerra. Murmullos cargados de preocupación mientras transmitían informes procedentes de varios frentes. Miedo. La habitación olía a rancio. Iban a morir, y lo sabían. El Frente Patriótico Unido estaba en serios apuros. Su coronel se encontraba en desventaja y sus jóvenes soldados eran inadecuados.

Tool esperó hasta que notó que uno de los militares se acercaba, esperó a percibir el olor a sudor y miedo que desprendía, y entonces abrió el ojo y se lanzó hacia él.

Unos grilletes de hierro lo detuvieron de golpe.

El hombre retrocedió a toda prisa mientras maldecía por lo bajo.

—¡Está despierto!

El metal se le clavó en los brazos y en los tobillos. Todavía estaba aturdido por el efecto de los tranquilizantes que le habían inyectado. Ni siquiera se había dado cuenta de que estaba encadenado.

Rugió y volvió a lanzarse hacia delante con violencia, poniendo a prueba la resistencia de las cadenas. Los militares se arrimaron a las columnas de mármol y a los frescos de las paredes, con los ojos desorbitados por el miedo. El híbrido forcejeó, intentando alcanzarlos, y ellos retrocedieron todavía más, pero las cadenas resistieron.

Tool levantó las manos para examinar de cerca el hierro de dos centímetros y medio de grosor que le rodeaba las muñecas. Otro par de grilletes le inmovilizaban los tobillos. Todas las cadenas estaban incrustadas en el suelo.

El pavimento a su alrededor estaba revestido con unas intrincadas losetas de colores tan antiguas como el edificio que las albergaba, pero bajo sus pies no había baldosas, sino cemento gris reciente. Y los grilletes de hierro estaban incrustados en él.

Podía sentarse y ponerse en cuclillas, pero no lograba erguirse por completo. Volvió a tirar de las cadenas.

—No puedes escapar.

El híbrido reconoció la voz al instante. La cara de aquel hombre se alzaba sobre los canales de todo el territorio del FPU. El propio Tool se había visto obligado a saludar a esa misma cara cada vez que entraba en el *ring* antes de un combate. ¿Cuánto hacía ya de eso? Parecía que hubieran pasado años y, sin embargo, apenas habían transcurrido unas semanas desde la última vez que se había enfrentado a hombres, loboyotes y panteras a instancias del coronel. Solo unas semanas desde que había luchado para liberarse. Y, ahora, volvía a hallarse prisionero del coronel una vez más.

—¿De verdad cree que estas cadenitas me detendrán, coronel? —gruñó Tool.

Plantó los pies en el suelo y se inclinó sobre sus ataduras. Los músculos se le hincharon.

El cemento empezó a resquebrajarse en torno a sus pies. Todos empezaron a retroceder horrorizados. Algunos de los soldados sacaron las pistolas y lo apuntaron con ellas, pero Glenn Stern se limitó a sonreír y les hizo un gesto con la mano para que desistieran.

Tool enseñó los dientes y tiró con más fuerza, distendiéndose los tendones y desgarrándose los músculos. El cemento crujió, se agrietó y se convirtió en polvo alrededor de las cadenas. La piel del híbrido empezó a rasgarse, pero los grilletes ni se rompieron ni se soltaron.

—Si sigues haciendo eso te arrancarás las manos de cuajo —dijo Stern.

El híbrido se permitió relajarse un momento para volver a estudiar sus ataduras. Las cadenas no solo estaban incrustadas en el cemento, sino que parecían estar conectadas a algo más grande bajo la superficie, algo más resistente que la piedra.

—Están enrolladas alrededor de las vigas de acero de los soportes del sótano —le explicó el coronel—. Nos costó bastante trabajo desenterrar toda la piedra y el mármol, pero parece que me anticipé a ti adecuadamente.

—¿Planeaba capturarme?

—No olvides que ya te capturé una vez. Esperaba poder hablar contigo hace semanas, pero te escapaste.

—Qué inconveniente tan grande.

El coronel se encogió de hombros.

—Supongo que sí. Pero ahora te tengo y, por lo que se ve, he juzgado correctamente tus capacidades.

Mientras hablaban, el resto del personal del coronel fue perdiendo un poco el miedo y empezó a moverse de nuevo. El runrún de voces iba inundando el centro de mando conforme los soldados retomaban sus conversaciones, inclinados sobre sus escritorios mientras debatían sobre tropas y mapas. No obstante, Tool se dio cuenta de que ahora todos miraban al coronel con más respeto. No se había inmutado ante la amenaza que representaba el híbrido, aun cuando todos los demás se habían apresurado a ponerse a salvo.

El coronel Glenn Stern podía no ser el mejor de los estrategas, pero era un líder nato. No era de extrañar que la gente lo siguiera. El hombre tenía una fe en sí mismo que parecía inquebrantable. La gente estaba dispuesta a seguirlo incluso cuando se equivocaba o cometía alguna estupidez.

Tool había conocido a líderes similares en su día. Hombres y mujeres que se imponían sobre otros gracias a la fortaleza de su personalidad y cuyas palabras alentaban a sus fieles a seguirlos con frenesí. A juzgar por su experiencia, creaban ejércitos con gran pasión, pero muy poca capacidad.

El híbrido se echó hacia atrás, asumiendo que no podría escapar empleando la fuerza bruta. Recorrió el búnker de mando con la mirada, analizándolo en busca de pistas que pudieran ayudarlo a sobrevivir a este nuevo desafío, en busca de alguna fisura en el ejército de Glenn Stern.

La sala era antigua. Una cámara llena de columnas de mármol y frescos descoloridos en los techos abovedados. Las paredes estaban flanqueadas por estatuas, hombres y mujeres de mármol y bronce, que habían apartado para alojar la sala de guerra y a sus oficiales.

—Lamento el estado de las instalaciones —dijo el coronel—. Hemos estimado conveniente abandonar las salas superiores. —Una explosión resonó por encima de ellos. Todo el edificio pareció estremecerse al tiempo que las bombillas desnudas del techo parpadeaban—. La cripta es estable —aseveró el coronel—. Ahora que han dejado caer tantos escombros encima, les resultará complicado llegar a nosotros, aunque no es una ubicación idónea.

Tool evaluó los activos con los que contaba el grupo. Algunas pantallas de ordenador titilaban y destellaban, sin duda alimentadas por los mismos sistemas solares que mantenían encendidas las bombillas y que aún no habían sido bombardeadas. Debían de estar usando los ordenadores para recopilar información de los campos de batalla del coronel y servirle de conexión con el mundo exterior, donde vendía su chatarra a cambio de las balas y los explosivos que lo mantenían en la guerra.

Cuando aún combatía en nombre de su amo, utilizaban tabletas y sistemas informáticos que los conectaban a una serie de satélites antiguos que sobrevolaban el planeta, a planeadores y drones que describían el plano táctico y les permitían descargar proyectiles sobre el enemigo desde las alturas. Pero aquí solo había unos pocos dispositivos electrónicos. El resto del lugar lo ocupaban varias docenas de pizarras colgadas de las paredes o montadas sobre soportes, todas llenas de números. Otras partes de la sala estaban empapeladas con mapas de las Ciudades Sumergidas, con sus costas y selvas, trazados a mano por topógrafos militares y sujetos con pequeños clavos, pintados de rojo, verde o azul para representar el enorme campo de batalla y distinguir los numerosos enemigos del FPU.

Un rápido vistazo a las pizarras confirmó las sospechas de Tool en cuanto a la posición actual del coronel y a sus posibilidades de supervivencia. El número de críos inexpertos que el FPU empleaba como soldados no hacía más que confirmarlo. Varios de esos críos estaban en el centro de mando, desgarbados y enjutos al lado de sus líderes, más corpulentos y mejor alimentados.

El ambiente en el centro de mando hablaba de un ejército asediado y desesperado, aun cuando el coronel no mostrara un ápice del terror que rezumaba de los mapas e impregnaba a su personal.

El ojo del híbrido se posó en una persona que yacía encadenada a una de las columnas de la sala.

Mahlia.

El coronel siguió la dirección de su mirada.

—Parece que a ti te ha ido mejor que a tu compatriota.

—¿Qué quiere, coronel?

—Eres todo un enigma. Nos llevó mucho tiempo descubrir qué eras y cómo habías sobrevivido tanto tiempo. Preguntas que era preciso formular. —El hombre señaló con la cabeza al cuello de Tool, donde tenía estampado un código—. Tuvimos que remontarnos a tu país de origen y luego seguir el rastro hacia delante. Requirió un gran esfuerzo.

—No sabe nada de mí.

Las palabras del híbrido no disuadieron a Stern.

—Solo he visto a un aumentado deshacerse de su condicionamiento una vez. Era una de esas bestias que usaban las fuerzas de paz. Una raza común, no como tú. Perdió a todo su pelotón, se acobardó y huyó del combate. Nos hostigó durante un tiempo, pero al final solo sobrevivió un año más. Al parecer, tenía tendencias suicidas. Perdió todo su sentido táctico. No podía morir por sí mismo, pero estoy casi convencido de que deseaba morir.

»Podría haber escapado de nosotros si así lo hubiera querido, pero, en lugar de eso, se quedó aquí, volviendo una y otra vez al lugar de su última batalla. Al final tuvimos que abatirlo. Cuando los de tu especie os quedáis sin amo, soléis tener serias dificultades para sobrevivir. Y, sin embargo, aquí estás, años después de tu fecha de vencimiento.

—¿Qué quiere? —le preguntó Tool.

—Quiero ganar una guerra.

El híbrido no dijo nada, solo se limitó a esperar. Era evidente que Stern quería seguir hablando. A los hombres poderosos les gustaba regocijarse en su poder. Tool había conocido a más de un general al que le gustaba hablar durante horas. Y el coronel Glenn Stern no lo defraudó.

—Quiero inhabilitar las 999.

El aumentado enseñó los colmillos.

—Envíe un grupo de asalto.

—Ah, claro —respondió Stern—. De hecho, he enviado tres. El Ejército de Dios ha tenido la bondad de devolverme a mis soldados, pero sin manos ni pies. Sabemos dónde se encuentran las armas, a grandes rasgos. Creemos que hay dos. Pero están empeñados en protegerlas.

—Y quiere que yo vaya —concluyó Tool. No era una pregunta, era obvio.

—Para empezar, sí. Quiero que lideres un grupo de asalto.

—¿Qué le hace pensar que puedo tener éxito donde sus soldados han fracasado?

—Vamos, tú y yo somos profesionales.

El coronel se acercó a Tool y se puso de cuclillas para que pudieran hablar cara a cara. El híbrido midió la distancia que los separaba, pero Stern se mantenía justo fuera de su alcance.

—Hago lo que puedo con la arcilla que tengo —confesó el hombre—. Pero es una arcilla demasiado quebradiza. ¿Niños? ¿Campesinos de la selva? Podemos moldearlos, pero son endebles. No cabe duda de que viven enardecidos por la guerra y de que son bastante astutos, pero no son más que unos críos que en toda su vida solo han conocido un campo de batalla. Ambos sabemos que en las Ciudades Sumergidas no hay nada comparable a ti. Estoy en medio de una guerra y tú eres una de las mejores máquinas de guerra jamás concebidas por la humanidad. —Se inclinó hacia delante—. Te propongo una alianza. Quiero contar con tu experiencia y pericia para reforzar mi esfuerzo patriótico.

—¿Qué recibo yo a cambio?

—Seamos sinceros, híbrido. Necesitas un amo. Por muy independiente y solitario que seas, es solo cuestión de tiempo que una brigada de rescate se entere de tu existencia y te elimine definitivamente. Necesitas protección tanto como yo necesito un jefe de guerra.

—Ya he tenido suficientes amos.

—No me malinterpretes. Mi intención es contratarte con todas las de la ley. Serás el encargado de convertir mi esfuerzo de guerra en algo más que esta distensión baldía. En algo que nos permita limpiar las Ciudades Sumergidas. Con tu ayuda, aplastaré al Ejército de Dios, a los Lobos de Taylor y al resto de los traidores. Podré sanear este lugar y reconstruirlo.

—¿Y después?

Glenn Stern sonrió.

—Después marcharemos. Reunificaremos este país. Lo devolveremos a su gloria pasada. Marcharemos de costa a costa.

—El salvador y su bestia de guerra —dijo Tool—. Su mascota obediente.

—Mi poderoso puño derecho —replicó Stern—. Mi hermano de armas.

—Deje ir a la chica.

El coronel miró a Mahlia.

—¿Por qué querrías que se fuera? Es amiga tuya, ¿no? Una chica por la que pareces sentir cierta lealtad. Creo que será mejor que se quede, como invitada de honor.

—Como rehén, dirá.

—No soy tonto, aumentado. En cuanto te liberemos, serás una amenaza. No pretendo saber por qué actúas en favor de esta chica, pero estoy encantado de tener una baza a mi favor durante nuestra negociación. A partir de este momento, su vida es el precio de tu buena conducta.

Una nueva explosión sacudió el edificio. Una lluvia de polvo cayó sobre ellos.

El coronel miró al techo con una mueca de desagrado.

—El general Sachs parece haber decidido que prefiere verme muerto a preservar el edificio del Capitolio.

Volvió a mirar a Tool.

—¿Ves la clase de bárbaros a los que me enfrento? No les importa en absoluto este lugar o lo que fue alguna vez. No les importa su historia. Yo pretendo reconstruir, pero ellos lo único que pretenden hacer es derribar y desmantelar lo poco que queda en pie.

—Pasé bastante tiempo en sus fosos —replicó Tool con sequedad—. Su discurso patriótico suena hueco.

Stern sonrió sin el menor rubor.

—Entonces ignoraba el valor que tenías. Para cuando descubrí lo que eres realmente, estabas ocupado perpetrando una huida bastante audaz. Ahora lo sé, por eso te ofrezco un trato.

Tool miró a Mahlia. Estaba tirada en el suelo, ensangrentada y magullada, casi sin vida. Aunque Stern se limitó a esperar, el híbrido percibía su impaciencia. Durante toda su vida, los hombres como Stern siempre le habían encontrado una utilidad. Como su propio nombre indicaba, era una herramienta útil. Un arma que los hombres como el coronel deseaban esgrimir una y otra vez.

Otra explosión resonó en los niveles superiores. Stern no se movió, siguió esperando.

—No te molestes —murmuró Mahlia de repente, interrumpiendo los pensamientos de Tool—. Nos matará de todos modos.

El coronel frunció el ceño.

—Silencio, apestada. Esto es una discusión entre adultos.

—En cuanto hayas muerto, me matará a mí también —dijo—. Nos utilizará, como utilizan a todo el mundo.

—No difiere demasiado de cualquier otro líder —apuntó Tool—. Los generales tienen la costumbre de utilizar a todos los que los rodean. Es su trabajo. Es lo que mejor saben hacer.

Stern asintió con seriedad.

—Ambos hemos recorrido ese camino.

—Yo nunca he empujado a los niños a la guerra —señaló Tool.

—Solo porque siempre has luchado en el bando de la riqueza —replicó el hombre—. ¿Crees que quiero combatir con niños? Esa nunca ha sido mi preferencia. Fue el Ejército de Dios el que inició esa práctica. O fueron los Jinetes de la Revolución, o puede que la Alianza Blackwater. Es difícil recordar cómo empezaron estas cosas, pero puedes estar seguro de que nunca fue mi elección. Pero no pienso dejar morir nuestro esfuerzo por no usar hasta la última herramienta a mi disposición. Y cualquier general digno de su rango haría lo mismo. Si lo único que te dan es una piedra, tienes que golpear con ella.

—Creía que usted era un coronel.

—No me vengas con tecnicismos. Si tanto te disgusta la casta de esta guerra, ayúdame a ponerle fin. Con tu ayuda, se acabará la guerra y los niños podrán volver a la inocencia y los juguetes. ¿Qué dices? Te ofrezco una lucha honorable y un rango acorde con tu considerable habilidad, además del bienestar de tu amiga. A mi lado, dejarás de ser un fugitivo para convertirte en el comandante de un ejército. ¿Qué contestas a eso?

Tool estudió al hombre mientras sopesaba sus opciones, pero la voz de Mahlia volvió a interrumpir sus pensamientos.

—Pregúntale si también piensa devolverme los dedos —balbuceó—. Ya que hace tantas promesas, pregúntale si todavía tiene mi meñique.

42

Mahlia llevaba un rato observando el intercambio entre el híbrido y el hombre. Aturdida aún por el efecto de los opiáceos y de su propio dolor, contempló la confrontación entre ambos. Dos monstruos. Dos criaturas letales que pactaban y se ponían a prueba mutuamente.

La ira se fue apoderando de la joven mientras los oía negociar. No discutían la liberación de Tool y la suya, no realmente. Hablaban de más guerra y de más matanzas. De cambiar las tornas para que la marea de sangre arrastrara consigo al Ejército de Dios, y no al FPU. De que, si el híbrido y ella querían sobrevivir, tenían que ayudarlos. Tool masacraría al enemigo y dejaría un rastro de cadáveres a su paso, haciendo exactamente aquello para lo que había sido creado.

Recordó la agilidad con la que Tool se movía por la selva y la facilidad con la que despedazaba a los loboyotes. Un monstruo. Una criatura mortal. Un demonio asesino. Recordó al doctor Mahfouz, hacía lo que parecía un millón de años, instándola a que dejara morir al híbrido.

«Si curas a esta cosa, traerás la guerra a tu hogar».

En aquel entonces, había pensado que el médico se refería a que los soldados vendrían a buscarla, a que se estaba poniendo en peligro.

Ahora, sin embargo, mientras oía al híbrido y al líder del FPU intentando llegar a un trato, creyó comprender lo que Mahfouz había intentado decirle. No solo estaba trayendo la guerra a su hogar, su hogar se estaba convirtiendo en un cuartel de guerra. Mouse había acabado reclutado, marcado y convertido en un niño soldado que en nada se diferenciaba de cualquier otro asesino del FPU. Y, si Tool y ella deseaban sobrevivir, también tendrían que unirse a la causa.

Si los hombres como Glenn Stern y el resto de los adultos que había en aquella sala creían que podían utilizarte de algún modo, te mantenían con vida un tiempo. Pero, aunque siguieras vivo, no eras más que un peón. Ella. Mouse. Todos esos niños soldado a los que habían educado a conciencia para disparar, acuchillar y desangrar a otros allí, en las Ciudades Sumergidas.

Mientras observaba al coronel y a sus consejeros apoyada en una de las columnas, Mahlia por fin creyó entender al doctor Mahfouz, el porqué de su carrera ciega de vuelta al pueblo.

No intentaba cambiarlos. No intentaba salvar a nadie. Solo intentaba no formar parte de aquella plaga. Mahlia lo había creído un estúpido por ir directo hacia la muerte, pero ahora, recostada contra aquella columna, veía sus acciones de otra forma.

Siempre había pensado que estaba sobreviviendo, que luchaba por sí misma, cuando en realidad todo lo que había hecho era provocar más muerte. Al final, todo ello la había llevado a este momento, en el que negociaban con un demonio de las Ciudades Sumergidas, no por salvar sus vidas, sino sus almas.

—Luchar por la patria —dijo Stern—. Aplastar al Ejército de Dios.

Aunque lo que quería decir en realidad era que había que seguir matando. Si querías seguir vivo, tenías que seguir matando.

Mahlia estaba harta de todo eso. Harta de que la subyugaran y la amenazaran. Harta de que su supervivencia siempre estuviera supeditada a la muerte de otra persona. Harta de ejércitos como el FPU, el Ejército de Dios y la Milicia de Liberación y su aserción de que harían el bien en cuanto acabaran de hacer el mal.

—Pregúntale si también piensa devolverme los dedos —graznó. Tenía la garganta seca por los analgésicos y le costaba gran trabajo hablar, pero se esforzó por hacerlo—. Ya que hace tantas promesas, pregúntale si todavía tiene mi meñique. ¿Piensa cosérmelo? ¿Devolverme la mano que me cortó el Ejército de Dios? ¿Arreglarlo todo?

Uno de los guardias del Águila se acercó a Mahlia, pero Stern le hizo una señal para que retrocediera.

—¿Has dicho algo, jovencita?

Enajenada aún por el efecto del opio, Mahlia observó cómo el hombre se agachaba junto a ella. No era tan corpulento como en las fotos. No era tan imponente ni por asomo. Pero, cuando se inclinó hacia ella, creyó percibir el aroma de la muerte brotando de él.

—¿Me has dicho algo? —susurró.

La muchacha se preguntó si el coronel le habría dado miedo si no hubiera estado tan drogada, pero, en aquel momento, apenas sintió nada al mirarlo. Era un monstruo. Un hombre que se había vuelto poderoso porque sabía hilvanar palabras para hacer que sonaran bonitas. Un hombre que podía hacer que pintaran su cara a tres pisos de altura y conseguir que un montón de gusanos de guerra lo veneraran.

Mahlia se aclaró la garganta.

—Que si tienes mi mano guardada en alguna parte, entonces podemos negociar.

El coronel se echó a reír.

—¿Crees que puedes dictarle lo que hacer?

—No. —Se permitió apoyar la cabeza en la columna—. Él puede hacer lo que quiera. No tengo control sobre él. —Miró al coronel con desgana—. Pero eso no significa que tenga que estar de acuerdo o que tenga que aceptarlo.

—¿Aunque ello significara que podrías irte libre? ¿Marcharte a algún lugar lejano? ¿A Seascape Boston o a Manhattan Orleans? ¿Quizá incluso a Pekín, con el pueblo de tu padre?

—No vas a dejarnos ir.

—Cuando tu amigo haya ganado la guerra en nuestro nombre, lo haré.

Mahlia se quedó pensando un rato, intentando desentrañar las palabras del hombre. Finalmente, dijo:

—Aquí nadie gana nunca. Sois como un puñado de perros hambrientos que se pelean por las sobras de algo que ni siquiera sabéis qué es.

Por primera vez, Stern se mostró irritado.

—Yo lucho por limpiar este lugar y revivir un país. No tienes derecho a cuestionar los sacrificios que hacemos.

—Apuesto lo que quieras a que los tipos que empezaron esta guerra también decían cosas así. Seguro que sabían cómo hacer que sonaran bien. —Dejó que su voz se convirtiera en un susurro—. Pero ¿sabes algo? —Bajó aún más la voz—. ¿Sabes de qué me he dado cuenta?

Glenn Stern se acercó a ella con decisión. Mahlia hizo acopio de todas sus fuerzas y le escupió en la cara.

—¡Sigo queriendo mis dedos! —gritó.

El coronel se echó hacia atrás, gritando mientras se limpiaba la saliva de los ojos. Le lanzó una mirada asesina.

—Tú...

La abofeteó con la rapidez de una cobra. Una, dos, tres veces. La cabeza de Mahlia se inclinó hacia atrás. Tenía la cara encendida. Stern le pegó de nuevo. Mahlia sintió un estallido de dolor entre los ojos en cuanto le golpeó la nariz rota. Una punzada de dolor devastador. La sangre empezó a correrle por la cara.

La joven dejó escapar un grito, a pesar de los analgésicos. Aunque el dolor casi la cegaba, se obligó a mirar al hombre a los ojos.

—¿Eso es todo? —Se le quebró la voz—. ¿Ya está?

—¿Quieres más? —Glenn Stern volvió a levantar la mano.

Un gruñido cargado de amenaza inundó la estancia de mármol. Ambos se giraron al oírlo. El híbrido los observaba con atención.

—No acepto su oferta —declaró Tool—. No libraré ninguna guerra en su nombre.

Los ojos del coronel pasaron de Mahlia a Tool y de vuelta a Mahlia, que sonrió.

—Juegas a un juego muy peligroso, muchachita.

—¿Porque piensas hacerme más daño? —Echó la cabeza hacia atrás y la apoyó contra la columna—. Siempre iba a ser así. Tú tienes tu guerra y yo solo soy un trozo de carne más en el engranaje. Así que date prisa, viejo. Mátame.

El teniente Sayle apareció de repente.

—Creo que tengo una solución.

A Mahlia no le gustó la forma en que sonreía mientras susurraba al oído del coronel. La expresión de Glenn Stern se endureció al escuchar lo que le decía. Se volvió hacia la joven.

—¿Quieres dedos, muchachita? Puedo conseguirte unos.

43

Ocho y el resto del pelotón estaban acurrucados en un rincón del palacio, en una enorme sala redonda rodeada de columnas y estatuas. Había munición y armas apiladas por todas partes, custodiadas por más miembros de la Guardia del Águila.

De vez en cuando se oía el silbido de un nuevo proyectil de las 999. Ocho seguía esperando que alguno de ellos atravesara el palacio, impactara contra toda aquella artillería y los hiciera saltar por los aires, pero, de momento, los escombros del techo parecían protegerlos.

Se agachó junto a Ghost. El chico tenía los ojos clavados en el suelo de mármol y baldosas. Estaba cubierto de un sinfín de patrones intrincados, elementos decorativos y marañas geométricas que se extendían por la superficie hasta quedar ocultos bajo cajas repletas de armamento.

—¿Te encuentras bien, guerrero?

Ghost se limitó a encogerse de hombros. A Ocho no le gustó la expresión que vio en el rostro del chico. Demasiado indeciso, demasiado retraído, demasiado atormentado.

Había asumido que podía darlo por reclutado, pero, en aquel momento, lo asaltaron las dudas. Usarlo como cebo para atrapar al híbrido había sido arriesgado, desde luego, pero ahora que todo había terminado, debería haberse recompuesto. Todos los soldados del pelotón habían tenido que demostrar su lealtad en algún momento.

—La salvé —dijo Ghost—. Hace mucho tiempo, la salvé del Ejército de Dios. Cuando le cortaron la mano.

—Es mejor que no pienses en eso. Ella no está con nosotros. No es una de nuestros hermanos —respondió Ocho—. No malgastes tiempo y energías preocupándote por civiles. No son como nosotros.

—Antes todos éramos civiles.

Ocho le dio un golpecito en la mejilla.

—Pero ya no. Ahora estamos por encima de ellos. No te rebajes a su nivel, soldado. Somos el FPU. Debes estar orgulloso.

—Ya.

—Lo digo en serio, soldado —insistió—. Ahora eres alguien. Te acogimos porque vimos que eras especial. Ahora tienes un lugar entre nosotros, hermanos dispuestos a luchar por ti. No tires eso por la borda por una apestada de guerra.

Se disponía a decirle algo más cuando se vio interrumpido por la llegada del teniente Sayle.

—Sargento —dijo haciéndole un gesto a Ocho—. Te necesitan. Trae al recluta —añadió señalando a Ghost.

Ocho le dio una palmada en la espalda al chico.

—Vamos, soldado. Hora de volver al trabajo.

Siguieron al teniente por un pasillo de mármol hasta que un par de guardias del Águila los detuvieron.

—Dejad las armas —les pidió uno de ellos.

—¿Cómo? —preguntó Ocho.

—Que dejéis las armas aquí.

Ocho empuñó el rifle con fuerza.

—No depongo mi arma por nadie.

—Entrega tu arma, sargento —le ordenó Sayle con dureza—. Es por un buen motivo —dijo mientras entregaba su pistola.

Ocho se despojó del fusil y las bandoleras a regañadientes y le indicó a Ghost que hiciera lo propio.

En cuanto los desarmaron, los condujeron por otro pasillo, dejando atrás a más miembros de la Guardia del Águila, hasta llegar a una sala enorme, repleta de columnas, soldados y pizarras. El rumor del centro de operaciones los envolvió.

En aquel momento, Ocho se dio cuenta de que se encontraban en el corazón de la sala de guerra del FPU. Desde aquí se emitían todas las órdenes. El teniente los guio a través de las columnas talladas que sostenían el techo abovedado. Al doblar una de ellas, Ocho dejó escapar un grito ahogado.

El coronel Glenn Stern estaba ante él, sonriendo. El sargento se puso firme, lo saludó y le dio un codazo a Ghost para que hiciera lo mismo. El coronel inclinó la cabeza levemente para devolverles el saludo.

—Sargento —dijo—. El teniente me ha hablado bien de ti. —Ocho logró balbucear un «gracias», pero la mirada del hombre ya se había posado en Ghost.

—¿Es este?

—Sí, señor —respondió el teniente.

—Bien. —El coronel les indicó que lo siguieran. Sortearon varias columnas más hasta llegar al otro extremo de la sala. Ghost contuvo la respiración.

—Sujétalo, sargento —ordenó Sayle.

Ocho miró a Stern y luego a la chica que yacía ante ellos sin saber bien qué hacer.

—¡Sujétalo! —le gritó el teniente. Hizo lo que se le ordenaba. Agarró a Ghost por el hombro mientras Sayle hacía lo mismo por el otro lado.

Ghost empezó a forcejear.

—Estate quieto —le advirtió Ocho—. El teniente tiene un plan.

Obligaron a Ghost a moverse hacia delante. El híbrido estaba encadenado, con los tobillos y las muñecas inmovilizados por unas cadenas del grosor de los brazos de Ocho que desaparecían en el cemento.

Incluso estando capturado, el monstruo daba miedo. No muy lejos de él, la chica doctora yacía en el suelo atada a su propio pilar. Tenía la cara manchada de sangre y la piel cubierta de hematomas.

—¿Mahlia? —la llamó Ghost.

—¿Teniente? —dijo Ocho con vacilación—. ¿Estás seguro...?

—Tranquilo, soldado —lo interrumpió Sayle.

Glenn Stern estaba de pie junto a la chica, sonriendo.

—Es hora de que aprendas que tus decisiones tienen consecuencias, muchachita.

La joven miró a Stern y luego a Ghost.

—¿Mouse?

—¿Qué estáis haciendo? —preguntó el chico mientras apartaba los ojos de Stern para mirar a Sayle y Ocho—. ¿Qué está pasando?

—Por última vez —le dijo el coronel a Mahlia—: si tu amigo no lucha en nuestro nombre, sufrirás las consecuencias.

La joven negó con la cabeza.

—¿Mahlia? —preguntó Ghost—. ¿Qué está pasando?

Eso mismo se preguntaba Ocho. En la habitación se respiraba una tensión horrible. El olor a sangre lo impregnaba todo. La chica se acurrucó contra la columna. El híbrido rugía de forma casi imperceptible, pero amenazante. Ocho había presenciado escenas similares, y eso lo llenaba de inquietud.

Glenn Stern se dirigió a Sayle y Ocho.

—Ponedlo de rodillas.

—¿Teniente? —dijo Ocho.

—¡Hazlo, soldado! —le gritó Sayle.

Respondió a la orden por simple instinto. El coronel sacó un cuchillo.

—¿Esto es lo que quieres para el chico? —le preguntó el hombre a Mahlia.

La chica lo miraba agónicamente. Al principio, había dado la sensación de que ni siquiera estaba allí, de que las drogas la tenían ida, pero ahora intentaba lanzarse hacia delante.

—¡No lo toques!

—¿Mahlia? —preguntó Ghost una vez más con voz temblorosa. Empezaba a forcejear de nuevo, pero Ocho y el teniente lo tenían bien sujeto. El gruñido del híbrido era cada vez más audible.

Ocho sabía lo que estaba a punto de ocurrir y, sin embargo, su mente se negaba a creerlo. Era como si fuera otra persona la que sujetaba a Ghost. Otra persona la que obligaba al chico a quedarse quieto mientras llegaba a la conclusión que iba a convertirse en un sacrificio de sangre.

«¿De verdad soy esta persona? ¿De verdad estoy haciendo esto?».

Era como si su cerebro se moviera a cámara lenta. Ghost no dejaba de forcejear, pero Ocho era más fuerte que él.

Extendió la mano de su guerrero, totalmente asqueado, mientras Stern le agarraba los dedos.

—¿Es esto lo que quieres? —gritó el coronel.

El cuchillo destelló en el aire y Ghost dejó escapar un grito. Las baldosas se llenaron de sangre. También había un dedo. Estaba allí mismo, en el suelo. Ghost no dejaba de chillar y de sacudirse. Ocho seguía sujetándolo, pero no podía apartar los ojos del dedo.

«¿De verdad estoy haciendo esto?».

—¿Qué estamos haciendo? —gritó—. ¡Es uno de los nuestros! —Pero nadie pareció oírle. Se preguntó si realmente habría dicho algo.

¿Acaso se había acobardado y se había callado? ¿Se había imaginado que había protestado?

Ghost seguía revolviéndose entre los brazos de Ocho, que seguía agarrándolo. Stern cogió el dedo del chico del suelo, se acercó a Mahlia y se lo restregó en la cara mientras ella y Ghost sollozaban.

—¿Es esto lo que quieres? ¿Más dedos? ¿Los quieres todos?

—¡Soltadlo! —gritó mientras se debatía contra las cuerdas que la ataban. Ghost volvió a sacudirse, intentando zafarse. Stern se acercó a él una vez más. La hoja volvió a destellar bajo la luz. Bañada de rojo. Sangrienta y reluciente como un rubí. Más brillante que el sol.

No tenía sentido. Ghost era uno de los suyos. Ocho lo había reclutado. Era uno de ellos. Del FPU para siempre. Un soldado con la marca completa. El coronel podría haberse ensañado con el Ejército de Dios, o con los Lobos de Taylor, o con los civiles, pero no con...

La voz de Sayle interrumpió los pensamientos de Ocho.

—¡Sujétale la mano, sargento! —le ordenó—. ¡Mantente firme!

El coronel no lo vio venir. De hecho, el mismo Ocho se sorprendió.

Un instante estaba sujetando a Ghost, pugnando por evitar que se apartara mientras el coronel se cernía sobre él en busca de otro trofeo (y ahora que el chico sabía lo que se le venía encima, todos se empujaban y forcejeaban entre sí) y, al siguiente, tenía su cuchillo en la mano.

Lo hundió con fuerza en el riñón del coronel. Dentro y fuera, como le habían enseñado. La sangre caliente del hombre se derramó sobre la mano de Ocho.

Stern dejó escapar un grito ahogado y dejó caer el cuchillo al suelo con estrépito.

Ahora que Ocho había dejado de sujetarlo, Ghost se zafó de Sayle con un grito y se lanzó hacia el arma del coronel, que seguía tirado sobre las baldosas.

Un par de guardias del Águila corría hacia ellos, gritando, tratando de averiguar qué estaba pasando, pidiendo refuerzos mientras avanzaban. Ghost empuñó el cuchillo con la mano buena y se abalanzó sobre Stern. El hombre ni siquiera intentó esquivar al chico cuando le clavó la hoja.

Glenn Stern tenía los ojos abiertos de par en par, asombrados, e intentaba llevarse las manos al agujero de la espalda y a la herida del abdomen, donde Ghost acababa de apuñalarlo. Ocho ni siquiera estaba seguro de si seguía estando consciente o si sus movimientos eran un simple acto reflejo del cerebro, que hacía que sus manos se movieran mientras se desangraba...

Otros guardias del Águila habían irrumpido en la sala, pero todos apuntaban a Ghost. Abrieron fuego, pero las balas rebotaron por todas partes sin darle al chico. El teniente empezó a sacar su cuchillo sin apartar la vista de Ghost y del coronel. El chico volvió a clavarle el cuchillo en el vientre. Mahlia gritaba y luchaba por zafarse de las cuerdas mientras el híbrido rugía con violencia. Y Sayle... tenía los ojos clavados en Ocho.

Los ojos gris pálido del hombre se llenaron de comprensión en cuanto vio las manos ensangrentadas de Ocho y se dio cuenta de que tenía un traidor en sus filas, aun cuando todos los demás estaban distraídos mirando al chico, que seguía acuchillando a Glenn Stern.

Ocho no le dio la menor oportunidad al teniente. Dio un paso rápido hacia él y le clavó el cuchillo en las tripas. Luego lo hizo de nuevo, para estar seguro.

—¿Por qué? —jadeó Sayle. Pero Ocho no tenía tiempo para él. Le quitó el cuchillo de la mano de un manotazo, gritó que llamaran a un médico y se volvió al tiempo que los guardias abrían fuego a toda potencia.

Un montón de agujeros ensangrentados salpicaron el cuerpo de Ghost; pequeñas perforaciones en el pecho y grandes heridas abiertas en la espalda. Cada vez que una bala erraba y rebotaba contra el mármol, los fragmentos de piedra caliza pasaban silbando junto a Ocho. De repente, una horda de guardias del Águila se abalanzó sobre Ghost.

Rugidos y gritos. El traqueteo de las armas automáticas. Un rocío de sangre en el aire, un torbellino de vísceras, huesos y cuerpos.

Los hombres parecían desaparecer delante de sus ojos, sustituidos por salpicaduras de sangre en las paredes y las columnas.

En su afán por ayudar al coronel, algunos Águilas se habían acercado demasiado al híbrido y habían caído hechos pedazos entre sus garras. Un momento después, el monstruo se había apoderado de sus armas y había abierto fuego contra los demás guardias, abatiéndolos con una puntería aterradora.

Ocho se tiró al suelo y se arrastró detrás de una columna en busca de refugio. El híbrido rugía y disparaba, vaciando los cargadores mientras los hombres gritaban. Un cuerpo sin vida se desplomó junto a Ocho. Cogió el arma del soldado al tiempo que varios Águilas más irrumpían en el centro de mando. En cuanto entraban, se agazapaban y se ponían a cubierto detrás de las columnas sin dejar de disparar, pero el híbrido parecía anticiparse a todos sus movimientos. Cada vez que alguno de ellos se asomaba, recibía un balazo en la cara.

Ocho fue reptando hasta un escritorio y se puso a cubierto, esperando poder llegar hasta la puerta. Solo tenía que salir...

Entonces vislumbró a la chica, que seguía atada. Intentaba mantenerse estirada en el suelo mientras las balas zumbaban a su alrededor. Sollozaba y trataba de acercarse a Ghost, que yacía en un charco de su propia sangre.

El arma del híbrido chasqueó al quedarse sin balas.

Ocho no estaba seguro de si los otros soldados se habían dado cuenta, pero, en aquellos momentos, la bestia era un blanco fácil. Echó mano del rifle y sacó medio cuerpo de detrás del escritorio mientras maldecía por lo bajo. Luego, les ofreció una plegaria a las Parcas y lanzó el arma, que se deslizó por el suelo hasta llegar al monstruo.

El híbrido lo cogió y miró a Ocho fijamente a los ojos.

«¿Qué estoy haciendo?».

Pero ya estaba hecho. En cuanto había hundido el cuchillo en Glenn Stern, estaba hecho. Ya no había vuelta atrás. Se arrastró hasta donde el coronel yacía hecho un ovillo. Lo giró y empezó a registrarle los bolsillos. El hombre se revolvió, intentando agarrarlo, pero Ocho le apartó las manos.

—Lucha por nuestra causa, soldado —musitó Stern.

—¿Tiene la llave? —le preguntó Ocho—. ¿Tiene la llave, coronel?

El hombre lo miró.

—¿Seguirás luchando? ¿Impedirás que los traidores lo arruinen todo? —dijo entre jadeos.

—Del FPU para siempre —respondió él—. Así es. Pero si quiere que sigamos luchando, tiene que darme la llave. Tengo que soltar al cara de perro.

Stern entrecerró los ojos.

—Tú...

Pero Ocho ya había encontrado la llave. La sacó del bolsillo del pecho del hombre y se la lanzó al híbrido en el momento en que le daban un puñetazo en la pierna y lo hacían girar.

Ocho dejó escapar un grito al sentir que empezaba a entumecérsele. Acababan de dispararle. «No dejes de moverte». Allí era un blanco fácil. Fue gateando hasta Mahlia, sacó el cuchillo y empezó a cortar las cuerdas, que cedieron bajo el filo de la hoja. La joven se abalanzó sobre él en cuanto se liberó, golpeándolo con el muñón y arañándolo con los dedos que le quedaban.

—¡Yo no he sido! —exclamó el chico mientras intentaba zafarse de ella—. ¡No ha sido culpa mía!

Pero la chica no lo estaba escuchando. Las balas silbaban y zumbaban a su alrededor. Ocho se tiró al suelo enseguida, pero Mahlia empezó a incorporarse a trompicones. Intentó detenerla, pero, con un balazo en la pierna, no pudo evitar que se pusiera de pie.

—¡Agáchate!

Una lluvia de proyectiles y fragmentos de piedra y mármol desgarraban el aire a su alrededor en una vorágine letal, pero parecía no darse cuenta, parecía no importarle. Como si quisiera morir. Atravesó el vórtice y se agachó junto a Ghost.

Ocho se llevó la mano al muslo y aplicó presión, rezando por que la bala no hubiera perforado una arteria. «Parcas, cómo duele».

De repente, sintió que algo grande pasaba corriendo a su lado, un torbellino de viento y movimiento. Se dio la vuelta enseguida, pero ya había desaparecido. Frente a él, las cadenas que hasta hacía un momento habían sujetado al híbrido yacían abandonadas. Abiertas. Ahora corría libre.

Un rugido retumbó en la sala abovedada, un sonido desafiante que atravesó los huesos de Ocho y a punto estuvo de hacer que se meara de miedo. Empezaron a oírse disparos. Gritos agudos y aterrorizados. Más disparos. Los soldados intentaban abatir al híbrido. Ocho apenas podía seguir los movimientos del monstruo mientras se movía entre las columnas.

Más disparos. Seis en total, rápidos y precisos. Ra-ta-ta-ta-ta-ta. Seis focos se hicieron añicos y sumieron la estancia en la penumbra. La bestia se estaba cargando las luces. A Ocho le pareció ver que se movía de nuevo. Una sombra de muerte; un segundo estaba allí y al siguiente había desaparecido. Uno de los soldados gritaba órdenes, intentando motivar a los suyos. De repente, el hombre empezó a gritar sin parar. Otro rugido bestial entumeció los oídos de Ocho. Era ensordecedor. Más ensordecedor que la guerra misma.

Mahlia no le estaba prestando atención a nada de eso. Estaba postrada de rodillas junto a Ghost, llorando desconsolada. Meciéndolo contra su cuerpo.

—Mouse —susurraba—. Mouse.

No iba a sobrevivir. Ocho ni siquiera necesitaba verlo de cerca para saberlo, pero, aun así, lo sostenía contra ella mientras la sangre del chico le manchaba los brazos, las piernas y el cuerpo.

Ocho se arrastró hasta ellos. Agarró la pernera de un Águila muerto y la rasgó con el cuchillo. «Llevan uniformes de verdad», pensó tontamente. Él nunca había tenido un uniforme de verdad. Una nueva ráfaga de disparos resonó a lo lejos, seguida de gritos de auxilio de los soldados.

—Tenemos que salir de aquí —le dijo Ocho mientras cortaba otra tira de tela y se vendaba la pierna para cortar la hemorragia. Al ver que la joven no le hacía caso, le tiró del hombro—. Tenemos que irnos antes de que vuelvan.

Mahlia se volvió hacia él con el rostro demudado por la rabia.

—¡Tú has provocado esto! ¡Es culpa tuya!

Ocho levantó las manos en actitud defensiva.

—¡También era importante para mí! Éramos hermanos.

—¡Él no se parecía en nada a ti!

Empezó a tartamudear una respuesta, pero una oleada de ira lo invadió de repente.

—¡Ninguno de nosotros pidió esto! —gritó—. ¡Ninguno de nosotros! Todos éramos como él. Unos gusanos de guerra. Todos y cada uno de nosotros. —Se arrimó a una columna de mármol y aplicó presión sobre la pierna con una mueca de dolor—. Ninguno de nosotros era así —repitió—. No nacemos así, son ellos los que nos hacen así.

Mahlia abrió la boca para replicarle, pero, al oír toser a Mouse, la joven volvió a centrar toda su atención en él. El chico tenía los ojos vidriosos, pero estiró la mano y tiró de ella para acercarla a él. La muchacha sollozó y lo estrechó entre sus brazos. Ocho tuvo la sensación de que Ghost intentaba decirle algo a la chica. Susurraba y tosía sangre, esforzándose por hablar.

Ocho apartó la mirada de ellos. ¿Qué estaba haciendo? Tenía que largarse de allí. En cuanto los Águilas se reagruparan, sería hombre muerto. Cogió otro rifle abandonado del suelo y empezó a buscar munición. Dudaba que el híbrido...

Una sombra se proyectó sobre él.

Levantó la vista y dejó escapar un grito ahogado. El híbrido se cernía sobre él. Su rostro bestial era una masa de cicatrices y ansias de batalla. Las facciones del monstruo estaban empapadas de sangre. En aquel momento, Ocho se percató de la cantidad de cadáveres que había desperdigados por el centro de mando. De lo silencioso que se había vuelto todo.

Los había matado a todos. A todos y cada uno de ellos. A los que no había abatido a tiros, los había despedazado con sus propias manos. Ocho era consciente de que el híbrido era peligroso, pero aquello superaba cualquier cosa que hubiera podido imaginar.

El monstruo le gruñó y prosiguió su camino, ignorándolo a pesar de que llevaba un fusil en la mano.

¿Qué había desatado?

44

—Mouse —susurró Mahlia.

Lo acunó en sus brazos. Parecía más pequeño. Siempre había sido pequeño, pero ahora, roto y destrozado, le parecía diminuto. Y pálido. Mucho más pálido...

«Por la pérdida de sangre», le indicó una parte de su mente de médico. Se estaba desangrando. Repasaba una y otra vez procedimientos que pudieran serle de utilidad, intentando encontrar alguna solución para detener el charco resbaladizo y pegajoso de color rubí que se extendía a su alrededor.

Aplicar presión directamente. Cirugía. Plasma. Soluciones intravenosas que no tenía. Analgésicos. Piernas en alto. Sacarlo del estado de *shock*. Vía respiratoria, ventilación, circulación. Estabilizar. Operar.

Todo era inútil. No tenía las herramientas necesarias. Todas las enseñanzas del doctor Mahfouz no servían de nada.

Mouse estiró la mano y le tocó la cara.

—¿Cómo es que siempre me toca rescatar a mí? —susurró.

Mahlia lo estrechó contra ella.

—Lo siento mucho. —Las lágrimas le resbalaban por la cara—. Lo siento muchísimo.

Mouse intentó hablar. Empezó a toser.

—No puedo creer que me siguieras.

—Tenía que hacerlo.

—No. —Negó con la cabeza y sonrió cansado—. Eso es lo que hago yo. —Levantó la mano, le tocó la cara y le dio un golpecito en la barbilla, bromeando como siempre había hecho.

—Se supone que tú eres la lista—. Tosió de nuevo. Los labios se le llenaron de sangre y dejó escapar un gruñido de dolor—. Debería haberte hecho caso, ¿eh?

Un proyectil sacudió el edificio.

—Voy a sacarte de aquí —dijo Mahlia.

—No dirías lo mismo si supieras lo que he hecho.

—No me importa lo que hayas hecho. Voy a sacarte de aquí. —Intentó levantarse, pero Mouse alargó el brazo y tiró de ella con una fuerza sorprendente. Se aferró a ella con tenacidad, mirándola fijamente a los ojos.

—Tienes que salir de aquí —musitó con fiereza—. Vete y no vuelvas nunca. —Su expresión denotaba una bravura que ella no había visto antes—. Tienes que prometerme que no morirás —le dijo. Luego esbozó una sonrisa y dejó escapar su último aliento entre los brazos de Mahlia, que siguió aferrándose a su cuerpo vacío.

Tool se agachó junto a ella.

—Tenemos que irnos. Ya es hora.

La muchacha no levantó la vista. Se limitó a abrazar a Mouse.

—Está muerto.

El híbrido guardó silencio un momento.

—Yo también perdí a mi manada. Recuérdalo. Cuenta su historia.

—Eso no es mucho.

—No es nada. Pero es todo lo que nos queda.

El sargento soldado, el chico al que llamaban Ocho, se acercó cojeando. Mahlia sintió que la miraba.

—Levántate. Si no lo haces, estás muerta.

—¿Y a ti qué te importa? —le espetó ella—. Tú eres quien intentaba matarme.

El chico suspiró con exasperación.

—Y ahora intento salvarte el culo.

Una nueva explosión sacudió el edificio. A la primera le siguieron varias más. El techo vibró con violencia cuando los proyectiles cayeron en rápida sucesión. Ocho y Tool se quedaron mirando la estructura.

—Joder —dijo el chico—. Empieza a sonar serio.

—El Ejército de Dios estará preparando un asalto —afirmó Tool.

Ocho se rio al oír aquellas palabras, aunque escudriñaba el centro de mando con expresión sombría.

—No tienen por qué molestarse. Parece que acabas de matar a todo el personal de mando. Pueden atacar en cualquier momento y ni siquiera sabremos dónde han asestado el golpe.

Tool gruñó en señal de acuerdo.

—El FPU se ha quedado sin cabeza. No he dejado ningún oficial de mando con vida.

Otro proyectil de artillería impactó contra el edificio. Varios segmentos de la mampostería se desprendieron del techo.

—Tengo que llegar a mis chicos —dijo Ocho de repente—. Morirán sin alguien que les diga lo que tienen que hacer.

—Así es —retumbó Tool. Mahlia se sorprendió al ver que el híbrido le tendía una enorme mano al chico—. Gracias —dijo simplemente.

Ocho miró a Tool con cara de sorpresa. Por un segundo, la joven pensó que iba a dar un respingo, pero entonces cogió la mano que le tendía el híbrido y su mano, más pequeña, desapareció entre la de Tool.

El sargento bajó la vista hacia Mouse y luego volvió a mirar a Mahlia.

—Siento mucho no haber podido salvarlo —se disculpó—. Lo intenté. Si hubiera sabido lo que iban a... —Dejó la frase en el aire y respiró de manera entrecortada—. De todos modos, lo siento.

Se dio la vuelta y fue cojeando hacia la puerta.

Mahlia se quedó mirando cómo se iba. No era más que un crío. Todos ellos. Un montón de críos empuñando armas y matándose los unos a los otros mientras un puñado de hombres que decían ser adultos y, por ende, más sabios, los mangoneaban. Gusanos como el teniente Sayle, el coronel Stern y el general Sachs.

Solo era un chico que había estado en el lugar equivocado en el momento equivocado. Un chico que resultó ser útil para un grupo de hombres a los que no les importaba un pepino, salvo para asegurarse de que hacía lo que se le decía. Igual que Mouse.

—¡Oye! —lo llamó—. ¡Soldado!

Ocho se volvió.

—¿Sí?

Una idea empezó a tomar forma en la mente de Mahlia. Una apuesta. Una de las grandes. No era en absoluto como había imaginado que sería, pero pensó que podía funcionar. Podía lograr que funcionara. Solo tenía que creer y tenderle una mano.

—¿Quieres salir de aquí? —le preguntó—. ¿Irte para siempre?

Contuvo la respiración, rezando para que el chico no la viera como una simple civil. Para que no la viera como una apestada o una traidora, del mismo modo en que ella no lo veía como un soldado. Solo eran dos personas, víctimas de algo más grande que ellos. No había bandos ni enemigos.

Solo necesitaba que él también lo creyera.

—¿Salir de aquí? —repitió él con una sonrisa—. Nadie puede salir de aquí. No tenemos a dónde ir ni nadie que nos lleve. Hay bloqueos por todas partes. El Ejército de Dios se la tiene jurada a todo el que lleve la marca de Stern. —Se tocó la mejilla—. No hay forma de salir, para ninguno de nosotros.

—Las empresas de recolección entran y salen sin problema —apuntó Mahlia.

—No tenemos nada que ofrecerles.

—¿Y si supiera dónde conseguir algo que podría interesarlos? —insistió ella—. ¿Objetos de valor? ¿Podrías llevarnos hasta los recolectores? ¿Podrías llevarnos a nosotros y un pequeño botín hasta los muelles?

—¿Hablas de esa sala del tesoro tuya? —Ocho vaciló un momento y luego dijo—: No puedo dejar atrás a mis chicos.

Mahlia estuvo a punto de desistir de la idea. Solo pensar en las otras tropas de Ocho la aterraba. Tragó saliva. Estaba jugándosela de nuevo. Jugándosela a lo grande.

—¿Puedes liderarlos? —le preguntó—. ¿Hacer que te sigan? ¿Que me sigan a mí? ¿Puedes ofrecernos protección?

Tool la miró con sorpresa y respeto al darse cuenta de lo

que planeaba. Otro estampido de artillería sacudió el edificio. Ocho miró hacia el techo, que empezaba a resquebrajarse, y luego volvió a mirar a Mahlia.

—Me seguirán —aseveró—. Si continúan ahí, me seguirán.

El corazón de Mahlia latía cada vez más deprisa. Iba a hacerlo. De verdad. Iba a salir de allí. Abrazó a Mouse una última vez y lo dejó ir.

45

En el palacio reinaba el caos. El fuego de artillería enemigo llovía sobre el edificio. Los soldados se agolpaban unos contra otros sin saber qué hacer.

Todavía quedaban algunos miembros de la Guardia del Águila, que intentaban organizarse, pero parecía que Tool había eliminado a todos los que habían presenciado lo ocurrido en el centro de mando. Y ahora, al verse asediados por el fuego enemigo, todos estaban más preocupados por salvar su propio pellejo que por salvar el de los demás.

Ocho los guio hasta la rotonda del edificio apoyándose en Mahlia y cojeando. Sus soldados se irguieron y empezaron a levantar las armas cuando vieron al híbrido y a la chica, pero les hizo un gesto para que las bajaran.

—¿Dónde está el teniente? —preguntaron, mirándolos fijamente.

—Reemplazado —respondió Ocho.

—¿Por quién? —preguntó Stork.

—Por mí —dijo Ocho. Luego señaló a Mahlia y a Tool—. Y por ellos. Ahora estamos todos juntos.

Hubo un largo silencio. El sargento sostuvo la mirada de Stork hasta que el chico asintió para mostrarle su conformidad.

—Bien.

Ocho empezó a darles órdenes al pelotón y a organizarlos a todos. Envió a algunos a reunir artillería mientras hacía que alguien le vendara mejor la pierna. Luego los puso en marcha, haciendo que formaran un cordón de seguridad en torno a Mahlia y Tool.

Mahlia observó con asombró cómo su pelotón los conducía a través del corazón del FPU. Los soldados corrían de aquí para allá, preparándose para una batalla final que no podían ganar, pero nadie tenía tiempo para un pelotón armado que parecía tener órdenes. Cuando por fin lograron salir al exterior, la luz brillante del sol los obligó a entrecerrar los ojos. En la parte más alejada del lago, Mahlia alcanzaba a ver la desembocadura del río y el mar. Su objetivo.

Otra andanada de artillería cayó sobre el palacio. La cúpula se hizo añicos y se desmoronó sobre sí misma. Los soldados empezaron a gritar y se desperdigaron en todas las direcciones, pero Ocho mantuvo la compostura y les ordenó que bajaran por las escaleras hasta el agua. Un poco más adelante, Mahlia divisó a unos compradores de sangre que se afanaban por cargar algunos objetos en sus zódiacs.

Los señaló. Ocho asintió y gritó más órdenes. El pelotón cambió de rumbo y empezó a prepararse para el enfrentamiento, pero Tool tomó la delantera.

Era como ver un huracán en acción. Un segundo estaba junto a ella y, al siguiente, estaba lanzando por la borda a los compradores de sangre y a sus guardias. Para cuando la muchacha y los soldados llegaron a las embarcaciones, los guardias y los compradores se debatían en el agua o corrían para salvar sus vidas, desarmados e inofensivos.

Mahlia y los demás se agolparon en las zódiacs y las pusieron en marcha. Tool subió a bordo de un salto. La zódiac de Mahlia se inclinó peligrosamente bajo su peso. Pasados unos segundos volvió a estabilizarse y se pusieron en marcha. Recorrieron el lago siguiendo las indicaciones de la chica hasta adentrarse de nuevo en los canales.

La ciudad era un hervidero de actividad a su alrededor: gente que se preparaba para el asalto del Ejército de Dios; civiles que se disponían a huir y tomaban sus últimas pertenencias; soldados que adoptaban posiciones defensivas.

Todo aquello se parecía tanto al último asalto de los caudillos, a cuando invadieron el lugar en el que había crecido, que Mahlia no pudo evitar sentir terror ante la violencia que se cernía sobre ellos. Recordaba a las tropas yendo de edificio en edificio, persiguiendo a todos los que habían colaborado con las fuerzas de paz, arrastrándolos por las plataformas del paseo marítimo y ejecutándolos; a su madre, intentando ayudarla a esconderse antes de que los soldados se les echaran encima.

Y ahora iba a suceder de nuevo. Otra oleada de violencia provocada por el colapso del FPU y la irrupción de un puñado de caudillos que se apresuraban a llenar el vacío.

A lo lejos vislumbró su antiguo apartamento. Lo señaló. Ocho asintió.

—Ya. Me lo imaginaba.

Las zódiacs aminoraron la velocidad. Casi dos docenas de niños soldado bajaron en tropel y se apresuraron a entrar en el edificio. Mahlia accionó los mecanismos ocultos de la pared, rezándoles a las Parcas...

Se abrió.

El almacén se reveló ante ella. La colección de su madre. El acopio de su padre. Todo seguía estando allí. No habían tenido tiempo de saquear nada. Stern no había podido sacar ningún provecho de aquel descubrimiento. O puede que el teniente nunca lo hubiera informado. Todo seguía allí. Todos los cuadros, las estatuas y los libros antiguos. Los tesoros de una nación muerta.

—Juntadlo —dijo la muchacha—. Coged todo lo que podáis. Todo lo que quepa.

Los chicos empezaron a reunir toda clase de objetos: mosquetes antiguos, uniformes azules y grises, estandartes con círculos de estrellas sobre un fondo azul, pergaminos amarillentos... Todo lo que pudieron encontrar que pesara poco y pudiera cargarse con facilidad en las zódiacs.

—¿Crees que funcionará? —preguntó Ocho mientras cargaban más obras de arte y pedazos de historia en las zódiacs, que se mecían junto a la plataforma del paseo marítimo—. ¿De verdad crees que podremos salir de aquí?

Tool respondió por la muchacha.

—Con tus soldados como escolta y Mahlia como intermediaria con los compradores de sangre, funcionará. Podréis comprar vuestra libertad.

La joven miró al híbrido. Algo en el tono de su voz la inquietó.

—Y tú también —aseveró—. Todos saldremos de aquí. Aquí hay objetos de sobra para comprar la libertad de todos.

—No. —Tool negó con la cabeza—. No aceptarán a nadie como yo. Debo tomar otro camino.

—Pero... —La muchacha vaciló—. ¿Qué será de ti? No puedes quedarte aquí.

El híbrido casi sonrió.

—Deja que sea yo quien juzgue eso. Puede que las Ciudades Sumergidas no sean sitio para ti, pero para mí... —Hizo una pausa y olfateó el aire—. Huele a hogar.

Mahlia sintió un escalofrío al recordar lo que había dicho Stern cuando los tenía presos, eso de que los híbridos no podían sobrevivir sin un amo.

—No vas a dejarte morir, ¿verdad? —le preguntó—. ¿Como el otro híbrido? ¿Seguir moviéndote en círculos hasta morir?

Tool esbozó una sonrisa salvaje que dejó entrever sus colmillos y se agachó junto a ella. Cuando le rozó la mejilla, lo hizo con una ternura sorprendente.

—No temas —le dijo—. No soy una víctima de la guerra. Soy su dueño y señor. —Desvió la mirada hacia el canal y los civiles. Los soldados correteaban de un lado para otro como hormigas en un hormiguero, frenéticos y enloquecidos. Tenía las orejas crispadas y las fosas nasales dilatadas.

—El FPU desaparecerá, pero sus soldados necesitarán un lugar seguro en el que refugiarse. Ansiarán un líder. —Había un deje de satisfacción en su voz. Volvió a mirar a Mahlia—. He luchado en siete continentes, pero nunca por un territorio propio. —Contempló los edificios—. Donde tú solo ves horror, yo veo... un santuario.

Se irguió.

—Ve. El Ejército de Dios se encuentra a solo unas calles de distancia. Y los demás caudillos no tardarán en movilizarse.

Pasará mucho tiempo antes de que puedas volver a este lugar.

—¿Qué piensas hacer? —le preguntó ella—. Vas a morir.

El híbrido se rio.

—Nunca he perdido una guerra. No pienso perder esta. Estos soldados son un puñado de salvajes que nunca han recibido formación y nunca han librado una guerra de verdad. Cuando haya acabado con ellos, rugirán mi nombre desde los tejados. —Dejó escapar otro gruñido de satisfacción.

Mahlia lo miró fijamente. Por primera vez, sintió que lo veía de verdad. No como una mezcla de criaturas, sino como un todo, un ser creado enteramente para la guerra. Había encontrado su hogar.

Una ráfaga de disparos resonó a través de los canales. Solo unos pocos, seguidos de muchos más. Se produjo una cacofonía de armas que interrumpió todos sus pensamientos e hizo que todos los chicos salieran corriendo hacia las zódiacs.

—¡Ve! —la instó Tool—. ¡Rápido! Antes de que pierdas tu última oportunidad. ¡Ve!

—¡Vamos! —le dijo Ocho con desesperación—. ¡Vamos!

Al ver que seguía dudando, Tool simplemente la levantó del suelo, la subió a la zódiac y la acomodó entre las tropas. El soldado al que llamaban Stork encendió el motor y, un momento después, empezaron a alejarse a toda velocidad del híbrido.

Mahlia echó la vista atrás. Tool alzó una mano en señal de despedida, se dio la vuelta y se zambulló en el canal, desapareciendo por completo. La muchacha se quedó mirando el lugar donde había estado hacía un instante, deseándole lo mejor.

46

Las zódiacs surcaban el canal dejando una estela espumosa a su paso. Más adelante, se oía el eco de los disparos.

—Allá vamos —murmuró Ocho.

—¿Lo conseguiremos? —preguntó Mahlia.

—Va a estar reñido. —El motor de la zódiac rugió con fuerza cuando Stork aceleró al máximo. Ocho la empujó hacia abajo y la cubrió con el cuerpo. Las balas zumbaban y silbaban al pasar por encima. Todos los chicos del FPU empezaron a agacharse y a ponerse a cubierto mientras respondían al fuego enemigo. Los casquillos llovían sobre Mahlia al compás del castañeteo de las armas.

Atravesaron la vanguardia del EDD a toda velocidad, disparando sin parar mientras sorteaban la cortina de balas, y la dejaron atrás. En cuando se alejaron lo suficiente, Ocho pidió a sus soldados que se reportaran.

La muchacha se incorporó, tratando de orientarse. Un soldado al que le faltaban las orejas se afanaba por tapar varios agujeros en el lateral de la zódiac, intentando detener la pérdida de aire. Mahlia se inclinó hacia el chico y le preguntó:

—¿En qué puedo ayudarte?

—Pon la mano aquí —le pidió, mostrándole un agujero—. Y este también. Tengo cinta adhesiva en alguna parte.

Empezó a rebuscar entre los tesoros que habían recolectado hasta que dio con una bolsa. La abrió de golpe y, poco después, sacó la cinta adhesiva.

—Creo que la última vez que la usamos fue contigo —confesó con una sonrisa. La joven se lo quedó mirando, intentando determinar si constituía una amenaza, pero el crío era como un cachorrillo descontrolado. Prácticamente brincaba al moverse.

—Me llamo Van —se presentó mientras tapaba los agujeros con la cinta. Las balas empezaron a surcar el aire por encima de ellos, pero el chico no dejó de sonreír. Se limitó a seguir haciendo su trabajo, como si atravesar un canal mientras el enemigo les pisaba los talones fuera lo mejor del mundo.

«Está loco», decidió Mahlia.

Entonces empezó a fijarse en los demás soldados y se dio cuenta de que todos eran como Van. Era como si rebosaran energía. Todo lo que hacían, lo hacían con avidez.

Estaban escapando de aquel lugar. Todos ellos. Se dejaban acariciar por el viento, con los ojos más brillantes y vivos de lo que Mahlia había visto nunca. Todo un pelotón de soldados que perseguían un futuro al que pensaron que nunca podrían aspirar.

Un poco más adelante, los centinelas del FPU los vieron llegar. Cuando levantaron los fusiles, Ocho enarboló los colores del FPU. Los centinelas bajaron las armas y les hicieron señas para que siguieran adelante. Mahlia y los soldados pasaron a toda velocidad a bordo de tres zódiacs.

La joven se quedó mirando a los centinelas del punto de control, pensando en lo extraño que resultaba pasar a su lado sin más. Se preguntó si alguno de ellos la había visto y si se habrían cuestionado qué hacia una apestada entre las filas del FPU. Siguieron avanzando hasta pasar los últimos controles y llegaron al puerto del Potomac. En ese preciso instante, a Mahlia dejó de importarle para siempre lo que pensaran el FPU o cualquiera de los caudillos.

El mar abierto se extendía ante ellos, ancho y azul. La luz del sol se reflejaba sobre las olas. Al otro lado del puerto, varios clíperes alistaban las velas, preparándose para huir. Algunos ya se movían, con las enormes velas blancas henchidas y ondeando al viento. Vio cómo uno de los barcos se elevaba sobre las hidroalas y surcaba las aguas a toda velocidad rumbo a alta mar.

Era precioso, como una gaviota alzando el vuelo.

—¿Y ahora qué? —le preguntó Ocho.

Mahlia echó un vistazo a su alrededor, estudiando sus opciones. Señaló una de las embarcaciones.

—Esa.

Era suntuosa. Elegante y veloz. Con un casco blanco y reluciente y velas que empezaban a desplegarse. Un comprador de sangre adinerado y colmado de pillaje que intentaba huir antes de que la violencia volviera a apoderarse por completo de la ciudad.

—¿Estás segura? —le preguntó el chico.

—Son como la gente con la que solía comerciar mi madre.

Ocho dio la orden y la zódiac empezó a abrirse paso entre las olas rumbo al destino elegido por la joven. Contempló el lustroso barco mientras se acercaban, recordando la última vez que había estado en los muelles del Potomac, hacía ya años, suplicando desesperada el regreso de los navíos de las fuerzas de paz.

«Esta vez no tienes que suplicar —pensó—. Solo vender».

—¿Crees que funcionará? —le susurró Ocho mientras se acercaban al clíper.

—Sí, funcionará. Izad la bandera antigua. La del círculo de estrellas y las franjas rojas y blancas.

—¿Esa cosa quemada?

—Sí. Eso llamará su atención. Seguro que la querrán.

La zódiac surcó las olas, ondeando la bandera raída. En efecto, las velas del clíper, que hasta hacía un instante habían estado desplegándose, se detuvieron y empezaron a enrollarse de nuevo.

Mahlia divisó a varias personas en la cubierta que los miraban con prismáticos. Atentos. Estarían interesados en comprar lo que tenía para vender. El corazón empezó a latirle más deprisa. Iba a funcionar. Iba a funcionar de verdad.

—Bajad las armas, soldados —dijo Ocho—. Tratad de sonreír y parecer amigables.

La muchacha casi se rio. El chico pareció captar su sentido del humor, pero su sonrisa se desvaneció casi tan pronto como apareció.

—¿Crees que accederán? ¿De verdad?

—Ya lo están haciendo.

—No. Quiero decir... —Se llevó la mano a la mejilla y se tocó la marca—. Sabrán lo que hemos hecho, ¿verdad? Lo que somos.

La joven lo miró y, una vez más, vio esa otra parte de él. La parte del chico, no del soldado. Una pequeña parte de lo que había sido el sargento antes de que las Ciudades Sumergidas lo engulleran. El chico asustado al que habían golpeado, azotado y ninguneado durante tanto tiempo que casi había perdido toda su humanidad. Seguía allí. Una persona totalmente distinta, una que intentaba creer.

Quiso responderle, decirle que todo iría bien. Podían comprar el respeto de los demás. Podían ir a algún lugar donde nadie hubiera oído hablar del FPU, de las Ciudades Sumergidas o del Ejército de Dios. A un lugar donde no existiera nada de eso. Pekín, tal vez. O Seascape Boston. Más lejos, incluso. Podían desaparecer y alejarse de todo lo que habían sido.

Quiso decirle que encontrarían su sitio en algún lugar.

Pero entonces bajó la mirada hacia sus propias manos, el fantasma de la derecha y el vendaje de la izquierda, y se preguntó exactamente lo mismo. ¿Qué interés podría tener alguien en una doctora que solo tenía cuatro dedos?

Finalmente, dijo:

—Poco a poco, soldado. Iremos paso a paso hasta encontrar el camino.

Se detuvieron junto al clíper. La embarcación se cernió sobre ellos. Alguien dejó caer una escala de cuerda por la borda y los soldados empezaron a trepar por ella. Subieron de uno en uno hasta que la escalera quedó frente a Mahlia.

Respiró hondo, levantó los brazos y los enganchó en los peldaños. Los chicos la impulsaron hacia arriba para ayudarla a trepar y, poco a poco, dejó la zódiac atrás.

AGRADECIMIENTOS

A Michelle Nijhuis, por hablarme de los híbridos de coyote y lobo que acabarían convirtiéndose en la base de los loboyotes. A Ruhan Zhao, por su competencia lingüística, tan necesaria cuando mis oxidados conocimientos del idioma chino me fallaron. A Rob Ziegler, por convencerme de que no me precipitara y evitar que desechara el libro una vez más. A todos los compañeros de Blue Haven que leyeron este libro cuando no lo era en absoluto. A mis editoras, Jennifer Hunt, por apoyarme y estar dispuesta a esperar para que pudiera escribir la mejor obra posible, y Andrea Spooner, por guiarme durante las últimas etapas para hacerla aún mejor. A mi esposa, por tener fe cuando todo el proceso se alargó más de lo previsto, y a Arjun, porque hace que todo esto importe.